中野睦夫 作品集

贄のとき

Single Cut Publishing House

中野睦夫作品集

贄のとき

目次

贄《にえ》のとき

I

局長という言葉が功を奏したらしく、総務課の係長という男が出て来て、面会室にわたしを導いた。机と椅子があるだけの窓のないせまい部屋で、むしろ取調室という感じだった。男は、向かい合って坐ると、M局長の息子だそうだが、どういう要件で会いたいのかと訊いた。

わたしは、庶子《しょし》という立場にある者で、事情があって送金してもらっていたが、それが途絶えたので、途絶えたことの確認のために来たと答えた。すると男は、「なるほど」とうなずいてから、「ですが、M局長はすでに退職されています」と言った。そしてさらにわたしの顔をじっと見すえると、あらためて宣告するかのように「M局長はとうに退職されています」と繰り返した。

わたしは父親の退職という事実におどろいたが、それでも「すでに」という言葉が「とうに」という言葉に置き換えられたことに気づいた。「すでに」は事実を述べたにすぎないが、「とうに」はこの役所全体の見解、M局長の時代は過去のものになったという役所全体の感慨がこめられているにちがいなかった。父親がどのくらいの年月この役所で局長をしていたのか知らないが、すくなくともわたしが父親の存在を知って以来ずっと局長だったのである。

その父親が職を退いたという。事実だろうか。総務課の係長がそう言うのだから事実だろう。父親が退職するなど、いまのいままで思いもしなかったことで、それをこんなに簡単に認めてはいけないのかもしれないが、この男がそう言い、職員たちがそうした感慨を持っているというのなら、やはり退職したのだろう。げんに、送金が途絶えたという事実があるだけでなく、父親が局長をしている役所をいちども訪ねなかったわたしが、こうして送金終了の確認のために訪ねてきたこと自体、これまで考えられなかったことなのだ。

それにしても、送金が途絶えた時点で、どうして退職ということが頭に浮かばなかったのだろう。いま思うと、父親だっていつまでも局長という地位にとどまっていない、そう考えて当然であったのだ。もちろん無関心からではなかった。父親が局長であることはわたしにとって自明のことであり、退職など考えの埒外だったのだ。父親に会いたいといちども思わなかったのも、局長である父親に会うという発想自体がなく、役所名義の送金を受け取る、それだけで十分だったのだ。

事実、わたしは、送金が途切れてもそれほど深刻に考えることなく、半年のあいだ待ったのである。送金がほんとうに途絶えたのなら、むしろ父親との繋がりが強まるきっかけになるかもしれない、そんなふうにさえ考えたのである。というのも、その場合、送金の必要はないと認定されたわけで、その認定というはっきりとした事実は、わたしにとって何よりも大事なことであったからだ。

そこでわたしは、念のために半年のあいだ、送金されてくるかどうか、頭のなかで天秤にかけながら待機したのである。そして半年が経ち、送金は終了したと確信したので、あえて送金終了を確認しようと思いついたのである。

ところでわたしは、送金終了を確認しようと決心した時点ではじめて、自分がどのような父親像も持っていないことに気づいた。会うことのない父親だからこそたえず父親像を思い描こうとして当然と思えるのに、これまでいちども思い描こうとしなかったのである。おそらくそれは認知された庶子という立場に十分に満足していたからだろう。

事実わたしは、自分ほど恵まれた立場にいる者はいないとさえ思っていたのである。したがって、父親像を持っていないと気づいておどろきながらも、父親像を持っていなかったのは、むしろ父親との関係の確かさの証《あかし》ではなかったのか、そんなふうにさえ思ったのである。

たとえば、実際にそうした者がいるかどうか知らないし、またまったく関心もなかったが、仮に父親に家族というものがあり、わたしのほかに息子がいると想定して、その親子関係はどういうものかと想像したとしても、どんなイメージも思い浮かばなかっただろう。わたしにとって父親はもっぱら役所の局長でなければならず、家族といっしょにいる父親などはありえない、そう思っていたからだ。いずれにせよ、父親像を持っていなかったのは、わたしにとってむしろその必要がないくらい父親は身近な存在であった、あるいは身近な存在だと思いこんでいたからである。

それは役所の所在地についても同じことが言えた。わたしは父親が勤める役所がどこにあるかまったく気にせず、また、面会など仮にも想像しなかったので、その所在を確かめることさえしなかった。半年のあいだ待っても送金がなく、送金終了の確認を求めて役所を訪ねることにしたときはじめて、父親の勤める役所がどこにあるか、正確には知らないことに気づいたのである。父親とわたしとの関係では、たがいの所在地、ふたつの地点のあいだの距離の認識など、どんな意味もなかったからだ。まして父親のほうからすれば、庶子の居どころなど、なんの意味もないだろう、そう思っていたのである。

このようなわけで、わたしは父親の役所の所在を確認しておどろいた。その役所は都心に住むわたしの住居のごく近くにあった。中央に川が流れる公園を真二つによぎって行けば、歩いても二十分くらいのところだった。といっても、そのあたりは役所の建物がたくさんあるところで、あの建物がそうだと確信したわけではなかった。いずれにしても、それは役所と役所のあいだに生ずる案件を処理する役所で、一般の人が出入りすることはほとんどないらしいこともはじめて知ったが、そういう役所であることもまた父親にふさわしい役所に思えた。

もちろん、父親のいる役所が近くにあると知ったところで、そのことはなんの意味もなかった。ただそれでも、わたしはすこし悲しい気持になった。こんなに近くにいながらそのことに気づかなかったことが悲しかったのではなく、また、行きたくても行けない遠くであるかのように思いこんでいたことが悲しかったのでもない。なぜかわからないが、送金終了の確認のために父親の役所を訪ねることになり、こうしてあらためてその所在を知ったこと、そのこと自体が悲しかったのだ。

それにしても、なぜ送金終了を確認しようと思いついたのだろう。もう送金がなくてもやっていけるのだから、その必要はまったくなかったのだ。したがって、送金終了それ自体を黙って受け入れれば、それを確認したことになり、これまでと変わりない父親との繋がりを諾《うべな》ったまま、それを継続できたのである。それなのにあえて送金終了の確認をしようと思いたち、そう決めた以上それを果たさねばならない、なぜかそんな頑なな考えにとらわれて、とうとうここに来てしまったのだ。

その父親がすでに退職したという。そしてわたし自身、総務課の係長というこの男の口から出たその事実を知って、すぐに「そうか、父親は退職していたのか」そう自分を納得させたのである。ところが、「M局長はとうに退職されています」と繰り返した係長の顔に、この男はまだ本心から納得していないらしいという表情があらわれているのを認めると、わたしはたしかに、父親の退職という事態を十分に納得していない自分に気づいたのである。

というのも、ほかの職員たちのことは知らないが、昔からずっと局長であった父親に退職ということなど起こりえないというのが、父親についてのわたしの本来の考えであり、したがって、言葉としては理解できても、局長でなくなった父親など実感できなかったからである。そこでわたしはその男にあらためて問いかけてみた。

「それで父はいつ退職したのでしょう」

「もう二年半になるはずです」

「二年半?」

「そうです」

「それはおかしいですね」

「なにがおかしいのです?」

「送金は役所の名義が使われていたのですが、退職のあとの二年の送金までどうして役所の名義が使われていたのでしょう。退職した時点で個人の名義に変わるのが当然ではありませんか」

男はちょっと考える様子を見せ、それから首を左右に振って言った。

「いや、すこしも変ではない」

「つまり、父は退職後も役所の名義を使っていた、ということですか」

「いや、そういうことはありません」

「しかし実際に、退職後も二年、役所の名義で送られて来ていたのですよ」

「それにはわけがあるのです」

「どんな?」

「それはいま話しますが、あなたは、在職中、局長個人の送金なのに、どうして役所の名義で送られていたと思います？」

「…………」

役所と父親とを一体と見なしていたので疑問には思わなかったが、言われてみればたしかに変だった。

「送られていたのは役所の金だったということでしょうか」

「そんなことはありません。局長個人の出費に役所の金が使われることはありません。じつは、この役所ではよその役所とちがって、個人であることよりも職員であることの比重が格段に大きく、そのため便宜上、個人の要件にまで役所の名義が使われることがよくあるのです」

「ということは、父は退職のあとも役所の名義のまま送金していて、二年経った時点で送金を停止したということですね」

「そういうことですが、そこにはある事情があるのです。つまり、あなたのいまの言い方だと、M局長は退職のあとも自宅から役所の名義で送金していたことになります。そんなことはありえません」

「それならどうして役所の名義になっているのです？　あなたはいま、退職者が役所の名義を使うことはない、そう言ったのですよ」

「…………」

男はなにか言いそうになり、口を閉ざした。口にしていいかどうか迷っている様子だった。わたしは焦れて言った。

「やはりなにか事情があるのですね」

「じつは、これは外部にもらしてはならないことなのですが、当役所では、もちろん一部の職員にかぎってのことですが、退職しても依然として役所にとどまっていることがあるのです」

「………」

「というのも、ご存じかと思いますが、当役所が役所と役所のあいだに生ずる複雑な案件をあつかう関係もあって、退職になったからといってすぐに仕事から離れられない事情があるのです。引継ぎを含めてさまざまな案件処理を継続しなければならず、そうしないと、多くの役所の仕事の流れが停滞してしまうのです。一般職の場合ですらそうですから、まして局長を長年務められたM局長の場合は、なおさらそうする必要があるのです」

退職した父親がまだこの役所にとどまっているという事実は、わたしをすこしもおどろかせなかった。それどころか、そうであって当然のように思った。もちろんはっきりそう思っていたわけではないが、すくなくとも父親の役所は特殊な役所だろうという以前からの考えが正しかったことになる。送金以外に関わりがないことに不満がなかったのも、父親がそうした特殊な役所の局長である、個人としてよりも公人としての側面が絶大である、そう漠然と考えていたからにちがいなかった。わたしはうなずいて言った。

「すると、父はまだこの役所のなかにいるのですね」

「多分おられるでしょう。わたしたち職員の立場では、裏の職員のことをはっきり口にするわけにはいきませんが」

「裏の職員?」

「われわれは退職したあとも役所にとどまっている職員を裏の職員と呼んでいるのです」

「なるほど。父が退職したあとも役所の名義で送金したのは、父自身がまだこの役所を離れていなかった、ということを意味しているのですね」

「そういうことです」

「すると父は現在も、もちろんその裏のという意味ですが、まだ局長なのですか」

「そうです。裏の局長です」

「それではあらためて確認しますが、名義は役所になっていたけれども、当然、退職後の二年の送金も裏の局長である父個人の送金であって、半年まえに中断したのは父の意向の結果ということですね」

「そう考えてまちがいないでしょう」

「なるほど。わたしもそう思います。それで、電話でいいですから、そのことの確認、つまり送金終了の確認をしたいのですが、父に連絡をしていただけないでしょうか」

「わたしが?」

　男はおどろいたような表情を見せた。

「ええ」

「いいですか。裏の職員は存在しないことになっているのですよ。存在しないものにどうして連絡がとれるのです?」

「それならば、どうしたらいいのです?　父にじかに会うしかない、ということですか」

「………」

「連絡はできないけれども、面会ならばできる、ということですか」

「理屈はそうですが、実際はこの役所のなかのどこにおられるかわかりません」

「どうして?」

「いま言ったように裏の職員は存在しないことになっているのです。もちろんそれぞれに現職の仕事を補佐しているわけですから、各部署では連絡がとれたり、場合によっては接触したりしているのかもしれませんが、役所全体としては存在しないのです。したがって連絡はとれないのです。まして面会の申し出などとんでもないことです」

「つまり、そうした裏の職員の残留が事実としても、その存在について口にするのもタブーだということですね」

「そうです。あなたが前の局長の息子だから話したのです。そうでなければ、裏の職員のことなどけして口にしません。たとえそれが公に知られている事実だとしても、です」

わたしは男と言葉を交わしながらも一方で、自分がなぜ送金終了を確認したいと願ったのか、あらためて考えていた。予定どおり半年待った時点で、送金が終了したと判断し、念のために送金終了を確認したい、ごく単純にそう望んだのである。すくなくとも最初のうちは、そうだったのである。

だが、それが本心だったのだろうか。すでに送金がなくてもやっていけるし、いずれそのときが来るだろうと考えていたのだから、送金が打ちきりになった理由を知りたいと思ったわけではなかった。まして送金終了の確認などまったく必要なかった。ということは、こうしてここに来たのは、送金終了を確認するためではなく、長年送金を受けながらも、それでいてどこかで、父親が実際に役所にいるのかどうか、その存否を確認したいという、自分自身にも隠されていた意図があったからではないのか。

「ところで、父は裏の局長ということですから、現在は現局長を補佐する形になっているのでしょうか」

「それはあまりに裏という言葉にこだわりすぎた考えです。たしかにこの役所は他の役所との関係で秘匿事項が多く、退職後も何年かのあいだその仕事を継続することで現職を補佐することになりますが、実際にそれがどういう形で行なわれているか、表と裏の関係にはっきりとした決まりがないので、われわれ職員さえわかりません。したがってM局長がどういう形で現局長にかかわっているかは、当事者たち以外は知りようがありません」

「それでも現局長が父に接していることは確かですね」

「裏の職員の組織は目に見えないことになっているので、居場所まではご存じないかもしれないが、連絡方法は持っておられるでしょう」

「それなら現局長に連絡方法を訊いていただけないでしょうか」

「わたしが？　総務課の係長にすぎないわたしに局長に取り次ぐ権限などありません。まして裏の職員にかかわる要件など」

男はまったく常識のない人だという呆れ顔で言った。

「それでは、どなたに現局長に取り次ぐ権限があるのです？」

「そんな要件では誰にも取り次ぐ権限はありません」

「ということは、現局長を介しては父に面会できないということですか」

「そうです。現局長だけでなく、誰を介しても面会できません」

「まちがいなく絶対に面会できないのですか」

わたしは男の顔をじっと見て、念を押してみた。男はしばらく黙って考えていたが、ようやく腹を決めたというように言った。

「絶対に面会できないというつもりはありません。これは役所内の噂にすぎませんが、裏の局長に会うには、裏の局長秘書を通さねばならないということです」

「裏の局長秘書？　そんな人がいるのですか」

「裏といえども局長です。秘書がいないはずはないでしょう。裏の局長秘書控え室に十何人かの秘書が詰めているという噂さえあるくらいです」

「裏の局長秘書控え室？　十何人もの秘書……いったいなにをしているのです？」

「噂です。それに、なにをしているか、そんなこと、総務課の一係長のわたしが知るはずがないでしょう」

「そういうことなら、自分でその裏の局長秘書控え室を探すよりほかないということですね」

「………」

男は戸惑ったような表情でわたしの顔を見つめ返した。わたしは焦れて繰り返した。

「裏の局長秘書控え室を勝手に探していいのですか」

「原則的には禁止されていませんが、ここは役所のための役所ですから案内図や標識はなく、外部の者にはまったくの不案内で、ひとりではどこにも行き着けません」

「ということは、連絡はとれないことになっている、また裏の局長秘書控え室を自分で探すことも不可能だということで、けっきょく面会できないということですか」

「そういうことですが、絶対に面会できないとは言っていません。その理由はふたつあります。ひとつはあなたが前局長の息子だという事実です。当然のことですが、この役所のたいていの者がまだM

局長をおぼえていて、わたしがげんにこうしているように、その名前を出せばなんらかの反応を見せざるをえず、そのことがなにかのまちがいで裏の局長秘書控え室に導いてくれるかもしれないからです」

「なにかのまちがいで、ですか？」

「そうです。ですから、その反応はむしろ危険な要素を含んでいるのです」

「どういうわけで？」

「表の職員の場合は、M局長の名前に反応するとしても、実際は裏の役所のことは正確にはなにも知らないので、曖昧なことしか教えられないからです。一方の裏の職員の場合は、個々の部署に取り残されてしまっていて、その結果、役所全体の在り方が把握できず、思考が極端に片寄り、自分がなにをしているのか、相手がなにを要求しているのか、わからなくなっていることが多いのです」

「要するに、道を教えてくれたとしても、それは裏の局長秘書控え室への道ではなく、むしろ誤った情報による誤った道を教える可能性のほうが高いということですね。それで、面会できるかもしれないもうひとつの理由は？」

「それは、現局長の場合は、公のよほどの重要な要件でなければ秘書にさえ面会できませんが、裏の局長の場合は、裏の局長秘書控え室にたどり着きさえすれば、面会の可能性がゼロではないということです」

「なるほど。ということは、なんとかして裏の局長秘書控え室にたどり着かねばならないということですね」

「そうですが、仮にたどり着けたとしても、それがどんな形で実現するか、その結果としてどういう事態が生ずるか、なにもわかりません」

「言い換えれば、わたしの身になんらかの危険な事態が生ずることもありえる、ということですね」

「そういうことです」

「それでは面会をあきらめろと言っているのと同じですね」

「そうは言っていません。面会の相手が裏の局長であっても、それが父親であるというあなたの立場から考えると、誰も断念しろとは言いきれません」

「つまりは、とにかく独力でその裏の局長秘書控え室にたどり着くよう試みるほかないということですね」

「そういうことです。あなたの置かれた立場では、それしか選択の余地はないように思われます」

「なるほど。よくわかりました」

こうして総務課の係長との話は終わった。わたしは礼を言って総務課を出たが、そこまで送ってきた係長がドアを出たところで、「そっちではない。右のほうです」と背後から声をかけた。入ってきた脇の出入口にもどり、そこからあらためて出なおそうと考えていたわたしは、意外な指示に一瞬戸惑ったが、けっきょくはその指示にしたがった。

Ⅱ

指示にしたがって通路を右に折れ、すこし行くと、広々とした玄関に出た。いまは地下鉄の駅につながる脇の出入口が一般に使われていて、この本来の玄関は裏口のような存在になり、ほとんど使われていないようだった。げんに、あたりを見まわしても、正面入口の頑丈な両開きの扉と向かい合ってエレベーターがあるだけで、さっきの係長が言ったように、受付はもちろん案内図もなかった。

わたしは玄関に何歩か踏み入れて、そこで立ちどまった。職員が通りかかったらそれにならって行動しようと考えたのだ。なんの手がかりもなく行動するのは、進むべき道を最初からあやまる危険があるからだ。ところが、これだけの大きな役所なのにひとりも姿を見せず、休日みたいに静まり返っていた。

これではいつまで待ってもらちが明かない。とにかく一歩踏み出そう。わたしは仕方なくそう自分に言い聞かせて、エレベーターに歩み寄った。さっきから見ているが、表示灯が点滅しているのに、この一階にはとまらないのだ。わたしはボタンを押そうとして思いとどまった。「この階にはとまりません」という小さな張り紙が目に入ったのだ。ということは、いまでは誰もこの玄関を利用しないということだった。

見まわすと、奥の片側に階段があった。わたしはその階段を登りはじめた。幅ひろい堂々とした階段だが、やはりあまり利用されていないのだろう、明かりが乏しく、陰気な感じがした。わたしは階段を登りながら、ここにやって来た目的が、送金終了の確認ではなく、父親の存否の確認という目的に変更したことをあらためて考えてみた。父親の存否を確かめて、どうしようというのか、まだ十分に自分を納得させていなかったからだ。

むしろわたしはこう思った。父親が退職したと知った時点で、「そうか、退職していたのか」そう自分に言い聞かせて、みずからを納得させるべきではなかったのか。そうしていたら、送金終了と同時に自分がどれくらい得がたい自由の身になっていたかを、いっそう強く実感できたのではなかったのか。

わたしは階段を登りながらさらに思った。それなのにあの係長に唆《そそのか》されて、父親の存否の確認などという、いまさら必要のない要請にとらわれたのではないだろうか。いま思うと、あの係長の態度も変だった。裏の局長秘書控え室がどこにあるか知らないと言いながらも、「そっちではない。右のほうです」と指示した。父親との面会だって、はじめは不可能だと言って思いとどまらせる口ぶりだったのに、最終的にはあとに退けないように巧みに誘導した。ということは、あの係長はなにか企みを隠している、そんなふうにも考えられるが、もしそうであるなら、それはなんのためのどんな企みだろう。

二階に着いて廊下を覗いてみると、長く暗い廊下がつづくばかりで、無人のように静まり返っていた。わたしはそこに立ちどまって、階段と廊下を交互に眺めた。さらに階段を登ればいいのか、それとも廊下に入ればいいのか、どちらとも判断がつかなかったからだ。

わたしはふたたび階段を登りはじめた。裏の局長秘書控え室がどこにあるのか教えられたわけではなく、また、この役所のなかがどうなっているのかまったく知らないのだから、どちらを選択したところで行き当たりばったりであることに変わりはない、そう気づいたからだ。それに、実際はどうか知らないが、裏であれ表であれ局長の執務室というものは最上階にあってしかるべきだ、したがって裏の局長秘書控え室もそこにある可能性が高い、そう思ったのだ。

三階に着いた。二階はドアがなくそのまま廊下につづいていたが、この階は両開きのドアがあって閉まっていた。ノブに手を伸ばしてみると、思ったとおり鍵がかかっていた。わたしは締め出された気がした。二階の廊下に入るべきではなかったのか。それが正しい進路ではなかったのか。しかしそう思いながらも、二階にもどる気はなかった。確かな根拠もないのにいちいち後もどりしていては、みずから進路を複雑にして、迷路にしてしまう恐れがある、そう考えたからだ。

わたしはふたたび階段を登りはじめた。この役所特有の静けさだろう、あいかわらず建物全体が静まり返っていた。あの係長は、M局長の名前を出せば、職員たちは反応を見せずにはおれないだろうと言っていたが、そうしたくても誰にも出会わないし、出会いそうな気配もなかった。こうなっては、この階段を行き着くところまで登って、そこからあらためて裏の局長秘書控え室を探すしかない。わたしはそう考えて、階数など気にせずに登りつづけた。外観から見てそんな高い建物ではなく、せいぜい七、八階のはずだ。

ところが、五階か六階のあたりまで来て、そこでいきなり人に出会ったのである。清掃の男だった。六十歳くらいで、長い柄のついた雑巾で踊り場を拭いていた。わたしはその出会いにおどろきながらも、冷静さをよそおって挨拶の言葉をかけた。

男は掃除に没頭しているのか、作業をしながらも物思いにふけっているのか、あるいは耳が遠いのか、顔もあげなかった。それどころか、いきなり雑巾の柄を伸ばしたので、わたしはあやうく足をすくわれそうになった。わたしが飛び退くと、男はようやく顔をあげ、つづいて「おまえは誰だ!」と叫んだ。

「外来の請願者です」

わたしはその気迫に押されてようやく答えた。

「行き場所をまちがえている」

男は雑巾で下の階を示す仕草をした。

「この役所では、一階の総務課の指示にしたがうのが決まりだ」

「その総務課から来たのです」

「総務課がこの階段を指示したというのか」

「そうです」

「………」

言葉につまった男は、よく見れば言っていることが本当か嘘かわかるというように、わたしの顔を見すえた。清掃員とは思えぬ鋭い目つきで、もちろん勝手な想像だが、この男も退職者で、いまは裏の職員としてここにとどまっているのではないのか、仕事がないのでみずから掃除を買って出ているのではないのか、そんなふうに思った。もしそうであるなら幸運な出会いかもしれず、裏の局長秘書控え室の在り処を聞き出せるかもしれない。

いずれにしても、性急にことを運んではいけない。わたしはそう考えて、男の沈黙に助け舟を出すつもりで訊いてみた。

「階段はこれしかないのですか」

「もうひとつあるが、向こうは込み合っていて、掃除なんかできないくらいだ」

「この階段はどうしてこんなに静かなのです?」

「信心《しんじん》がなくなったからだ」

「信心?」

「近ごろの職員は信心がない」

この男は頭がおかしいのではないか。それとも、この男はやはり裏の職員で、裏の職員とはこうした類《たぐい》の人たちなのだろうか。

「すると以前は、職員に信心があって、この階段は賑わったのですね」

「いや。賑わったことなどない。賑わったことなどないが、それでもこの階段のことはみんな知っていた。たまにはあの階段を登ってみようか、そんな考えに誰もがなったものだ。いまの職員の頭にはこの階段などないも同然だ」

「すると、もうわたしのような外来の者もこの階段を登ることはないのですね」

「ない。職員さえも登らない階段を誰が登るものか」

「この階段がどこにも通じていないからではないですか」

「階段がどこにも通じていないなんて、そんなことがあるはずがない」

「すると、裏の局長秘書控え室にも通じているということですか。そこに行きたいのですが……」

「裏の局長秘書控え室……それはなんのことだ?」

「退職した前の局長に面会したいのです。それには裏の局長秘書を通さなければならないのです」

「そんなところにこの階段からは行けない」

「でも、総務の人はこの階段を指示したのですよ」

「………」

　男はわたしの顔から視線をそらして、なにかを考えているらしく雑巾の柄を揺すっていた。わたしはその様子を見て思った。裏の職員であるこの男は、総務課の係長が、裏の職員は表の職員の役職のほんの一部分を担っているにすぎず、したがって役所全体の在り方から取り残されていることが多い、そう言っていたように、役人としてはすでに無益な存在になっているのではないのか。だから裏の局長秘書控え室というものさえ知らないのではないのか。

「とにかく、いちど上まで登って、それから探しますよ」

男がいつまでも黙っていそうなので、わたしは仕方なく言った。すると男はみずからに言い聞かすように言った。

「総務のその男は偽りを言ったのだ」

「どうしてです?」

「そんなことは知らん」

「それでは、この階段からは裏の局長秘書控え室には行けないのですね」

「…………」

男は否定しなかった。なにか思い当たることがあって、返事を渋っているようにも思えた。男はようやく小さな声で言った。

「行けないことはないかもしれんが、そんなところに行ってどうする?」

「もちろん前の局長に面会を求めるのです」

「面会してどうする?」

「もちろん話をします。訊きたいことがあるのです」

「無駄だ。局長は話さん」

「どうしてです?」

「局長は眠っているから、話せん」

眠っている? いったいこの男のいう局長とは誰のことだろう。いずれにしても、こんな男からはなにも期待できないことはあきらかだ。それでもわたしは訊いてみた。

「そうですね。眠っていれば話せませんね。でも、話せなくても、顔を見るだけでいいのです。案内してくれませんか」

「だめだ。局外者を案内するなんて規則違反だ」

「局外者は自分の足で探せということですね」

「いや。局外者は立ち入り禁止だ。この階段はもう閉鎖されている」

「それならどうして掃除をしているのです？　使わないのなら掃除をする必要などないはずです」

「万が一、局外者が来るかもしれんからだ」

「わたしがその万が一の局外者かもしれませんよ」

「そんなはずはない。それに、どっちにしても、この階段からは廊下には入れん」

「でも、二階はドアがなく、廊下に入れますよ」

「…………」

男は考えこんだ。頭がおかしいこんな男を相手にしても仕方がない。

「ともかく上まで登ってみます。そうすれば、おっしゃっているように閉鎖されていることがわかるでしょう。引き返すのはそれからでもいいでしょう」

「登るのは勝手だが、責任は持てん。もうもどって来られないかもしれん」

「行き着けさえすれば、それだっていいですよ」

わたしはこう言って男に別れを告げ、残りの半分を登るべく段に足をかけた。引き止められるだろうという予測に反して、男はなにも言わなかった。さらに二、三段登って振り返ると、男はわたしなどに出会わず、したがって言葉など交わさなかったみたいに、もう雑巾の柄を押していた。

たしかにこれは見捨てられた階段で、どこにも通じていないのかもしれない。そう思いながらも、わたしはそのまま登りつづけた。階ごとに廊下に入るドアがあらわれたが、どれもみな閉まっていた。わたしは、鍵がかかっているかどうか、試しにノブに手を伸ばしてみることもしなかった。

わたしは階段を登りながら、男に向かって言った「行き着けさえすれば、もどれなくなってもいい」という自分の言葉を考えていた。どういうつもりで言ったのだろう。自分にどんな覚悟があるというのだろう。父親の存否の確認という、すでに不要になっている要請にあえてしたがう以上は、もどれなくてもいいという覚悟が必要だということだろうか。長いあいだ送金を受け取りつづけたのに、いまになって父親の存否を確認するのは、みずからを偽ることになり、致命的な過ちを犯すことになる、ということだろうか。

その階まで登った勢いでつぎの階に登ろうとして、もう階段がないことに気づいた。さっきの男に出会ってから階段をいくつ登ったのか数えず、階段が尽きることを忘れていたのである。わたしは立ちどまって、まわりを眺めた。なにも置かれていない、がらんとした空間で、隅にドアがひとつあるきりだった。しかも出入りを禁ずる張り紙がしてあった。

わたしは歩み寄ってドアを押してみた。思ったとおりなんなく開いた。開閉を禁ずる張り紙をしながら鍵をかけていないのは、むしろ引き入れようという意図があるからではないのか。この階段にはなにかそうした意図が隠されているのではないのか。さっきの男も頭がおかしいふりをして、階段を登るように挑発したのではないのか。わたしはそう考えながらも、あえてその意図に挑むつもりで、ドアをさらに押して外に出た。

もちろん屋上で、頭上に空がひろがった。わたしは中央ちかくまで進み出て、そこで立ちどまり、遠近感のない曇り空へ目を向けた。灰色の広大な天井がおおうみたいで、現実の空のようには見えなかった。まわりを眺めても、換気塔や貯水タンクのようなものはなく、コンクリートの四角い広がりがあるばかりだった。

それでもわたしはひと回りしてみたが、高い外壁が大都会の眺めを完全に隠していて、なにも見えなかった。その目隠しは、外部との関わりなど頭から消し去り、建物の内部に意識を集中するよう示唆している、そんなふうにも思えた。

わたしはもういちど中央にもどって、裏の局長秘書控え室を足の下に感じとろうとするかのように、しばらくそこに立っていた。そうだ、こうなったら、なんとしても裏の局長秘書控え室にたどり着き、秘書を介して父親の存否を確認しなければならない。いま思い起こしてみると、長年送金を受けとりながらも父親に会いたいとは思わなかったのは、父親の存否にひそかに疑念を持っていて、その疑念を自分にも隠すためではなかったのか。そして、送金が停止したあと半年のあいだ待機していたのは、やはり意識こそしていなかったが、その疑念が強まり頭をもたげるのを待っていたからではなかったのか。

気がつくと、入って来たドアがどれなのか、わからなくなっていた。四つの壁面のそれぞれの端にドアがひとつずつあって、見たところ、どれもみな同じドアであった。そればかりか、上空は遠近感のない曇り空なので、東西南北その方角さえわからなかった。わたしは体の向きを変えながら、四つのドアを等分に繰り返し眺めた。それらのドアは、無関心をよそおいながらも、わたしに対して挑戦しているように見えた。どのドアを選ぶかはおまえの考えしだいだ、したがってその結果はおまえ自身が引き受けなければならない、そう言っているみたいだった。

しかしいくら眺めても、どんな選択の基準も見出せなかった。裏の局長秘書控え室がどこにあるか見当さえついていないのだから、いま入って来たドア以外の三つのどのドアを選んでも、行き当たりばったりであることに変わりはなかった。わたしはようやくそのことに気づいて、任意のドアに真っすぐ歩み寄った。

Ⅲ

そのドアを開けると、そこはただのがらんとした空間だった。屋上に出たときのドアを選んだのかと思ったが、そんなことはなかった。階段はなく、向かい側の隅に古びたドアがひとつあるきりだった。わたしはそのドアに歩み寄ったが、ノブに手を伸ばすのをためらった。塗料の剝げたところが錆びていて、なかは放置された物置かなにかのような気がしたからだ。しかし後もどりはしないと決めた以上、そのドアを開けるほかなかった。

みずからに決意を促すかのようにうなずいてから、わたしはようやくドアに手を伸ばした。軋みながら開くと、やはり暗い倉庫のようなところで、踏み入れると、足の下が鉄の板になった。そこは階段の頂上で、外壁にそってあるはずの鉄製の非常階段が、ビルのなかに収まっているのである。

下を覗いてみると、暗がりで何ひとつはっきりは見えないが、それでもどこかに小さな明かりがあるらしく、すぐ下の階だけはなんとか見わけられた。放置されている階段のようにも思えるが、明かりがついているのだから、現在もなんらかの役目を果たしている、そう考えるべきだろう。

わたしは暗がりを見まわして思った。ここはすでに役所ではなく、隣りの建物のなかではないのか。屋上の四隅にあるドアのうちの二つは隣接した建物に入るためのドアで、それを選んでしまったのではないのか。

わたしは階段で会った掃除の男を思い起こした。掃除をしていたのは見せかけで、あの男は、階段を登って来る者ひとりひとりを見わけて、閉鎖された階段であることを教えて追い返すか、隣りの建物に迷いこむままにまかせるか、そのどちらかに振り分ける役目を持っていたのではないのか。総務課のあの係長が「そっちではない。右のほうです」と言ったのも、この隣りの建物に送りこもうという意図からではなかったのか。

しかしわたしは隣りの建物に入りこんだという考えを退《しりぞ》けた。父親の存否を確かめるという、自分のなかに生じた要請にしたがう以上、必然的にその要請が達成できる地点に導かれるはずだ、そんなふうにも思いはじめていたからだ。それよりもいまは、役所のなかにどうしてこんな空洞があるのか、そのことを考える必要があった。

そこでわたしは、しばらくのあいだ暗い空洞に目をこらしていたが、ここはすでに裏の職員たちの領域ではないのかということのほか、なにも考えつかなかった。そうでなければ、役所のなかにどうしてこのような空洞が作られているのか、まったく理解できなかったからだ。

それでも暗がりにすこし目が慣れると、ともかく何階かおりてみようという気持になった。わたしは手すりにつかまり足をおろした。使われなくなった、なかば壊れた階段ではないのかという不安もあったが、どうやらそんなことはなさそうだった。下のほうが見えないので心もとないが、階段そのものは頑丈にできていた。

暗い空洞に反響するのを怖れて、音を消しながらおりた。といっても、こんな暗がりのなかの階段でいきなり鉢合わせしたくないので、相手に気づかせるため手すりを軽くたたいていた。その小さな音でさえあたりにひびいて、大きな吹き抜けの空洞であることがわかった。自分たちの役所のなかにこのような巨大な空洞があることを、職員たちは知っているのだろうか。

一階分の階段をおりて同じような足場にたどり着くと、古びたドアがあって、入ることを禁じた張り紙がしてあった。わたしはとりあえずそのドアは無視することにした。すこし開けて覗いてみたい誘惑をおぼえたが、なんとか我慢した。このような何ひとつはっきりしない状況のなかで、中途半端な行為はしたくなかった。ノブに手をかける以上は入る、入らないならノブに手をかけない、そうした毅然とした態度を守るべきだ、そう考えたのだ。まして禁を犯す以上は、後に退かないという覚悟がなければならないだろう。

二つ目の階段をおりた。その階のドアにもやはり入ることを禁じる張り紙がしてあった。わたしは手すりから身を乗り出して下を覗いてみた。掃除の男に会ったあの階段でいえば、六階か七階くらいのはずだが、なにも見えないせいもあって、階段そのものが暗がりに宙に浮いているみたいで、階数どころか高さの見当もつかなかった。

わたしはつぎの階段をおりながら思った。裏の局長秘書控え室というようなものが実際に存在するだろうか。存在するとしても、面会を求めていないのだから、そこにたどり着く必要があるだろうか。それよりも、裏の局長秘書控え室など無視して、父親の存否を確かめるという目的に向かい、真っすぐに進むべきではないのか。役所の組織の在り方とか、その表とか裏とか、そうした介在物はいっさい無視すべきではないのか。

いや、そうではない。わたしはすぐにその考えを否定した。送金に役所の名義が使われていたことでもわかるが、役所という組織を仲介にしなければ、いまでは何ひとつ成り立たないはずだ。役所のなかにこんな吹き抜けの空洞があるのも、裏の職員たちの組織が十分に機能をするために必要であるからだろう。ということは、ここにこうしていることは、すでにそうした組織のなかに身を置いているということであり、裏の局長秘書控え室の近くに来ているということではないのか。

わたしはさらに階段をおりつづけた。各階のドアにはかならず入ることを禁じた張り紙がしてあった。張り紙の警告を守るなら、このままずるずると地階までおりてしまうことになるが、それだけは避けなければならなかった。裏の局長になっていても、父親が地階にいるとは考えられず、したがって裏の局長秘書控え室も地階にあるとは思えないからだ。

わたしは子供のころから、そこがどういうところか想像することはなかったが、当然、父親は上のほうの領域に属しているというイメージを持ちつづけてきた。そして一方で、庶子である自分は死んだ母親の領域である下のほうにとどまっていなければならないという考えを持ちつづけてきた。こうした構図が脳裏に定着していたからこそ、あえて父親に会いたいと思わなかったのかもしれない。

いずれにしても、もう引き返すわけにはいかなかった。だいいち、どこまで引き返していいのかわからなかった。仮に引き返すとすれば、屋上までもどり、あの四つのドアのうちからあらためて別のドアを選択するということだろうが、その場合、登って来た階段へと通ずるドアと、ここに通ずるドアを除外した二つのドアが残っているということになる。

しかしそれらのドアが確かな道に導いてくれるとはとても思えなかった。というよりも、確かな道などこの役所のなかにあるとは思えなかった。ということはむしろ、どの道をたどっても目的の場所に行き着けるようになっている、そのためにこのような吹き抜けの空洞が作られている、そう考えるべきだ。

このような勝手な結論に自分を導いてつぎの階に着くと、これ以上はおりないつもりで足をとめた。何階かわからなくなっていたが、地階でなければ何階でもかまわなかった。わたしはドアの張り紙に顔を近づけてみた。ひどく古いもので、まだ剝がれずに残っていたり色あせずに字が読めたりするのは、外気や日光に晒されないせいにちがいなかった。したがって、剝がし忘れたこんな古いものは期限切れだ、そう決めつけて無視すれば、それですむのかもしれなかった。

しかしここは裏の職員たちの組織の領域であって、表の職員の領域とは別の時間が流れている、そんなふうにも考えられた。したがって、剝がし忘れたものとして無効であると見なすわけにはいかなかった。それに、父親の存否を確認しようとしているわたしとしては、張り紙がまだ有効だと見なしたうえで禁を犯す必要があった。

わたしは手を伸ばして張り紙に触れた。張り紙の四隅をかたどるようになぞり、さらに「このドアのなかに入ることを禁ずる」とある文字を指でなぞった。そうして一字一字なぞることで、その禁をあえて犯すという自分の意志を確かめたのである。

Ⅳ

ドアを開けたそこはがらんとした薄暗い空間で、一瞬、玄関から登った階段の途中の階ではないかと思った。そうであるなら、その階段、屋上、いま脱出した吹き抜けの空洞、それらを経てひと回りしたことになり、そのあいだにあれこれと考えたことすべてが徒労だったことになる。裏の局長秘書控え室に一歩も近づいていないことになる。

しかしよく見ると、階段はなく、向かい側の壁の隅に通路の入口が見つかった。歩み寄って覗いてみると、ひとりがようやく通れるだけの幅の、壁の隙間のような通路だった。やはりここは裏の職員たちの領域で、彼ら専用の通路にちがいない。そうでなければ、こんな奇妙な造りになっているはずがない。わたしはそう考えて、あえてその通路に踏み入れた。それに、張り紙の禁を犯して入りこんだ以上、もう引き返せないのだから、どんなところにであっても、入って行くしかないのだ。

それにしても、とわたしは思った。入ることを禁じた張り紙にもかかわらずこんなに容易に進路が見つかるのは、誤った道に誘導されているからではないのか。局外者がこうして自由に歩きまわれるのも、どこにも到達できない造りになっているからではないのか。仮に表の職員の領域が有の世界だとすると、裏の職員の領域は無の世界であり、その無の世界では、どんな行為も最終的には無に帰すほかないのだから、それまでは自由に行動できるようになっている、ということではないのか。

わたしはこんなふうに考えて、何度も立ちどまろうとしながらも、それでもそのたびに気持を鼓舞して進みつづけた。さっきの暗がりのなかの階段とちがって、先のほうは見通せるのに、なぜか距離をはっきり捉えきれず、そのせいでむやみに長く感じられた。

ただ長く感じられるだけではなかった。この奇妙な通路は、わたしを異物と見なして、排除すべく出口へと誘導している、そんなふうにも思えた。

ようやく行き止まりの壁にたどり着いた。通路はそこで左に折れていて、すこし先にドアがあった。そしてそのドアはわたしの到着を待っていたかのように開いていた。覗いてみると、なかは薄暗く、繋ぎの間という感じで、向かい側に潜り戸のようなものが認められた。

わたしは繋ぎの間に入って、潜り戸に歩み寄った。するとその上に「裏の局長秘書控え室」という張り紙があった。それを見て、嫌な気がした。わたしひとりのために急遽張り出されたように思えて、もしそうであるなら、総務課の係長から連絡があったということであり、こうしてたどり着いたのも予定の道のりだったということになるからだ。

だがそんなことがあるだろうか。ここまで来る途中、屋上の出入口でも、暗がりのなかの階段でも、行き当たりばったり、任意にドアを選んだのだから、決められた道のりではなかったはずだ。

わたしは背をかがめて潜り戸をくぐり、小さな暗い部屋に入った。右側の壁がガラス張りになっていて、そこから射す明かりにかろうじてまわりの壁が見わけられた。そのガラス張りのところに来ると、ショーウインドーを覗く格好で、なかの様子がひと目で眺められた。中くらいの広さの部屋で、その真ん中に大きなテーブルがあって、両側に六人ずつ十二人の男が向かい合って坐っているのである。

まちがいなく裏の局長秘書控え室であった。その様子が大きな額縁に入れられた絵のように隈なく眺められるのだ。こんな光景が待っているとは想像もしなかったが、それでもわたしは、目に入れた一瞬、そうだ、裏の局長秘書控え室はこんなふうでなければならない、そう思った。

わたしはいったんショーウインドーのなかのその光景から目を離して、潜り戸をくぐったときすでに目に入れていたふたりの男のほうに体を向けた。ならんで椅子に腰かけたその男たちは、ショーウインドーのガラスに額をつけるようにして、裏の局長秘書控え室を覗いているのである。

ふたりの男は、わたしが隣りに立って見おろすと、いま気づいたというようにそろって顔をあげた。

べつにおどろいている様子はなかった。それどころか手前の男が、わたしの顔になにかを読みとったというふうにうなずくと、腕を伸ばして部屋の隅を示した。なんのことかわからずにいると、自分の坐った椅子をたたく仕草をした。そこに椅子があるから持ってこい、そう言っているのだ。部屋の隅の暗がりに粗末な椅子がいくつか重ねてあった。

わたしは、椅子を持ってくると、男たちとならんで腰かけ、ガラスごしに裏の局長秘書控え室に向かい合ったが、なんのことかまるでわからなかった。この小部屋がどういうところなのか、なんのために裏の局長秘書控え室を覗いているのか、男たちに訊きたかったが、どう切りだしていいのかわからなかった。それに、ここではいま声を出すことは禁じられているような気がした。それでなくとも、ふたりの男は裏の局長秘書控え室を覗くことに夢中で、わたしの質問など受けつけそうになかった。

わたしは裏の局長秘書控え室へ目を向けたまま、この男たちは何者だろうと思った。やはり秘書を介してなにかを請願しているのだろうか。もしそうであるなら、わたしのここまで来る行程も独自の行程ではなく、一般の請願者の行程であったことになる。つまり一般の陳情者と同じ行動のパターンをたどったことになり、いまも一般の請願者としてここにいることになる。

だがそんなことがあるだろうか。ここまで来るあいだにさらにはっきりしたことだが、父親の存否の確認はわたしの内的な要請であり、わたしの主観的な命題であって、したがって、秘書たちが協議するような問題ではなかった。それとも、やはり総務課のあの係長から連絡があって、面会請願者としてやって来たことになっているのだろうか。秘書たちによって面会の可否が協議されるようとしているのだろうか。

裏の局長秘書控え室の光景は完全に静止していた。それを覗き見している隣りの男たちも、一瞬もそこから目をそらさず、身動きさえしなかった。わたしは、この沈黙劇がなにを意味しているのか見きわめようと、ガラスの向こうの室内の光景に意識を集中した。すると、十二人の秘書たちが等しく、テーブルの中央に置かれた一台の電話機を見つめていることがわかった。あきらかに電話がかかってくるのを待っているのである。

さらによく見ると、十二人の秘書たちの前に一枚ずつ書類が置かれていた。あの紙にはそれぞれの秘書が引き受けた請願の内容がメモされているのだろうか。それを裏の局長に取り次ぐという意図のもとで、電話を待っているのだろうか。もしそうであるなら、わたしの面会請願もすでにこの秘書たちに伝えられているということになる。十二人の秘書のうちの誰かひとりの前に置かれた書類にわたしの面会請願がメモされているということで、その秘書が受話器を取りさえすれば、すぐにも面会が実現するのかもしれない。

しかしわたしは、いまでは面会など望んでいなかった。わたしが望んでいるのは、父親と顔を合わすことでも言葉を交わすことでもなく、ただ父親の存否を確認することだった。したがって「前局長はいま忙しくて面会する暇はない」とか「前局長はすでにこの役所にはいない」とか、そうした返事でもあれば、それで十分だった。だから、もし面会の許可が下りるようなことがあれば、むしろわたしは面会を拒絶して、ここから逃げだすことになるだろう。

十二人の静止した秘書たちを眺めながら、わたしがこんなふうに思っていると、隣りに坐った男たちのひとりが「きょうは鳴る」とつぶやいた。ひどく小さな声なので聞き違えかと思ったが、あきらかにそう言った。げんに、それに対してもうひとりの男が「そうだ。きっと鳴る」と答えた。もちろん電話のベルのことを言っているのだ。

ということは、電話はめったにかかって来ないということだった。「きょうは鳴る」と言っているのだから、鳴らない日もあるということだった。あるいは、「きょうは鳴る」と口にすることで、むなしく待ちつづけなければならない自分たちを慰めたり元気づけたりしているのかもしれない。

ガラスの壁の向こうの十二人の秘書たちは、電話をじっと見つめて、一瞬も目を離さなかった。その様子を見守る隣りの男たちの緊張が伝わり、わたしもしだいに気持が昂ぶるのを感じた。しかし電話はかかってこなかった。それでもなお秘書たちは言葉をかわす様子はなく、それどころか体を動かすことさえせず、テーブルの中央に置かれた電話をひたすら凝視していた。顔の表情までも固定させているので、マネキン人形をテーブルのまわりに坐らせたようにも見えた。あまり変化がないので、しまいには、これは秘書控え室を再現した見世物ではないのか、そんなふうにも思えてきた。

ところがそのとき、隣りで男たちがそろって「来た！」と叫んで、いきなり立ちあがった。見ると、ガラスごしなのでベルの音は聞こえないが、電話につけられたランプが点滅していた。十二人の秘書たちもみんな立ちあがっていた。それでいながら誰も電話に手を伸ばさず、電話を見つめたままだった。

ランプは催促するように点滅しつづけた。いったいどういうことだろう。裏の局長からの電話ではないのだろうか。それとも裏の局長からの電話だから、震えあがっているのだろうか。もしそうであるなら、裏の局長とは何者だろう。退職した父親ではないのか……。

そうしているうちにランプが消えた。隣りで男たちが緊張から解かれたようにため息をついた。室内の秘書たちも同じらしく、何人かの者は椅子に腰をおろした。声をかけ合っている者もいた。やがて腰をおろした者も立ちあがり、それぞれが机の上に置いていた書類を手にして、向こう側の隅に歩いて行った。わたしは気づかずにいたが、そこにドアがあって、秘書たちはそこに入って行った。そして室内の明かりが消されて、ショーウインドーも暗幕がおろされたみたいに真っ暗になった。

V

裏の局長秘書控え室の明かりが消えると同時に、わたしたちのいる小部屋の明かりがついた。わたしは真っ暗になったショーウインドーの前で呆然としていた。なにが起こったのか、まるでわからなかった。裏の局長である父親の秘書たちがこうして消え失せた、ただそれだけのことを意味しているのだろうか。

それとも、裏の局長秘書控え室の沈黙劇と秘書たちの退去は、面会の許可はおりないということの暗示であり、面会できないということは、とりもなおさず父親の存在が確認できたということだろうか。あるいは反対に、裏の局長秘書控え室の沈黙劇と秘書たちの退去は、父親の不在そのものを暗示したのだろうか。そのことがわからなければ、父親の存否の確認という要請は達せられなかったことになり、ここまでやって来たことが完全な無駄であったことになる。

奇妙な事態はまだつづいていた。呆然としているわたしの前で、ふたりの男がたがいに手をとり合い、たがいに顔を見合わせて、自分たちがどれだけ満足しているのかを確かめ合っていた。なにがそんなに彼らを満足させたのだろう。電話がかかったことに満足しているのだろうか。もしそうであるなら、いまの電話はなんだったのだろう。

明かりがついたこともあって、双子のように似た男たちの顔をよく見ることができた。初老にちかい歳らしいが、体を使う労働には縁がないせいだろう、若さのようなものをまだいくらか残した顔である。その彼らは、そばにわたしがいることを忘れて、ふたりだけで喜びを分かち合っているのである。

わたしは苛立ちをおぼえて、男たちのほうに一歩踏みだした。こちらを見たふたりは、わたしのことをすっかり忘れていたという顔をして、たがいに顔を見合わせた。そして、ひとりがいきなりわたしの手をとろうとし、もうひとりもそれを真似た。わたしは手を引いた。なんのことかわからないのに握手などできなかった。

ふたりはふたたび顔を見合わせてから、こんどは真面目な顔をしてわたしをじっと見つめた。若さを残した顔が初老の顔にもどっていた。請願者などではなく、それどころかこの役所の人間、それも退職した裏の職員にちがいなかった。

「あなたたちはいったい何者です?」

わたしはおもわず問いかけた。詰問するような口調になった。ふたりは顔を見合わせて、「介添人です!」と誇らしげに声をそろえて言った。

「介添人?」

「そうです」

「誰の?」

「もちろんあなたのです」

「それでここで待っていたのですか」

「そうです」

「どうしてもっと先まで出迎えなかったのです?」

「…………」

　ふたりは黙ったまま顔を見合わせた。

「横着して裏口に張り紙を出したのはあなたたちですね」

「そうです」と男たちは声をそろえて答えた。もちろん張り紙をしたというところだけの返事のつもりだろう。

　ということは、やはり総務課の係長も裏の職員で、わたしがここにたどり着くようにと仕組んだのだろうか。同様に、階段の掃除の男も裏の職員だったのだろうか。いずれにしても、秘書たちの沈黙劇とその退去がなにを意味しているのか、この男たちから訊き出さねばならない。そこでわたしは椅子に腰をおろしてふたりに言った。

「立っていないで、坐りましょう」

　ふたりは顔を見合わせてから、それぞれ椅子に腰をおろした。

「介添人ならば、いまここで起こったことの説明をしてください」

　わたしは真っ暗になったショーウインドーを示して訊いた。

「それはできません。こちら側からの一方的な説明は禁じられています」

　ふたりは声をそろえて言った。

「それなら質問に答えてください。ふたりいっしょでなく、交互に答えてください」

　ふたりは顔を見合わせた。

「さっきの電話はわたしの要件でかかってきたのでしょうか」

「そうです」

一方の男が自分の顔を指さしてから答えた。

「受話器も取らないのにどうしてわかるのです?」

「あなたの要件のほかの要件はないからです」

もう一方の男が自分の顔を指さしてから言った。

「でも、ひとりひとりの前に一枚ずつ請願書が置かれていましたよ」

「みんな同じもので、すべてあなたの請願書です」

「なるほど。それでどうして誰も受話器を取らなかったのです?」

「どうしてって? 取らないことになっているからです」とひとりが自信のなさそうに言った。するともう一人が、

「受話器は固定してあって取れなくなっているのです」と代わって答えた。

「どうして固定してあるのです?」

「取ると、拒絶ということになるので、万が一にもまちがいがないように固定してあるのです」

「すると、取らないということは、承認ということですね」

「そうです」

「なんの承認です?」

「面会の請願を破棄して、ここを通過することの承認です」

「つまり、わたしがみずから面会の請願を破棄して、そのかわりにここを通過することをみずから承認したということですか」

「そうです」

「でも変ですね。わたしはどんな意思表示もしなかった。それなのにどうして承認したことになるのです?」

「わたしどもにそこまではわかりません」

「わからないことばかりでは、介添人の役目を果たしていないことになります」

わたしは苛立って脅すような口調で言った。ふたりはすこし怯えるような様子を見せた。

「でも、わたしどもはここにいるように言われているだけですから」

「誰から?」

「秘書さんたちです」

「さっきの?」

「そうです。わたしどもの役目は請願者といっしょに電話がくるのを待つことなのです」

「あんなふうにガラスごしに覗きながら?」

「そうです。請願者といっしょに電話が鳴るのを待つのがわたしたちの役目なのです」

「ただ見ているだけ?」

「そうです。誰かが窓ごしに見ていなければ、秘書さんたちはどうしてあんな辛い仕事に耐えられるでしょうか。請願人や介添人が見守っているという慰めがあってはじめて耐えられるのです。もちろんきょうのように請願者がいればまだいいわけですが、そんなことはめったにないから、わたしたちは、ひとりは請願者、ひとりは介添人に見立てられるようにと、いつもこうしてふたりでいるのです」

「………」

ということは、もちろん結果としてだが、わたし自身が面会の請願を放棄してここを通過することをみずから承認した、そのことを介添人である彼らが認めて、その旨を秘書たちになんらかの方法で伝えた、ということになる。そしてさらに、秘書たちが電話に手を触れないことで請願者の承認を電話の主に伝えたということになる。そこでわたしは念のために訊いてみた。

「つまりあなたたちは、わたしが自分で面会の請願を放棄し、通過することを承認した、そう秘書たちに伝えたのですね」

「いいえ。伝えません。ただ、合図をしない場合は承認ということになっているのです」

「そしてそれはわたし自身にも当てはまるわけですね」

「そうです。特別に拒絶の仕草がない場合は承認するということです」

「なるほど。つまりすべては茶番ということになりますね。だってそうでしょう。受話器を取らない場合は承認ということになっている。ところが、その受話器は最初から取れないように固定されているのですから」

「…………」

男たちは顔を見合わせた。たしかにそういうことになる、どうしてだろうという表情だった。

「受話器は固定されている、どなたかがそう言いましたよ」

わたしは念のために訊いた。すると彼らはたがいに相手の顔を指さした。言ったのはおまえだと双方が主張しているのだろう。わたしはそんな彼らを見て、これ以上この問題を追及しても仕方がない、そう思った。それよりも、通過するとはどういうことなのか、それを知る必要があった。

「それで、みずから承認し、また承認された結果、どういうことになるのです?」

「ここを通過する許可が与えられたことになります」

ふたりは声をそろえて言った。あいかわらず自分の顔を指さしてから発言していた。

「それはわかっています。通過すると、どうなるのか、そう訊いているのです」

「わたしどもにはわかりません」

「わからない？　介添人なら何人も通過したのを見送ったでしょう」

「いいえ」とふたりはそろって首を横に振った。

「誰も通過しません」

「誰も通過しない？」

「わたしどもが介添人になってから通行許可がおりたのはあなたがはじめてです」

「というよりも」とわたしはおもわず言った。

「誰もここに来た者がいないのではないですか」

「…………」

ふたりは口を閉ざしたまま顔を見合わせた。まちがいなかった。すくなくともこの介添人たちが請願者を迎えたのはわたしがはじめてなのだ。

「やはりそうなのですね。ようやくすこしわかってきた」

わたしはこう言ったが、わかったのは、これはすべて罠かもしれないということでしかなかった。罠であるなら、どの時点で仕掛けられたのだろう。いちばん妥当な考えは総務課の係長によって仕掛けられたということだが、あるいはもっとまえ、送金終了の確認を求めようと思ったときすでに、みずから罠に落ちていたのかもしれない。

「それでも介添人なのだから、その部屋を通過すると、どこに通じているのか、それくらいはわかるでしょう？」

わたしはこう訊くと同時に、男たちの後ろの壁にドアがあるのを認めた。このときまでなぜか目に入らなかったのだ。

「まずはその部屋を通過するのですね」

わたしはドアを指さして訊いてみた。男たちは顔を見合わせてから、断言するように声をそろえて言った。

「そうですが、その部屋はどこにも通じていません！」

「通じていない？　通過許可がおりたのでしょう？」

「それでもどこにも通じていません」

「つまり」とわたしはみずからに言った。

「その部屋はどこにも通じていない。それなのにわたしはその部屋に入ることを自分で承認し、また承認もされた、というわけですね」

「………………」

男たちは返事をしなかった。答えられないで介添人の役目を果たしているといえるだろうか。あるいは反対に、答えられないほど無知だからこそ介添人として採用されているのだろうか。そうだ。実際に介添人に採用されているのだから、そういうことだろう。ということは、わたしとしては、すべてを自分の判断と意志で行動しなければならず、その結果はみずから責任を取らねばならないということになる。

「なるほど。自分でも承認し、また承認されて許可がおりたのだから、みずからの意志でもって、〈どこにも通じていない〉その部屋に入らなければならない、ということですね」

「そういうことです」

ふたりの男は顔を見合わせて、ほっとしたような声で言った。

「これで、すっかりわかった。あなたたちは介添人の役目を立派に果たしました。それに、さすがは役所だ。みごとな仕組みになっている。そう思いませんか」

「…………」

ふたりは黙ったまま、なんのことだろうと、たがいに相手に問いかけるように顔を見合わせた。

「いいのです。あなたたちはなにも気にしないでください。それにそろそろ出発しなければなりません」

わたしはこう言って、椅子から立ちあがった。

「出発?」

ふたりの男は声をそろえて問いかけ、自分たちも立ちあがった。

「出かけるのです」

わたしは繰り返した。

「どこへ?」とふたり。

「もちろんその部屋のなかです。だってその部屋しかないじゃないですか」

「…………」

男たちはしぶしぶうなずいたが、合点がいかない様子だった。

「だって、そういうことでしょう」

わたしはふたりの顔を交互に見つめて念を押した。
「その部屋はどこにも通じていません」
男たちはふたたび声をそろえて言った。まだ自分の顔を指さしてから答えていた。
「わかっています。〈どこにも通じていない〉から入るのです」
わたしはこう言って、顔を見合わせているふたりのあいだを、割って入るようにして通り抜け、ドアに近づき、ノブに手を伸ばした。

ドアはなんなく開いたが、なかは暗がりだった。それでもわたしは躊躇なく踏み入れた。介添人たちにも言ったとおり、前進するほかに道はないのだ。それに、みずからも承認したのだし、また認可もされたのだ。

入ると同時にドアが閉まった。介添人たちがすかさず閉めたにちがいなかった。けっきょく介添人たちの任務は、わたしが自分から〈どこにも通じていない〉このなかに入るよう仕向けることだったのだろう。事実、彼らと交わした会話のおかげで、わたしはことさら決意したり覚悟をしたりせずに、〈どこにも通じていない〉このなかに踏み入れることができたのだ。

なかは完全な暗闇で、なにも目に映らなかった。それでも部屋のような四角な空間に思えたので、わたしはドアの片側の壁に身を寄せて立ち、あらためて暗闇に目をこらした。そして、なにも見えない暗闇に目を向けたまま、〈どこにも通じていない〉という言葉の意味を考えた。

もちろん、言葉どおりの意味、暗闇に満たされたこの空間がどこにも通じていない、というだけの意味でないことはわかっていた。そうではなく、裏の局長秘書控え室を通過することをみずから承認し、また認可されたわたしにとって、わたしそのものが〈どこにも通じていない〉という意味にちがいなかった。そして、わたしそのものが〈どこにも通じていない〉ということは、わたし自身がみずからを消滅させるべく、あえてこの暗闇に溶け入るしかない、ということにちがいなかった。

その考えにもとづいて、わたしは暗闇を見つめつづけた。すると暗闇が膨張したり凝縮したり、絶え間なく蠕動しているのがわかったが、その動きはあきらかにわたしを呑みこもうと意図していた。〈どこにも通じていない〉ということは、その意図にしたがってみずからを差し出し、暗闇に完全に呑みこまれる、ということにちがいなかった。

わたしはその意図に促されて、目に見えない壁にそって歩きだした。膨張と凝縮を繰り返す暗闇のなかでは、計るべき距離が失われていて、際限のない歩行だった。それでも、どのくらい前進したかわからないままに、壁が直角になったところを二度通過した。四角い空間であるならば、入ったドアの向かい側にたどり着いたことになり、ふつうならそこに別の出入口があってもよさそうだが、もちろん出口などあるはずがなかった。

わたしもあえてそれを確かめず、ふたたび壁にそって進みはじめた。やがて直角になったところに行き着き、そこを曲がって、部屋の形をしているなら入ったドアがあるはずの壁に向かった。そしてそこにたどり着き、念のために壁を手探りしてみたが、平らな壁があるばかりで、ドアは見つからなかった。したがってその瞬間、〈どこにも通じていない〉という言葉が成就して、自分がどこにいるのか完全にわからなくなった。

わたしは、こんどは壁から離れて、どこかにたどり着くという当てもなく、また自分の位置を頭に思い描くこともなく、暗闇のなかをめぐりはじめた。つまり、〈どこにも通じていない〉という言葉そのままに、みずからを暗闇にゆだねた。するとたちまち餌食にすべく忙しく蠕動する暗闇がおそいかかり、そのなかに深々と包みこまれた。

暗闇とひとつになったわたしは、その暗闇のなかをめぐりつづけた。暗闇とひとつになったことで、どこまでが自分の内側で、どこからが自分の外側か、その区分が曖昧になった。そのことに気づいて、わたしは自分に言い聞かせた。こうしていれば、自分の内と外との区別がなくなることでしだいに意識は希薄になり、ついにはその意識が消滅して、最後には床に触れている感覚だけが残るだろう。そしてその感覚が消えたとき、はじめからなにもなかったように、わたしだけでなく、すべてのものが暗闇に溶けてしまうだろう。

わたしは自分の外と自分の内との区別をなくしたその状態で、なおも蠕動する暗闇のなかを歩きつづけた。それでもはじめのうちは、自分の内側でもある記憶や、父親の送金によって成り立っていた歳月や、この役所に入ってからのことがつぎつぎに思い浮かんだが、それもしだいに消え失せて、しまいには、父親の存否の確認ということだけが頭に残り、それもやがて消え去り、暗闇のなかにいるという感覚だけが残った。あとはその感覚の消滅を待つばかりだった。

ところが床に足が触れているという感覚は消滅しなかった。それどころか、いったんは暗闇に溶けこみながらも意識が甦り、〈どこにも通じていない〉空間をめぐっているという、はっきりとした意識になって回復した。わたしはその状態を確かめるべくいったん足をとめた。たしかにわたしはまだ自分の足で床に立っていた。

〈どこにも通じていない〉暗闇をめぐり足りないのだろうか。それともめぐり方をまちがえたのだろうか。わたしはそう思いながら、床を踏みしめて、暗闇の中心点と思えるところに進んでみた。そしてそこに立ち、まわりの暗闇に目をこらしてみた。

するとと、遠くのほうに明かりらしい白い線がかすかに認められた。入ったドアだろうか。もちろんそんなことはありえなかった。ということは、この暗闇そのものにも出口があるということだろうか。わたしは信じられない気持で、そのほうへ足を運んだ。すると三十歩も行かないうちに、壁らしいものに行き当たった。

その白い線のそばを押してみると、壁らしいものが動いて、線がひろがった。さらに押すと、やはり出口にちがいなく、その出口を向こう側でなにかがふさいでいた。それでも押していると、ふさいでいる物がすこしずつずれ動いた。さらに力をこめて押しつづけた。十センチほどの隙間ができたとき、「誰だ!」という声がした。老人らしいしわがれた声であった。

「わたしです。いま着きました」

わたしはていねいに答えた。その老いた声から一瞬、父親かもしれないと思ったが、もちろんそんなことはありえなかった。それに、父親の存否の確認を放棄したのだから、父親であるかどうかは、もはやわたしには関わりのないことだった。

「どうしてそこから来た?」

こんどは沈んだ重々しい声がした。

「ここからではいけなかったのでしょうか」

「この入口は使わなくなっている。そこからはもう誰も来ない」

「それはそうかもしれませんが、もう引き返せません。それをどけてください。あとすこしです」

「そっちからもっと押せ」

「わかりました」

　力まかせに押すと、ようやく体がすり抜けるだけの隙間ができた。薄暗い部屋でベッドがドアをふさいでいた。あきらかに老人の寝起きしている部屋であった。隙間を抜け出たわたしはベッドを半周して老人の前に立った。背の低い老人で、小さな顔を上向けてわたしの顔を見つめていた。笑っているのだろうか。そんなことはなかった。鼻から四方へ無数の皺が放射状に走っていて、それが笑っているように見せているのである。

「どうしてドアをふさいであるのです?」

わたしはあらためて訊いた。

「その入口は誰も使わなくなったからだ」

老人はさっきと同じことを言った。

「どうして使われなくなったのです?」

「ここから入ると、自分がなくなることがわかったからだ」

「すると、以前は、自分がなくなることがわからなかったのですか」

「いや、わかっていた。自分がなくなることがわかっていても、このドアから入って来たものだ」

「それなのに、どうして使われなくなったのだろう」

「信心がなくなったからだ」

信心?　どこかで聞いた言葉だった。そうだ。階段を掃除していた男だ。わたしはあえて言ってみた。

「でもこの役所は、いったん入ったら、いずれ自分がなくなる。そうじゃないのですか」

「それは、なくなると思うから、なくなるのだ」

「すると、なくなると思わなければ、なくならないのですか」

「そうだ。なくならない」

「つまり、〈どこにも通じていない〉ところを通過すればいいわけですね」

「そうだ」

「それで、あなたは誰です？　ここでなにをしているのです？」

「屋上の管理をまかされている者だ」

「屋上の？」

「そうだ」

「屋上だけですか」

「屋上のほかなにがある？」

「…………」

けっきょく、老人との問答からは、〈どこにも通じていない〉ところを通過することに成功したのか、みずからを暗闇のなかに消滅させることに失敗したのか、どちらともわからなかった。わたしはあらためて部屋のなかを眺めた。見るものなどなにもない恐ろしく殺風景な部屋で、ベッドのほかバケツや箒など掃除の道具が部屋の隅にあるばかりだった。

「ここに長く住んでいるのですか」

わたしは訊くまでもないことを訊いた。

「長いな。いつからかもう忘れた」

「それでここが終点なのですね」

「終点……それはなんのことだ？　ここは入口だ」

「入口？」

「そうだ」

「どこの入口です？」

「屋上の入口だ」

あの吹き抜けの階段を三階か四階はおりたはずだが、いちど登ったあの屋上だろうか。

「どこの屋上です？」

老人はそれに答えずにいきなり言った。

「それで、あんたはＧ局長に会いに来たのかね」

「Ｇ局長？」

わたしは老人の顔を見つめて訊き返した。

「そうだ。Ｇ局長だ」

笑っているように見える顔に似つかない真剣な声である。

「いいえ。わたしはＭ局長に会いに来たのです」

「そうかね。あんたはＧ局長に会いに来たのかね」

老人は同じことを繰り返した。

「いいえ。Ｍ局長に会いに来たのです」

わたしも同じことを繰り返した。

「そうかね。あんたはＧ局長に会いに来たのかね」

老人はさらに同じことを繰り返した。

「いいえ。M局長に会いに来たのです」

老人はそのあとも、「そうかね。あんたはG局長に会いに来たのかね」と同じ言葉を繰り返しつづけた。G局長とは誰だろう。それが父親だろうか。いまではG局長と呼ばれているのだろうか。いや。そんなはずはない。

根負けしたわたしは、仕方なく最後には、「ええ。G局長に会いに来たのです」と答えた。すると老人は満足したようにうなずいた。

Ⅵ

老人はわたしの顔に向けていた視線をはじめてそらし、小さな背を向けた。そして、わたしがさっきから気にかけていた、向かいの壁にあるドアを開けて外に出た。ついて来ると確信しているのか、老人は振り返らなかった。そこは納屋のように薄暗くてかび臭い空間で、その奥に進んだ老人は壁に向かって立ち、呪文を唱えるみたいになにかつぶやいてから、両手で体ごと力をこめて壁を押した。すると壁がゆっくりと動いて、そこに人ひとり入れる隙間ができた。老人はその隙間に身をもぐり込ませた。わたしもあとにつづいた。

入ったそこはエレベーターくらいの広さで、灰色の壁のほかになにもなく、四角な塔の内部を思わせた。壁のひとつにコの字型の鉄筋が打ちこまれていて、それが梯子になっていた。老人は梯子を登りだした。わたしはあとについて登りながら、自分になんども問いかけた。G局長とは何者だろう。

正体の知れないそのG局長に会って、どうしようというのだろう。

薄明かりの空間のなかを登る梯子はひどく長く、息切れがした。慣れている老人はやすやすと登っているが、ついて行くのが容易ではなかった。三階分くらい登ってようやく頂上に着いた。そこはせまい足場で、いきなりドアがあって、老人につづいてそのドアを出ると、やはり屋上だった。掃除の男に出会ったあと登り着いたあの屋上で、あのときわたしは、四隅にあるドアの一つを選んだのである。

ということは、けっきょく振り出しにもどっただけではないのか。そう思って、老人のほうを見ると、曲がった背を精いっぱい伸ばして、屋上の対角線のほうへ目を向けている。なにを見ているのか老人の視線をたどると、屋上の隅に茶褐色に塗られたコンテナがあった。あんなものがあっただろうか。それともここは別の建物の屋上だろうか。そんなことはなかった。やはり同じ屋上だった。するとあのときはあんな大きなものを見落としたのだ。

老人は決意したようにコンテナのほうへ歩きだした。案内していることを忘れているのか、やはりわたしのほうを振り向かなかった。老人の後ろについて歩きながら、自分がなにか馬鹿げたことをしている気がした。上空を見あげると、あいかわらず遠近感のない曇り空で、陽の在り処は定かでない。屋上をかこむ高い外壁がやはり外にひろがる大都会を隠している。

コンテナのところに来た。立ちどまった老人は、わたしの顔を見あげて、閉じた口に指を一本立てた。それから足音を殺して、コンテナの裏側に導いた。屋上の外壁とのあいだが通路のようになっていた。中ほどまで入ったところで、老人は振り返ってから、コンテナの側面を指さした。そこに覗き穴があって、栓がしてある。ということは、覗き見るということであって、「会わせてやる」ではなく、

「見せてやる」ということなのだ。

　それにしてもG局長とは何者だろう。狂人のような存在で、ここに閉じこめてあるのだろうか。その狂人を揶揄して局長と呼んでいるのだろうか。いずれにしても、そんなものを覗き見て、どうしようというのだろう。老人は異様な皺でできた顔をわたしの顔に近づけて、なにかの了解を求めるつもりらしく大きくうなずいた。そして、なんのことかわからないまま、わたしが仕方なくうなずき返すと、背を向けて覗き穴をふさいだ栓を抜いた。

　片目で覗く小さな穴だった。老人はそこに目を当てた。小柄なので背を伸ばし、そこに張りついた様子が、いかにも滑稽だった。わたしはその様子を見て、老人が覗くようにと言ったら、そんなものは見たくないと、いちどは拒絶してやろうと思った。

　ところが老人は覗き穴からいつまでも目を離さなかった。わたしがそばにいることを忘れて夢中で覗いているのだ。わたしは我慢ができなくなり、老人の肩をたたいた。老人はその手を払いのけて、場所を譲ろうとしない。わたしはもういちど老人の肩に手をおいた。老人はふたたび手を払いのけた。わたしは両手で老人の両肩をつかんだ。それでも老人は覗き穴に目を当てたまま、体を揺らしてわたしの手を振り払おうとした。

　わたしは仕方なく老人を体ごと力いっぱい引き剝がした。老人は抵抗して叫びだした。わたしは口をふさぎ、さらに床に引き倒した。すると、どこかに頭をぶつけたわけでもないのに、老人は気を失って動かなくなった。

　老人をそこに寝かせたままにして、わたしは覗き穴に目を当てたが、コンテナのなかをひと目見てすぐに覗き穴から目を離した。そして、自分がいまどこにいるのか確かめるために背後を見まわした。

そうだ。都心にある役所の屋上にいるのだ。それなのにいま目にしたものはなんだろう。老人にたぶらかされて、なにか幻影を見ているのだろうか。これはなにかいかがわしい見世物ではないのか。

わたしは足もとに横たわっている老人を靴先で突いてみた。老人は死んだように動かなかったが、曇った上空へ向けた顔はやはり異様な皺のせいで笑っているように見えた。

わたしは覗き穴に目をもどした。さっきは気づかなかったが、コンテナのなかは壁も天井も白く塗られていて、しかも明るい光に満たされていた。そしてその明るみのなか、中央に敷かれたマットの上に、老人のいうG局長が全裸であぐらを組んでいた。わたしはその様子をあらためて眺め、「ただの置物ではないか」とつぶやいた。

たしかに、ちょっと見ると、ふつうの人間よりすこし大きく造られた塑像が据えられているという感じで、事実、漆喰でできているみたいに全身が濃い褐色であった。もちろんわたしは実際に置物だと思ったわけではなく、そうつぶやくことで自分の気持を落ち着かせたのである。

わたしはG局長の顔をじっと見つめた。覗き穴の正面に坐っているので、向き合う格好だった。全身はたしかに置物じみているが、顔はすこし生気をおびて見えた。わたしはその顔に視線を固定して見つめつづけた。瞑想に耽っているように見える顔は、いくら見つめていても見飽きることがなく、老人があれほど夢中で覗いていたのも無理はなかった。むしろ造り物じみているところ、いかにも紛《まが》い物じみたところが、見る者の気持をかえって惹きつけるのかもしれなかった。

どのくらいその顔を眺めつづけていたのだろう、G局長の目がかすかに動いた。閉じられていた瞼がすこし開いて、赤みを帯びたそこに、黒い眼球の一部が覗いたのである。眼球が見えたことで、置物じみていた全身が生き返ったような印象に一変した。大きな鼻、厚い唇など顔の表情もいっそう本物らしくなり、太い首からつづくがっしりした肩、女性のそれにも見える豊かな胸、頑丈そうな両腕がいまにも動きだしそうだった。

G局長が息づいたのを認めて、わたしははじめて恐怖をおぼえた。覗き穴の正面に坐っていたのは、こうした出会いを待っていたのかもしれず、もしそうであるなら、休息状態を保っていなければならない存在なのに、わたしの執拗な凝視が休息しているその脳を刺激して、目を覚まさせたことになるからだ。

G局長のうっすらと開けた赤い目は、あきらかにこちらを見ていた。しかし眼差しのようなものは感じとれなかった。目を開けようとしても、それ以上は開かないのかもしれず、むしろその表情は、物音からすべてを判断しようとしている、そんなふうに見えた。弱い視力とは反対に強力な聴力を持っていて、コンテナの外、都会の広がり、さらに遠く宇宙の果ての出来ごとまで感知しようとしている、とでもいうように。

わたしはなおもG局長の顔を見つめつづけた。赤い目はかすかに開けられたまま、それ以上の変化は見せなかった。わたしは思った。最初からこんなふうにすこし目を開けていたのではないのか。目をあけたまま眠っているのではないのか。階段を掃除していた男が言ったように、眠っているのがG局長の常態であり、目覚めることのない休息状態を保っているからこそ、いまだこうして生き永らえているのではないのか。

ところが、わたしがこう考えたとたんに、その考えを否定するかのように、G局長は目を大きく見開いたのである。赤い目のなかに黒い眼球がくっきりとあらわれたのである。わたしは逃げだしたい気持をかろうじてこらえ、その顔を見守りつづけた。黒い眼球をどこか一点に固定させたまま、いま自分がどこにいるのか、確認している様子にも見えた。いずれにしろ、これ以上はっきりと目を覚まされたら、どういうことになるのだろう。とても責任のとれる事態ではない。

わたしは緊張に耐えかねて、いったん覗き穴から目を離して体を起こした。やはり上空は灰色に曇っていて、空があるようには見えず、またその下にひろがっているはずの大都会は、その気配さえ感じとれなかった。足もとを見ると、横たわった老人が意識を失ったまま、あいかわらず皺だらけの顔で笑っている。

覗き穴に目をもどすと、見つめることで意識をはっきりさせようとしているのか、G局長は前かがみになって、足先をじっと見つめていた。そこに供物用の造り物のリンゴが転がっていて、それを見つめているのだ。ただ見つめているだけではなかった。いまさらそんなことをされては困るのだが、そのリンゴに触れることは、地球規模の大事変になるとでもいうように、そのほうにそうっと手を伸ばしかけては、その手を退くのである。

さいわいG局長はリンゴへの関心を失って、大きな褐色の手で顔を撫ぜおろした。目がふさがった。休息状態にもどるのだろうか。そうだ、せっかくこうしてコンテナに収まっているのだから、休止状態を保っていてもらわねばならない。

ところがつぎの瞬間、わたしの思惑とは反対の事態が生じた。G局長がいきなり立ちあがったのである。仰天したわたしは、覗き穴から目を離してまわりを眺めた。なにか途方もない異変が起こるのではないか……。さいわいなにも変化はないようだった。わたしは覗き穴に目をもどした。

G局長の立ち姿は哀れなものだった。堂々とした上半身に比べて下半身はいかにも貧相だった。腰のところでふたたび膨らまねばならないのにほっそりとして、折れ曲がった脚などはさらに弱々しく、上半身との不均衡は目をおおいたいくらいだった。

みずからの不均衡を自覚していないらしく、G局長はせまいコンテナの四隅を勢いよく歩きまわりだした。上体を大きく揺らせていて、まるで酔っ払っているみたいだった。それでも、壁にぶつかりそうになると、くるりと巧みに向きを変えた。さっきあれほど関心を示したリンゴなど意に介さず踏みつぶした。

檻のなかの熊のようにコンテナの四隅をめぐることで、なにをしているつもりだろう。宇宙空間でも闊歩しているつもりだろうか。わたしは忙しく歩きつづけるG局長を見守ることに疲れて、覗き穴から目を離した。そして、自分はなんのためにここにいるのだろうと思った。総務課の係長の言葉に乗せられ、裏の局長秘書たちの沈黙劇とその退去を経て、こんな奇妙な見世物を覗き見することを強いられている……。

こんなふうに思っていると、背後で物音がした。振り返ると、G局長がコンテナの引き戸を開けて、顔を外に出していた。外気にさらされた褐色の顔はフクロウの造り物のようで、黒い目玉をはめ込んだ目は真っ赤である。わたしは恐怖に駆られて逃げだそうとした。しかしつぎの瞬間、なにかの力に押されたかのように、反対に引き戸に飛びついていた。

G局長はすばやく身を退いたが、閉めた引き戸のあいだに片腕がはさまった。わたしは引き戸をすこしゆるめてみた。G局長は腕を退こうとしなかった。腕はやはり漆喰でできているみたいで、触っただけで表面がぽろぽろと剝がれ落ちそうだった。

わたしは用心しながら引き戸を押す力をさらにゆるめた。すると腕が足もとに落ちた。すでに千切れていたのである。わたしはその腕を靴先で押し入れてから、引き戸を閉めて覗き穴にもどった。G

局長はマットに坐り、右手で左腕をかかえて、千切れたところを見ていた。肘のすこし上からなくなっていて、その切断個所に見入っているのである。

わたしはまずいことになったと思った。もがれた腕の傷という部分に意識が集中すれは、対象に固定したその意識がしだいに強化されて、衰弱した不分明な意識という休止状態から完全に抜け出る怖れがあるからだ。そんなことになったら、地上のすべてのことが新たに開始されるような事態になるかもしれない。そんなことにならないよう、なんとかして腕の傷に集中する意識を、そこからそらさせなければならない。

だが、どういう方法で？　わたしは覗き穴を覗きながらコンテナの壁をノックするようにたたいてみた。腕の傷に夢中のG局長はどんな反応も見せなかった。もういちど、こんどは拳《こぶし》で思いっきり強くたたいてみた。大きな音が響いたが、やはりなんの反応も見せなかった……。

気がつくと、わたしは引き戸の前に来ていた。どうしようというのだろう。なかに入ろうというのか。狂気の沙汰だ。わたしはそう思いながらも、引き戸を開け、敷居のところで足をとめたまま、上半身をコンテナのなかに入れた。

コンテナのなかは息もつけないくらい蒸れていた。休止状態でも発散させつづけている体臭なのか、吐き気をさそう強烈な臭気だった。腕の傷に夢中のG局長は、わたしが引き戸を開けたことに気づかないようだった。わたしはG局長のひろい背中を見つめた。腕がもげたところから意識をそらさせるにはどうしたらいいのか。そんなことが自分にできるだろうか……。

そのとき誰かがいきなりわたしの背中を押した。わたしはその弾みでおもわず敷居をまたいでコンテナに踏み入れた。誰かが？　もちろん老人にちがいなかった。つづいて引き戸が閉められて、錠がおろされる音がした。

わたしはその瞬間、なにが起こったのか、いちどに理解した。罠に落ちたのだ。これはすべて計画されたことで、送金を受け取っていたときから、いずれこの役所におびき寄せられ、このようなかたちで餌食になることに決まっていたのだ。おそらく老人も、気を失ったふりをして、閉じこめる機会を待っていたにちがいないのだ。

しかしわたしは、このように考えながらも同時に、生じたことのすべての過程において、そのことをみずからが承認した結果であることも認めていた。ということは、とりあえずいまは、自分のことよりもG局長をなんとかしなければならない、ということだった。

G局長は腕がもがれた個所の傷に夢中になり、侵入者に気づいていないようだった。わたしはG局長の背中を見つめたまま、どうすればいいのかわからず、茫然としていた。それでも足が自然に動いて、G局長に歩み寄った。そして手を伸ばして指先でG局長の肩に触れた。やはり漆喰でできているような肌触りだが、それでも熱のようなものが指先に伝わった。

わたしは退いた手をもういちど伸ばした。こんどは二本の指で肩に触れた。漆喰のような感じはなくなり、ふたたび熱が体に伝わった。わたしはさらに五本の指を伸ばして、手のひらいっぱいに肩に触れた。熱が全身に伝わった。この感触を味わった以上は一秒も触らないではいられない、そんな衝動をさそう感触であった。わたしはもう一方の手も伸ばして、両手をG局長の両肩につよく押しつけた。

そのときであった。G局長がいきなり振り向くと同時に立ちあがり、大きな体でおおうようにしてわたしに抱きついたのである、当然わたしのほうもG局長に抱きついた。G局長とわたしは抱き合ったまま床に転がった。体じゅうが燃えるように感じられて、つぎの瞬間、わたしはG局長が抱きしめる力に気を失った。

意識がもどってわれに返ると、わたしは裸でマットの上にあぐらを組んでいた。わたしはコンテナのなかを見まわした。どこにもG局長の姿はなかった。どこに行ったのだろう。休息状態にもどそうとしながら、反対に完全に目覚めさせてしまい、その結果、ここから出て行かせたのだろうか。そんなはずはなかった。それならば、どこに？　わたしはコンテナのなかをあらためて見まわした。そしてそのとき、誰かが覗き穴から覗いていることに気づいた。もちろん老人だった。

老人の視線を感じとると同時に、わたしははっと気づいて、自分自身の裸を眺めた。体は漆喰でおおわれていて、G局長の裸体そのままであった。ということは、G局長のなかに入りこんだのだろうか。だが、どうして？　そう思うと同時に、わたしは両腕がそろっていることに気づいて、ようやく生じた事態を理解した。すでに朽ちていた片腕の補修分として、G局長のなかに取りこまれたのである。造り物でもあるG局長は、こんなふうに体のあちこちを取り替えて補修することで、いまだに生き永らえているのである。

ということは、最初から修理を必要としていた補修分として、この役所におびき寄せられたのだろうか。補修分であることを裏の局長秘書控え室でみずから承認し、またその認可を受けたのだろうか。そうだ。そうであるにちがいない。こう諾《うべな》うとともに、わたしの意識はG局長のなかで消化されて、わたしは消滅したのである。

（了）

他者の顔

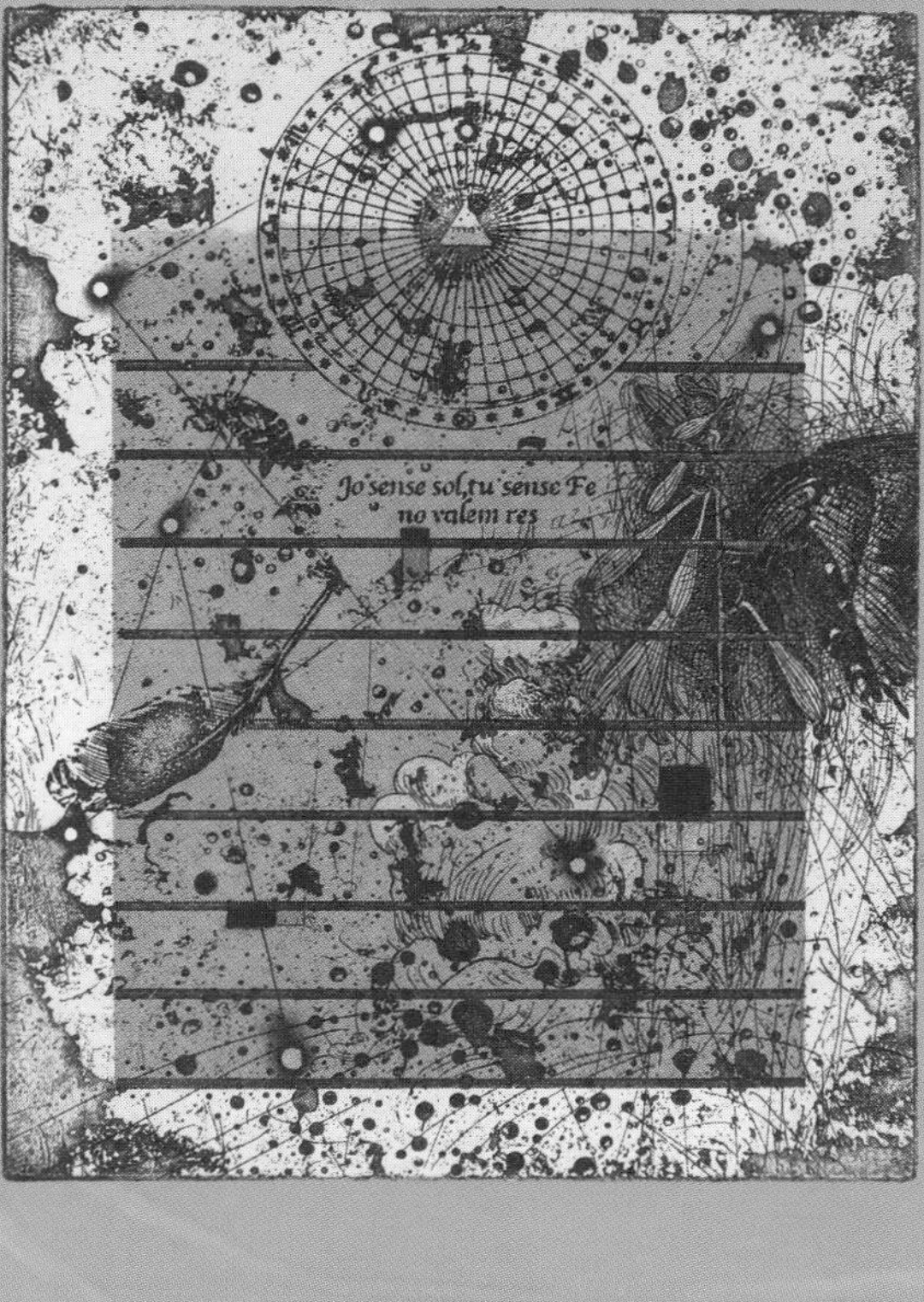
Jo sense sol, tu sense Fe
no valem res

I

眼帯がとれたばかりのぼくは、見ることに夢中だった。そのときも、明るくなるのが待ちきれずに起き出して、病棟の中ほどにある洗面所に入った。すると、朝の早い患者もまだ姿を見せない時間なのに、男がひとり、洗面台の鏡の前に立って、髭を剃っていた。その人は、ぼくの挨拶に対して、振り向きもしなければ、返事もしなかった。もちろん病院では、いろんな人がさまざまな状況に置かれているのだから、ぼくはすこしも気にしなかった。

それでもぼくは、ひとつ隔てた洗面台で歯ブラシを使いながら、その人を目に入れていた。五十くらいのその人は、背が高く、がっしりした体をしていた。角刈りにした半白の髪、日焼けした艶のある顔など、職人などによく見かける精悍さが感じとれて、すこしも病人らしくなかった。

その人はなにか緊張感のようなものを漂わせていた。髭を剃る手をとめて、鏡のなかの自分の顔を、じっと見つめているのである。おなじ見るという行為でも、二十日ぶりで視力を取りもどし、どんなものにでも目を向けずにおれないぼくとちがって、抜き差しならない事態に引き入れられ、鏡のなかの自分の顔から目をそらせないでいる、とでもいうようだった。

ぼくはその人のそんな気配に不安をおぼえて、歯ブラシをくわえ、洗面台を離れて、窓の前に立った。五階の窓から見おろす中庭は、早朝の薄闇につつまれていて、窓のちかくの樹々の先端が見わけられるだけで、向かいの病棟は淡い影にしか見えなかった。それでも、長い暗闇から解放されたぼくは、目に映るものだけではなく、目に見えないものまで見ようとせずにおれなかった。

ぼくは洗面台にもどって顔を洗っていたが、なにかの気配を感じて、その人のほうに顔を向けた。すると、その人がカミソリを喉に当てた手を静止させていた。ぼくは震えあがった。喉を切り裂こうとしている、一瞬そう思ったのだ。もちろんそんなことがあるはずはなかった。その人は髭を剃るのを忘れて、鏡のなかを見つめているだけであった。それでもやはり異様だった。鏡のなかの自分の顔を凝視したまま、あきらかに硬直状態におちいっているのである。

こうした場合、話しかけるか物音を立てるかして、その状態から覚まさせるべきなのかもしれなかった。だが、見ることに餓えていたぼくは、その人が見ているものを自分も見たいという気持にとらわれて、そのような考えに思い至らなかった。それどころか、その人が硬直状態におちいっているのをよいことに、隣りの洗面台に移動すると、爪先立つように体を伸ばして、その人が見つめる鏡のなかを横から覗きこんだ。

その人はぼくのそんな振る舞いに、どんな反応も見せなかった。大きく見ひらいた目で、鏡のなかの自分の顔をじっと見つめたまま、ぼくが横から覗いていることも、おなじ鏡のなかにぼくの顔が映っていることも、まったく気づこうとしなかった。

鏡のなかのその人の顔は、夜間用の小さい明かりのせいで、薄暗がりに埋めこまれて色彩を欠き、モノクロ写真のようになっていた。それはぼくに、子供のころ田舎の家で見た曾祖父の肖像を思い出させた。座敷の鴨居に飾られたその肖像は、ぼくが見あげるたびに、死者を思わせるような目で、じろりと見おろしたのである。

ぼくは鏡のなかのその人の顔を見つめつづけた。そうして見つめていると、ふたつの目がしだいにくっきりと見えてきた。顔の輪郭が暗がりに溶けているので、目だけがいっそう白く光って見えるのである。それはふしぎな目であった。虚脱した状態にありながら、それでいて、それ以上にないつよい意識でもって、それ自体を見つめ返している目であった。

その人はあきらかに、自分の顔にあらわれているなにかに魅入られていた。もちろんそのなにかとは、その人のおちいっている状態でしか認められないものにちがいなかった。それでもぼくは、鏡のなかのその人の顔から目を離さずにいた。その人が見つめているものが認められなくても、見つめている行為そのものは変わりない、あえてそう考えたのだ。するとぼくは、その人のおちいっている状況に入り得たかのように、ひとつの錯覚をつくり出すことができた。

それは、鏡のなかの顔がこの場における第三の顔であって、その人とぼくのふたりがいっしょになって、その第三の顔を見ているという錯覚、ガラスの向こう側、その暗がりのなかにひとりの異様な人物がいて、ふたつの目を白く光らせ、その人とぼくを見つめ返しているという錯覚であった。

その状態がどのくらいつづいたのか、わからなかった。四、五分だろうか、あるいは七、八分だろうか。いずれにせよ、洗面所に勢いよく入って来たひとりの男によって、ぼくはその人をまねることで共有していたその場から追い出され、さらにその男がその人とぼくのあいだに割りこんだので、後退を余儀なくされた。

ぼくは一歩さがって、その男の後ろから、なおもその人の横顔を見まもった。その人は、入って来た男にまったく気づかず、やはり鏡のなかの自分の顔に擬然と見入っていた。ぼくはひとつの考えにとらわれた。いまこの人を現実に引きもどすのは、死体を鞭うつに等しい行為ではないだろうか……。

入って来た男は、その場の緊張に気づいて、「どうかしましたか」と声をかけた。その人は返事をしなかった。その男はもういちど繰り返した。すると、ようやく反応を見せたその人は、引き剝がすようにして鏡からそらした顔を、その男とぼくのほうに向けた。そして、まだ覚めきらない様子で、まるで息をとめていたみたいに、大きく息を吸いこんでから、つぶやくように言った。

「いまふしぎなものを見ていた。だがそれは……」

ぼくは耳をおおいたくなった。見ることが許されても、言葉にすることは禁じられている事柄を、口にしようとしている、そう思ったのである。それでいてぼくは、聞き逃さないようにと身を乗り出させた。その人は、なんのことかわからずにいる男に、というよりも自分に言い聞かすように、すこしうわずった、甲高い声で言った。

「だがそれは……わたしの顔だった。わたしの顔でありながら、もう誰の顔でもない、信じられないほど立派な顔だった」

そしてその人は、言いおえたとたん、いまにも泣きだす子供のように顔をゆがめた。

「いまだって、立派な顔をしておられますよ」

その男が怯えた声で言った。するとその人は、鏡のほうに顔を向けて、いかにも悲しそうにつぶやいた。

「こんなもの、顔じゃない」

怖じ気づいた男は、助けを求めるように、ぼくのほうを振り向いた。けれども、ぼくの顔に、その人の顔の反映でも見出したかのように、いっそう戸惑いを見せて、置いたばかりの洗面道具をつかむと、なにかつぶやきながら洗面所を出て行った。

ぼくは顔を洗うふりをして、なおもその人を見まもった。その人は、カミソリをにぎっていることに気づき、おどろいたような顔をすると、ほかの洗面道具といっしょに、おぼつかない手つきで、バッグにしまいはじめた。そしてそのあいだ、ここがどこなのか、自分がどうしてここにいるのか、というような表情で、洗面所のなかを眺めまわした。おどおどしたその様子は、さっきまでとは別人だった。そして、ようやくバッグにしまいおわると、洗面台にすがって入口に移動し、さらにドアにつかまり、廊下に出て行った。

ぼくは入れかわって、その人がいた洗面台の前に立ち、鏡に顔を映してみた。もちろんその人が見たものが認められると思ったわけではなかった。その人といっしょに〈ふしぎなものを見ていた〉という事実を確認しておこう、そう思ったのである。そして、そこに映った自分の顔を見つめながら、〈誰の顔でもない、信じられないほど立派な顔〉とはどんな顔だろう、そう思ったのである。


真夜中だった。胸苦しさに眠りから覚めると、顔の真上の暗がり、手を伸ばせばとどきそうなところに、にぶく光る白い汚点《しみ》のようなものが、ふたつ浮かんでいた。三、四センチの間隔で横にならんでいて、闇に開けられた小さな穴のようにも見えた。ぼくはベッドに仰向けに寝て、ぼんやりと眺めていたが、しだいに昂奮してきた。輪郭をくっきりさせたそのふたつの汚点が、暗闇に溶けた顔の目であることがわかってきたからだ。

それでもぼくは、なぜか恐怖を忘れて、ふたつの目を見つめ返していた。すると、その白い汚点の目は、眼差しがないままにも、怖がらせるつもりなのか、みずからを透き通るような白さにして、ぼくを見つめだした。ぼくは、相手のそんなやり方におどろきながらも、負けずに見つめ返していた。あんなふうに脅そうとするところをみると、なにかやましい存在にちがいない、だからこのにらみ合いは、最初からこちらに分があるはずだ、そんなふうにも思ったのだ。

事実、ぼくを見おろす白い汚点の目は、透明度を維持するのが精いっぱいで、それ以上どうすることもできないようだった。そしてやがて、みずからの無力さを悟ったのか、やり方を変えた。最初のにぶい白さにもどると、眼差しのないその目に悲しみをにじませたのである。いったいなにが望みだろう。自分のほうに惹きつけたいのだろうか。それとも受け入れてほしいのだろうか。ぼくはそう思って、闇に浮いた白い汚点の目に、さらに意識を集中した。

けれども、ふたつの白い汚点の目は、ぼくがその意図を読みとれないうちに、小刻みに揺らぎだしたと思うと、みずからの軽さがこらえ切れないといった様子で、ゆっくり上昇しはじめた。そして、天井ちかくまで昇ったところで、ただの白っぽい汚点にもどって、さらにぼくの頭の側、隣室を隔てる壁に惹き寄せられると、五、六秒そこに付着したあと、壁に吸いこまれるようにして消えて行った。

それが消え失せると同時に、ぼくはサイドテーブルに目を向けた。にらみ合っている最中、スタンドの小さな明かりがついているような気がしていたので、それを確かめたのだ。消灯のあといつもそうしておくように、豆電球がついていた。それを認めると、ぼくはいまになって恐怖におそわれた。ぼくはこれまでなんどか幻覚というものを見たことがあった。だがそれはすべて、一瞬目に映っただけであった。それに、自分の外にあるように見えても、あくまでも意識のうえでのあらわれにすぎなかった。

ところが、いまの白い汚点の目は、あきらかにちがっていた。ぼくの意識とは切り離されて、かなり長く感じられた何分かのあいだ、暗がりのなかにとどまっていたし、消え去ったときの緩慢な動きも、幻覚とはあきらかに異なっていた。

ようやく動悸がおさまって、時計を手にとると、一時を指していた。そして、体を動かしたことで、発熱していることがわかった。ぼくは、なおも暗がりに目を向けたまま、この発熱は、いまの白い汚点の目が原因だろうかと考えた。もちろん視力を失わせたウイルスが原因の、あのするどく刺すような発熱とはちがっていた。それに、ウイルスの影響はなくなった、再発の怖れはない、という医師たちの診断を、ぼくも受け入れていた。

発熱が頭痛を伴っていないことに気づいて、ぼくは子供のころを思い出した。父が死んだあとあずけられた田舎で、しょっちゅう熱を出していたが、その発熱も頭痛を伴っていなかったのだ。学校に行くのをひどく嫌って、行かずにすむよう、その気になりさえすればいつでも、〈父の死んだ顔〉を頭に思い描くことで、発熱することができたのである。

ぼくは暗がりを見つめて、〈父の死んだ顔〉を思い浮かべようとした。〈父の死んだ顔〉を思い浮かべることで、いまここに自分がいることの理由をみずからに納得させるのが、子供のころから身についた、ぼくのやり方だった。父が死んだとき障害が生じて、父の死以前の記憶のすべてをなくしたぼくにとって、〈父の死んだ顔〉の記憶がもっとも古い記憶であり、その記憶が自分の始まりでもある、そう思いつづけてきたのである。

ところが、いくら思い浮かべようとしても、〈父の死んだ顔〉を思い描けなかった。ぼくは茫然とした。とうに記憶から消え失せていたのに、そのことに気づかずにいたのだろうか。それとも、失明させた正体不明のウイルスの高熱が、〈父の死んだ顔〉を記憶から消し去ったのだろうか……。

気がつくと、ぼくは考えるのをやめて、どこからか聞こえて来る物音に聞き入っていた。真夜中の静けさのなかでも、ほんのかすかにしか聞きとれないその物音は、低い人声に似た音に聞こえながらも、それでいて一定のリズムがあるように聞きとれるのだった。そして、そのリズムに呼吸を合わせるようにして聴いていると、意識がその音に溶け合わさることで、なにかが近づく予感の昂ぶりをおぼえるのだった。

二十分くらいすると、その音は途絶えがちになり、しだいに弱まって聞こえなくなった。同時に中断していた眠りがもどって来た。発熱もひいていた。まだいくらか寒気がしていたが、窓の隙間から入りこむ冷気のせいであった。ぼくは毛布で顔をおおって、もどって来た眠りに体をゆだねた。

翌朝、ぼくは、いつものように快適な気分で目を覚ました。だが、病棟つきの食堂の席に着いたとき、真夜中にあらわれた白い汚点の目を思い出して、そのとたんに快適な気分が失われた。それだけではなかった。食器のなかのものが食べ物に見えなくなった。ぼくは戸惑って朝食をにらんでいたが、見れば見るほど異物に見えて、口に運ぶ勇気が見出せなかった。そこで、同席の患者たちを眺め、その人たちが食べるのを見つめることで、ようやく勇気を見出し、スープを喉に流しこんで、朝食をすませた。

朝食のあと、年老いた患者のひとりが話しかけてきた。ぼくは、視力を回復したら、できるだけしっかり物を見よう、できるだけまわりの人たちの言葉に耳を傾けよう、そう決めていたので、老人の話を喜んで聴こうとした。ところが老人は、自分の病気の説明はすぐにおえて、あなたはどのような病気なのかと訊き返した。ぼくがすこしも病人らしくないので、確かめたくて話しかけたのだろうが、視力は回復していて、病状を訊かれても、なにも話すことがなかった。そこでぼくは、なんどかほかの人にしたように、すでにひと月以上もまえのことになる、突然の失明について話すしかなかった。

そのときぼくは、広告代理店から会社にもどろうと都心を歩いていた。一週間まえから軽い頭痛を伴った発熱がつづいていて、視力も弱っていた。日中なのに夕暮れかと錯覚するほどで、極地の白夜はこんな感じだろうか、などと思ったりしていた。もちろん失明するなんて思ってもいなかった。

ところが、そこまで来たとき、路上で異変が生じた。目の前にいきなり黒い幕がおりたみたいに暗くなり、つぎの一瞬、暗黒につつまれたのである。ぼくは、その場から自分が消えてしまうような感覚に呑みこまれて、舗道にしゃがみ込んだ。そして、舗道に両手をついた恰好で、唾を吐きつづけていた。しばらくそうしていると、通りかかった年配の女性が声をかけてくれて、近くにあったこの大きな病院に連れて来てくれたのだった。

担当医になった医師も本館の眼科医も、なんらかのウイルスによる高熱が視力を失わせたのだろうという診断だった。それは研究所の検査官たちもおなじ考えで、ぼくの行動範囲から、感染源を探ろうとした。だがぼくは、会社と独身寮を往復するだけなので、疑わしい感染経路など見出せなかった。そこで彼らは、こうして視力が回復したあとも、ウイルスの正体について結論が出るまでという条件で、ぼくをこの病院に隔離したのだった。

食堂から病室にもどって来ると、病室の手前で、食事の運搬車が廊下をふさいでいた。その後ろから歩きだそうとすると、運搬車の陰になって気づかなかったが、そこに隣室の付添いの女が立っていた。廊下やロビーでよく出会う、Aというその女とぼくのあいだに、奇妙なにらみ合いがつづいていた。看護婦のひとりがぼくに教えたのだが、ぼくが真夜中になるとうなされて、それが隣室にまで聞こえる、そうAが話したというのである。ぼくは、そんなことがあるはずはない、でたらめをいう女だと思ったので、挨拶をする気になれず、そして彼女のほうも、ぼくがそのことで不快に思っていると察しているらしく、それで、たがいに挨拶をしないのである。

ぼくがいまおもわずAの前で立ちどまったのは、昨夜のあの白い汚点の目を思い起こして、うなされたのは本当かもしれない、そう思ったからだった。考えてみれば、彼女に嘘をいう理由はなく、毎晩、あの白い汚点の目が出没し、ぼくの寝顔を覗きこんで、それが原因で、うなされていたのかもしれないのだった。真夜中のあの静けさならば、壁ごしに聞こえてもふしぎはない。

運搬車が進んだので、Aとぼくは向かい合う恰好になった。彼女の眼差しはやはり、「自分で気づかないなんて、なんて間抜けだろう」そう言っているように思えた。ぼくはそんな眼差しに苛立ち、突っかかる勢いで踏み出した。両手に流動食の容器を持った彼女は、おどろいた様子も見せず、身をひるがえして隣室のなかに消えた。

病室にもどってベッドに腰かけたが、ぼくは落ち着きをなくしていて、自分に問いかけずにおれなかった。眼帯がとれてからあれほど夢中になり、あれほどつよい悦びを味わっていたのに、見るということがもう惰性におちいったのだろうか。視力が回復したら、どんなものでも、ひとつひとつ丁寧に見ることから、すべてをやり直そう、そう決意して、事実、見ることにあれほど夢中だったのに、その反動が生じて、見ることに飽いたのだろうか。もちろんそんなことはなかった。見ることが大切なことは、いまも変わらなかった。

ぼくは生ぬるい空気に息苦しさをおぼえ、ベッドからおりて、窓を開けた。風が死んでいて、空気がよどんでいた。上空は厚い雲におおわれ、大気が白っぽく濁り、五階の窓から眺める都会の一郭は、なにもかも灰色に陰っていた。密集したビル、車で埋まった街路、中庭の樹々など、すべてが光を反射することも影をつくることもなく、一枚の巨大なパネルと化していた。

その光景をぼんやり眺めているうちに、ぼくはあるものに目をとめた。それは、中庭をはさんで向かいにある外科病棟の屋上に干されたシーツだった。八枚のシーツが四角い囲いの形に干されていて、その一枚一枚が、まわりの眠ったようにくすんだ色彩のなかで、ひときわ白く、くっきりと映えているのである。

看護婦が入って来た。彼女が脈をとっているあいだ、ぼくは彼女の白衣の肩に視線を向けていたが、そうして見つめているだけで、白衣の感触がはっきりとよみがえった。視力をなくしていた二十日のあいだ、食事や着替えを手伝ってもらったり、本館にある眼科に連れて行ってもらったりしていたとき、たえず触れていた白衣の感触であった。その感触の記憶が、こうして見つめているだけで、手で触っているかのように、まざまざとよみがえるのである。

そのあとぼくはベッドに坐って、白い塊りに見入っていた。白いカバーのかかった毛布だった。おかしな形で丸まったそれが、見つめれば見つめるほど、どんなものにも似ていない、奇妙なものに見えて、目をそらせないのである。やがて見つめていることに限度がきた。ぼくは伸ばした足で、その白い塊りをベッドのふちに押しやり、床に落とそうとして、あやうく思いとどまった。そして、「こうすれば、こんなものなんでもない」とつぶやき、たたみ直して、ベッドのはしに置いた。

毛布から目をそらすと、天井や壁の白色がまわりから迫ってきた。ぼくは目を閉じた。たくさんの白が頭によみがえった。さっき眺めていた屋上のシーツの白、看護婦の白衣の白、足もとの毛布のカバーの白、天井や壁の白、眼帯がとれた直後、病院じゅうを歩きまわって目にしたさまざまな白……。そしてそれらの白は、追い払おうとして頭を振ると、こんどは反転して一点に凝縮し、昨夜のあの白い汚点の目となって、脳裏にくっきりと描き出されたのである。

前日とほとんどおなじ真夜中の一時すぎ、うなされていたと言われても否定できない胸苦しさに、ぼくは目を覚ました。やはり頭痛はないけれども、発熱していた。ぼくはベッドの上で体を起こして、白い汚点の目が見つからないかどうか、暗がりのなかを病室の隅々まで探した。闇のほかはなにも見つからなかった。

ぼくは毛布にくるまって横になり、昨夜とおなじように〈父の死んだ顔〉の記憶をよみがえらせようとした。〈父の死んだ顔〉の記憶と発熱は一体になっているのだから、この発熱を借りてよみがえらせようという考えだった。けれども、意識をいくら発熱に集中させても、〈父の死んだ顔〉は浮上して来なかった。その試みを妨げるかのように、昨夜の白い汚点の目が思い浮かぶばかりだった。

それとも、とぼくは思った。〈父の死んだ顔〉は、すでに眠りのなかにあらわれたのだろうか。頭痛を伴わないこの熱は、その結果としての発熱だろうか。このような胸苦しい気分は、寝ているあいだに、〈父の死んだ顔〉があらわれた証拠だろうか。もしそうであるなら、〈父の死んだ顔〉を意識した状態で思い描くことは、もうできないということだろうか。だが、必要なとき思い描けなければ、どうしてそれを頼りにすることができるだろう……。あれこれと考えをめぐらせているうちに、一時間ほどがすぎて、しだいに熱がひいた。それを待っていたように、眠気が込みあげてきた。

三日目の夜もおなじことが起こった。真夜中の一時すぎに目を覚ますと熱が出ていて、ぼくはそれに耐えながら、というよりも、それに強いられて、暗がりのなかで〈父の死んだ顔〉を思い描こうとしつづけた。そしてけっきょく、白い汚点の目を繰り返し思い描くだけにおわって、そのうちに熱がさがって、眠りに落ちた。

四日目は、昼のあいだに思いついた考えにしたがい、消灯のあとも起きていた。そうして眠らずにいれば、はじめに〈父の死んだ顔〉を思い描くことができ、それから発熱するという、子供のころのやり方が再現できるかもしれない、そう考えたのだ。だが、十一時ごろ眠りこんでしまい、目を覚ますとすでに真夜中で、やはり熱が出ていた。ぼくは暗闇のなかに横たわり、白い汚点の目を思い浮かべながら思った。おそらく、〈父の死んだ顔〉はもう思い起こせないのだ。記憶を遮蔽する壁のようなものができて、〈父の死んだ顔〉は、その壁の向こうに移ってしまったのだ。

五日目の夜も、真夜中に目を覚ますと、やはり発熱していた。ぼくは暗がりに目を向けて〈父の死んだ顔〉を思い描こうとしながらも、思い描けるとはもう信じていなかった。そして、その代わりとして、ある考えにとらわれはじめていた。白い汚点の目があらわれたのは、〈父の死んだ顔〉が壁の向こうに移ってしまったことを教えるためだったのではないのか。もしそうであるなら、〈父の死んだ顔〉の記憶を回復するには、この発熱を手がかりにその壁にたどり着き、さらになんらかの方法で、その壁を通り抜けなければならない、ということではないのか……。

しばらくしてかすかな物音が聞こえているのに気づいた。それがぼくに白い汚点の目があらわれた夜を思い出させた。そうだ。あの夜、この音に聞き入りながら、なにかが近づく予感の昂ぶりをおぼえたのだ。そして、それが聞こえなくなるとともに、眠りに引き入れられたのだ。毎晩、こんなふうに聞こえていたのに、聞き逃していたのかもしれない。

ぼくは体を毛布でつつんでベッドの上に起きあがり、そのかすかな音をとらえようと、耳をアンテナのようにめぐらせた。錯覚かと思えるくらいかすかな音だが、たしかに聞こえていた。ぼくはさらに、毛布を肩にかけてベッドをおり、ドアのところに行った。換気口をとおして廊下から聞こえるのかと思ったのだ。だがそこからではなかった。そこで、耳を澄ませながら、壁にそってゆっくりひと回りすると、白い汚点の目が消えた壁、ベッドの頭の側の壁をとおして聞こえていることがわかった。

その音は、あまりに微妙な音なので、体の外に聞きとれるのかどうか、疑わしいくらいだった。それでも、あれこれと試みているうちに、その音をとらえる要領がわかった。壁に耳を当てるか当てないかくらいにして、その音に自己を差し向けるようにすればよかった。その要領で探って行くと、もっともよく聞きとれるのは、ベッドに横たわった位置とほぼおなじ高さの、やや窓に寄ったあたりだった。

ぼくは体を毛布でつつみなおして、あらためて耳を澄ませてみた。その音はやはりふたつの音が重なっているように聞こえた。ひとつは低い人声に似た音で、もうひとつは水の泡立つような音である。そのふたつの音が微妙に混ざり合って、すすり泣きながらなにかを訴えているようにも、配水管につまった水が難渋しながら流れ落ちているようにも、聞きとれるのである。そして、そうして自己を差し向けるようにして聞いていると、その音に意識が溶け合わさることで、最初の夜がそうであったように、なにかが近づく予感の昂ぶりをおぼえるのである。

一時間ほどがすぎると、壁の音を構成している一方の低い人声に似た音が徐々に弱まった。そしてそれが途絶えると、壁の音は水の泡立つような、なんの変哲もない音に変わった。そうなると、自己を壁の音に差し向けても、なにも生じなかった。それでもぼくは壁に耳を当てたままでいたが、低い人声に似た音はそれっきり聞こえなかった。そして気づくと、発熱はいつのまにかひいていた。

ぼくはベッドにもどり、冷えきった体にもう一枚毛布を重ねて暖めながら、発熱と壁の音のあいだになにか関係があるのだろうか、関係があるとすれば、それはなにを意味するのだろう、そう考えた。だがどんな答えにもたどり着けなかった。毎夜そうであるように、熱がさがると同時に、眠気に引きこまれていた。

病棟の食堂で患者のひとりが、「今朝はうれしそうですね。なにかいいことがありましたか」と言った。だがぼくは、真夜中の発熱や壁の音を頭から離しておくために、あえてうれしそうなふりをしていただけだった。それなのに、そう言われると、なにかうれしいような気持がして、これがほんとうの気持なのかもしれないと思った。ぼくは、視力が回復してからしばしば、自分の気持を反対に解釈することがあった。

そのあと、廊下に出たところで、隣室の付添いのAに出会った。食堂で気づいたうれしいような気持が尾を曳いていたので、ぼくはおもわず彼女に微笑みかけた。彼女に対してこんな態度に出たことははじめてだった。Aは素っ気ない態度で通りすぎた。看護の疲れと寝不足で苛立っているのかもしれないが、彼女が見せた目は、「いまのあなたは、そんなふうにうれしそうにしていて、いいのかしら?」そう言っているみたいだった。

病室にもどって窓ぎわの椅子に腰かけ、外の眺めに目を向けながらも、ぼくは景色をすこしも見ていなかった。真夜中の壁の音が頭を離れず、それぱかり考えていた。発熱による幻聴でしかないものを、あるいは体のなかのざわめきでしかないものを、外部の音であるかのように聞いているのではないのか、そんなふうに思えてならなかった。

けれども、それならば、なぜ毎晩、おなじ経過が繰り返されるのか、わからなかった。真夜中のおなじ時間に目を覚ますと、発熱している。壁の音がかすかに聞きとれて、壁に寄りかかり、自己を差し向けるようにして聴いていると、意識が壁の音のリズムに溶け合わさり、壁の向こう側に浸透して、なにかが近づく予感の昂ぶりをおぼえる。だがけっきょくは、その音が消えると発熱もひいて、その昂ぶりも消滅してしまう。こうした経過が繰り返されるのである。

形ばかりの回診がすむのを待って、ぼくは本館におりた。そしていつものように、受付や薬局の窓口に向かってならんだ椅子に腰かけて、なにも考えずにいた。そうして人々のなかに紛れこんでいると、自分をなかば忘れることができて、ふしぎなくらい安らいだ気持になるのだった。ざわめきと静けさという、相反するものが溶け合わさったその場の雰囲気が、ぼくに微妙な作用を及ぼすのである。

その静けさは、たいていの人がアナウンスされる名前を聞き逃さないよう緊張しているせいでもあった。もちろんぼくの名前が呼ばれることはなかったが、大勢の人々のなかにいて、名前が呼ばれるのを待っているという錯覚に身をゆだねていると、しだいにまわりの人々のその緊張に同化できて、ひそかな悦びをおぼえるのである。

そしてぼくは、その同化した緊張のなかで、あえて自分の名前がアナウンスされる瞬間を想像してみるのである。名前を呼ばれた瞬間、自分の名前だと聞き分けられるだろうか。聞き分けられたとして、自分の名前だとほんとうに確信が持てるだろうか。確信が持てたとして、おなじその瞬間に、名前にふさわしい者として、うまく対処できるだろうか。もしうまく対処できなかったとき、宙に浮いた名前はどうなるのだろう。名前と引き離されたぼくは、どうなるのだろう……。

こんなふうに自問せずにいられないのは、いちど似たようなことを体験したからだった。そのときぼくは眼科を出て本館の廊下を歩いていた。すると、背後から名前を呼ぶ声がして、ぼくは立ちどまった。それは奇妙なくらい甲高い、はっきりとした声だった。ぼくは、自分の名前だと確信しながらも、振り返らなかった。一瞬、途方もなく遠い昔、こんなふうに呼ばれたことがある、という奇妙な考えが浮かんで、おもわず躊躇したのである。それでもそこに立ちどまって、繰り返し呼ばれたら、こんどは返事をしよう、そう思って、その声を待った。だが背後には沈黙がつづくばかりだった。ぼくは仕方なく、その沈黙を引きずったまま、歩きだしたのである。

いつものように真夜中に目を覚ましたが、熱は出ていなかった。二、三日まえからすこしずつ弱まっていたのだ。その結果、予期していたとおり、どんなに耳を澄ませて壁の音に聞き入っても、それだけではなんの意味もなさない、水の泡立つような音しか聞きとれなかった。ということは、低い人声に似た音は、やはり発熱のせいで感じとれる体のなかの音だったのだろうか。そんなはずはなかった。まちがいなく、体の外、壁のなかに聞きとれたのだ。むしろ反対に、その音が原因で発熱していた、そんなふうに思いたいくらいなのだ。

いずれにしても、低い人声に似た音が聞こえなくなった以上、どうすることもできなかった。それが聞きとれなければ、発熱することもなく、したがって、壁の音に自己を差し向けることも、意識がその音のリズムに溶け合わさることも、その結果として、なにかが近づく予感の昂ぶりをおぼえることも、起こり得なかった。すべてが妄想だったということだった。それでもぼくは、壁のそばを離れず、壁に体を押しつけて、水の泡立つような音を虚しく聞いていた。

どのくらいのあいだそうしていたのか、壁の向こうにいきなり話し声が聞こえて、さらにドアを開ける音がした。聞き分けられなかったが、言葉であることははっきりしていた。ぼくはドアに駆け寄り、廊下を覗いてみた。暗い廊下を歩いて行く、隣りの付添いのAの後ろ姿が認められた。ぼくは茫然とした。力が抜けて、そこに坐りこみそうになった。

ぼくは体を壁のところまで運んで、念のために壁に耳を押しつけてみた。そうするまでもなく、壁の音の正体はあっけなく判明した。低い人声に似た音は、音ではなく、隣室の病人の苦痛に喘ぐ声であり、水の泡立つような音は、壁に取り付けられた酸素吸入器——ぼくのベッドの枕もとの壁にもおなじ栓があった——が作動する音だった。真夜中になると、静けさのなかで、苦痛に喘ぐその声が大きくなり、水の泡立つ音とひとつになって、壁ごしに聞きとれたのである。

ベッドに横たわって暗がりを見つめながら、ぼくはまだ茫然としていた。発熱がひいたあとのあの眠気はやって来なかった。それにしても、とぼくは自分に問いかけた。ほんとうになにもかも思い違いだったのだろうか。みずからをあざむいていたのだろうか。そんなことはなかった。あの夜、白い汚点の目があらわれたこと、毎晩かならず発熱したこと、低い人声に似た音が途絶えると、きまってその熱がひいたこと、それは事実だった。ということは、壁の音の正体についての思い違いはともかく、壁の音に自己を差し向けていると、意識がその音のリズムに溶け合わさることで、なにかが近づく予感の昂ぶりをおぼえたこと、これも事実だったのだ。

ここまで考えると、ぼくはベッドをおりて、あらためて壁に耳を押しあててみた。壁の音の正体がわかったいまこそ、その音と一体化することができるはずだ、そう考えたのだ。もちろん愚かな考えだった。発熱しなくなったのと同時に低い人声に似た音も消えていて、それしか聞きとれない酸素吸入器の泡立つ音にいくら聞き入っても、なにも起こらないことはあまりにもあきらかだった。

それでもぼくは、壁に体を押しつけたまま動かずにいた。壁の冷たさが体に染みこんできたが、むしろその冷たさを吸収しようとした。一定のところまで冷えきると、体と壁との境の感覚がなくなった。ぼくは、この冷たさを発熱の代わりにできないだろうか、それができれば、ふたたび壁のなかに自己を差し向け、意識を浸透させ得るかもしれない、そう思ったのだ。その考えにあえてみずからをゆだね、体を壁に押しつけていた。

Ⅱ

廊下をそこまで来たとき、真夜中の病棟の静けさのなかに、女の短い悲鳴が聞こえた。いまにも病室のドアのひとつが開いて、誰かが飛び出して来そうだった。だが、どのドアも閉まったままで、ぼくは、空耳だろうかと思いながら、病室のほうに歩きだそうとした。

そのとき、洗面所の向かい、ドアのない部屋から、パジャマ姿の、ぼくとおなじ二十代なかばと思える男が、いきなり飛び出して来て、よける暇もなくぶつかった。ぼくはかろうじて壁につかまり、転ばずにすんだ。体を起こして、そのほうを見ると、男は外階段のドアから消えるところだった。

男が飛び出して来たそこは、患者が自由に使用できる用具が置かれた部屋で、ぼくはなかを覗いてみた。小さな明かりの下に、消毒液が満たされた水槽と流し台が見わけられた。その奥は洗濯場と物干し場になっているはずで、その入口あたりに、うずくまった人影が認められた。「なにかあったのですか」と声をかけると、その人影は体を起こしたらしく、怯えたような声で問い返した。

「あなたは誰です」

「患者ですが……誰かがぼくを突き飛ばして行きましたよ」

「ああ、よかった。いまの人がもどって来たのかと思った」

いかにもほっとしたという声で言って、その人影は立ちあがった。白衣を着ているけれども、看護婦ではなさそうだ、そう思っていると、安心したらしい女は、勢いづいてしゃべりだした。

「いまの人がこのあいだから洗濯物を汚していたのよ。わたしが懐中電灯で照らすと、こちらに顔を向けたけれど、動こうとしないの。それで、変な具合になって、わたしはそのまま照らしていたの。すると、ようやく逃げ出し、そのときぶつかって、そのはずみで坐りこんでしまったの。そして、顔を見られたのはまずいと気づき、引き返して来るかもしれない、そう思ったら、急に怖くなって、動けなくなった。恐怖ですくんでしまうって、ほんとうね……」

相手がいつまでもしゃべりつづけそうなので、ぼくは言葉をはさんだ。

「それはわかりましたが、ここはどうしてこんなに暗くしてあるのです」

「そうなの。昼も点けっ放しの小さな明かりなので、夜は暗すぎるの。でも懐中電灯があるわ」

ぶつかったとき放り出したのだろう、床に転がった懐中電灯が干された洗濯物を照らしていた。その光が揺れ動いて、懐中電灯をひろった女が近づいて来た。そしてぼくの前に立つと、懐中電灯を差し出しながら、ついでというように、ぼくの顔を照らした。ぼくはおもわず懐中電灯を受けとったが、相手がどういうつもりでそれを手渡したのか、わからなかった。

「やっぱりあなたね。そうじゃないかと思った」

女はさっきとはちがう低い声で言った。懐中電灯の光を向けると、隣室の付添いの女、Aの顔があらわれたが、ロビーや廊下で見かける彼女とは、印象がちがっていた。ぼくはそのまま彼女の顔を照らしていた。Aは、いったん眩しさに目をおおったが、すぐにその手をおろして、目を閉じた顔を光に向かって差し出した。

小さな顔は、昂奮がまだ尾を曳いているのか、そうして顔を差し出していることに上気しているのか、ひとつの表情をつくっていた。しかめた細い眉、きつく閉じたまぶた、固くこわばらせた顎、下唇をすこし突き出させた唇、それらがすべて気性の強さをあらわしていた。事実、そうして光に顔をさらしていること自体、ぼくに挑んでいるつもりのようだった。やがて、結んだ口がゆるんだと思うと、唇がこらえ切れないように開いた。

「いつまで照らしているつもり?」

「あなたが顔をそらすまでです」

ぼくはその挑戦に応じて言った。

「そう、あなたはそういうつもりなの」

「ええ、そういうつもりです」

Aは片方の手で光をさえぎりながら、もう一方の手を伸ばして、懐中電灯をつかむふりをした。ぼくは一歩さがって、まだ彼女の顔を照らしていた。

「それならそれでいい。そうして照らしていなさいよ」

手をおろしたAは、光に顔をさらしたまま、洗濯場まで後ずさりして、薄暗がりのなかで、作業をはじめた。ぼくは洗濯場の入口まで進み出て、彼女を照らしつづけた。Aはそこに干されたものを取りはずし、大きなバケツに入れ、なんどか水を取りかえてゆすいだ。患者のひとりに雇われていて、したがって彼女の仕事ではないはずだが、すこしも面倒に思っていないらしく、むしろ楽しそうだった。それがおわると、バケツはそのままにして、床をモップで拭きはじめた。

モップを押して行き来するAを、ぼくは懐中電灯の光で追った。彼女はいちど、モップを押して入口に近づいたとき、懐中電灯をつかみ、光をぼくの顔に向けて言った。

「きょうは午後から代わりの人に頼んで外出し、いま帰ったところなの。だから朝までわたしの時間なの」

Aが懐中電灯を放すと、ぼくはすぐに光を彼女にもどした。ふたたび作業をはじめた彼女は、その無言の作業でもって、たえずぼくに語りかけていた。ぼくは、その語りかけを聞きとろうと、彼女のどんな小さな動きも見逃さずに見まもった。彼女の立てる音のほか、真夜中の病棟は静まり返っていた。

その作業がおわると、Aはもうひとつのバケツに水を入れて、脱いだ白衣を浸した。かまわず照らしていると、肩まであらわな腕をていねいに洗いながら、はじめて恥じらうような笑みを浮かべた。最後に顔を洗いタオルで拭きおえると、ぼくのほうを振り向いて言った。

「あの男がぶつかったのでしょう。あなたも洗ったほうがいいわ」

その必要がないので黙っていると、彼女はぼくの腕をつかんで、流し台まで引っ張って行った。

「こんどは黙ってしまったのね。それだって、わたしはかまわない。患者さんのなかには口をきかない人もいるから、そういうことに慣れている」

Aは、パジャマを脱がせて、それを白衣といっしょにバケツの水に浸してから、ぼくの両腕をていねいに洗った。ぼくはされるままになっていたが、そんなふうにされると、気持が落ち着いて、すこし意識がぼんやりした。

「これでいい。あとは部屋にもどって、ズボンをはきかえるだけね」

両腕をタオルで拭きおえると、Aはこう言って、ぼくをわれに返らせた。そして、出口のほうに歩きだした。ぼくは廊下に出ようとして、彼女のほうを振り返った。

「あなたに頼みがあるのですが」

「どんなこと?」

「さっきの男のことは、とりあえず、誰にも言わないでほしいのです」

「そんなことなの」

彼女は呆れたという顔つきで、一歩後ずさりした。

「どうしてあなたにそんなことが言えるの。ここは病院よ。表面しか見ない人にはわからないでしょうが、裏側ではいつだって、そう、いまこの瞬間だって、大変なことがたくさん起こっている。だから、さっきの男のことなんか、なんでもない。ただ、洗濯物を汚されると困る、ただそれだけのことよ」

病室にもどるぼくについて来たAは、豆電球の明かりのなかで、ロッカーから着替えのパジャマを取り出した。そして、着がえているぼくの顔を懐中電灯で照らしながら、つぶやくように言った。

「あなたはどこか弟に似ている。こうしてよく見ると、すこしも似ていないのに、廊下で見かけたりすると、どきりとしてしまう。なぜかしら……」

「弟さんはぼくとおなじくらいの年なのですか」

「弟は十年まえに死んだ。十九だった。でも、あなたに関係のないことでしょう」

Aはこう言って、懐中電灯を消すと、ぼくが脱いだパジャマのズボンを持って出て行こうとした。だが、ドアの前で立ちどまり、隣室を隔てる壁に目を向けると、懐中電灯と洗濯物を椅子にのせ、ベッドをまわって、壁に歩み寄った。そして、暗がりのなかで壁に体を寄せて、耳を押し当てた。そこは、酸素吸入器の音しか聞こえなくなったいまも、真夜中になると、ぼくが体を押しつけずにおれない個所で、Aは壁に耳を押し当てたまま、動かなかった。ぼくは背後に近づいて彼女の耳にささやいた。

「聞こえないでしょう」

「ええ、聞こえないわね」

Aはくすぐったそうに体を震わせた。

「二時まえにはきまって眠ってしまいますからね」

「そんなことが、どうしてあなたにわかるの」

彼女がふり向いたので、髪がぼくの顔に触れた。

「眠っているかどうか、わたしにだって、わからないときがあるのよ」

「そんなに悪いのですか」

「そうよ。もうすぐだわ」

「…………」

ぼくは声を出せず、体を彼女につよく押しつけた。自分のしていることを意識しながらも、そうせずにおれなかった。

「息ができないじゃないの」

小柄なAはこう言って、ぼくと壁のあいだから抜け出そうとした。

「どうしてあなたにそうはっきり言えるのです」

「当たり前でしょう。そのために付き添っているのだし、それに、わたしは看護婦の資格だって持っているのよ」

ぼくは押しつける力をすこしゆるめた。ぼくの腕をつかんだAは、もう抜け出そうとしなかった。熱い息がシャツを通して感じとれた。

「先生たちもそう判断しているのですか」

「そうよ。本人だって知っている」

Aはすこしかすれた声で言って、ぼくの腕をつかんだ指に力を入れた。

「それで、あなたはなにをしているのです」

「なにって……子供みたいなことを訊くのね。わたしは付添いが仕事なのよ」

「だけど、そんなことになっているのなら、付き添っても役に立たないでしょう」

「あなたはなにも知らないのね。そんなことになっているから、いろいろと世話してあげなければならないことがたくさんある。それに、こうした場合、誰かが見ていてあげる必要があるのよ」

「こうした場合って?」

もちろんぼくは返事を求めたわけではなかった。彼女も答えようとせず、自分に言い聞かすように言った。

「人間は、とにかく誰かが見ていてあげなければいけないのよ」

ぼくはふたたび体をつよく押しつけた。彼女はもがきながらも、やはりもう逃れようとしなかった。

「そのために先生や看護婦がいるでしょう」

ぼくはこう言って、さらにつよく押しつけた。

「あの人たちが見ているのは、病人とか病気でしかない」

「では、あなたはなにを見ているのです」

「わたしが見ているのは……」

と言いかけて、Aは声を変えてつづけた。

「そんなこと、いまはどうだっていいでしょう。きょうは半月ぶりの休みなの。朝までは患者さんのことは忘れていたいの。もうひと言も話さない」

Aはぼくの胸に顔を押しつけて、腕に爪を立てた。その痛みが、いますぐひとつの決心をするよう、ぼくにうながしていた。壁の向こう側のことに気をうばわれているあいだに、こうした事態が用意されていたのである。

ぼくは怖じ気づいて、体を離そうとした。だが離れなかった。おどろいて薄暗がりのなかでAの顔を見た。彼女もぼくを見ていた。目の光がかすかに認められて、彼女の呼吸が聞きとれた。ぼくの頭に、顔を突き合わせた二頭の動物のイメージが浮かんだ。そのイメージが怯えをいくらか和らげてくれた。

「ほんとに世話の焼ける人ね、その気もないのに……」

Aはこう言って、みずから足もとにしゃがむことで、ベッドと窓のあいだの床に、ぼくを引きおろしたのである。

朝から降りつづく雨が夜になってもやまず、すこし開いた窓から冷たく湿った空気が入りこんでいた。ぼくは、消灯後、豆電球をつけた薄暗がりのなかで待ちつづけていたが、それでいて、なにを待っているのか、自分でもわからなかった。ときどき隣室を隔てる壁に目を向けては、そのたびに、Aのせいで誤った方向へ踏み出したのではないかという不安におそわれた。それはこういうことだった。

発熱しなくなってからも、ぼくは毎晩、消灯のあとも起きていて、真夜中すぎにようやく眠りにつくようになっていたが、そのあいだときどき、ベッドをおりて、壁に体を押しつけずにはおれなかった。酸素吸入器の泡立つ音しか聞こえないとわかっていても、自己を壁の音に差し向けると、意識がその音のリズムに溶け合わさることで、なにかが近づく予感の昂ぶりを再現できるのではないか、そう考えていたからである。けれども、昨夜のようなことがあって、実際に、壁の向こうにAがいると思うと、そのような考えを保ち得ないことは、あまりにもあきらかだった。

ぼくは、真夜中になっても、雨音を聞きながら、うとうととしては目を覚ますという繰り返しに身をまかせていた。そして、最後の巡回の看護婦がドアの隙間から懐中電灯で照らしたのをぼんやりと認めたが、それからすこしたって、壁を叩く音がした。そこで叩き返すと、二、三分もしないうちにAが入って来た。

「まだ起きていたのね」

彼女はこう言って、暗がりのなかでぼくの腕をつかみ、一方の手でぼくの肩のあたりに触った。

「やはり冷たい。どうしてこんなに冷たいのかしら」

「そんなことはない。ふつうですよ」

「どうしてふつうなものですか。絶対に冷たいわよ」

Aはまだぼくの肩のあたりを触っていた。その手がひどく熱く感じられた。彼女が手を離したすきに、ぼくはベッドの上に逃れた。Aは、豆電球しかついていない暗がりのなかで、ロッカーのなかを整理したり、洗ったパジャマをしまったりした。さらに、「なんにも持っていない患者さんなのだから……」と言いながら、サイドテーブルの引出しに、持ってきたタオルなどを入れていた。

そしてそれがおわると、その作業のつづきというふうにぼくの手をとり、ベッドに寄せた椅子に坐って、爪を切りはじめた。慣れた手つきだった。

「こんなふうにして爪を切られると、あなたの患者ということになりそうですね」

「そうよ。だから大人しくしていなさい」

手の爪を切っているあいだ、ふたりは黙っていた。手をおえると、Aは足を明かりの近くに引き寄せた。ぼくはすっかり安らいだ気持になっていたが、それは、ひとりでいてはけして見出せない気持だった。けれども、その気持をあえて捨てても、Aがここに来ていることの意味を確かめる必要があった。そこでぼくは、とりあえず問いかけた。

「病人を放っておいて、だいじょうぶなの?」

「あなたはなにもわかっていないのね」

Aはぼくの足先から目を離さずに言った。

「付添いだって、ひと晩じゅうは起きていられない。ほんとは寝ていなければならない貴重な時間なのに、こんなところで、ひとの爪を切っているのよ」

「だけど、いまはいちばん大変なときでしょう」

「そうよ。それでも順序というものがあって、わたしはいちどだって、見すごしたことはない」

「だから、あんなふうに噂しているのですね」

ぼくはおもわず口を滑らせた。Ａは顔をあげた。小さな明かりをちかくから受けた顔は、片側の半分が暗がりに溶けている。

「誰がそんなことを言ったの？」

と彼女は、意外に穏やかな声で言った。

「看護婦でしょう。そんなことを言いふらすから、看護婦は無神経だと言われるのよ」

「患者たちです」

「おなじことよ。看護婦が患者の誰かにしゃべって、それがあなたみたいな暇な患者たちの噂話になる。いつもそうなのだから」

「しかし実際、あなたはそういうケースが多いのでしょう」

怒りだすかもしれないのを承知で、ぼくはあえて言ってみた。

「この足、引っ込めて」

とＡは、返事をする代わりにすこしきつい声で言って、一方の足を明かりの下に引き寄せた。そして、すこし間をおいて、むしろ静かな声で言った。

「あなたもみんなとおなじね。わたしは重患の付添いよ。そういうケースが多くなるのは当然でしょう。わたしがどんな気持でこの仕事をしているか、誰にもわからない。先生や看護婦にだって」

「それはどんな気持です」

「患者さんとおなじ気持になろうとしなければ、絶対にできないということよ」

「なおる患者はいいだろうけれど、なおらない患者の場合はどうなるのです。いくらあなただって、そういう患者の気持にまではなれないでしょう」

Aは返事をせず、ぼくの顔を見あげた。自分では自覚していないらしいが、するどい眼差しだった。ふたりはしばらく黙っていた。彼女は、爪を切りおえて、丹念にヤスリをかけた。そしてその沈黙のなかで、ひとりごとのようになにかつぶやいた。

「なんて言ったのです」

Aはすぐには答えなかったが、爪の仕上がりぐあいを指先で確かめながら、こんどは、はっきりとした声で言った。

「なおる患者さんの気持なんて、考えたことがない、そう言ったのよ」

ぼくは唖然とした。なおらない患者と言ったのを聞き違えたのかと思った。

「さあ、おわった」

Aはぼくの足をベッドにもどして、椅子から立ちあがった。

「あなたみたいに、なんにもわかっていない人と話すと、それだけで悲しくなる」

ぼくは腕を伸ばして、彼女の手を取った。彼女は拒まなかったが、引き寄せられないように引っ張っていた。

「寝ないといけない時間なの。あの人は真夜中になるときまって苦しみ出し、二時ごろになってやっとおさまるのだけれど、わたしは、そのあとすぐ寝ないと、眠る時間がなくなってしまうの」

彼女はこう言って、隣室を隔てる暗い壁に顔を向けた。ぼくは、「真夜中になると苦しみ出し、二時ごろおさまる」という言葉とぼくの発熱との、壁を隔てた一致については、まだ考えたくないので、べつのことを訊いた。

「どこで寝るのです」

「あの人の苦しみがおさまると、ベッドのわきの寝椅子で、六時まで横になるの」

「それしか寝ないの」

「昼のあいだ二、三時間、休憩所で仮眠するけれど。だから、もうもどらないと眠る時間がなくなってしまう。あなたも寝たほうがいい」

Aはこう言って、ぼくの手をぼくの膝に押しつけるようにして離すと、なにも言わずに出て行った。ベッドをおりて壁に耳をつけると、雨が小降りになったらしく、隣室にもどった彼女が、患者に話しかける声が聞きとれた。彼女はむしろ、患者が聞き分けられなくなってから、話しかけるようになったのだ。あとは酸素吸入器の泡立つ音が聞こえるばかりだった。

ぼくはベッドにもどって、隣室の病人が喘ぎ声を出していた時間と、ぼくの発熱していた時間との一致について、あらためて考えようとした。けれども、どんなふうに考えていいのか、まるでわからなかった。考える代わりに、隣室の病人とは壁を隔てて頭が向かい合わせになっているはずだ、そう思いながら、白い汚点の目が消えた壁、天井ちかくのその個所を見つめていた。

二、三日がたった。看護婦の最後の巡回がすんでも、Aはやって来なかった。壁を叩いても返事がなく、また壁に耳を当てても、酸素吸入器の水の泡立つ音が聞きとれるばかりだった。どうやら彼女は、ぼくを避けているらしく、昼のあいだ廊下で出会っても、気づかぬふりをした。

ぼくは真夜中、病室を出て洗面所に行くために暗い廊下を歩いていた。誰かが背後から足早に追って来て追い越したと思うと、向きなおって懐中電灯でぼくの顔を照らした。Aだろうと思って、手で光をさえぎり、確かめようとすると、「目はなおっている。もっとしっかり歩いて」と言って、電灯を点滅させた。重症患者がベッドを抜け出たとでも思ったのだろう、聞き憶えのある看護婦の声だった。

そのあと、洗面所で手を洗おうとしたとき、鏡のなかでなにかが光った気がした。よく見ると、自分の目だった。夜間用の暗い電灯のせいで、ほとんど真っ暗にちかい鏡のなかに、まるでさっき看護婦に照らされた光が残っているみたいに、ふたつの目がにぶく光っているのである。

ぼくはその目を覗きこんだ。顔の輪郭が闇に溶けているので、それだけがくっきりと浮き出た目は、自分の目に見えなかった。それでも見つめつづけた。自分の目であると確信が持てるまでは目をそらせない、そう思ったのだ。だが、そうして見つめていても、自分の目に見えてこないばかりか、むしろ誰かの目、しかも知っている誰かの目であるかのような気がした。

誰の目だろう。そう思ったとたん、闇に浮いていた白い汚点の目が思い浮かんだ。あれもこんなふうににぶく光っていたのだ。ぼくはおもわずのけぞった。同時に、もうひとつ、目の記憶がよみがえった。それは、眼帯がとれた翌日の朝、おなじこの洗面所で、髭を剃っていて、鏡のなかの自分の顔に魅入られていた人の目であった。

ぼくは動揺がおさまらないままに、洗面所を出た。そして気づくと、隣室のドアの前で足をとめていた。同時に、ある確信が浮上した。Aが付き添っている病人は、自分の顔に魅入られたあの人なのだ。魂が抜け出たみたいな様子で病室にもどって行ったあの人を、あれからいちども見かけないのは、二十日ぶりで暗闇から解放されたぼくと入れ代わって、病室から出られなくなったからなのだ。

屋上に登る階段の下にロープが張られて、通行止めの札がさがっていた。それを越えて階段を登ると、あまり広くないフロアになっていた。左手に屋上に出るドアがあって、開閉を禁ずる貼紙がしてあった。

Aが言っていたとおり、彼女はそこで寝ていた。ロッカーをならべて仕切ったフロアの半分に、低いテーブルをはさんで、古びたソファが向かい合わせに置かれていて、壁に寄せられた側のソファで、彼女は白衣のまま眠っていた。

ぼくは足音をしのばせて近づいた。Aは背中をソファの背に押しつけ、両膝を窮屈そうに折り曲げ、両腕で頭をかかえた恰好で眠っていた。ぼくは一方のソファのはしに腰かけて、かすかな寝息を立てるその様子を見まもった。そこは密閉されていて、じっとしていても汗ばむ暑さだった。

ぼくは起こすつもりはなく、引き返そうと思いながらも、その寝姿を見まもった。喘ぐように呼吸を早めたり、溜息をつくように大きく呼吸したりする様子が、眠りと格闘している、そんなふうにも見えて、このままにしては立ち去れない気がしたのだ。

そのとき、音を立てたわけでもないのに、Aは目を開けた。そして、夢のなかにいるつもりなのか、ふしぎそうにぼくの顔を見つめた。眠りにもどって行きそうなその気配に、ぼくは黙って、彼女の顔を見つめ返していた。だが、意識がはっきりしてくるらしく、眼差しが生気をおびてきた。

「ここはずいぶん暑いでしょう」

Aは穏やかな声で言って、彼女にしてはめずらしく緩慢な動作で起きあがると、スリッパに裸の足を乗せた。そして、頭の下に敷いていたタオルで首のまわりの汗を拭き、掻きあげるようにして髪をととのえた。

「起こすつもりはなかった。眠ったばかりでしょう」

「そうでもない。それに、こんな眠り方に慣れているもの」

彼女は腕の時計に目をやってから、バッグを引き寄せると、タバコを取り出した。

「いま弟の夢を見ていた。目を覚ますと、あなたが弟に見えた。ああ、生きていた、そう思って、びっくりした」

「そんなふうには見えなかった」

「頭が混乱して、なにがなんだか、わからなかったのよ」

Aはこう言って、視線をスリッパに乗せた自分の裸の足に向けると、タバコに火をつけて、貪るように喫いはじめた。首筋からすこしはだけた胸にかけて、汗がにじんでいた。

「わたし、あなたに弟のことを話したような気がするけれど」

「十九で亡くなった、そう言っただけです」

「やはり。弟が発病したころわたしはもう養成所に通っていて、すこしは知識があったはずなのに、初期の症状に気づかず、死なせてしまった」

Aはこう言って、足もとに目を落として話しだした。

「わたしが十三歳、弟が十一歳のとき父が入院して、さらに半年後に母が店の職人といっしょに家を出てしまい、弟とふたりきりの生活がはじまった。毎日のように父を見舞ううちに、父の入院が十年二十年とつづくものと思いこんでしまい、いっそのこと看護婦になろうと決心した。三年がたち十六歳になったとき、父が死んだ。そこで、休業していた店を売って、アパートに弟と移り住んだ。

それからさらに三年がたち、養成所に通っている十九歳のとき、こんどは弟が発病した。母が家を出るとき連れて行こうとしたのを頑強に拒んだこともあって、命に代えても救おうと自分に誓った。けれども、十分に投薬できない体質もあって、一年もたたないうちに、ベッドの上でも起きあがれなくなった。養成所を出た最初の仕事は弟に付き添うことで、ほぼ一年のあいだおなじ病室に寝起きして看病したが、けっきょくどんな力にもなってやれず、弟は苦しみながら死んだ」

話しおえると、Aは顔をあげて、最後にこう言った。

「それもみんな初期の症状を見すごしたことがすべてだった。そんな致命的な過ちを犯したわたしにとって、これからの生涯で、どんな過ちを犯しても、それはもう過ちにならない、そう思えるくらいだった」

「付添いの仕事をしているのは、その過ちを償うため?」

「そんなことはない」

Aはおどろいたような目で、ぼくの顔を見つめた。ぼくもその目を見つめ返した。

「弟が死んだあと三年ほど看護婦をしていた。けれど、仕事に気持が入らなくなって、看護婦をやめようかと考えていたとき、自宅療養したいというお年寄りがいて、その人が亡くなるまで一年のあいだ、その人の家で付添いをした。そしてそのあともう看護婦にもどる気持がなくなって、付添いを専門にするようになった。わたしはひとりの患者さんの世話をするほうが向いているの」

Aが話しているあいだも、ぼくは視線をそらさず、彼女の顔を執拗に見つめていた。口を閉ざした彼女は、しばらくぼんやりしていたが、やがて気を取りなおして、腕の時計に目を向けた。

「そろそろ病室にもどらないと……あなたってほんとに困った人ね」

「どうして?」

「心配ばかりさせるから」

「あなたに心配させているつもりはないけれど……」

「そんなことはない。あなたのことを考えているから弟の夢を見たり、話したことのない身の上話をしたりすることになる。どうしてなのかしら。あなたみたいな人にかかわっても、なんにもならないことは、最初からわかっていたのに、こんなことになって……」

ここまで言ったとき、Aは、彼女の目を見つめるぼくの眼差しに気づいて、戸惑いの表情を見せた。ぼくはそれを認めて、その機を逃さずに言った。

「それは、ぼくが相手しだいで、その人の望むどんな人間にもなれるからです」

「たとえばどんな?」

Aはこう訊いて、すこし脅えたような表情を浮かべた。ぼくは彼女の目を見つめる眼差しにさらに意識を集中させて、みずからをその言葉のなかに投げ入れるつもりで言った。

「たとえば、相手があなたならば、あなたの弟さんにだって」

「なんて言ったの?」

Aは呆気にとられ、大きく見ひらいた目で、ぼくを見つめ返した。

「ただ言ってみただけです」

ぼくはすこし怖くなって、あわてて言った。

「当たり前でしょう。あなたは弟に似てなんかいない。すこしは似ているところもあるけれど、ほんとうは、まるでちがっている」

Ａは顔を紅潮させて、いまにも泣きだしそうだった。それでもぼくはあえて言った。

「似ているなんて言っていません。ぼくが言っているのは、死んでいく弟さんがこんなふうにあなたを見つめていただろうと思える目で、あなたを見つめることができる、という意味です。だから、誰にもなれるといっても、この場合は、あなたに対してその誰かとおなじように働きかけることで、その人の身代わりになることが可能だ、という意味です。だから、あなたがそれを受け入れなければ、なにも生じません……。でも実際に、弟さんはこのような目であなたを見ていたのではなかったのですか。そしていまも、こんなふうに見つめているのではないですか」

ぼくは可能なかぎり意識をこめた眼差しで、Ａの目を見つめた。彼女は呆然と見つめ返していたが、不意に目いっぱいに涙を溢れさせると、ぼくの顔を見つめたまま、涙をぬぐいもせずに言った。

「どうしてあなたにそんな勝手なことが言えるの。わたしは死んでいく弟の目がどうしても忘れられなくて、十年たったいまも、はっきりと記憶しているのよ。その記憶が、わたしにどれほど大切であるか、どうしてあなたにわかるというの。そんなことを言う権利を、誰があなたに与えたというの。そんな卑怯な言い方は、あなたが人でなしの証拠だわ。いったいあなたは自分をなんだと思っているの……」

Ⅲ

看護婦の最後の巡回を待って壁を叩いても、Ａの返答はなかった。しばらくして叩いてもおなじで、さらにしばらくして叩くと、ようやく返答があって、彼女はすぐにやって来た。

「どうしてなんども叩くの。壁のそっちからあまり叩いちゃいけないわよ」

疲労のせいだろう、かすれた声で言いながら、Aは薄暗がりのなかを、壁のところに立っているぼくのところに来た。ぼくは、彼女の髪の湿った匂いを嗅いで安心した気持になりながらも、同時に、彼女がやって来たことが、ぼくを失望させていることにも気づいた。なにを待っていて、彼女になにを期待しているか、自分でもわかっていないのである。

Aは、いつもそうするように、片方の手でぼくの腕をつかみ、一方の手で顔や肩に触った。ぼくは怖じ気づいて、ベッドの上に逃れようとしたが、そのまえに彼女が言った。

「震えているじゃないの。また、こんなに冷たくなって……」

「壁に体温をとられたのだ」

ぼくはそう言ったつもりだが、言葉にならなかった。

「なにを言っているのか、わからない。さあ、横になって」

うつ伏せに寝かせると、Aは脚のほうを毛布でおおって、肩や背中をさすり出した。

「こんなに冷えるなんて、ほんとにどうしたのかしら……」

彼女が押さえるので、ぼくは静かにしていた。しばらくすると、硬く感じられた彼女の手が柔らかになり、体に温もりがもどってきた。それにしたがって眠気が全身をつつんできた。実際に、すこしうとうとしたらしく、Aの声を夢のなかのように聞いて目を覚ますと、自分の体とは思えぬほど温もっていた。

その温もりのせいなのか、体から抜け出た自分がそのそばに立ち、横たわった自分を見まもっているというような錯覚が生じた。自分が自分の外に出ているその錯覚は、けして不快ではなかった。それどころか、〈父の死んだ顔〉の記憶が消失したいま、こんなふうに自分が二重になった曖昧さのなかで自分を保つこと、それが生きることなのだ、そんな奇妙な考えさえ思い浮かんだ。

だがつぎの瞬間、反対の考えがぼくのなかで頭をもたげた。ぼくはその考えに突きあげられて、Aの腕を両手でつかむと、体を起こした。

「だめよ。まだ冷えているのだから」

Aはぼくの肩を押さえて、寝かせようとした。

「そうじゃないんだ」

ぼくは叫ぶように言った。

「連れて行ってほしいんだ」

「どこに?」

「あなたの病人のところに」

「どうしてそんなことを……」

Aは、触っていたものが汚いものであることに気づいたみたいに、両手をひいて、後ずさりした。ぼくは、いまならまだ冗談ですませる、そう思ったが、さらに踏み出した。

「この目でじかに見て、確かめたいんだ」

Aはベッドから二、三歩離れて立ち、それっきり黙りこんだ。ぼくの言いだしたことの意味を、彼女なりに理解したにちがいなかった。たがいに顔が見わけられない薄暗がりのなかで、沈黙がつづいた。ぼくはその沈黙に耐えながら、いま岐路に立っている、しかもそれは彼女にかかっている、そう思った。彼女に拒絶されれば、壁の音の正体を知ったいまも、壁を介してかろうじて保っているその考えが、こうしてはっきりと言葉にした以上、完全に消滅してしまうからである。

その一方でぼくは、会社の机や同僚たちを頭に思い浮かべた。さまざまなトラブルに絶えまなく悩まされながらも、会社は、同僚たちと自分の境目を忘れる瞬間があるくらい安心しておれるところだった。ぼくにとって会社はそれほど、かけがえのない存在だった。

それに比べて、白い汚点の目とか、壁の音とか、それによってもたらされる、なにかが近づく予感の昂ぶりとか、そうしたものはすべて、〈父の死んだ顔〉の記憶の消失が引き起こした一種の観念にすぎなかった。それなのに、その観念の範囲内にとどまるならまだしも、壁の向こう側に入りこんで、それを現実としてとらえようとするなど、狂気の沙汰だった。

「こんな時間にそんなことできないわ。昼のあいだなら、お見舞いということにすればいいけれど……」

Aは椅子を引きよせて腰かけた。彼女にとって、ぼくの言いだしたことを受け入れるのは、ただ迷惑なだけでなく、仕事のうえでのルールでも、認めがたいことにちがいなかった。ぼくはそれを承知のうえで、彼女の気持が変わるのを待って、なおも口を閉ざしていた。真夜中の静けさのなかで、彼女の呼吸が喘ぎのように聞こえていた。

「そんなことをして、どうするつもりなの」

「ぼくはあなたの患者を知っているのです」

「嘘でしょう」

Aはまだ体を動かさずにいた。

「ほんとうです。眼帯がとれたあとすぐ、ほんのすこしだけど、顔見知りになったのです。がっしりした体格の五十すぎの人でしょう。顔色は浅黒く、髪を角刈りにした……」

「それはそうだけれど……」

Aはいったん口をつぐんで、すこし間をおいて言った。

「わたしには最初からわかっていた。あなたみたいな人に関わりになると、どういうことになるか。こんな時間に行かなくても、こうして来てあげているじゃないの。わたしがどんなことでも話してあげる。そういうことなら、わたしほどよく知っている者はめったにいないはずよ」

「わかっています。こういうことは言葉だけで十分、いや、むしろ言葉だけですますべきだということも。だけど、いまのぼくは、言葉だけでは駄目なのです。この目で確かめなければならないのです」

「でも、そんなことをしたら、わたしはどうなるの。わたしがこの仕事をどれほど大切にしているか、あなたにもわかっているはずよ」

「最初ここに来たとき、あなたが壁に聞き耳を立てたのがいけなかったのです」

ぼくはべつの突破口を求めて言った。

「どういうこと？」

Aはようやくぼくのほうに顔を向けた。

「ぼくが壁に耳を当てて聞いていたのを、あなたは知っていた、そうでしょう」

「そんなこと知らない。それを知っていて、それで、あなたの気を惹いた、そう言いたいの」

「そうじゃないと言うのですか」

「あなたがうなされるのがあんなにはっきり聞こえたので、こちら側からもなにか聞こえるかどうか、そう思っただけよ」

「だけど、壁のところに行った理由はともかく、あなたはあのとき、あきらかにきっかけを作ろうとした。ちがいますか」

ぼくはAが怒りだすのを覚悟で言った。だが、彼女はそのことに触れず、ぼくの言いだしたことをすでに受け入れていると思える、むしろ悲しさのこもった声で訊いた。

「どうしてあの人を見る必要があるの？」

「…………」

ぼくはどう言えばいいのか、わからなかった。Aは暗がりのなかでこちらに顔を向けて、ぼくが話すのを待っていた。ぼくはとりあえず言った。

「ぼくはいま、あるひとつの考えのとりこになっているのです。そして、それが作りごとめいた考えであることを知りながらも、それを頼りにするほかなくなっているのです。それはこういう考えです。幼児期の記憶を完全になくしているぼくは、父について――それがぼくのすべての記憶のなかでいちばん古い記憶でもあるのですが――、〈父の死んだ顔〉しか憶えていないのです。ですから、その〈父の死んだ顔〉は、ぼくが生きるために欠かせない拠り所なのです。

ところが、こんどこういうことになってわかったのですが、その〈父の死んだ顔〉が記憶から消えようとしているのです。それどころか、いまでは最初から憶えていなかった、憶えていると思いこんでいただけだ、そう思えるほど記憶が薄れているのです。もし〈父の死んだ顔〉が完全に消えてしまったら、そう考えると、どうしていいのか、わからなくなるのです。

そこで、どんなことをしても、〈父の死んだ顔〉の記憶を回復させる必要があるのです。それなのに、ぼく自身のなかで、つまり自力で記憶を回復させることは、もはや不可能だとわかったのです。ところがいま、隣室にそうした状態のその人がいて、そこから来たあなたがここにいる、という事実を、こうしてあらためてはっきりと認めて、その人によってそのことを、この目でじかに見るほかない、そう気づいたのです」

ぼくはここまで言って、口を閉ざした。こうして口にしたことで、自分の言っていることが、ひとつの観念から生じた虚構でしかないことを、あらためて認めたのである。それでいてぼくは、たとえそうであっても、自分が取り消さないことも、わかっていた。とにかく言葉にして要求した、あとは彼女の決意しだいであり、その決意にしたがうほかない、そう無理に自分に言い聞かせたのである。

Aは暗がりのなかでしばらく黙っていた。ぼくも黙っていた。Aはやがてつぶやくように言った。

「あなたがどうしてもそうしたい、そうする必要がある、と言うなら、仕方ないわね」

ぼくの頭に不安がよぎった。彼女の言いなりになって、壁の向こう側に行ったりすれば、つまり、直接それに触れたりすれば、記憶の回復どころか、むしろ反対に、かすかに残っているかもしれない〈父の死んだ顔〉の記憶を、すっかりなくしてしまうかもしれない、そう思ったのである。

「それじゃ、行きましょうか」

Aはいきなり言って、ぼくの腕をつかむと、椅子から立ちあがった。ぼくはその手をふり離そうとしたが、彼女は離さなかった。

「どうしたの……怖いの。なにも怖がることない。あの人はもう、たったひとりの身内である弟さんが来ても、見わけがつかないのよ」

「そういうことじゃないのです」

「それならどういうこと?」

「これは頭のなかの出来ごとで、現実に移すようなことではないのです」

「それでも、どうしてもそうしたいのでしょう」

　Aはスリッパをはかせ、ぼくを床に立たせた。そして、腕をつかんでドアまで連れて行くと、廊下に顔を出して左右を眺めてから、「さあ早く」とささやいて、ぼくをドアの外に押し出したのである。

　隣りの病室は、壁を隔てて頭が向かい合わせなので、壁全体を鏡にして、そこにぼくの病室を映した形だった。だが雰囲気はまるでちがっていた。ブラインドがふたつともおろされていたり、すえたような臭気がこもっていたりして、地下室を思わせた。もっともその臭気は、Aの髪にかすかに嗅ぎとれるので、ぼくはすでにいくらか馴染んでいた。

　ぼくをドアのところに残して、Aはベッドに近づいた。その人は、上半身がスタンドの明かりに照らされていたが、顔は窓のほうに向けられていて、見えなかった。彼女は、体をおおった毛布を取りのぞくと、患者の胸のはだけた浴衣をととのえたり、膝を真っすぐにさせたりした。そんな彼女の動きを見ているうちに、暗がりに目が慣れてきた。

　その人はベッドが小さく見えるくらい大きく見えた。その場の異様な雰囲気のせいもあって、高く盛りあがった体は、まるで祭壇に載せられた巨大な供え物を思わせた。ベッドの向こう側にまわったAは、最後に、患者の顔と首のあたりをタオルで拭いていたが、それがすむと、手招きした。

　ぼくは足をそっと運んで、彼女の後ろに立った。スタンドの明かりに照らされたその人の顔は、目が大きく見ひらかれていた。ぼくはその目に怖じ気づいたが、それでも視線をそらさずにいた。ぼくの姿が見えているのと思えるのに、その人の顔には、どんな反応もあらわれなかった。

その人はすっかり変わっていた。蒼白さの加わった浅黒い顔は、まるで鋳物であるかのような感じになり、その人と知らなければ、洗面所で会った人とはとうていわからなかっただろう。体が真上を向いているのに、頭部が横向きになった姿勢も、いかにも不自然で、すでにどのような事態に置かれているかを、はっきりと教えていた。

「氷を詰めかえる時間だわ。あなた、そこに坐っていて。それがわたしのベッドなの」

ぼくの様子をうかがっていたAは、すこし安心したらしい声で言った。ぼくは窓の下にある布張りの寝椅子に腰かけたが、かえって落ち着かなかった。眼差しの方角はちがっても、その人と目の高さがおなじになり、見つめられているような気がしてならないのだ。

Aは、患者の体のまわりから布につつまれた細長い氷囊をいくつか取り出したあと、ベッドの下から蓋のついた四角い容器とバケツを引き出し、そこにしゃがんで作業をはじめた。水をバケツに空けた氷囊に氷を五個ほど詰めてその口をゴム紐でしめ、ふたたび布に包みなおす作業だった。ぼくはその作業を見まもりながらも、一方で、スタンドの明かりに照らされたその人の顔から目を離さずにいたが、表情は完全に静止していて、どんな小さな変化も認められなかった。

氷囊に氷を詰めおえたAは、それを患者の体のまわりに埋めると、最後に水枕の氷も取りかえた。枕が取りのぞかれているあいだ、うつ向きかげんになったその人の顔は、ぼくのほうに向けられていて、大きく見ひらかれた目に、ぼくの姿が映っていないとは、とても思えなかった。

けれどもその顔には、やはりどんな反応も認められなかった。すでに自分と他人の区別ができなくなっていて、薄暗がりのなかにいるぼくを、自分であるかのように思い、なぜ自分が自分の外にいるのか、考えあぐねている……というような表情にも思えた。水枕に頭がもどされると、その人の眼差しはようやく真っすぐ天井に向けられた。

「ほら冷たいでしょう」

作業をおえたAは、寝椅子にならんで腰かけると、氷を触っていた両手でぼくの顔に触れようとした。そして、ぼくがその手を押し返すと、それを自分の頰に当てた。

「ほんとうになにも見えていないのだろうか」

ぼくはささやくような声で訊いた。

「そうね」

とAは、その人のほうに目を向けて言った。

「あんなふうに大きく見ひらいているのだから、なにかを見つめているつもりかもしれないわね」

「いつもあんなふうに目を開けたままなの？」

「そんなことはない。たいていは閉じているのだけれど、真夜中になるときまって二時間くらい、あんなふうにはっきり開けるの。その二時間のあいだずっと、喘ぎ声を立てどおしだったのだけれど、それがいつからだったか、急にやんでしまったの」

もちろんぼくは、その喘ぎ声を、低い人声に似た音として酸素吸入器の水の泡立つ音といっしょに聞いていたのである、そしてそのあいだ発熱していたのである。

「もう正常な意識はないのだろうか」

「わからない。先生は、ほとんど意識はないと言っているけれど、わたしはそうは思わない。こうなった人にはこうなった人の意識があるような気がするもの」

「それはどのような意識だろう」

「それこそわからない。弟がこんな状態になったとき、いま思うと、信じられないくらい真剣にそのことを考えたけれど、けっきょくなにもわからなかった。わからなくても仕方ない、ということがわかっただけだった」

「それでは、付き添っていても、なにもわからないことになってしまう」

ぼくはこう言って、彼女の横顔を見つめた。

「そうなの。なにもわからない。こうして世話をしていても、喜ばれているのか嫌がられているのか、それすらわからない。これが仕事だと割りきって、できるかぎりの世話をするしかない。わたしの患者さんはたいていこういう人だから、患者さんとわたしのあいだになにもなく、なにもないままにおわってしまう。それでもわたしは、患者さんがどんな状態になっても、けして手を抜いたりはしない。そんなことをすれば、わたしの仕事の意味がなくなってしまう」

ふたりはしばらく黙って、その人の顔を眺めていた。表情にわずかの変化もない顔は、ぼくの気持しだいで、怒っているようにも、悲しんでいるようにも、また途方に暮れているようにも、さまざまに見えるのである。

「口がきけるころ、どんな話をしていたのです」

ぼくはこう訊いて、洗面所で会ったときのその人を思い浮かべた。

「なにも話さなかった。もともと口数のすくない人らしく、入院したばかりのころはすこし話したそうだけれど、婦長の紹介でわたしが来たときは、もうひと言も口をきこうとしなくなっていた。先生がいくら話しかけても、うなずくか首を横にふるかするだけで、ずっと黙りこんだままだった」

「もう口がきけなくなっていたのだろうか」

「そんなことない。付添いなんていらないと言って、弟さんと言い争っていたくらいだもの。けっきょく弟さんが説得してくれたけれど、そのあと動けなくなるまでのあいだ、たがいに黙って、にらみ合っていた。なにか世話をしようとすると、ひどく怒って、払いのけようとしたり、蹴りつけようとしたりするの。わたしは、ここに腰かけて、この人を見まもりながら泣きたい気持だった。それからすこしたって、起きあがれなくなり、世話を嫌がらなくなった。そんなときの患者さんの気持、とても理解なんかできないけれど、それが仕事だから遠慮なんかしていられないし、あとはもう思いのまま世話ができるので、わたしのほうはずっと気が楽になって……そうだわ、いちど、この人がわたしに話しかけたことがあった」

Aは、よく考えないと思い出せないほど以前のことであるかのように、その人を見つめながら、話しつづけた。

「それがとても変だった。真夜中、この寝椅子で寝ていて目を覚ますと、誰かが立って見おろしているの。よその患者さんが部屋をまちがえて入って来たのかと思った。ところが、ひとりでは体を起こせないはずのこの人で、大きな体をかがめて、わたしの顔を覗きこんでいた。わたしは、この人だと知るとかえって怖くなり、体をすくませていた。この大きな体でしょう、まだどんな力が残っているかわからないもの。すると、この人が急にわめき出した。わたしはほっとした。世話が気に入らず、とうとう我慢できなくなり、それで怒りを爆発させたのだ、そう思って。

そうではなかった。なにかを伝えようとしているのだけれど、わめき声なのでなにを言っているのかわからなかった。それでもおなじ言葉を繰り返しているのだと気づいて、ようやく聞き分けることがでた。この人は、〈子供はできなかったけれど、嫁をもらったことがある。嫁は十四年まえに車に轢かれて死んだ。そのあといちど、刑務所に入ったことがある〉と、これだけのことをわたしがいちいちうなずくのを確かめるまで、怒鳴るような声で、なんども繰り返した。そして、やっと安心したわたしが起きあがり、よくわかった、ちゃんと憶えていて絶対に忘れない、だからベッドにもどってほしいと頼むと、この人は素直にうなずいた。けれど、ベッドを抜け出るのに残っていた力を使い果たしていて、すぐ後ろにあるベッドにもどることもできなかった。きっと、これだけはこの女に言っておこうと考えつづけていて、口がきけなくなる予感に必死でベッドをおり、最後の声のつもりであんな大声を出したのね」

「それっきりなにも言わないの？」

「そうなの。だって、つぎの日、それまで気持の張りで支えていたものが崩れたみたいに、病状が急に悪化したもの。苦しいのですか、お水、すこし飲みますか、などと訊くと、かすかにうなずいてくれるようになったけれど、それも二、三日しかつづかなかった」

どうやら彼女の関心は、病状の進みぐあいにつれて形づくられる患者とのつながり、それにしたがって、どういう形で患者を取り込むか、ということにあるようだった。

「すると、いまはもう、ほんとに口がきけないのだろうか」

「そう思うわ。それに、こんなふうになると、重大なことが控えているので、それで、ひどく用心ぶかくしていて、口をきくことは避けている、そんな気がする」

「それはそうかもしれないけれど、受けとる側によっては、かならずしもそうとはかぎらないでしょう。そうでなければ、どのような伝達もないことになる……」

ぼくはこう言いかけて口を閉ざした。伝達という言葉で、なにを言いたいのか、自分でもよくわかってないことに気づいたからだ。

そのあとしばらくふたりは黙ってその人を眺めていたが、Aは、「忘れていた。氷をもらってくる」と言って、ベッドの下から水の入ったバケツを引き出した。そして、その人とふたりきりになるなど思ってもいなかったので、ぼくがおもわず立ちあがると、腕をつかんで前に押し出し、「そうね、そのために来たのだから、そこに坐って、しっかり見ていなさいよ」と言って、ベッドわきの丸椅子に坐らせたのである。

ひとりになったこと、ベッドのそばの椅子に移ったことで、病室はふたたび地下室に似た印象がよみがえった。四隅の薄暗がりがさらに暗くなり、その人の上半身を照らすスタンドが明るさを増した。真夜中の静けさのなかで、酸素吸入器の泡立つ音が大きくなり、慣れたはずなのに、すえた臭気が強まった。

ぼくはしばらくのあいだ、目を見ひらいたその人の顔を、こんな近くから見つめる勇気がなく、その人の体だけを目に入れていた。静止した体のなかで、それだけが活動しているかのような、呼吸のたびに盛りあがる胸、Aがそういう姿勢を取らせたのだが、膝を立てて毛布を持ちあげた脚、がっしりしながらも、どこか頼りなさそうにすこし傾いだ腰、投げ出されたみたいに横たわる両腕、それらが、頭部とのつながりを断たれたせいで、ばらばらになってそこにある、そんなふうに見えるのである。

ぼくがベッドのわきの椅子に腰かけても、天井に向けたその人の顔に、どんな変化もあらわれなかった。そのことを十分に確かめてから、ぼくはようやくその人の顔を、正面から見つめることができたが、見ひらいた目になにも映っていないとは、どうしても思えなかった。真夜中になるときまって見ひらくということは、意識が働いている証拠であり、だからこそこんなに大きく、こんなに長く見ひらいている、そして、もしそうであるなら、見るという意志も働いていなければならず、したがって、いまもなにかを見つめていることになる、そう思えてならなかった。

それでも眼球は静止したままだった。眼差しにわずかでも広がりがあり、一メートル先までとどいていれば、当然、ぼくの顔をとらえていなければならないのに、眼球は動く気配がなかった。ということは、見ようという意志が働いているとしても、視覚は不在であり、見ひらかれた目の表面が、ただ外部に触れているだけ、ということだろうか。だが、どう考えても、そんなふうには思えなかった。

その人の見ひらかれた目に慣れるにつれて、ぼくは、やはりなにか意識が働いているはずだという確信をさらに強めた。そこで、頭を左に右にと傾けて、眼球に反応のないことを確かめたうえで、椅子から腰をあげ、ベッドに両手をついて、おおいかぶさるように、その人の上にかがんでみた。そうすれば、ぼくの顔がその人の視野を占めて、いやでも眼球に映るはずだ、そう考えたのだ。だが、大きく見ひらかれたその人の目は、やはりどんな変化も見せなかった。

そこでぼくは、その人のふたつの目を凝視したまま、さらに深くかがみ、ちょうど鏡に映した自分の顔を覗きこむようにして、その人の顔に顔を近づけてみた。すると十五センチほどに接近したとき、突然、目につよい衝撃を受けた。同時にその衝撃が体を貫くのを感じた。その人の眼差しが、ぼくの目を刺し貫いたのである。

ぼくはその衝撃にかろうじて耐え、顔を退かずにいた。それは異様な瞬間の持続だった。目を刺し貫き侵入したその人の眼差しが、あたかも液体であるかのように、ぼくのなかに注ぎこまれたのである。そして、その眼差しを受け入れる器《うつわ》になったぼくは、その流入にどんな抵抗もできずにいたのである。やがてぼくという器は、液体であるその人の眼差しに満たされおわった。すると、ぼく自身はその場から消え失せてしまい、誰の意識でもない意識が、それだけで恍惚となっているのだった。

どのくらいそうしていたのか、ぼくはようやくわれに返って、自分を取りもどした。見ると、その人の目に、べつの変化があらわれていた。眼差しの消えた目は潤いをおび、まぶたがかすかに動いていた。目を閉じようとしているのである。上まぶたがそれ以上にない緩慢さでさがり、それを迎えるように下まぶたがかすかに震えて、閉じ合わさった。するともう軽い喘ぎの混ざった寝息が聞きとれた。

ぼくはその人の上から体を起こした。注ぎこまれたその人の眼差しで満たされていたが、それが眠りの塊りのようなものに変わっていて、そのはげしい眠気に立っておれないくらいだった。ぼくはベッドにつかまって反対側にまわり、ふらつく足でドアにたどり着いた。そして、廊下に出て、壁にすがりながら自分の病室にもどると、眠気だけではない、異常な疲労をおぼえて、ベッドに倒れこんだのである。

Ⅳ

翌朝、ぼくは、目を覚ましても、旅からもどりながらも旅の途上にいる気持から抜け出せない人のように、ぼんやりしていた。昨夜、異常な眠気にようやくベッドにたどり着き、波のように押し寄せる眠りに体をゆだねたとき、沖にさらわれて二度と陸地にもどることはない、そう覚悟したはずなのに、なにかのまちがいでまだこうして陸地にいる、というような気持だった。

洗面と朝食をすませて、形だけの回診がおわっても、そのぼんやりとした気持がつづいていた。一方でぼくは、昨日までの苛立ちからは解放されていた。昨夜、ひとつの選択をした以上、とりあえず真夜中になるのを待つしかないことはわかっていた。ときおり隣室を隔てる壁に目を向けるほか、それがなすべき唯一のことであるかのように、毛布で体をおおって静かに横たわっていた。

それでも、自分をなくしたようなその状態のなかで、ぼくは、物を見ることがどういうことなのか、繰り返し体験していた。たとえば、ベッドのわきにある椅子を目に入れて、目が離せなくなった。といっても、椅子が特異なものに見えるわけではなかった。いつもベッドのわきにある丸椅子にかわりなかった。それでいて、そうして見つめていると、昨夜その人の眼差しを受け入れる器になったときそうであったように、自分のなかがそっくり椅子のイメージに満たされているように思えるのだった。

もちろん反動が来た。ぼくのなかを満たした椅子のイメージは、こんどは、ぼくの感覚とともに外に出て、そこにある椅子にもどったが、椅子というよりも、椅子のイメージとしてそこにあって、そしてさらに、それに向かい合っていると、自分もおなじイメージとしてここにいる、そう思えるのだった。このようにして、ぼくは一日じゅう、まわりの事物を見つめては、自分のなかがそれらのイメージで満たされるという、あるいは自分もイメージにすぎないという、奇妙な体験を繰り返していたのである。

重いものが肩に置かれたのを感じて目を覚ますと、消灯後のスタンドの小さな明かりが目に入って、いつものベッドの上だとわかった。それでいて時間のなかで迷子になっていて、入院以降のどの時点なのか、判断できなかった。

「よく眠っていたわね」

遠くから声が響いてきた。頭をもたげると、Aの顔が見わけられた。

「起こさないでおこうと思ったのだけれど、なんだか心配になって……」

ようやく意識がはっきりして、ぼくは、絶望的なほど長く感じられた一日につながる時間のなかにいる自分を取りもどした。

「あら、また、こんなに冷たくなっている」

Aは、いつものようにぼくの腕をつかみ、こう言いながら、さらに肩や顔に触った。その手がやはり異様なくらい熱く感じられた。

「どうしてこんなに冷たくなるの。まるで死人みたいじゃないの」

彼女は、昨夜のように、ぼくの体をさすりはじめた。覚めきらない頭のなかで、「死人みたい」という言葉が、水のように揺らいだ。ぼくはその言葉にさそわれて、体を起こした。

「もう行かなければ……」

「まだだめよ」

Aは寝かせようとしたが、ぼくは彼女の手を押しのけた。

「痺れているだけなのだ」

「ほんとにだいじょうぶなの？」

Aは片手でぼくの体を支えて、スリッパをはかせた。彼女の肩につかまりベッドをおりると、床がひどく堅く感じられて、ひとりでは立っておれなかった。

「だめじゃないの。これ以上わたしに面倒をかけないでよ」

「なにが起こっているのか、わかっているんだ」

ぼくはこう言って、彼女の肩につかまり、無理に歩きだした。

「困った人ね。わたし、どうしてあなたの言いなりになってしまうのかしら。ほんとにどうかしているわ」

その人の様子は前夜とまったくおなじだった。大きく見ひらいた目も、虚ろなままにブラインドのおりた窓に向けられていた。ぼくは、隣室の雰囲気にすぐに慣れた自分に気づきながら、ならんで立っているAに訊いた。

「もう苦痛はないのだろうか」

「どうなのかしら。目立って苦しむ様子はなくなったけれど」

ふたりはしばらくそうしてその人を見ていたが、「氷を詰めかえなければ……。触ってみて。ほら、すごい熱でしょう」と言って、Aがぼくの手を取り、その人の太い腕に触らせた。高い熱もそうだが、その柔らかさにおどろいた。つよく握りしめると、形が崩れるかと思えるほどだった。

「この熱だからすぐ氷が溶けてしまう。あなたはそこに坐って、見ていてあげなさいよ」

Aに言われてベッドのわきの丸椅子に坐ると、その人の顔を照らすスタンドの明かりのなかにぼくの顔も入って、眼球がぼくの顔をとらえていないとは、どうしても思えなかった。もちろん昨夜の試みから、すくなくともこの距離では、はっきり映っていないらしいことはわかっていた。事実、昨夜とおなじように、ぼくがそこに坐っても、どんな反応も見せなかった。

その人の顔を見つめることに慣れると、ぼくは、昨夜のように顔を接近させて、刺し貫いて侵入したあの眼差しの有無を確かめたくなった。けれども、Aがいるという理由だけではなく、液体のように流れこむ眼差しのあの勢いを思い起こすと、あえて試みる勇気はなかった。

ぼくの頭に、どんな根拠もないけれども、ひとつの考えが浮かんだ。それは、これほど大きく目を見ひらいているのは、むしろ、見ないでいようとするためではないのかという考えだった。衰弱して制御できない意識の作用のせいで、自分には関わりがない、途方もなく奇怪なイメージが、抑えようもなく湧き出てくる。一日の大半がそうした状態にあって、その厖大な量のイメージの洪水にたえず押し流されつづけている。

ところが、真夜中のこの時間になると、いくらか意識が制御できて、そのイメージの洪水から自分を引き離していようと、こうして目を大きく見ひらいている。だから、目を大きく見ひらいているのは、なにかを見るためではなく、自分を脱出させる外があることを確認しようとしているからだ……。

もしこの推測が正しいならば、とぼくは思った。きのう、ぼくの目を刺し貫いて注ぎこまれたあの眼差しはなんだろう。あの焼けつくような眼差しこそ、外に脱出しようとしているこの人の最後の自己、死への意志ではないだろうか……。

「氷がなくなった」

背後の床の上でAがひとり言のように言った。ぼくは頭のなかの考えからわれに返って、彼女のほうを振り返った。作業をしているときの彼女は、いつも生き生きとしていた。

「もらって来るから、帰らないで待っていてね」

Aはこう言って、患者の顔とぼくの顔を見くらべるように覗きこんでから、バケツをさげて出て行った。

彼女が出て行ったあとしばらくして、どこから入りこんだのか、蛾がスタンドの明かりのなかを飛びまわりはじめた。追い払おうとしても、どこかに行ったかと思うと、すぐにやって来て、狂ったようにスタンドにぶつかった。叩き落とす適当なものがないので、ぼくは手でつかまえようとした。そのとき、その人の顔を目に入れて、おもわず立ちあがった。大きく見ひらいた目のなかで、眼球が飛びまわる蛾を追って、忙しく動いているのである。しかもそうして眼球で蛾を追いながら、半開きの唇に笑みのようなものを浮かべているのである。

目の前に飛んで来た蛾をはらいのけると、手の甲にあたって、サイドテーブルの後ろあたりにはじけ飛んだ。まずいことをしたと思って、その人の顔に目を向けると、見つめていたものをうばわれて、困惑しているような表情が浮かんでいた。だが、それはほんの一瞬で、その表情はすぐに消え失せて、もとの静止した顔にもどった。

「あのエレベーター、夜、ひとりで乗ると怖いわね。ごとんごとんって、変な揺れ方をするのよ」

息を弾ませながらもどって来たAは、バケツの氷を四角い容器に移すと、残りの作業をつづけた。ぼくはいま目撃したことにまだ昂奮していた。あれほど小さなものをとらえる視力があったこともおどろきだが、それ以上に、飛びまわる蛾をなにに見立てていたのだろうと考えると、昂奮がおさまらなかった。

「まだ目を開けているの。いつもの時間はとうにすぎているじゃないの。そんなふうにふたりで睨めっこしていたら、夜が明けてしまう」

氷をつめる作業をおえたAは、氷嚢を患者の体のまわりに埋めながら、その人の顔を覗きこんで言った。そして手を伸ばして、まぶたを閉じさせた。目を閉じたその人の顔は、気のせいか、悲しそうに見えた。Aは毛布をその人の肩まで引きあげた。

「やはり見えているんだ」

寝椅子にならんで腰かけた彼女に、ぼくはそっと言った。

「そうかもしれないわね。でも、ぼんやりとした薄い影くらいにしか見えていないのだと思うわ」

「そうじゃない。はっきりと見えているんだ」

「どうしてそんなことがわかるの」

ぼくは蛾のことを話そうとして、思いとどまった。蛾をとらえていたことは確かでも、それをその人がなんであると見なしたのか、ぼくの勝手な想像でしかなく、彼女に話すことではない、そう思ったからだ。

「たとえ見えなくても、あなたがそばにいるのを喜んでいるわ」

Aは慰めるように言った。

「ほんとにそう思いますか」

「そうよ。こうなった患者さんは、思っている以上に、いろんなことがわかっているものなの。ただ、もう自分には関わりがないという気持から、それを顔にあらわさないだけなの。もちろん病気によってもちがうし、経過によってもちがうけれど、最後には、たいていおなじような感じになり、黙りこんでしまう。きっと、黙っていることがこういう患者さんの言葉なのよ。だから、付添いに大切なのは、患者さんのそんな沈黙をあまり気にせず、けっきょくはなにも言わないけれど、もしなにか言ったら聴いてあげるつもりで、ときどき話しかけ、あとはおなじように黙って、しんぼうづよく見守っているこ となの。そうすれば、この地上に自分たちふたりきりしかいないみたいな気がして、気持はわからなくても、なぜこうして付き添っているのか、自然にわかってくる」

Aはここまで言っていったん口を閉ざし、それからつぶやくように言い添えた。

「だから、ほんとうのことを言うと、このことが理解できなければ、こういう患者さんに付き添うのはとても危険なことなの」

「どうして?」

「わたしが最初にあなたをロビーで見かけたとき、あなたは女の人と話していた。憶えているでしょう。四十くらいの、色白のちょっときれいな人よ」

たしかに憶えていた。その女性は、病気のことや仕事のことを問いかけて、まるで保護者みたいにあれこれと忠告めいたことを口にしたのである。視力が回復した直後のせいもあって、ぼくはその女性の顔をまじまじと見つめながら聞いていたが、おそらくあのときAもロビーにいて、その様子を見ていたのだろう。

「あの女の人は、お舅さんに付き添っていた。そのお舅さんはあの二、三日あとに亡くなったのだけれど、そういう病人に付き添っている女はとても危険なの」

「どんなふうに?」

「こういう病人に付き添っていると、自分は生きているという安堵感に身震いするような快感をおぼえ、それが優越感になり、それをもっと強烈に味わおうとする欲望に駆られることがあるの。そのとき異様なものほど好ましく思えるものなの」

「異様なものって、どんな?」

「……………」

「たとえば、ぼくのような存在?」

Aは笑いをこらえるような声を出し、それから真顔になって言った。

「そうよ。あなたのように異様なものよ。怒った?」

「いや。そういう状態にある女性だけが発揮する力を、ぼくも必要としているのだから」

「そうでしょうね。だからあなたはいま、ここにいるわけね」

Aはぼくの手を取って自分の膝に乗せ、その上に自分の手を重ねた。ふたりはしばらく黙って、目を閉じたその人の顔を眺めていた。


五日目だった。ぼくはベッドのわきの椅子に腰かけて、その人を見ていた。真夜中の静けさのなかで、Aが奇声を発した。見ると、寝椅子に腰かけたまま眠っている彼女は、いまにも転げ落ちそうだった。ぼくはそばに行って、寝かせようとした。ぼくの腕をつかんで体を支えたAは、目をつぶった顔に笑みを浮かべて、首をふった。この二、三日、ほとんど寝ていないのに、横になろうとしないのである。仕方なく椅子に深く腰かけさせ、壁に寄りかからせると、頭を壁に押しつけるようにして、もう寝息を立てていた。一瞬のうちに深い眠りにもぐり込み、四、五分で浮上するという、小刻みの眠りを繰り返しているのである。

ぼくはベッドのわきの椅子にもどって、スタンドの明かりに照らされたその人の顔を見まもった。目を大きく見ひらいた顔は、虚脱状態にあるように見えながらも、それでいて、これから起こることを予知して、すでにその準備をおえ、待機状態にある、というようにも見えた。

そのとき、額の濡れタオルを取りかえようと、ぼくは腰を浮かせて手を伸ばした。するとその人の眼球が動いたように見えた。試しにその人の顔の上で手を動かしてみた。どんな反応もなかった。やはり眼球とか蛾とか、そうした小さな動くものに反応するにちがいなく、かがんだときのぼくの目に反応したのである。

ぼくは立ちあがり、最初の夜のように体をかがめて、その人の顔に顔を近づけた。輝きだしたその人の眼球が、左右に顔を動かすぼくの目をとらえようと、おなじように左右に動いた。ぼくはその要求に応じ、さらに深くかがんで、その人の顔に顔を近づけた。そして、十五センチくらいにまで接近させたとき、その人の眼差しがぼくの目に飛びつき、最初の夜とおなじことが起こった。焼けつくような眼差しが、つよい衝撃とともに目を刺し貫いて、熱い液体のように、ぼくのなかに入りこんで来たのである。

そうして受け入れる器になることを強いられたぼくは、見ひらいた目を必死で差し出して、その圧倒的な浸入に耐えつづけた。異様な瞬間の持続であった。そして、その人の眼差しに満たされおわると、最初の夜とおなじように、ぼく自身はそこから消え失せ、誰の意識でもなくなった意識が、恍惚の頂点に押しあげられていた。

ところがそのあと、最初の夜とはちがう、思いがけない事態が生じたのだった。その人の眼差しに満たされながらも、自分を取りもどしたぼくは、自分もその人の目を見つめているという事実を自覚して、それならば、ぼくの眼差しもその人のなかにもぐり込ませることができるはずだ、そう気づいたのである。

そこでぼくは、あるかぎりの意識を目に集中させて、その人の眼差しを押し返した。押し返すばかりではなく、立ち向かって行き、その人の目のなかに眼差しをもぐり込ませようとしたのである。眼差しの逆流を感じとったその人は、あきらかに狼狽して、ぼくの眼差しの浸入を拒もうと、眼差しにいっそう力をこめて、ぼくの目を見つめ返した。

ふたりの眼差しのあいだに拮抗が生じて、抜き差しならなくなった。ぼくは、狂気じみていることを意識しながらも、執拗にその人の目のなかに眼差しをもぐり込ませようとした。眼差しだけでなく、眼差しともども自己そのものまでも、その人のなかに浸入させようとしたのである。それは、相手が瀕死の状態にあるだけに、殺人に等しい行為だった。

どのくらいのあいだ、そのような状態を保っていたのかわからなかったが、ぼくは、一瞬の間断もなく、自己という眼差しを、その人のなかに侵入させようとしつづけた。そして、そのあいだに三度、その人のなかに眼差しを浸入させ得たのだった。拒もうと必死に見つめ返すその人がひるんだ隙に、眼差しでその人の目を刺し貫き、殺人者の凶器というイメージを借りて、その凶器になぞらえた自己を、その人のなかに浸入させたのである。

おそらく三度とも二十秒か三十秒で押し出されたにちがいなく、浸入したその人のなかがどんなところなのか、はっきりとは確認できなかった。したがって、あとで頭に描いたイメーにすぎないけれども、ぼくが自己を浸入させたその人のなかは、広さも、長さも、深さもない、いわば純粋な暗黒の虚空であった。それでいて、凶器に似せて浸入した瞬間、自在な物体となったぼくの自己は、その暗黒の虚空の隅々まで浸透し得て、そこにぴったりと収まったのである。

ぼくは三度では満足しなかった。二、三十秒を何倍にもして、そのあいだに、侵入したその虚空の在り様を、さらにはっきり確認しよう、そう決意して、あらためて眼差しでその人の眼球を刺し貫こうとした。それには、浸入させまいと見つめ返すその人の眼差しを押しもどして、ねじ伏せねばならなかった。その人の眼差しを、そのようにして折りこむことで、はじめて可能になるのである。

けれどもそのとき、光が流れ去るように、その人の眼差しが弱まった。いかにも力がつきた、という感じだった。ぼくは眼差しをゆるめて、見つめなおした。その人の目は静止していた。ぼくは全身がきしむように感じながら、その人の上から体を起こした。その人の胸はフイゴのように上下していた。ぼくの眼差しの浸入を阻止しようと、残っていたすべての力を使い果たしたにちがいなかった。

その人の顔に目をもどすと、大きく開けた口のなかに黒いものが見えた。丸まった舌のようにも見えたが、はっきり見えてくると、泡の混ざった黒い血であることがわかった。それは、口から溢れ出し、顎をつたって、枕に流れ落ちた。その人の顔は、安堵したような表情にかわっていた。静止した目は、光を失いながらも、恐ろしいまでに澄んでいた。

ぼくはAの肩を揺すった。彼女は反射的に立ちあがり、ぼくを押しのけた。喉につまるものを吸いとろうというのか、白衣のポケットから取り出したゴムの管をすでにくわえていた。だが、患者の顔を覗きこんで、その必要はないと判断したらしく、きらきら光る目をぼくに向けて言った。

「まだだいじょうぶ。でも、看護婦に知らせないといけないから、あなたは出て行って」

部屋にもどって、壁ごしに隣室の様子をうかがっていると、彼女が判断したとおり当直医は呼ばないらしく、しばらくして看護婦が出て行った。そのあとAがなんどか部屋を出入りして、それから静かになった。それでも隣室の気配に耳をそばだてていると、ドアの音がしたので、廊下に顔を出してみると、Aの後ろ姿が見えた。後を追うと、彼女は廊下のはしのドアを押して外に出た。そこは外階段のひろい踊り場で、洗濯の干し場にもなっていて、彼女はそこでよくタバコを喫っていた。

外に出ると、深夜の冷気が体をつつんできた。外壁の赤いランプが、コンクリートの壁にもたれてタバコを喫っている彼女を、浮き出させていた。ぼくが壁を背にしてならんで立つと、彼女は先まわりして言った。

「血はとまった。でも、ほんとのことをいえば、おわったのもおなじね」

「どうしてそんなことが言えるのです」

「体のなかがすっかり静かになってしまったもの」

「静かに?」

「そう。どんな患者さんでも、そばにいると、体のなかで言葉が泡立っているように思えるけれど、その感じがなくなり、空っぽみたいに静かになると、もういけない。わたしの勝手な考えだけれど、そんなふうになったとき、そのときが来た、そう思うの」

「その考えに確信があるのですか」

ぼくは息がつまる思いで訊いた。

「確信なんてあるはずがないでしょう。でも、わたしはいつも思うのだけれど、最後のところで、死がふたつに分かれる気がしてならない。第一の死は自分から迎え入れることができるけれど、第二の死は、向こうから来るのを待つしかない、というように」

「それで、その第一と第二のあいだは、どのくらいあるのです」

「二、三十分、半日、四、五日、半月とさまざま。もちろんふたつが接している場合も多いわけだから、わたしの考えはまちがっていることになるけれど」

「あなたのその考えにしたがえば」

とぼくは、頭を生じた考えにうながされて言った。

「その第一と第二のあいだの状態を五年十年と保つことだって、あり得るわけだ」

「そんなことがあるわけないでしょ」

と言って、Aはぼくのほうに顔を向けた。頭上の赤いランプの明かりでは、表情までは見わけられなかった。

「いったいなにが言いたいの」

ぼくは返事ができなかった。下手な説明をすると、その考え自体が消え失せそうだった。Aもそれ以上は訊こうとしないで、喫いおえたタバコを足もとの空き缶に投げ入れて、二本目に火をつけた。そして煙を吐き出しては、眠気を払うように深く呼吸した。おなじように深呼吸すると、タバコの匂いにまざって、樹木の甘い香りがした。

「わたし、さっき寝こんでいたわね」

Aは自分を責めるような口調で言って、ぼくが黙っていると、さらにつづけた。

「あなたがどれほど危険な人間か、うっかり忘れてしまっていたのよ」

「なぜぼくが危険なのです」

Aはすぐに答えないで、ゆっくりとタバコを喫ってから言った。

「わたしの患者さんを見たい、それも真夜中でなければならない、そんなことを言いだす人間が、どうして危険でないというの……。なにがおかしいの。笑ったりして……」

「笑ってなんかいない。ぼくは、ぼくくらい無害な人間はいない、そう思っている」

Aは黙ったまま、前方の闇を眺めていた。ぼくも闇に目をこらしたが、夜が明けるどんなわずかな兆しも見出せなかった。

「それはどういう意味で言っているの?」

「ぼくは、あなたがいま言ったような、自分から迎え入れることのできる、その第一の死を死んでいるような状態で生きたい、そう願っているからです」

「呆れたわ。あなたの頭のなかにあるのはそんな考えなの」

彼女はタバコを喫いながら、ぼくの前の暗がりのなかを、行き来しはじめた。

「ほんとうにそんなふうに思っているの?」

「ほんとうにそう思っているかもしれない」

「もしそうなら、あなたはひどく思いあがった、とんでもない人ね。そして、わたしもどうかしている。ただ真面目に働くことしか知らなかった父、自惚れや驕りなんてこれっぽっちもなかった弟、それから気の毒な患者さんたち、そのたくさんの人の死を見て来たわたしが、選りに選ってそんな考えの人とかかわるなんて」

Aは、亡くなった父親や弟のことに話がおよぶと、つよい感情にとらわれるようだった。

「そんな思い違いをした人に、わたしがどうしてかかわらねばいけないの。いちばん肝心なことを、そんなふうに考え違いしている人に、これ以上かかわったら、それこそ身の破滅だわ」

ぼくの前を行ったり来たりしていたAは、タバコを缶に捨てると、ぼくの前で立ちどまった。そして、ランプの赤い光を受けた顔でぼくを見あげると、ぼくの両腕をつかんで揺さぶった。

「そうよ。身の破滅よ。これまでなんのために、付添いの仕事をしてきたのか、わからなくなる」

ぼくは抵抗しないでいた。彼女はさらにはげしく揺さぶり、頭が壁に打ちつけられた。ぼくは壁に背中を押しつけたまま、ずるずると坐りこんだ。腕を離した彼女は、ふたたび暗がりのなかを行き来しながら、まだしゃべっていた。

ぼくは膝をかかえて壁に寄りかかり、彼女の声をぼんやりと聞いていた。声だけを聞いていると、むしろ心地よく聞こえた。その声が途絶えたので顔をあげると、白衣のポケットに両手を入れたAは、ぼくを見おろしていた。眠気にやっと立っているらしく、体が前後に揺れていた。

「いつまで坐っているつもり?」

Aは腕をとって、ぼくを立ちあがらせた。そして、ぼくが壁に背中をもたせかけると、ならんで立ち、肩に寄りかかった。

「けっきょく、あなたにとって、わたしはどうでもいいのよ。そんなことははじめからわかっていた。せめて、ほんのすこしでもいいから、わたしの気持を理解してほしい、ただそう言っているだけなの。あなたがわたしにしてくれそうなのは、それくらいしかないのだから」

「ぼくは理解しているつもりです」

「どんなふうに?」

「いまでは、あなたもぼくを必要としているということです」

「わたしがあなたを……あなたがなんの役に立つというの」

「たしかに、いまのぼくでは役にも立たない。でもあなたは、ぼくがあなたのいう第一の死を死んだ人間みたいになってしまえば、そのとき亡くなったお父さんや弟さんの身代わりになるかもしれない、そう、自分では気づかずに、考えているはずです」

　ぼくはこう言って口を閉ざし、Aがどんな態度に出るかを待った。すこし間をおいて彼女はつぶやくような小声で言った。

「どういうこと？　どうして急にそんなことを言いだすの。そんなことを言わないで。あなたが父や弟の身代わりだなんて……いいえ、そんなこと、絶対にない」

　思いがけない彼女の動揺におどろいて、ぼくは言いなおした。

「もちろんあなたも、このままのぼくをすぐお父さんや弟さんの身代わりにできると思っているわけではない。ぼくが第一の死を死んだ人間みたいになれば、そのとき、亡くなったお父さんや弟さんの身代わりである患者の、そのまた身代わりになるかもしれない、あなたはそう思っているのです。もしそう思っていなければ、ぼくなんかに目をつけるはずがない。なぜなら、付添いの仕事ができなくなろうとしているあなたは、これ以上無理につづけると、かえって、お父さんたちを失ってしまう恐れがあるからです。だから、もちろん意識せずにですが、ぼくを自分の患者のところに連れて行き、あなたの患者とぼくを重ねあわせて、すり替えようとした。だから、ぼくを連れて行ったのは、あなたにとっても、ひとつの賭けだったのです」

　ぼくは急に不安をおぼえて口を閉ざした。こんなふうに言いきる必要があるとしても、あまり早急に結論を求めると、彼女との関係によってかろうじて保ってきた、いまの足場をなくす恐れがあった。暗がりのなかでぼくのほうに体を向けたAは、眠気を払うようになんどか深く呼吸してから、つぶやくような低い声で言った。

「言いたいのはそれだけ。そうね、あなたもそれほど馬鹿じゃないわね。もちろん、そんなふうにしか物ごとを考えられないなんて、とんでもない大馬鹿だけれど。あなたの言っていることを聞いていると、もっともらしく思える。でもそれは、あなたが狂っている証拠で、そのためにかえって真実らしく聞こえるだけのことよ。場合によっては、狂人の言葉が真実のように聞こえることがあるけれど、それはその言葉に根拠がないからよ。根拠がなければないほどかえって深い根拠があるように思えるからよ。あなたの言っているのもそれとおなじで、したがって、あなたの頭は狂っている。父や弟の身代わりにするなんて、患者さんとすり替えるなんて、なんてことを言うの。あなたは人間をなんだと思っているの。それじゃあんまりだわ。人間を冒瀆している……」

彼女の声はしだいに低くなって途切れた。すこし待ってもそれっきり黙っているので顔を覗くと、壁に頭を押しつけた恰好のまま、かすかな寝息を立てていた。肩を揺すって起こすと、彼女はぼくの胸に顔を押しつけて、指でぼくの顔をなぞるように触りながらつぶやいた。

「でも、ほんとに患者さんの代わりになるかしら……」

V

病室にもどったとたん、ぼくははげしい眠気におそわれて、毛布を頭からかぶり、眠気に体をゆだねた。ところがすぐには寝入らなかった。Aが言った、第一の死・第二の死という考えが形を成さないまま、頭のなかで揺らいでいて、眠りを妨げていた。

ぼくは毛布のなかで横たわり、揺らぐその考えにさそわれて、こう思った。彼女の言ったことを受け入れるならば、その人のなかにぼくの自己でもある眼差しをもぐり込ませたとき、第一の死を死のうとしていたその人は、事実、その死を死んだことになり、ぼくは、望みどおりにその人の死に立ち会ったことになる。ということは、その人が死んだその第一の死に、〈父の死んだ顔〉の代わりとして、ひとつの形を与えなければならない。そうでないと、白い汚点の目の出没からはじまったこの試みは、無意味に終わってしまう。

けれどもぼくは、眠気にまといつかれて、その第一の死がどのように示されたのか、形を与えることができなかった。ひと眠りすれば朝になり、頭がはっきりするだろうが、それでは手遅れになる恐れがあった。

そうしているうちに、ぼくは、ひとつのイメージのなかにいる自分を見出した。寝入って夢を見ているのか、眠気に朦朧とした頭にそんなイメージを浮かべているのか、どちらともわからなかったが、それはつぎのようなイメージだった。死という言葉が足もとに横たわっている。言葉といっても、一個の岩のようなもので、ぼくはそのまわりを歩いているが、どうすればその岩に取り組めるのかわからないので、絶望におちいりかけている。

そのイメージのなかで、ぼくは我慢ができなくなり、死という言葉であるその岩を足蹴にした。すると目が覚めて、毛布をかぶった恰好で寝入って夢を見ていたことがわかり、息苦しさに毛布の外に顔を出した。とその瞬間、自己である眼差しをその人のなかに浸入させ得たことが思い起こされて、それとともに、ひとつの考えが閃いた。そこで、その考えにしたがい、すばやく頭を毛布のなかに引っ込めると、その考えの正しさが証明された。毛布をかぶったとたん、夢のなかにもどっていて、同時に死という言葉である岩のなかにもぐり込んでいたのである。

その岩のなか、つまり死という言葉のなかは、眼差しに託して自己を侵入させたその人のなかとまったくおなじだった。広さも、長さも、深さもない、純粋な暗黒の虚空であり、それでいてぼくは、その虚空にぴったりと収まっていた。だが、すぐに息苦しくなり、頭からかぶった毛布を跳ねのけ、死という言葉である岩の外に出た。とその一瞬、夢から覚めて、眠りからも覚めた。そして、同時に、たちまちはげしい眠気におそわれて、毛布をかぶると、ふたたび眠りと夢にもどり、死という言葉である岩のなかに収まっていた。

このようにしてぼくは、岩の内と外とを自在に往来した。そしてその結果、死という言葉のなかにもぐり込んでは毛布の外に顔を出すことで眠りと夢から目を覚ますという、その行為の反復によって、岩のなかの暗黒の虚空に収まったときの自分が、第一の死を死んだ死者であることを認めたのである。

もちろんその死は言葉の上での死でしかなかった。死という言葉のなかに収まることで、疑似の死を死ぬことでしかなかった。けれども、言葉の上の死だからこそ、こうして形として与えることができたのであり、そして今後いつでも、この模擬行為を思い起こし、死という言葉のなかにもぐり込みさえすれば、疑似ではあるけれども、そのつど第一の死を死ぬ、ということであった。

翌日、ぼくは浮きあがるような気持に悩まされて、その気持を静めるために一日じゅう本を見ていた。本を手にしたのは久しぶりだった。といっても、書かれている内容を読みとろうとしたのではなかった。そこにある単語のひとつひとつを目と見なして、にらみ合っていたのである。昨夜、夢うつつのうちに繰り返した、死という言葉である岩に収まるという模擬行為を思い起こして、それらの単語のなかにも、おなじように、もぐり込めるのではないか、そう考えて、確認していたのである。

病人たちの長い夜がはじまって、ぼくはようやく本から顔をあげた。静まり返った壁の向こう側は、なにもかもおわって、その人もAもいないみたいに思えた。ぼくは、待つことはもうなにもないはずなのに、それでもなにかを待っていた。ときどき眠気の波に溺れてうとうとしたが、そんなとき、ひとつのイメージが頭に浮かんだ。それは、一日じゅう格闘していたたくさんの単語が、本から飛び出して、あたかも死体に群がるハエのように、横たわったぼくの体にとまったり、まわりを飛びまわったりするイメージであった。

「起きなさいよ。こんなときどうして寝こんだりするの」

肩を揺すられて目を覚ますと、Aの声が聞こえた。彼女はぼくの耳に口をつけて、昂奮した口ぶりでつづけた。

「四、五日はだいじょうぶと思ったのに、あの人がいよいよいけないの。弟さんに連絡したけれど、とても間に合いそうにない。先生が誰か知合いはいないかって。それで、あなたのことを話すと、すぐ来てもらってくれって……」

ぼくはベッドの上に起きあがったが、眠りから完全に覚めきらず、昂奮に息をはずませたAの声をぼんやりと聞いていた。彼女の言っていることの重大さはわかっていながらも、それが自分にどんなふうにかかわっているのか、わからないのである。

「なにをぐずぐずしているの」

Aはスリッパをはかせて、ぼくを立ちあがらせた。そして、ガウンをロッカーから取り出し、着せようとした。

「どうしたというの?」

「そんな白っぽいもの、着たくない」

「こんなときなにを言っているの。パジャマだけでは、ぐあいが悪いじゃないの」

彼女は無理やりガウンを着せて、帯をしっかりと結んだ。

「隣りに行く理由がない、そんな気がするんだ」

ぼくは新しいガウンの匂いにむせながらつぶやいた。

「いまになって、どうしてそんな……。わたしの苦労も考えなさいよ。これもみんなあなたが望んだことじゃないの」

Aはこう言いながら、ガウンの襟や袖口をととのえた。

「なにも言わなくてもいい。弟さんの代理のつもりで先生に頭をさげて。それから、けして怖じ気づいてはだめ。あの人のためにも最後までしっかりと見とどけて。わたしは玄関で弟さんを待っている。そのほうがいいでしょう」

Aの昂奮した声を聞いているうちに、ぼくは眠気から覚めたが、なんのために隣室に行くのか、やはり自分を納得させることができなかった。〈父の死んだ顔〉の記憶を回復させるという願いが、いつのまにか別の形の願いに代わってしまい、しかもその願いがすでに果たされていて、もう隣室に行く必要がなくなっている、そんなふうに思えたのだ。

Aにつれられて病室を出ると、隣室の前に医療器具を運ぶ車が置かれていて、開け放たれたドアから、真夜中の暗い廊下に四角い光がもれていた。隣室は、煌々とした明かりに満たされていて、昨夜までとおなじ病室には見えなかった。ぼくはその明かりにたじろいで、入口で立ちどまった。この病室のなかにたしかに存在していて、ぼくもそれを認め得たものが、この煌々とした明かりの下では、跡形もなく消え失せてしまっている、そんなふうに思えるのだ。

ベッドの向こう側の枕もとに立った顔見知りの看護婦が、ぼくを見て、意外そうな顔をした。こちら側の医師の後ろにいる看護婦もおなじだった。Aが背中を押して、ぼくを進ませた。心電図を操作している医師が頭をあげて、こちらに顔を向けた。よその病棟の当直医が呼ばれたらしく、はじめて見る医師だった。ぼくが黙礼すると、医師もかすかに頭をさげた。その様子を見とどけたAは、医師の後ろの看護婦に小声で話しかけてから、ぼくのほうに目を向けたまま、そっと出て行った。

最初にぼくの目に入ったのは、医師が心電図の電極を当てているその人のひろい裸の胸だった。呼吸していないかのように静止した胸は、陶器でできているみたいに腹部まで艶やかにひろがり、蛍光灯の光に柔らかく映えていた。真夜中の一時間ほどにすぎないとしても、五日のあいだ、まぢかに見ていたのに、いまはじめてその人を見る思いがした。

けれども、その人の顔を目に入れたとたん、昨夜のあの時点に引きもどされた。つよい光を真上から受けたその人の顔は、鉛の仮面をかぶったようになっていて、昨夜、最後に見せた虚ろな眼球が、眼窩からせり出たまま、空を見つめているのである。

その人を中心としたその場の光景は、絵画のように静止していて、時間が止まっているかのようだった。医師は裸の胸の上で電極の接触を確かめながら心電図を操作していて、すでに長い紙が床まで垂れている。その背後の看護婦は、いずれ医師が要求するだろうものを運搬車の上にそろえて待機している。窓の側の枕もとの看護婦は、肺に空気を送るポンプらしいものを両手に持って、患者の顔を見おろしている。

それでいて三人とも手持ちぶさたという感じで、ときどき患者から目を離して、開け放たれたドアのほうに目を向けた。駆けつける弟さんという人の到着を待っているのである。Aも、その弟さんを待って、真夜中の病院の玄関で、門のほうを眺めているはずだ。そしてぼくは、その人の目を見つめながら、死という言葉を待っていた。その人だけが、真に待つべきもの、時間が尽きる瞬間を待っているのである。

隣室の慌ただしい物音や話し声がやんで、真夜中の病棟はふたたび静まり返っていた。ブラインドが巻きあげられ、窓が開け放たれているのだろう、外に流れ出る隣室の明かりが、ぼくの病室の窓ガラスを白くさせていた。ぼくはベッドに仰向けに寝て、顔の上の暗がりに目を向けていた。そうしていると、顔のすぐ上に、頭のなかの一点が外にあらわれるみたいに、その人の最期の様子が浮き出てくるのである。しかも、一時間まえのことなのに、子供のころの遠い記憶であるかのようにも思えるのである。

けっきょく弟さんという人は間に合わなかった。ぼくが隣室に入って二十分ほどしたとき、呼吸をとめたかのように静止していたその人のひろい胸が、異様な動きでせり上がった。と同時に、両目がさらに大きく見ひらかれて、鉛の仮面のような顔が、思いがけない攻撃を思いがけない方角から受けたというように、おどろきの表情に一変した。

それでもその人は、頭をのけ反らせ、痙攣する喉を突き出して、あらがうような表情を見せた。だが、それは一瞬のことで、そうしたところでうまくいかないと悟ったかのように、喉を突き出したまま、頭を静止させると、口に差しこまれた管を嚙みきるみたいに、つよく歯を食いしばったのである。そしてつぎの一瞬、口を途方もなく大きく開け、眼球をきらきら輝かせて、尽きる時間を迎え入れたのである。

茶色の塊りがぼんやりと目に映った。その後ろに、窓ガラスらしいものがやはりぼんやり見えていた。ふたたび視力が失われようとしているのだろうか。なにもかも最初から――闇のなかでの限りない彷徨、眼帯がとれた直後の洗面所でのその人との出会い、白い汚点の目、Aとの関わり……という順序で――あらためてやり直さなければならないのだろうか。そう思いながら、まばたきをつづけていると、窓の下の椅子に誰かが腰かけて、ぼくを見ているのだとわかった。

「そこにいるのは誰です」

頼りなげな声は、自分の声とは思えなかった。

「わたしよ」

はっきりとした返事が返ってきて、Aであることがわかった。茶色のブラウスを着て、黒のスカートをはいていた。

「仕事がおわったのよ」

彼女は脚を組みなおし、胸を反らすような仕草をした。いかにも軽快そうで、化粧した顔も晴れ晴れとしていた。椅子の横にバッグが置かれていた。

「どうしてそんな悲しそうな顔をしているの」

とAは、ぼくの顔を見つめて言った。

「さっきから寝顔を見ていたけれど、目を覚ましたとたん、泣きだしそうで、起こせなかった」

「べつに悲しくなんかない」

ぼくは起きあがり、ベッドの上に坐った。

「そんなはずはないでしょう。いまだって、とても悲しそうな顔をしている。なにがそんなに悲しいの。あの人をしっかりと見とどけたのなら、あの人のためにも悲しんだりしてはいけないはずよ」

そんなふうに言われると、ほんとうに悲しいような気持がした。だがその悲しみは、ぼくのなかにあるのではなく、ぼくのまわりに漂っているのだった。

「悲しくはないけれど、すべてが無駄におわった、そんな気がするんだ」

「どういうこと？」

「以前にも言ったように、立ち会いたいと願ったのは、〈父の死んだ顔〉の記憶を回復させることができるかもしれないという望みからだった。この目で確かめることで〈父の死んだ顔〉を回復させて、あらためて記憶にしっかり刻みつけたい、そう考えたからだった。ところが隣室でぼくが見たのは、死そのものでしかなかった。ぼくは、死そのものなんか見たくなかったし、そんなものを見ても、なんの意味もない。それどころか、〈父の死んだ顔〉が記憶から失われていることを、確認させられただけだった……」

ぼくはそこまで言って、いったん口を閉ざした。自分の顔に向けられたAの真剣な表情に気づくと、なにかまちがったことを口にしている、そう思えたのだ。それでもぼくは先をつづけた。

「だから、〈父の死んだ顔〉の記憶を失ったぼくは、生きて行く支えをなくしたことになり、波間に漂うクラゲと変わらない存在になってしまった。あなたから見れば、なんでもないことに思えるだろうが、子供のころからその記憶を支えに生きて来たぼくにとって、みずからの存在にかかわる大事なのだ……。どうしてそんな顔をするの」

「言っていることはよくわからないけれど、それでも声を聞いていれば、あなたがどれほど悲しんでいるか、それくらいわかるわ」

「いや、そうじゃない。これはぼく個人の悲しみを越えた悲しみなのだ。だから、泣きだすわけにも、同情してもらうわけにも、いかないいんだ。たとえばここに、〈突然、彼は悲しみにおそわれた。それは死ぬほどのはげしい悲しみだった〉という文章があるとして、誰かがそれを読んでいるような悲しみ、そういった悲しみなのだ」

「どうしてそんな変な理屈を言うの。ほんとに悲しいのなら、素直に泣けばいいじゃないの。誰も笑ったりしないわ」

ぼくは部屋のなかを眺めて、悲しみをさそうものを見つけようとした。天井や壁や窓など、すべてのものがすでに悲しみに浸されていた。だが泣きだせなかった。

「いまのぼくは、泣きたくても、涙になる余分な水分がないんだ」

ふたりはしばらく黙っていた。Aの背後の窓から心地よい風が入りこみ、車の響きが聞こえていた。ぼくはその沈黙のなかで、隣室を隔てる壁に目を向けた。Aもおなじ壁に目を向けて言った。

「あのあとすぐ弟さんが家に連れて帰った。通夜に来てくれって頼まれたけれど、わたしはいつも病室でお別れすることにしているの」

そして彼女は、膝の上でひろげた自分の両手を見つめていたが、顔をあげて訊ねた。

「あなたは、これからどうするの」

「今日にも退院を申し出るつもりです」

「そんなことだろうと思った。それで、そのあとはどうするの。会社にもどるの」

「こんな状態では、おそらく無理だろう」

「それじゃ。なにをするの」

「そうなると、会社の寮を出なければならないのでしょう。だったら、とりあえずわたしのところに来なさいよ。いいでしょう。ねえ、そうしなさいよ」

「見当もつかない」

Aはこう言ってぼくの目をじっと見すえた。

「あなたの言ったとおりよ。あの人の弟さんを玄関で待っているあいだに、あなたの言ったことがほんとうだって、わかったの。そう、わたしはもう付添いの仕事ができなくなりそうなの。だからほかの仕事を探すつもり。わたし、やっとわかった。わたしが探していたのは、あなたみたいな人だってことが。あなただって、わたしくらいあなたのことを理解できる女に、けしてめぐり会えないはずよ。なぜって、ふつうの意味での自分というものを持っていないあなたは、誰かがたえず気を配っている必要がある、そう理解できたからよ。そして実際に、わたしならあなたを守ることができる……」

Aは勢いこんでしゃべっていた。ぼくは半分も聞いていなかったが、彼女が言葉をとめたとき、何気なくつぶやいた。

「要するに、ぼくはあなたの最後の患者というわけだ」

「最後の患者?」

とAは訊き返しながらも、すぐに答えた。

「そうね。あなたがそう考えたいのなら、わたしはそれでもいいわよ」

「だけどぼくは、あなたが考えているほど簡単に死なないかもしれない」

「それでいい。自分で言ったように、死んだみたいな患者さんでいなさいよ」

「死んだみたい……ぼくがそんなこと言った?」

「きのう、外階段のところで言ったじゃないの。もう忘れたの」

「………」

ぼくはなにか言いかけて口を閉ざした。なにを言いたいのか、自分でもわからなかった。ぼくは彼女の後ろの窓に目を向けた。朝の早い時間の灰色の空が見えていた。

しばらくして、「どこに行くの」というAの声にわれに返ると、ぼくはベッドをおりて、ドアのほうに歩きかけていた。同時に、隣室に行くとき彼女に着せられた白いガウンをまだ着ていることに気づいて、脱ごうとした。だがそのまえに、Aが椅子から立ちあがって、そばに来ると、帯を締めなおしたり、袖を引っ張ったりした。

「着ていなさいよ。その白いガウン、なぜかよく似合っている」

ぼくはドアのほうに歩きだした。Aはぼくに洗面具を渡して、さらに腕をつかんで引きとめ、真剣な顔で見あげて言った。

「わたし、どうしてもあなたを連れて行く。いまはっきり決心した。あなたも承知ね。そう思っていいのね」

廊下に出て隣室の前を通りかかると、ドアがいっぱいに開いていた。立ちどまって覗くと、鉄枠だけのベッドが置かれていて、壁と天井と床が白く光り、いかにも空白という感じだった。開け放たれた窓から朝のさわやかな風が入りこんで、廊下に吹き抜けていた。

ぼくは歩きだそうとして、ドアのわきに残っている名札に目をとめた。もちろんなんども目に入れたはずなのに、いちどもその名前を読んだことがなかった。ぼくは声に出して読んでみた。その人がいなくなったことで、名前が息づいている、そんな気がした。

＊

洗面所には誰もいなかった。ぼくは洗いおえた顔をタオルで拭いていて、鏡に映る顔に目をとめた。そしてそのまま、その顔を見つめつづけた。自分の顔に見えないことに気づき、不快に感じながらも、目がそらせなくなったのだ。

べつに異様な顔ではなかった。それどころか、誰の顔であってもかまわない、ごくありふれた顔だった。整った顔でもなければ醜くもない顔、利口そうでもなければ愚鈍そうでもない顔、さらに個性や特徴がすっかり消えてしかるべき顔……。要するに、ただのふつうの顔、そうした顔のひとつが、鏡の奥からこちらをうかがっているのである。

ぼくはその顔を見つめたまま、顔を鏡に近づけた。小さい目は、眼差しが、見つめ返しているとは感じられないほど弱々しく、ほとんど死んでいた。そして、そんなふうに死んでいる眼差しのせいで、自分の顔に見えないのである。ぼくは、誰の顔だろうと、あえて問いかけてみた。事実、その顔は、自分の顔であるとわかっていながら、そう問いかけることが可能なほど平凡な顔であった。

ぼくはなおもその顔を見つめつづけた。すると、やや白っぽく映っているその目がいくつかの目を思い出させた。病室の暗がりに浮いていた白い汚点の目、第一の死を死んだあとのその人の目、そして、記憶の底に沈んでしまった〈父の死んだ顔〉の目であった。それらの目は等しく眼差しが死んでいたが、眼差しが死んでいるという類似のせいで、鏡のなかの顔が、他者の顔になっているのである。

そのことを認めると同時に、ぼくは〈誰の顔でもない顔〉という言葉を思い出した。眼帯のとれた日の翌朝、おなじこの洗面所で聞いた言葉、髭を剃っていて、鏡に映した自分の顔に魅せられたその人が、口にした言葉だった。すると、いま見入っているのも、その人が見た〈誰の顔でもない顔〉とおなじものだろうか……。

そう思ったとたん、ぼくはそこに坐りこみそうになり、洗面台に両手をついて、かろうじて体を支えた。自分が石のように感じられる硬直感と、この場から自分が消え失せそうな空白感、そのふたつに挟み撃ちにされていた。それでも必死で目を見ひらき、鏡のなかの他者の顔を見つめていた。

どのくらいのあいだ、他者の顔と対峙していたのかわからなかったが、ぼくは、やがてその状態から解放された。やはりその人の言葉が呪縛を解いてくれたのである。その人が〈誰の顔でもない顔〉という言葉につづけて口にした〈信じられないほど立派な顔〉という言葉を思い起こすことで、その状態から解除されたのである。最初に感じた不快な感じこそ消えていたが、鏡のなかの他者の顔は、立派な顔などではなく、ごくありふれた顔であり、そのことに気づくと、その他者と折り合いをつけて、自分に猶予を与えることができたのである。


（了）

ある施設にて

I

乗客はKひとりになった。そしてさらに、バス停のアナウンスのないままにいくつかのバス停を通過したあと、終点に着いて、ドアが開いた。ミラーのなかの運転手がこちらを見ていた。ドアを開けたのだから降りろというのかもしれなかった。だがかならずしもそうとはかぎらなかった。Kは一分ほど待った。やはり運転手はなにも言わなかった。けっきょく自分の意志で降りるほかなかった。そんなことはわかっていた。運転手に降りろと言わせてみたかっただけだ。

Kは運転手に見まもられてバスを降りた。森にかこまれた小さなロータリーで、道はここで終わっていて、たしかに終点だった。運転手がドアを閉めたので、Kは路の脇までさがった。バスはUターンして向きを変えたところで、ふたたび停車した。Kはあらためてまわりを眺めた。見たところ森の入口らしいものはなかった。バスの後ろをまわって反対側に出たが、そこにも森の入口らしいものはなく、Kはさらにバスの前に出た。

運転手も降りてきて、バスの前で顔を合わせた。運転手はなにも言わず、道を教えるために降りたのではないとでも言いたいのか、制服の胸のポケットからタバコをわざとらしい手つきで取り出した。Kは黙って、運転手がゆっくりとした手つきでタバコに火をつけるのを、珍しいもののように見まもった。

たがいの沈黙のうちに、運転手は三分の一ばかり吸ったところで、タバコを足もとに落として、靴で踏んで火を消した。そして、Kが見ているのを認めると、さらに用心ぶかく踏みつけた。消しましたよ、あなたが証人ですよ、とでも言いたそうだった。

あいかわらず運転手はなにも言わなかった。Kも道を訊くつもりはなかった。そんなことはあり得ないとわかっていたが、この終点は施設に行くためだけのバス停なのだから、ひょっとすると、そこに通ずる森の入口くらいは教えてくれるかもしれない、そう思ったのだ。もちろん本気でそう思ったわけではなかった。〈施設は存在しない〉のだからそこに行く道はなく、したがってその道の入口がないのは当然だった。それでもKは、とりあえず声をかけた。

「ここにはバス停の標識がない。不便ではないかな」

「臨時のバス停だから、そんなものはいらない」

と運転手はぶっきらぼうに答えた。

「だからといって、いらない、ということはないだろう」

「どうしてかね」

「降りる客は不便ではないかもしれないが、乗る客は待ち時間も知りたいし、だいいち、どこに立っておればいいのかわからない」

「このバス停では乗る客はいない」

「それはどういうことだろう」

「ここまで乗って来て、降りないで、そのまま引きかえす客ばかりだからだ」

「なるほど。客は、降りる気持のなくなった自分をこの場で確認する、それをこうして停車して待つ、というわけだ」

「そうだ。ここまで来るあいだに、〈施設は存在しない〉そう確信するので、バスから降りないで引きかえす。だから、待つ場所をきめておく必要はない」

運転手はこう言って、Kの顔をじっと見つめた。運転手の口から施設という言葉が出るなんて思いもよらなかった。それならば遠慮することはない。

「なるほど。このバスに乗るみんながみんなそう思うのなら、〈施設は存在しない〉のかもしれない。しかし、それだけでは存在しないとは断定できないはずだ。それとも、あなたは自分で森に入って、〈施設は存在しない〉ことを確かめたのだろうか」

「ないものを、どうしてないと確かめる？」

「なるほど。ないものは確かめることはできない。つまり〈施設は存在しないらしい〉〈施設は存在しないみたいだ〉では確かめたことにならない。そういうことだね」

「………」

運転手は答えなかった。たしかにこの場合、〈存在しないらしい〉あるいは〈存在しないみたいだ〉というような言い方では意味をなさないのだ。そこでKは、運転手の言い分を認めて、別の形で訊いてみた。

「それでも、せっかくここまで来たのだから、バスを降りて、森に入ってみる人はいるだろう」

「いや、いない。ここに来るあいだに〈施設は存在しない〉と確信したのだから、バスを降りる必要はないし、まして森に入ってみる必要はない」

「ほんとうにひとりもいない？」

「そうだ。ひとりもいない」

「ということは、やはり〈施設は存在しない〉ことがはっきりしているから、ということだね」

Kはあえて念を押した。

「そうだ。〈施設は存在しない〉そうはっきりしているからだ」

Kは運転手の断言に満足した。したがってこれ以上の不要な会話は避けねばならなかった。そこで声を強めて言った。

「〈施設は存在しない〉ことはわかった。もう発車する時間じゃないかな」

すると腕時計を見るふりをした運転手は、「ちょうど時間だ」と言って、バスの乗り口へ向かいかけたが、振りかえって問いかけた。

「お客さんは乗らないのかね」

「乗らない。おかげで森に入る決心がついた」

「………」

運転手は左右に首をふり、ちょっと険しそうな表情をつくって、バスに乗りこんだ。そしてエンジンをかけると、フロントガラス越しに片手をあげた。バスどうしがすれちがうとき運転手たちがかわす、あの挨拶である。バスは空の車体をゆらせて遠ざかった。

バスが見えなくなると、Kは、そこにひとりで立っている自分を見出すとともに、〈施設は存在しない〉という言葉が、自分のなかにしっかりと収まっているのを確認した。ここに来るまでのバスのなかでも、〈施設は存在しない〉〈施設は存在しない〉そう繰り返しつぶやいていたが、それはただの言葉の反復でしかなかった。だがいまは、バスの客たちが自分に納得させ、また運転手が言い張った〈施設は存在しない〉が、たしかな重みをもって、Kのなかにしっかりと収まっていた。

Kは、自分のなかに収まっている〈施設は存在しない〉を確認すると、あたりに誰もいないことを確かめてから、あらためてロータリーを半周し、さらに、立ち去ろうとするかのように、来た道のほうに二十歩ばかり引きかえした。そしてそこで立ちどまると、まるで忘れものに気づいた人のように身をひるがえして駆けもどり、ロータリーをかこむ低いブロックを乗りこえて、森に踏み入れた。

Kは森のなかを、方角などおかまいなしに歩きまわった。〈施設は存在しない〉ということは、探す必要がないということであり、まったくの自由の身であった。じっさいにKは、その自由を享受するかのように、ところかまわず歩きまわった。都会のなかにある森だからそんなに広くないはずだが、森のはずれに出ることはなかった。

鬱蒼と茂る木々はそれぞれに、自分の持ち場でいかにも泰然として、その不動性を保ちつつ、無限に繁殖することを夢見ていた。なかには、歩きまわるKを見て、「愚かなやつだ!」とあざ笑う木々もあった。もちろんKは、それらの木々と同じ空間に収まっていることを最初から拒んでいた。存在しない施設を見出すためには、実在する森から自分を引き離し、まわりの事物と共存しない状態を保つ必要があった。

Kがこうして仕立てなおした森は、鳥の鳴き声がしなかった。鳥たちのいない森はすでに虚構の森であった。Kはその虚構の森を方角もさだめず歩きまわりながら、〈施設は存在しない〉〈施設は存在しない〉と休みなくつぶやいていた。するとやがて、〈施設は存在しない〉がKの内部を、湧水になって満たしはじめた。

Kはなおも、〈施設は存在しない〉〈施設は存在しない〉と繰り返しつぶやきながら、虚構の森をさ迷いつづけた。虚構の森にふさわしく、すでに時間の枠の外に出ていて、どのくらいのあいだ歩きつづけているのか、もうわからなくなっていた。そればかりか、〈施設は存在しない〉という湧水に満たされ終わって、一種の溺死体さながら、ほとんど自分をなくしていた。

だが、自分をなくしながらも、経過はすべて企てどおりだった。Kはその企てにしたがい、ロータリーにないはずのバスの終点をもうけて、そこまで路線を延長させ、運転手の口から〈施設は存在しない〉を引き出したのである。そして、〈施設は存在しない〉を支えにして森に入り、虚構の森をこうしてさ迷い歩くことで、〈施設は存在しない〉を〈施設は存在する〉に反転させようと企てたのである。

そしてじじつ、その企てどおりにことが運んだのである。ほとんど自分をなくした状態のまま、〈施設は存在しない〉〈施設は存在しない〉と繰り返しつぶやきながら、そこまで来たとき、突然、その企てが成就したのである。Kの内部が〈施設は存在しない〉に満たされ終わると同時に、それが一気に外部にあふれ出て、〈施設は存在する〉に反転したのである。

反転させたあとは、〈施設は存在する〉〈施設は存在する〉とつぶやきながら、なだらかな下り坂をくだっているつもりで、虚構の森を自由にさ迷っていれば、それでよかった。〈施設は存在する〉は、どのような疑念もいだくことなく、あたかもみずからを主張するかのように、Kの口からやすやすと洩れ出ていた。

突然、夜になった。Kはその夜のなかを歩きつづけた。すべてが闇につつまれていたが、すこしも臆することはなかった。むしろ、突然に夜になったことから、施設の近くに来ていることを確信した。なぜなら、〈施設は存在する〉が出現するのは、真夜中にかぎってのことだ、そう考えていたからである。

真夜中になった。前方に明かりがあらわれた。近づくと森を二分する道路があって、その道路の向こう側に明かりのついた門が見えた。Kはそれを見て、一瞬、自分の目をうたがった。バスの乗客や運転手から引き継いだ〈施設は存在しない〉を〈施設は存在する〉に反転させてそこに出現させた、というよりも、以前からそこにあるという、そんな在り方で施設を見出したからである。

Ⅱ

Kは道を横断して門に近づいた。門扉は閉まっていたが、片側に人の通れる出入り口があった。そこを通り抜けたとき、それを待っていたように、門番が目の前にあらわれた。そして、いきなり腕をつかむと同時に、「なにも怖れることはありません」と言った。Kは冷水を浴びせられた気がした。腕のつかみ方に、「もう逃さない」そう言っているような、得体の知れない力が感じとれたからだ。

「わたしはなにも怖れていません。すべてを承知してここに来たのですから」

その力にさからって、Kはおもわず言った。

「そうでした。あなたはためらうことなく、まっすぐ道を横切って来ました」

門番もそれに応じて言った。この門番は、真夜中になると、獲物がかかるのを待つ蜘蛛のように、こうして見張っているにちがいなかった。

「さあ、玄関に行きましょう」

門番はKの腕をつかんだまま、明かりに照らされた前庭へと導いた。そしてそのあいだ、施設での心得のようなことを口にした。

「ここに来る人はどなたも怖れていないと言います。そうです。自分の意志でここに来たのですから、みなさん、怖れたりはしません。わたしもその言葉をうたがいません。しかし、ここにはここの仕来りがありますから、怖れてはいないということとはべつに、その仕来りにしたがわねばなりません」

このような心得を口にするのは、門番の権限を逸脱しているように思えたが、Kは悪くはとらなかった。それでも試しに言ってみた。

「といっても、みずから進んでここに来たのですから、一方的にしたがうというのは、結果として、施設の在り方に不審を持つことにならないでしょうか」

「仮にそういうことがあっても、最終的に、自分が望んだとおりになるのですから、不要な考えはできるかぎり控えるようにしなければなりません」

「それはわかっています」

「ことに、施設は自分が出現させた、というような考えは、放棄しなければなりません」

Kはうなずいたが、念のために確かめた。

「施設は自分の外にきちんと存在する、ということですね」

「そのとおりです。それを忘れないことがなによりも大事です。さあ、着きました」

門番はこう言って、はじめてKの腕をはなした。顔をあげると、ひとつの建物の前に来ていた。二階以上は闇にまぎれて見えないが、森のなかにある簡素な造りの研究所といった印象である。ふたりは四角い窪みになった玄関に踏み入れて、扉の前に立った。

ところが門番は扉を見つめるばかりで、なにを躊躇しているのか、ノックをする様子がなかった。顔をこわばらせていて、恐怖をこらえているようにも見えた。Kもならんで立ち、同じように扉を見つめていた。木でできた頑丈そうな扉は、四角や円や三角などの荒削りの彫刻が隈なくほどこされていて、この建物には似つかわしくない感じがした。

やっと決心がついたらしく、門番は扉の中央についた鉄の環に手をのばして、おそるおそる打ちつけた。どこかで鈍い金属音がひびいたが、なんの反応もなかった。すぐには応答がないことを知っているのだろう、門番も動かずに待った。

ようやく扉の内側で音がした。チェーンをはずす音で、その音を聞き分けると、門番は一歩さがって、「わたしはここで失礼しますが、さっき言ったことをしっかりと守ってください」と小声で言った。そして、姿を見られるのを怖れるみたいに、背を向けると、足早に引きかえして行った。

扉を開けたのは年配の女性だった。その女性はKの顔を執拗に見つめて、目を離さなかった。Kも見つめかえしていたが、どこか深いところに惹き入れられるような眼差しであった。その眼差しをこらえ切れなくなって、Kは目をそらした。それをきっかけに、女性もわれに返ったみたいに、「こんばんは」と太い静かな声で言った。そしてつづいて、「なにも心配することはありません」とつけ加えた。

門番と同じような言葉だったが、重みがまったくちがっていた。あるいは、門番はこの女性をまねているのかもしれなかった。いずれにせよ、来てすぐ施設の仕来りに身をまかすのは抵抗があるだろうが、そのことにあまりこだわらないように、そう言っているにちがいなかった。

「さあ、こちらに来てください。所長を紹介します。ここではそれがいちばん大切なことですから」

女性はこう言って背を向け、先に立って案内した。Kは所長という言葉に違和感をおぼえた。ここは自分が求めたような施設ではないのだろうか、そんな考えが浮かんだからだ。もしそうであるなら、自分が企てたこと、その企てを実行に移したこと、すべてが誤っていたことになり、意味不明の企てになってしまうのである。もちろん、これまでの経緯を考えれば、そのような間違いが生ずるはずはなかった。

玄関からつづく絨毯の敷かれた広間に入ると、奥から所長がこちらにやって来た。所長ははじめ、Kの目に、なにか奇怪な容貌の持ち主に映ったが、近づくにつれてその印象は急速に薄れ、目の前に来たときは、ふつうの男性の顔になっていた。Kは、その変化に気づくと同時に、ここまで案内した聡明そうな女性が、ひどく太っていることにも気づいた。それは異様なといっていいほどで、これまでどうしてそのことに気づかなかったのかふしぎだった。あるいは、女性のあの眼差しにそれほどまでに幻惑されていた、ということかもしれなかった。

Kは所長と向かい合った。女性とは反対にすらりとした所長は、いまではひどく穏やかな表情を浮かべていて、Kはその様子にむしろ、握手を求められるのではないかと怖れた。ここがどういうところなのか、まだなにもわかっていないのに、それを承認するかのような握手などしたくなかったからだ。だがそれは、無用な心配だった。所長は握手を求めるようなことはせず、そこに立ちどまると、Kの顔をまっすぐに見つめて、すこし甲高い声で言った。

「大変な苦悩によくぞ堪えられました。われわれ一同、あなたのその忍耐に対して、心から敬意を表します」

もちろんこの施設における、出迎えの際の慣例的な言葉にすぎないのだろうが、それでもKは戸惑いをおぼえた。Kの場合、苦悩とか忍耐とか、そうした言葉は当てはまらないからである。Kがなおも黙っているので、所長は言い添えた。

「ここでは、われわれと寄留者は対等な関係にあります。ですから、なにも怖れることはありません」

やはり慣例的な言葉にちがいなかったが、それでもKは正直に言った。

「わたしはなにも怖れません。ただ、間違ったところに来てしまったのではないか、一瞬、そう思っただけです」

「間違ったところ……どんなふうに思ったのです」

「………」

Kは、言わなくてもいいことを口にした、そう思って悔やんだ。所長はすぐに言った。

「だいじょうぶです。あなたは自分が望んだところに来たのです」

「そうです。あなたは正当なところに来たのです」

女性も口添えした。そして女性は、「さあ、挨拶はすみました。細かなことはあとで話しましょう」とつづけて、Kの腕をとり、引き離すように所長の前で体の向きを変えさせた。Kは歩き出すまえに振りかえり、奥に引きかえす所長の後ろ姿を眺めて、最初のあの奇怪な容貌にもどっているのだろうかと思った。

「まずシャワーを浴びてください。寄留者がする最初の決まりですから。そうですね……」

女性はこう言って、すこし考える様子を見せた。

「主任補佐のジュリーがいいでしょう。彼女に案内させましょう」

広間を出ると、そこで見まもっていたらしく、若い女が入口に立っていた。Kと同じくらいの背丈で、ほっそりとした体つきをしていた。

女性からKを引きとると、ジュリーと呼ばれた女は、いったん玄関にもどった。そこに別の出入り口があって、長い通路がつづいていた。歩き出すまえに、ジュリーはKと向かい合い、じっとKの目を見つめた。さっきの女性と同じように惹き入れようとするような眼差しで、若い分だけ生き生きとしていた。それでもその眼差しによって、さっきの女性の、惹き入れると同時になにかを予見させるような眼差しの印象が、Kの脳裏から消されることはなかった。

「いまの女性は誰です」

Kはその視線をさけて訊いた。

「マー主任よ」

「主任?」

「所長夫人でもある」

「なるほど。お似合いだ」

「ほんとにお似合いだと思う?」

「………」

そう訊かれると、Kは返事ができなかった。体躯の極端なちがいをこえて夫婦《ペア》なのだから、あえて、似合いだと言うべきだろうが、そう単純には言いきれない気がした。げんに、ジュリーの口調は、そんなニュアンスをふくませていた。

「おふたりのあいだになにか問題があるのですか」

「そんなものはない。仮にあるとすれば、おふたりの場合、仲が良すぎることから生じている問題よ」

ジュリーはこう言って、ようやく視線をKの顔からそらした。

「それだって問題であることに変わりない」

「そうであっても、あなたたち寄留者にかかわりはない。さあ、歩いて」

ジュリーはKの腕に触れてうながし、ならんで通路を歩き出した。

「そうはいかないでしょう。所長夫婦のあいだに生じている問題は、なんらかの形で施設の在り方に反映していて当然でしょうから」

「もちろん、まったくなにもないとは言わない。でも、そんなことを言えば、どんなことでもなんらかの問題がある」

「しかし、おふたりは夫婦であるばかりか、所長と主任ですよ。そのふたりのあいだにある問題はやはり懸念されます。影響をこうむるのは寄留者ですから」

「来たばかりのあなたになにがわかるというの」

ジュリーは声を強めて言ったが、それでいてやはり、所長夫婦のあいだに問題があることを、あきらかに印象づけようとしていた。

「来たばかりだからわかるということもあるでしょう」

Kもこだわって言った。

「どうやらあなたは、なにか考えを持って、ここに来たようね」

「そんなもの持っていない」

「いや、持っている。あなたとはあらためて話をする必要がありそうね」

ジュリーは最後にこう言って、もういちどKの顔をじっと見つめた。通路は奥に来て、右に折れた。こんどはごく短い通路で、つき当りがシャワー室だった。

「いま着ているものみんな、ダスター・ボックスに入れて、シャワーを浴びたあと、衣裳棚のものに着がえる。靴もスリッパにはきかえる。わたしはここで待っている」

ジュリーはこう言って、扉を開け、Kをその部屋に押し入れた。Kはその部屋とシャワー室を点検した。窓があるかどうかを調べたのだ。それでいて、どうして窓の有無を確かめたのか、自分でもわからなかった。確かめるまでもなく、この建物に窓などあるはずがないのだ。

Kはこれまでのところ、最初に感じた違和感はともかく、この施設について、なにも不満はなかった。門番も所長夫婦もけして不親切ではなかったし、ジュリーもそうだった。設備も、このシャワー室がそうであるように、まずまずととのっているようだった。ただ気になるのは、ジュリーの口ぶりから察すると、所長夫婦のあいだになにか問題が生じていて、それが寄留者を悩ませているのではないか、ということだった。

Kは脱衣室にもどって裸になり、シャワー室に入った。矢印どおり正面にあるコックをひねると、頭上から熱湯が噴出し、濛々たる湯けむりにつつまれた。湯の勢いはまるで鞭打つようにはげしく、立っておれないくらいだった。それでも我慢して浴びつづけていると、煮え立つような湯は体の芯にまで達し、自分が自分からはぎ取られて、この場から消え失せる、そんな恐怖におそわれた。Kは手さぐりでコックを見つけ、あやうく湯をとめた。

Kはシャワー室を出て、言われたように衣裳棚のものを身に着けた。着るのにすこしてこずったが、その灰色の着衣は上下ひとつにつながったもので、一着ですべてが足りるようにできていた。ちょっと見ると、拘束衣という感じがして、ひどいものを着せる、そう思ったが、着心地そのものはそんなに悪くなかった。

スリッパをはいて通路に出ると、ジュリーはドアの前にあるベンチに腰かけていた。彼女は一瞬、

Kに気づかなかった。放心していて自分がどこにいるのか忘れている、そんなふうに見えた。どんな根拠もないけれども、この施設では、ひとりでいるときは誰でも、こんなふうに放心してしまうのではないか、という考えがKの頭に浮かんだ。

気づいたジュリーは、「ああ。あなたなのね」と言って、Kの顔をじっと見つめたが、誰なのか思い出そうとするような表情だった。そして言い訳をするようにつけ加えた。

「着がえると、別人みたいに見える。すっかり寄留者ね」

「その寄留者を、これからどこに連れて行くのです」

Kはこう問いかけたが、いまはまだ、寄留者に仕立てようとする働きかけにあらがう気持と、みずから寄留者になろうとする気持が半々だった。

「地階にある待機のための部屋よ。寄留者は、そのときが来るまで、そこで待つことになっている」

ジュリーはこう言って立ちあがり、Kをうながして、長い通路をもどった。そして玄関に出ると、さっきは気づかなかったが、そこにある階段を降りた。ふたりならぶと壁にふれるほどせまい、暗く湿っぽい階段で、地下牢にでも導かれる気がした。

「地階は居心地がわるそうですね」

「見かけで判断するものじゃない。あなた、学者かなにか、そんなものだったのでしょう。なにも知らないのに理屈を言うもの」

「ただの設計技師です」

「家なんかつくる？」

「ほとんど同じような家を何百軒も設計した」

「どうしていろんな家をつくらなかったの」

「みんなが同じものを望むからです」

「どうしてやめなかったの」

「設計を天職だと思っていた」

「それなのに、どうしてここに来たの。けっきょくはその仕事に絶望したの?」

「絶望なんかしない。もうひとつの空間をつくってみたい、いつもそう思っていた」

「それでここに来たの?」

「そうでもあり、そうでもない」

「どういう意味?」

「つくってみたいと思いながらも、一方では、もうひとつの空間なんかあるはずがない、そうとも思っていたから」

「それで、ここに来て、どう思った?」

「わからない。ここは病院のようですね」

「どうして?」

「門番も所長たちも患者を迎える態度だった」

「わたしもでしょう」

「すこし」

「でもそうじゃない」

ふたりは暗く小さな踊り場で足をとめていた。ジュリーは先をつづけた。

「新しい寄留者には、どうしても病人を迎えるような態度で接することになる、それだけのこと。じっさいは、寄留者に依存している私たちは、寄留者よりも弱い立場なの」

「信じられない。ここに来る者なんて、文字どおり人間の抜け殻でしょう」

「その抜け殻が、近ごろはいろんな問題を持ちこんで、私たちはスムーズに対処できずにいる。あなたも見たでしょう、主任のあの肥大。そのせいよ」

「でも、なかなか魅力的な目をしていた」

「そうかもしれないけれども、末期の目よ」

「なんの末期です。肥大ということにかかわりがあるのですか」

「そうよ。だけど、来たばかりのあなたには説明のしようがない。それに、こんなふうにおしゃべりしているのを見つかると、嫌味を言われる」

「所長に?」

「まさか。所長は嫌味なんか言わない」

「じゃあ、誰に?」

ジュリーは階段の下を指さして小声で言った。

「寄留者よ」

「寄留者はみんな地階にいるのですか」

「そう。嫌味を言うのはもちろん古い寄留者だけれど」

「古い……長くいるという意味ですね」

「そうよ」

「どうしてそんなに長くいるのです」

Kはおどろいて訊いた。

「いろいろ問題があるの。すぐにわかる」

「………」

Kはさらに問いかけようとして、その問いを呑みこんだ。施設についてあまり性急に知ろうとしてはならない。必要なことだけにかぎり、順序よく確認しなければならない。そう思いなおしたのだ。

「わたしはどのくらいここにとどまるのです」

「それはあなたしだい。どのくらいとどまるかは人それぞれちがう」

「誰が決めるのだろう」

「もちろん所長と主任よ」

ということは、それほどの権限が所長夫婦に与えられているということだが、容易には信じがたい気がした。

「あなたもキムには気をつけたほうがいい。いま言った古参の寄留者のことだけれど」

「でも、そんなに長くいるなら、牢名主みたいなもので、したがうほかないでしょう」

「そんなことはない。この施設では、新しいとか古いとか、そういう区別はない」

「それはどういうことだろう」

「ここでは、地上の時間がそうであるような、みんなで共有する時間というものはない。あっても、そのときそのときの便宜上の、仮の時間でしかない。だから、キムがいくら長くいるからといって、すこしも気を使うことはない。とにかく彼の影響を受けないよう気をつけること」

ジュリーはこう言いながら、ようやく残りの階段を降りはじめた。Kは、キムという寄留者と所長たちのあいだになにか齟齬があるにちがいないと思ったが、そのことは訊かなかった。それでなくとも、ジュリーからこんなにも多くのことを知り得たのは、思いもかけないことだった。これから寄留者たちの仲間に加えられることになるのだろうが、できればそのまえに、ジュリーから得た知識をきちんと頭のなかで整理したかった。もちろんそんな暇はなかった。

うす暗く湿った地階に降りると、すぐそこに扉が待っていた。玄関の扉とまったく同じ、円や四角や三角の彫刻が隅々までほどこされた木の扉だった。玄関の扉としては似つかわしくなかったが、この地階では、いかにもところを得ていた。おそらく玄関の扉はこの扉を模したものにちがいなかった。ということは、この扉のなかが施設でもっとも重要な部分、施設の原点ということなのだろう。

その前に立つと、ジュリーは二、三度、靴で扉の下のあたりを蹴った。玄関の扉には鉄の環がついていたが、この扉にはそれがなかった。扉はすぐに開いた。誰かが開けた様子がないので、蹴ると自然に開くようになっているのかもしれなかった。いずれにしても、なかは暗くて、なんの見分けもつかなかった。ジュリーは、Kの後ろにかくれる恰好でKを前に何歩か押し出して言った。

「みなさん、新しい寄留者を紹介します。Kといいます。よろしくお願いします」

Kは頭をさげたが、誰に向かって頭をさげたのかわからなかった。それでも、袋のようなものがたくさんあって、それに埋もれた恰好で横たわる人影が認められた。

「遠慮しないで自分の場所を決めなさいよ。いい、ここではみんな平等よ。そのことを忘れないように」

ジュリーはこう言い、Kの背中を押して、さらに二、三歩進ませた。そして「またあとでね」と言って後ずさりしたが、そのとき部屋の中央の奥あたりから、あきらかに老人と思える声がした。

「ジュリー。このあいだの返事はまだ聞いていないぞ」

「なんのことかしら」

「決まっているじゃないか。所長はいつサインを降ろすかってことだ。どうだ。訊いてくれたのか」

サインを降ろすという言葉がKの頭に残った。おそらく上の階に昇る認可のサインにちがいなかった。ということは、施設でもっとも重要な言葉ということだった。

「そんなこと頼まれたかしら？」

「頼んだよ。百ぺんも頼んでいるよ」

「わかった。サインの件ね。訊いておくわ」

「頼むよ。このままじゃ、死にたくても死にきれない」

あちこちでかすかな笑い声が起こった。すくなくとも十人以上はいるようだった。

「おまえら、なにがおかしい。まったくひどい差別だ。人権侵害だ」

笑い声がやんだ。ジュリーは「またあとでね」と繰り返し、Kの腕をはなすと、後ずさりして扉を閉めた。ここにいることにこれ以上は堪えられないというようなすこし乱暴な閉め方だった。

Ⅲ

後ろで扉が閉まると同時に、どこかに小さな明かりがともった。どうしてこんな仕掛けになっているのかわからなかった。訪れる所員がなかなかの様子を目にしないですむ工夫かもしれなかった。もしそうであるなら、なぜ目にしたくないのだろう。それとも所員のほうが、寄留者たちに見られたくないのだろうか。そういえば、ジュリーも後ろにかくれるようにして、Kを紹介したのだ。

いずれにせよ、その小さな明かりのせいで、ほとんど見分けのつかなかったその場の様子がすこしわかった。壁や天井を土で固めた部屋で、まさに土牢だった。そんなうす暗がりのなかに、柔らかなものが入っている袋がたくさん転がっていて、二十人くらいの男たちがその袋のあいだに、てんでに寝そべっているのである。

「おい。Kとかいったね」

とすぐに声がかかった。

「おまえは、どうしてわざわざこんな欠陥だらけの施設に来たのかね」

キムというさっきの老人だった。やはり扉の正面の奥のあたりから聞こえているが、なにもかも影になっているので、どの影が老人なのか見分けがつかなかった。ジュリーとのやり取りでもそうだったが、けしてとげとげしい口調ではなく、そのことからも答える必要はないと判断して、Kは聞き流した。それでも、「欠陥だらけの施設」という言葉が頭に残り、じっさいに欠陥があるのか、それとも、ここに長くとどまっているという老人の愚痴なのか、そのどちらだろう、そう思った。

Kは、どこに腰をおろせばいいのか戸惑って、そこに立っていた。するとすぐ近くで、「どこでもいいから坐りなよ。後ろに立っておられると、つきが落ちる」という声がした。そのほうを見ると、うす暗がりで見分けがつかずにいたが、四、五人の男たちが車座になって、手もとさえよく見えないところで、トランプをしていた。と同時に、そのなかのひとりが、袋のひとつを放って寄こした。

Kはそれを受けとって、近くの暗がりに腰をおろした。そこにも同じ袋がいくつもあって、まわりの男たちを見ると、その袋を敷いたり、枕にしたり、あるいはあいだに入りこんだりして、それぞれに横たわっている。どうやらこの便利なクッションは、マットの代わりにも毛布の代わりにもなるらしく、しかも有り余るほどそこいらに転がっている。

それにしても、錠はないのだから牢ではないのだろうが、なぜこんなところに押しこまれているのか、わからなかった。建物全体から見て、いくらでも部屋に余裕がありそうな造りなのに……。そう思いながら、壁さえはっきりとは目に映らないうす暗がりを眺めていると、老人がもういちど、さっきと同じ言葉で問いかけた。そこでKは、施設について知る機会にしようと、あえて反論してみた。

「わたしは欠陥だらけだとは思いませんが」

するとどうやらそれが老人のようで、声のしたあたりで人影が体を起こした。

「それならここが気に入ったかね」

「気に入りました」

「この土牢もかね」

「こうした施設としては、それ相応に適切ではないかと思います」

「ほんとうにそう思うかね」

「わたしは住居の設計技師でしたが、その目で見てもまずまずです」

「おい、みんな。聞いたかね。まずまずだとさ」

うす暗がりのなかのあちこちでかすかな笑いが起こったが、だからといって、Kの意見を笑ったわけではなさそうだった。

「人それぞれだ。それもいいさ」

老人も満足そうに言った。

「あなたも気に入っているから、長くここにいるのではないですか」

敬意を表したことになるのか、皮肉を言ったことになるのか、どちらともわからなかったが、Kはあえて訊いてみた。

「長くいるって、誰に聞いた?」

「ジュリーです」

「あのおしゃべり女! いいかね、K。この土牢にどのくらいとどまるかは、所長たちのご機嫌しだいで決まるのだ」

「それはどういうことです」

「新しい寄留者が門をくぐると、あの気取り屋の門番があらわれて、なにもわからないくせに、説教じみたことを言う。それで、寄留者は必要以上に緊張してしまう。玄関に着く。主任である所長のかみさんが出て来て、所長のところに連れて行く。そのときが肝心で、その際の所長と主任の機嫌しだいで、ここにどのくらいとどまるかが決まる。どうだ。思い出したか」

「………」

もちろんKは、老人の言うことをそのまま信ずる気はなかった。それでも、所長のところに案内されたときのこと、さらにジュリーから所長夫婦の仲について聞いたことを思い起こした。

「おまえが所長に会ったとき、ふたりの仲はどんなぐあいだった?」

「そうした事情を知らないので、なにも気づきませんでしたが」

「それでもジュリーからなにか聞いただろう」

「聞きました」

「ジュリーはなんて言った?」

「問題は、夫婦の仲が良すぎることから生じている、そう言っていました」

「ふん。だが、ジュリーの腹のなかはちがう。不仲だと思っている。後釜をねらっていて、所長と主任のあいだを裂こうとしている。それでわれわれをけしかけている」

「………」

Kにはそんなふうに思えなかった。それに、主任のあの魅力的な眼差しを思い起こすと、ジュリーが主任に取って代わるなど考えられない気がした。あの所長が所長の地位にあるのも、主任と夫婦《ペア》だからではないのか、したがって、ジュリーが後釜をねらっているというのは、あまりに単純な見方ではないのか、そんなふうに思えた。Kが答えないでいると、ふたたび老人が言い出した。

「昔はこうではなかった。すべてがスムーズに流れていた。サインが降りるのを待つだけの休憩所みたいなもので、こんなふうに長々と待たされることはなかった」

老人が言っていることはあきらかに矛盾していた。昔、老人がここにいたのなら、そのときサインはスムーズに降りていたのだから、老人がまだここにいて、不服を口にしているのは理屈に合わないことになるからだ。

「もちろんここにやって来る者のほうも、だいぶお粗末になった」

うす暗がりのなかでは、あいかわらず老人は見分けられないが、体を動かしたのだろう、声がすこしはっきりした。

「昔は、それぞれに為すべきことを十分に為し終えて、〈よし。これでおれはもうすっかり終わりだ〉そう自分に言いきって、ここにやって来たものだ。だから所長夫婦に対しても対等だった。〈サインを早く降ろせ〉なんて要求する必要もなかった。だが、近ごろでは、為すべきことを為し終えないのにやって来る者がいる。だから、所長たちの審査が進まず、したがってサインを降ろせず、滞在が長くなる。ここでは時間の長短は、各自にまかされているからいいようなものの、そうでなかったら、みんな待ちくたびれて、土になってしまう。おまえだって土になるためにここに来たのではないだろう」

そう訊かれても、Kは返事ができなかったが、老人が返事を待っている気配なので仕方なく言った。

「べつに土になることを怖れてはいませんが、ここに来たのは土になるためではありません」

「そうだろう。誰が土になるためにここに来るものか」

「ということは、サインがスムーズに降りない理由は、所長夫婦のあいだに生じている問題と、われわれの側の資格不足という両面にあることになりますね」

「そうだ。サインを降ろすのは所長と主任の合意による。ところが、そのふたりのあいだになにか問題が生じていて、その合意がうまくいかなくなっている。それに加えて、寄留者のほうもその資格を十分に満たさず、ここに来るようになった」

「しかし寄留者の資格不足は仕方がないでしょう」

Kはおもわず口を入れた。

「なぜだ?」

「その資格不足は、地上の空間が極端に歪んで痩せ細り、生きるに値しないほど窮屈になっている、その結果として、もうひとつの空間に身を移したくなる、ということから生じているのですから」

「それがおまえのここに来た理由か」

「まあ、そういうことです」

「それは間違っている。施設はそんなことのためにあるのではない」

「それではなんのためにあるのです」

Kはおもわず訊き返したが、それでいて老人の言うとおりだとも思った。まわりの人影もかすかに反応を見せた。「施設はそんなことのためにあるのではない」という言葉が、施設自体が発した言葉のように聞こえたのかもしれない。

「ここは純然たる救護所だった」

と老人があらためて重々しく言った。

「過酷な運命の手に落ち、生きる現実をうばわれ、みずからここに来るしかなくなった者を救うための施設だった。だから当然、所長夫婦の審査はつねに合意し、すぐにサインが降りた。したがって、寄留者の様子を見て意見を交換する必要などなく、また、主任があんなふうに極端に肥大する事態もなかった」

「ということは、所長と主任のあいだに生じている問題の原因は、やはり寄留者の側にあるということになりますね」

Kは、所長夫人のあの眼差しを思い浮かべながら言った。

「そうだ。サインがスムーズに降りなくなっているのは、寄留者に原因がある。しかし、われわれはすでにここに来ていて、どうすることもできない。だから、所長の側が問題を解決しなければならない」

「ということは、所長はともかくとして、主任が交代しなければならない、たとえば、主任補佐であるジュリーが主任になるのを待つしかない、ということですか」

「あんな尻軽女が主任になれるはずがない」

「………」

話がこのような結末に行き着いては、たがいに黙るしかなかった。みずからが導いた結論に気落ちしたのか、老人も勢いをなくして、黙ってしまった。それでもKにとっては、貴重な会話だった。上の階に昇るには所長夫婦の認可であるサインが不可欠であるのに、そのサインがスムーズに降りなくなっているという、施設においてもっとも重大な事がらを、こうして来る早々に知り得たのである。

土牢のなかは静寂がつづいた。近くでトランプをしている男たちも沈黙していて、カードを配るかすかな音さえ聞きとれた。それに、すぐにわかったことだが、この土牢はひどく心地よくできていた。寄留者たちは、うす暗がりのなかで、たくさんのクッションに埋もれて、その心地よさを味わいながら、サインが降りるのをひたすら待っているのである。

「キムじいさん、寝たらしいな」

トランプをしているなかのひとりが言った。そしてうす暗がりのなかで、低い声の会話がつづいた。

「じいさんはジュリーが主任になるのを心配しているのかな」

「そうかもしれんが、当分はそんな心配はいらないだろう」

「そうとはかぎらない。マー主任はすでにいっぱいだ。あれ以上は無理だ」

「たしかにあの肥大では、もう長くはつづかない」

「それもわれわれが原因なのだから、気の毒な話だ」

「所長がなにか早く手を打たないからだ」

「サインはかならず降りるのだから、果報は寝て待てというわけで、われわれに基本的に不服があるわけではないが、キムじいさんは気が気でないだろう」

「どんどん後まわしになったら、最後はどうなるのだろう」

「朽ち果てて土になる、じいさんがそう言ったじゃないか」

「だがそれは、あくまでも比喩で言っているのだろう」

「まあ、そうだ。われわれはすでに、土どころか、影のような存在でしかない。したがって最終的になにも確認できない、また確認する必要もない。だから、少々の遅れなど気に病むことはない」

「そうだ。サインはかならず降りる。もし降りないなら、ここはとうに超過密になっている」

「しかし、じいさんの言うように、所長たちになにか問題が生じていることもたしかだ」

「うむ。それはたしかだ」

このあとしばらく男たちのあいだに沈黙がつづいた。彼らが話しかけてきそうな気がして、Kはそれを待って緊張していた。じっさいに彼らは、なにかささやき合ってから、ひとりが声をかけた。

「あなたに訊きたいことがありますが、いいですか」

「どうぞ」

と言って、Kはすこし体を起こした。

「あなたはさっきじいさんに、地上の空間が極端に歪んで痩せ細り、生きるに値しないほど窮屈になっている、その結果として、もうひとつの空間に身を移したくなる、それでここに来た、そんなことを言っていましたね」

「言ったかもしれません」

「それで、この施設がそのもうひとつの空間だと認めたのですか」

「そのことはジュリーにも訊かれたけれど、来たばかりなのでわかりません。それに、もうひとつの空間といっても、具体的な考えを持っていたわけではない。たとえば、上の階がどんなところなのか、漠然としたイメージさえ持っていない。どんなところです」

訊かれた男はまわりの者に顔を向けたらしく、男たちが口々に言った。

「知らない」

「わたしも知らない」

「というか、誰も知らないのでは。上の階がどうしたというのです」

彼らが上の階にそんなにも無関心なのが、Kには信じられなかった。

「サインが降りるということは、許可が降りて上の階に昇るということでしょう」

「一応、そういうことになっている」

「一応？」

「そうです。来たばかりのときは、誰もがみんなあなたのように考える。だが、ここにいると、サインが降りることばかりを考えるようになり、上の階に昇るということは頭から消え失せるのです」

「ここに来たことですでに目的が達せられていて、頭のなかにそうしたつぎの空間をもうける必要がなくなった、ただひたすらサインだけを求めればいい、ということですか」

「まあ、そういうことです」

「なるほど。それなのに、所長夫婦のあいだに問題が生じていて、サインの降りるのが遅くなっている、というのですね」

「そうです。そして一方に、キムじいさんも言っていたように、所長夫婦のあいだに生じている問題の原因は、われわれ寄留者がお粗末になったせいだ、という考えがあります」

「そのお粗末になったということですが、それはどういう意味でしょう」

「それはあなたがいま自分で答えたではないですか。地上の空間が極端に歪んで痩せ細り、ひどく窮屈になったので、もうひとつの空間を求めてここに来たって。そのことですよ」

「つまり、もうひとつの空間を求めてここに来るということが、お粗末になったという意味なのですね」

「そうですが、それはあくまでもキムじいさんがそう言っている、のですよ。誤解のないように」

「わかっています。わたしのような考えでここにやって来るものが多くなり、それが所長夫婦をわずらわせ、問題を生じさせているわけですね」

「といっても、われわれが現状を嘆いている、そう思っては間違いですよ。キムじいさんのように長くとどめられたら、たしかに文句のひとつも言いたくなるだろうけれど、われわれはここ以外に行き場がなく、いずれかならずサインは降りるのだから」

「そうでなければ、こんなところでのんびりとトランプなんかしておれない」

「おい。きみだよ」

「ああ。そうか」

男たちはトランプにもどった。Kはクッションの袋をふたつ積んでそれに寄りかかり、スリッパを脱いで足を伸ばした。床も絨毯のような柔らかなものが敷かれていて、じかに寝てもすこしも違和感がない。ちらっと外のことがKの頭に浮かんだが、外といっても、門番に腕をつかまれて玄関に案内されたときのことで、それ以前のことは、あの熱いシャワーで洗い流されたのか、ぼんやりと思い出されるばかりである。

「心配することはありません。ひと眠りして起きたら、自分は誰だろうと思うくらい別人になっていますよ」

Kが横になったのを認めたのだろう、ひとりが慰めるように言った。Kはそう言われて、眠るということを忘れていたことに気づいた。というよりも、ここでも眠ることがあると知って、あらためておどろいた。もちろん、眠ることはない、そう思っていたわけではなかった。

Kはすぐには寝入らなかった。眠るということの意味が、ここではまったくちがっている、そんな気がした。それに、いま誰かが言った「ひと眠りして起きたら、自分は誰だろうと思うくらい別人になっている」という言葉も気になった。といっても、いずれ寝入るのだから、眠りを怖れるわけにはいかなかった。したがって別人になることも怖れるわけにはいかなかった。Kが願っているのは、こうしてここに来た以上、最終的に自分の身がどのような形で消失してもかまわないが、もうひとつの空間を見出したいという、ここに来るまで保ちつづけてきた考えを、もうしばらくのあいだ手放さずにいたい、ということであった。

それにしても、ここでの眠りはどんな眠りだろう、とKは思った。あのシャワーで過去が洗い流されたはずだから、いわば内面のない眠り、失神状態と変わらない、空っぽの眠りだろうか。目を覚ましたとき別人になっているということも、この男たちが言っているように、ただサインが降りるのを待つだけの存在になっている、ということだろうか。

もちろん、どういう眠りであろうと、眠りに身をゆだねるほかないことはわかっていた。眠りの底の空洞にいきなり落下する、そんな眠りかもしれない、そう覚悟した。Kは、その瞬間が来るのを待ちながら、施設に入ってからの経過を振りかえり、知り得たことを確かめようとした。もちろん施設の役割は、基本的には昔から営々と繰り返されてきたことと変わらないはずで、そのことはいまさら確認するまでもなかった。

眠気は容易にやって来なかった。隣りで男たちはまだトランプをしていた。こんな暗いところで手もとが見えるはずはなく、また彼らが声を出さないこともあって、彼らがほんとうにそこにいるのかどうか、うたがわしいくらいだった。いずれにしても、彼らはゲームを楽しんでいるような様子はまったくなかった。ほかの人たちはみんな眠っているらしく、土牢は異様に静まり返っていた。

Kはその静けさのなかで眠りを待ちつづけた。眠りはやって来そうになかった。仕方なく、土牢のすべての人がそうであるように、自分もサインが降りるのを待っている気持になろうとした。すると、その気持が眠りを待つ気持とひとつに溶け合わさり、眠りが口を開けているのが見えた。「落ちるぞ」と思った。そしてつぎの瞬間、眠りの底の空洞に落ちていた。

Ⅳ

所員に呼ばれて目を覚ましたとき、トランプをしていた男たちのひとりが言った「別人になっている」という言葉がKの頭に浮かんだ。じっさいにKは、「そうだ。別の人間になっているにちがいない」そう思った。だが、所員といっしょに階段を昇り、広間に連れて行かれるあいだ、自分のなかに、変わったことはなにも見いださなかった。それよりも、どのくらいのあいだ眠っていたのか、見当もつかないことが気になった。一、二時間のようにも思えたが、十日も二十日も眠っていたと言われても、否定できない気がした。

広間の片側にあるソファーに腰かけた所長は、「よく眠れましたか」と訊いて、Kを向かいのソファーに坐らせた。そしてテーブルに用意されていたコーヒーをすすめた。Kはべつに飲みたくはなかったが、朝、起きがけにコーヒーを飲む習慣があったので、自然に手をのばした。所長はそれを見て、笑みを浮かべながら言った。

「よく眠れたようですね。たいへんけっこうです」

「土牢は睡眠にもっとも適切なところです」

Kはおもわず土牢と言ったが、皮肉のつもりはなかった。呼び方を知らなかったので、キム老人がそう言っていたのをまねたのである。

「通称ですが、ウブヤといいます」

と所長が訂正した。

「ウブヤですって?」

「誰が名づけたのか知りませんが、ずばりそのとおりでしょう」

「どうしてです」

「ここに来る人は生まれ変わりたくて来るのですから」

「それは管理する側の考え方で、私たちの側からみて、みんながみんな生まれ変わりたいと望んでいるとは、かぎらないでしょう」

「すると、あなたはどうなのです。なんのためにここに来たのです」

「さしあたって、こうした施設があるかどうか、あるとして、それがどんな空間なのか、それを知りたくて来た、そう言っておきましょうか」

「しかし、ここからはもどれないのですよ。もどれないのに、それを知って、どうするのです」

「どうするつもりもありません。こうして存在することを確かめたうえで、それが十分に機能していることがわかれば、それでいいのです」

「それで、わかったのですか」

「十分に機能しているかどうかは、まだわかりません」

「なるほど。しかしここは、その人がみずから背負った罪を取りのぞき、身軽にして昇らせる、ただそれだけのところですよ。それはいまも昔も変わらないですよ」

「そうかもしれませんが、その罪についての考え方が変わってきた、ということになると、これまでと同じ、というのでは、十分に機能しているとはいえないのではないですか。げんに、土牢……いえ、ウブヤの人たちは、サインがスムーズに降りなくなっていると言っています」

「もう聞きましたか。キムが言い出したのでしょう」

と言って、所長はすこし表情をくもらせた。

「あの老人は何者です？　長くいるようですが」

「特別の人ではありません。いま、人によっては、すぐにサインを降ろすのをわれわれに躊躇させる事態が生じているが、その代表的な人物といったところです。といっても、それほど大げさなものではない。キムをめぐってわたしと主任の意見が合わず、すこし調整に手間取ったのです。そしてそのうえ、キムがさかんに不満を口にするので、せっかくの調整がふたたび狂ってしまい、サインを降ろすきっかけを失っているのです。だってそうでしょう。キムの場合、いずれサインは降りるという前提をふまえて、勝手なことを言って私たちを困らせているのか、それとも本心から施設の在り方に不満があるのか、そのどちらかさえ見きわめがむずかしく、慎重にならざるを得ないのです」

「それにしても、そんなに長くとどめておくことが許されるのでしょうか。わたしには信じられません」

「あなたは来たばかりでわからないだろうが、ここでは時間の経過はそれほど重要ではない。というのも、誰もがそれぞれ、時間の経過を操作できるからです」

「眠りという空白によってですね」

「そうです。そればかりか、もしそれがどうしても必要ならば、その空白の操作によって、時間の前後を入れ替えることさえできるのです」

「たしかに、ウブヤの眠りには時間の経過という実体がなく、空白という断絶のなかにいた、そう思えるばかりです」

「そうでしょう。その空白化がなによりも大事なのです。その空白化が進んで限界に達すると、上の階に昇ってそれを完成させたい、そう願うようになり、上の階に昇るサインを求めるようになるのです」

「ということは、上の階は、空白化を完成させるための空間である、ということですか」

「そうではない。空白化の完成と上の階とは、次元の異なる事がらです。断絶によってつながっている関係です。したがって、上の階についてあれこれと口にするのは、タブーなのです。口にすればどうしても言葉やイメージであらわされる空間ということになり、断絶が正しい断絶でなくなって、誤った考えにとらわれるからです」

「つまり、上の階に昇るということが大事であって、上の階がどういうところなのか、考えるのは意味がない、ということですか」

「そういうことです。空白化が進むにつれて、それぞれが持っていた上の階についての考えやイメージがなくなる。そのことが大事なのです。われわれは、寄留者のそうした空白化の進捗状態を見きわめて、サインを降ろすのです。ですから、空白化の完成にふさわしいところという以外、上の階についていくら考えても無意味だ、徒労だ、ということです。そのことを知っておいてもらわねばなりません」

「そういうことであるならば、どうして上の階などという、余分なものを持ち出すのです」

「施設の従来からの在り方として、あるいは、長いあいだの慣例として、空白化の完成をわかりやすくするため、上の階に昇るという呼び方をしているのです」

「なるほど。空白化を完成するための仮の手がかり、いわば方便、というわけですね」

「そうです。それなのに、地上での空間の概念からつくられた考えやイメージを求めているのではないか、もしそうであるなら、それを放棄してもらわねばならない、ということです」

「わたしは、上の階がどういうところなのか、知りたいとは思っていません。この施設そのものがもうひとつの空間といえるものかどうか、それを確認したい、そう思っているだけです」

「なるほど。しかしそれを確認して、それがなにになるというのです。ここは、過去を清算することで自分を空白化するという、そのための施設にすぎない。それだけのところですよ」

Ｋは空白化の完成ということに異存はなかった。この施設がその空白化のための空間として十分に機能しているかどうか、機能していないとすれば、どこに問題があるのか、そのことを確かめたい、そう思うばかりだった。

「それで、具体的にわたしにどうしろとおっしゃるのです」

「ウブヤで耳にすることに惑わされないように、ということです」

「キム老人のことですか」

「主にそうです。キムはけっきょく、自分の不満がなんであるか、わかっていない。それで勝手なことを言っていて、そのせいでわたしと主任の調整が狂うのです。そんな状態ではサインは降ろせない」

「けれども、キム老人はこんなふうにも言っていました」

とKはおもわず老人を弁護した。

「寄留者のほうもだいぶお粗末になった、そのこともサインがスムーズに降りない原因になっている、と」

「そんなことを言っていましたか。もちろん私たちの側から寄留者がお粗末になったなどとは言えない。もしそれを言うならば、寄留者の在り様が複雑になった、というべきでしょう」

「どんなふうに?」

「あなたがこうしてわたしの目の前に坐っていること自体がそうです」

「………」

「いまも言ったように、施設の役割はもともと単純なものです。絶望に追いつめられて生きる力をなくし、やむなく命を絶ち、ここに来なければならなかった人を、その罪を清算して上の階に昇らせるための施設にすぎないのです。ところが、あなたもそのひとりですが、最近は、絶望に追いつめられたとはいちがいに言えない、したがって、ここに来たことを罪と思わない寄留者が増えているのです」

Kは、〈純然たる救護所だった〉というキム老人の言葉を思い出して言った。

「そのせいもあって、サインを降ろすための審査が以前のように容易ではなくなった、ということですね」

「そうです。シャワーを浴び、ウブヤで眠りを繰り返していれば、すぐにも空白化の限界に達したのに、いまは、自裁という罪の在り様に変化が生じたこともあって、人によっては、そう容易にはその限界に達しなくなったのです」

「しかし、来たばかりのわたしがこんなことを言うのはおかしいですが、その一方で、施設の側に、それに対処できない問題があるのではないですか」

「施設の側というのは、われわれの側ということですね」

「寄留者に変化が生じたのですから、それに対処するには、当然、施設の側もそれにふさわしい対処の仕方が要求される、そんなふうに考えないのですか」

「そのことで、キムからなにか聞きましたか」

と所長は言って、すこし不安そうな顔をした。

「たしかにわれわれの側にちょっとした問題が生じている。それはまぎれもない事実で、それがわたしを悩ませている。といっても、その問題が原因でサインを降ろすのが遅れるということはない。それなのに寄留者たちはそうは思わない。そして新しい寄留者にそのように教えている。そうではないですか」

「そんな口ぶりでした。しかしじっさいに、キム老人のように遅れている人がいるのですから、スムーズに降りていない、そう思うのは当然でしょう」

「これまでも遅れる例がなかったわけではない。ただ以前はキムのように不満を口にする者はいなかった。ウブヤではみんな、眠っていないときは瞑目していて、それで十分だった。それが近ごろは誰もが遅いと口にするようになった。といって、わたしは、遅いと口にするのが悪いと言っているのではない。遅いと思うのはそれだけ空白化が進んでいる証拠でもあるのだから。ただ、本心から遅いと思っているわけではないのに、まわりの影響で遅いと思う者が出てくるのが困る。それでは審査の基準がすこしずつ狂ってしまう」

Ｋは黙ってうなずいたが、所長がなぜ自分をここに呼んだのか、まだわからなかった。上の階について無駄な考えをめぐらさないよう、あるいはキム老人の言葉に迷わされないよう、そうした忠告のためだけに呼んだとは思えなかった。そうではなく、施設の側に生じている問題を暗に教えようとしている、そんなふうに思えてならなかった。そこでそのことに、もういちど、あらためて触れてみた。

「しかし、寄留者の在り様が複雑になったのを認めるのでしたら、施設のほうでもそれにふさわしい改革が必要になっている、とは考えないのですか。げんにサインが降りるのが遅くなっているのですから」

「たしかにそういう面もある。だが、そのまえに……」

所長はこう言いかけたが、落ち着かない様子を見せたと思うと、ソファーから腰をあげた。

「どうしたというのだね。用事があるなら早く言いたまえ」

Ｋが振りかえると、広間の入口にひとりの所員が立っていた。年老いたその所員は二、三歩踏み入れて言った。

「主任がお呼びしています」

「マーが……なんの用だね。見てのとおり、いま面談中だ。そう言いたまえ」

「それは承知している、それでも急用がある、そうおっしゃっています」

「仕方ない。K。お聞きのとおりだ。話のつづきはまたあとで。とにかくわれわれの側の問題はごく些細なことにすぎない。ウブヤでの風聞に惑わされないよう。いいですね」

所長はこう言ってから、その所員に言いつけた。

「Kをシャワー室に案内して。ジュリーが二回目だと言っていた。記録するのを忘れないように……。マーはどうしてそんな強権を振りまわすのだろう。きみがそそのかしているのではないかね」

「まさか。ご冗談を……」

所員はこう言って、広間を出て行く所長をまんざらでもない顔で見送ったが、Kのほうに向きなおって、「シャワー室に案内します」とベテランの所員らしい落ち着いた口調で言った。Kは、あんな熱いシャワーなど浴びたくなかったので、老いた所員に言ってみた。

「シャワーはよしましょう。二回すみと記録しておいてください」

「だめです。大事な決まりです」

所員は叱るように言って、シャワー室のほうへ導いた。

「所長が甘やかすから、あなたたちはそんなことを言う」

「しかしわれわれは囚人ではない。みずからここにやって来た」

「だけど、自然の法に背いた罪人であることに変わりない。だから、前の所長のようにもっと厳しくしてもいい。それなのに所長が甘やかすから、最近は問題ばかり起こる」

「前の所長を知っているのですか」

「もちろん知っている。前の所長といっても、いまの所長でもあるのだから」

「というと?」

「ここでは所長はずっと同じ人です。つまりいまの所長です。代わるのは主任とその補佐だけです」

「なるほど。同じ所長なのに、以前はそんなに厳しかった?」

「寄留者とはいっさい話さなかった。みずから望んでやって来たなんて、そんな勝手なことは言わせなかった。自分自身に対して罪を犯した者としてあつかった。だから所長と主任のあいだに意見の相違など生じなかった」

「したがって、主任のあのような極端な肥大は起こらず、所長夫婦のあいだはつねにバランスがとれていた、ということですね」

「そうです。それなのに現所長は、寄留者を甘やかすことで、かえって自分たちの問題を増大させてしまった。それどころか、いまでは、その問題を寄留者の力で解決しようとしている。やることがまったく逆だ」

古株とはいえ一所員がこのような考えを口にすることに、Kはおどろいた。ここではなにも隠されることはないというジュリーの言葉を、信用していいのかもしれなかった。もしそうであるなら、所長がわざわざ呼び出して、あのような話をしたのも納得できる気がした。

「所長はあなたになにを話したのだろう。なにか頼まれたのですか」

老所員は顔をKのほうに向けて訊いた。

「いいえ。なにも頼まれません」

「これから頼むところだったのだ」

「なにを?」

「わたしにはわからない。たぶんマー主任に関係があるはずです」

「マー主任に?」

とKはおどろいて訊いた。

「所長がマー主任のことで、来たばかりのわたしになにかを頼むなんて、信じられない」

「新しい寄留者だから頼むのです」

「どうして?」

「残留物がまだたくさん残っているからです」

「シャワーで洗い流す残留物?」

「そうです。地上の残留物は、シャワーを浴び、ウブヤで眠りにつくたびに、減少する。そうなると、人を、ことに女性を動かす力もなくなってしまう。そこで、来たばかりで残留物がまだたくさん残っているあなたの力を借りて、主任を説得しよう、そう考えているのでしょう」

「なにを説得するのです」

老所員は戸惑った顔を浮かべて答えなかった。シャワー室の前に来ていた。老所員は入るようにドアを示したが、Kはノブをにぎっただけで、そこに立っていた。

「ウブヤでは、ジュリーが所長とマー主任とのあいだに割りこんで、後釜をねらっていると言っていますが……」

「それはちがう。ジュリーがいずれ主任になるのは決まっていて、そこにはなんの問題もない。いま問題になっているのは、マー主任の要求を所長が拒んでいることから生じている」

「マー主任の要求とはなんです」

「マー主任は、いますぐにも身を退き、主任の地位をジュリーに譲ろうとしていて、そのことを宣告するよう所長に要求している。その宣告があってはじめて、主任の地位をゆずることができるのです」

「その要求を所長が拒んでいるのですか」

「そうです」

「ジュリーを嫌って?」

「そうではない。所長はあの若さのとりこになっている。ところが所長が愛しているのはマー主任なのです」

「愛? こんなところでどうして愛が出てくるのです? まして所長が誰かを愛するなんて信じられない」

「そうです。所長が誰かを愛するなんて、われわれも信じられない。それもみんな、マー主任の影響なのです」

「主任の?」

「寄留者が自分では最後まで空白化できない残留物を取りこむのが主任の役目ですが、マー主任があのように肥大したのは、その取りこみを、ほとんど間をおかずにつづけたからなのです。そして、そのせいで、過度に肥大したマー主任は、サインを降ろすのに必要な所長とのバランスを保てなくなった。そこで、なんとかバランスを保つために、取りこんだ残留物から愛というものを抽出し、それを所長に向けてしまった。その結果、所長のほうもマー主任から離れられなくなったのです」

「それでいて所長はジュリーにも執着している?」

「しかしそれは、次の代に移るための正当な執着で、われわれ所員もそれを望んでいる」

「まだ若く、スリムで、吸収力のあるジュリーを必要としているということですね」

「ところが所長は、その愛のためマー主任から離れられないでいる」

思いがけない話の成り行きに、Kはさらに踏みこんで訊かずにおれなかった。

「所長と夫婦《ペア》になる主任はみんな、寄留者の残留物を取りこんで肥大し、その結果、いずれ吸収能力を失くし、身を退くことになるのですね」

「そうです」

「それで、身を退くとはどういうことです」

「いなくなるのです」

「どこに？」

「わかりません」

「わからない？」

「所長以外の所員はいずれ寄留者と同じように、サインが降りて上の階に昇ることになっているが、その能力が尽きて主任という任務を終えた女は、もどって行くと言われている。けれども、どこにもどって行くのか、われわれ所員も知らない。所長だけが知っていることになっているが、じっさいは、どうなのかわからない」

もどって行くという言葉に、Kは、施設の門を出たマー主任が巨体を運んで森をよぎり、終点であるあのバス停に向かう姿を想像した。もちろん馬鹿げた想像だった。

「それで所長は、マー主任について、わたしになにを頼もうとしたのだろう」

「わからない。所長が寄留者と話すのはめずらしい。所長があなたを呼び出したのは、おそらくジュリーの考えから出たのだ」

「ジュリー……どうして？」

「所長は、身を退こうとしているマー主任の愛とジュリーの若さの板ばさみになって動きが取れなくなっている。だから解決の突破口になるのはジュリーの若さしかない」

「そうした成り行きにジュリーが勢いづき、マー主任を追い出そうとしているのだろうか」

「それはちがう。ジュリーは所長よりもマー主任に心服している」

「なるほど。それで、主任とジュリーは、なにをしようとしているのだろう」

「わたしにはわからない。ただ、ジュリーがマー主任のためになにかをしようとしていることはたしかだ」

「それはなんだろう」

「………」

老所員は答えなかった。会話が行きづまったというよりも、老所員のなかで急に言葉が尽きた、そんな感じだった。Kもしばらく黙っていた。ふたりはいつのまにか、シャワー室の前にあるベンチに腰かけていたが、老所員の様子は、話しかけなければ、このまま放心してしまいそうに見えた。Kはその沈黙のなかで、マー主任かジュリーに会って、話さなければならない、そう思った。

「シャワーはもういいですね」

老所員が放心してしまうのを怖れて、Kは話しかけた。老所員は、われに返ったようにKのほうに顔を向けたが、夢を見ているというような顔つきだった。

「シャワー？　だめです。規則ですから浴びてください」

「どうしても？」

「当然です」

Kは仕方なく立ちあがった。そしてドアを開けて入ろうとして、振りかえって訊いた。

「あなたたち所員は、みんな、亡者だというのはほんとですか」

「亡者？　亡者ってなんのことです」

「いえ。いいのです。意味のない質問でした」

Kはあわてて背を向け、脱衣室に入った。

V

たしかに時間の経過は各自の意のままだった。二十人くらいの寄留者たちは、うす暗がりのなかで瞑目した状態を保っていて、随時、断続的な眠りを繰り返すことで、それぞれの時間を成り立たせていた。Kも同じように、まわりを気にせず、クッションに埋もれて眠りつづけた。じっさいに、ウブヤはひどく快適につくられているので、眠くなくてもクッションに埋もれて横になりさえすれば、たちまち幼児のように熟睡できた。そして目を覚ますたびに、とうぶんは眠る必要はないだろうと思いながらも、しばらくして横になると、やはり深い眠りに落ちた。

もちろん睡眠は無意味なものではなかった。所長が話していたように、空白化の限界に達するための重要な手立てだった。じじつKも、このまま眠りを繰り返していれば、空白化が限界まで進み、その完成をもとめて、サインが降りるのをひたすら待つことになるだろう、そう思いはじめていた。げんに、もうひとつの空間という考えにともなっていた、上の階というイメージを思い描くことは、ほとんどなくなっていた。

一方で、空白化にもっとも有効な手段なのに、誰もがシャワーはすこし尻ごみをした。所員が迎えに来て扉のあいだから声をかけても、眠っているふりをして、すぐには起きない者もいた。あの熱いシャワーを浴びると、地上の残留物どころか、自分そのものが消えて失せるかのようで、すでに十回以上も浴びている者でさえ、回避したくなるようだった。もちろんシャワーを拒むことは許されなかったし、拒絶すること自体、みずからを空白化して、サインが降りるのを待つ身であるという、本来の願いに反することだった。

そのシャワーにかんして男たちから得た知識では、最終的に十五、六回浴びるということで、その間隔は、所長とマー主任が寄留者の様子をみて決めるという。ところがKの場合、二回で中断したまま、そのあと呼び出しがなかった。そのことをまわりの男たちに言ってみると、それはおかしい、所長とマー主任はなにか特別のことを考えているにちがいない、という。彼らの話では、来たばかりの者は五、六回立てつづけにシャワーを浴び、あとは様子を見ながらその間隔が決まる、二回では地上の残留物を洗い流すには不十分で、したがってウブヤでの睡眠も底にとどかず、空白化の進みぐあいが鈍いままにとどまる、というのである。

男たちがそんな話をしていると、それを耳に入れたキム老人が、うす暗がりのなかで体を起こして言った。

「おい、K。当てにならんことを真に受けるな。ここにいる者は誰もひとをおとしめることはしない。

悪意なんか持っていない。悪意を持とうとしても持てない。だが、言っていることはまったく無責任だ。サインが降りるということ以外になにも頭になく、ほかのことは長く考える根気がない。また、じっさいに考える必要がないからだ」

「でも、二回きりというのは、やはり変ではないですか」

「それは人による。わしも五回で中断したままだ」

「それでサインが降りないのではないですか」

「それならば、どうして回数を増やさないのだ」

「熱湯くらいでは落ちないからですよ」

Ｋの後ろの暗がりのなかで誰かが言った。

「阿呆なことを言うな。いいか、Ｋ。よく聞け。所長は、シャワーと睡眠による空白化の進みぐあいを見てサインを降ろす、そんなふうに言っているが、言い訳にすぎん」

「それでは、なにがサインを降ろす基準ですか」

「基準なんてない」

「でも、このあいだあなたは、所長と主任とのあいだに生じている問題、それから寄留者の資格不足、その双方が原因でスムーズにサインが降りにくくなっている、そう言っていましたが」

「言っただろう。たしかに実情はそうだ。しかし本来はそうではない。本来の在り方では、寄留者が到着したときの一瞬の出会いで決まる。主任が玄関の扉を開けて迎え入れる。それから〈所長のところに案内しましょう。それがいちばん大切なことですから〉と言って広間に導く。そして広間の中央で三人が集まる。肝心なのはその一瞬だ。その一瞬に、三人のあいだの正しいバランスが確認される。

するともうその時点でサインが降りることが決定される。これが本来の在り方で、睡眠やシャワーは補完的な処置でしかない。ところが所長たちは、その処置のほうを重視して、正しいバランスの確認をないがしろにしている」

「しかしその場合でも、正しいバランスを確認させないのは、寄留者が持ちこんだ地上の残留物の増加とその質の変化のせい、つまり、ここに来るための資格不足、条件不足のせい、ということになりませんか」

「うむ。それはある。がしかし、寄留者はもうどうすることもできない。だから所長たちがバランスの在り方を修正しなければならない。ところが彼らのあいだに、なにか問題が生じていて、それができないでいる」

キム老人はそう言って、急に口を閉ざした。老人とKの会話をほかの者が聞いているかどうかわからないが、ウブヤは静まり返っているのだから、眠っていなければ当然、耳に入るはずである。

老人は、なにか考えをめぐらせているらしく、しばらく黙っていた。Kはそれを待ちながら、ここでは誰も考えを隠すということはないらしい、そう思った。所長がそうだったし、老所員もそうだった。このキム老人だってそうだ。といっても、Kは、肝心のジュリーの本音はまだ聞いていないし、マー主任とはひと言も交わしていなかった。

「K。ようやくわかった。これはこういうことだ」

キム老人がつぶやくように言った。これまでとちがった静かな口調で、そのせいか、うす暗がりのなかで、みんなが耳を澄ませているようにも思えた。

「わしは、ここに来て所長たちに会ったとき、彼らとのあいだに正しいバランスがとれず、来るところを間違えたのではないか、そう思った。もちろんそんなことはなかった。われわれ自裁者に、どこかほかに行くところがあるというのか。そしてそのとき、所長たちも、わしと同じ違和感をおぼえたらしく、サインを降ろす手立てが見出せなかった。そこで所長たちは、なにが起こっているのかはっきりさせようとして、サインを降ろすのを遅らせた。というのも、わしが持ちこんだ地上の残留物と同じものが寄留者のなかで増えつづけていて、それがどういうものか、見きわめる必要に迫られていたからだ。

だが彼らは、それを見きわめることができなかった。そしていまもそれがつづいている。そうでなければ、寄留者をこんなにも長く待たせるなんて、途方もない違反になる。もちろん彼らだけが悪いわけではない。というのも、わしが、おまえと似たような経過でここに来ながらも、そのことを十分に自覚していなかったので、彼らもそれを最終的に見きわめようがなかったのだ。

そうした状況のところに、おまえが来た。所長たちは、この機会をとらえ、おまえを介して解決を見出そうと考えた。というのも、彼らは、おまえのなかに、もうひとつの空間を見出したいという、はっきりとした残留物を感じとり、しかもおまえがわしとちがって、その残留物を自覚していることに気づいたからだ。その証拠がある。ジュリーにシャワー室に案内させたことがそれだ。シャワー室に案内するのは主任補佐の仕事ではない。彼女におまえのなかの残留物の正体を探らせたのだ。彼女もそれを心得ている。それに彼女が、おまえに所長夫婦の仲について教えたこと自体、これまではなかったことだ。それだけではない。広間に呼び出したり、シャワーを二回で中断したりしているのも、おまえの残留物がどういうものかを見きわめることで、増えつづける残留物をどう処理すればいいのか、その方法を見出そうとしているからだ」

キム老人はそこでいったん口を閉ざした。Kは老人の言うとおりかもしれないと思った。ジュリー、所長、それに老所員の三人が、施設に生じている問題をKに話したのも、意図があってのことであり、それもみな、マー主任にかんすることから出ている、そう思えてならないからだ。

「ということは、マー主任の後釜をねらっているジュリーは、すでに実行に取りかかっているということだ。そしてマー主任は、もう身を退くしかないということだ。K。おまえはそのことを知っているのだろう」

そして、Kが黙っていると、老人はいきなり言った。

「そうだ。おまえは知っているのだ。この施設はおまえが出現させたのだから」

「………」

Kはなんと言えばいいのか、わからなかった。施設の門を見出したとき、施設が自分の外に、たしかな在り方で存在するのを認めたのである。ここに入ってからも、自分が出現させているなど、いちども思わなかったのである。老人はさらにつづけた。

「いまここで、おまえが出現させた、そう言われても、困るだろう。いったんここに入ると、サインが降りることとしか関心がなくなり、みずからの残留物を自覚できなくなるのだから。だが、おまえの場合、そうはいかない。おまえの残留物のなかには、もうひとつの空間を求めるということを前提とした、施設は自分が出現させたという、明確な自覚があるのだから」

「………」

「したがって、所長たちもおまえが出現させたことになり、おまえが望めば、所長たちも、どう解決すればいいのか、納得することになる。わしになにが起こっているかをわしがこうして理解できたのも、わし自身がおまえの考えのあらわれであり、わしがそれを理解するよう、おまえが求めたからだ。どうだ。間違いないだろう」

「………」

Kはいっそう返事ができなくなった。いまここで、自分が施設を出現させたということを肯定できないのは当然としても、それをはっきり否定することもできなくなったからである。Kはその成り行きを認めて、あえて言ってみた。

「もしいまあなたの言ったことが正しいならば、わたしがそう望んでいるのだから、ここで生じている問題は、いずれ解決する、ということになる。そうですね」

「そういうことだ」

と老人は断言するように言った。

「そしてそのとき、わしにもサインが降りるだろう」

「でも、そうはいきません」

「どうしてだね」

「サインを降ろすには、寄留者のそれぞれの残留物、その最終的取りこみを主任がしなければならない。それができてはじめて、三者のあいだに正しいバランスが生じ、その人にサインが降りる。それなのにマー主任は、その取りこみができなくなりつつある、したがって、若いジュリーに交代する必要がある、ということですね」

「そうだ。それが施設の在り方だ」

「しかし所長とマー主任は別れられない」

「別れられない……それはどういうことだ」

「愛です」

「愛？　愛とはなんだ。地上のあの愛か」

「そうです。あの愛です」

「おい、みんな、聞いたか。愛だと」

老人はまわりのうす暗がりへ向かって言った。二、三人の者が体を動かしたようだが、それ以上の反応はなかった。

「そうです。愛です。肥大したマー主任は、所長とのバランスをとるために、取りこんだ地上の残留物から愛を抽出して、それを所長に向けたのです。そしていまでは所長もマー主任を愛していて、ジュリーの接近を拒んでいるのです」

「それは堕落だ！」

と老人は叫ぶように言った。

「それが事実なら、まさしく前代未聞の堕落だ。それで、おまえはそれを知ってどう思った？」

「堕落とは思いませんが、地上の愛は、所長といえども払い落とせない、拒絶できない。だから、施設にとっては憂慮すべき危険な事態だ、そう思いました」

「そうだろう。まったく危険な事態だ。それで、おまえはそれをどうするのだ？」

「わたし？」

Kは影にしか見えないキム老人のほうへ顔を向けた。

「そうだ」

と老人は力をこめて言った。

「この施設はおまえが出現させたのだから、起っているすべてのことに責任がある。したがってそれをどうするかはおまえ次第だ」

「待ってください。わたしが来たことで問題が露わになったというのならわかりますが、起っているすべてのことに責任があるというのは、いくらなんでも乱暴な話です」

「いや。〈施設は存在しない〉を〈施設は存在する〉に反転させることで出現させたのだから、おまえはすべてのことにかかわっていることになり、マー主任の肥大もおまえに責任がある」

「そんな無茶な……マー主任の肥大はわたしがここに来る以前のことでしょう」

「以前のことでも、ここでは、ものごとの経過の順序を変えることができる。だからマー主任の肥大はやはりおまえの責任だ」

「…………」

Kは言葉をなくした。それに、万にひとつ老人の言うことを認めるとしても、ここにいる自分は、いまという時間に限定された存在にすぎず、したがって時間の枠をこえたものごとにまで責任が持てるはずがない。そこで気持を静めて言った。

「仮にわたしに責任があるとしても、わたしにできることは、ごくせまい範囲にかぎられています」

「そうだな」

と老人も、言いすぎたという反省をこめた声で言った。

「施設を出現させたのがおまえであるとしても、いまのおまえに与えられている権限はごくわずかだろう。それで、あらためて訊くが、この事態をどうしようというのだ」

「そうですね。とにかくジュリーに会って話してみるしかないでしょう」

「どうしてジュリーなのだ。いずれ彼女が所長夫人になり主任になるからか」

「それもありますが、問題の渦中にいながら冷静さを保っているのは彼女であり、しかも彼女が解決の鍵を握っているように思えるからです」

「その方法をおまえが教えるのか」

「いいえ。わたしにその方法はわかりません。いずれ彼女が考えるでしょう。そしてわたしはそれを実行に移すでしょう」

「実行に移す……なにをするのだ」

「わかりません。いま言ったように、ジュリーがそれを考えるでしょう」

「たしかに、ジュリーならそれができる。しかし、それだってけっきょくおまえの考えなのだ。おまえはそのためにこの施設に来た。そうだろう」

「いいえ。それはあなたの思い過ごしです。わたしの頭にはもうひとつの空間ということのほか、どんな考えもなかった。だから、ジュリーがこうしろと言ったら、そのとおりにするつもりです」

「うむ。おまえはそうするだろう。わしもそう信じている。この施設を維持するにはそれしかない。しかしふしぎだな。おまえがジュリーをそんなに買うなんて、思いもかけなかった」

　老人との会話で導き出されたこの結論は、Kにも思いがけないものだった。自分が出現させたはずの施設なのに、自分ではなにもできず、その解決の方法をジュリーにゆだねなければならないというのは、奇妙なことだった。

「しかし、わしにとってはありがたいことだ」

とキム老人は喜びをかくさずに言った。

「ジュリーが主任になれば、真っ先にわしにサインが降りる。K、そうだろう」

「そうですね。若い彼女なら、地上の残留物を十分に消化できる。サインはふたたびスムーズに降りるようになるでしょう」

「おまえがそのようにするというのなら、きっとそうなるだろう。そうだ。これでわしにもサインが降りる」

キム老人はつぶやくように言って黙った。みずからの考えに納得できたのなら、サインが降りることを確信したことになり、空白化に限度がきて、言葉は尽きた、ということだろう。寄留者にとってサインが降りることがすべてであり、自分にサインが降りると確信できれば、言葉はもはや不要なのである。だが、自分にサインが降りるという確信のないKは、したがって言葉はまだ必要であり、やはりジュリーに会う必要があった。

VI

寄留者が所員を呼び出すことはなかった。また勝手にウブヤを出ることも慣例として許されていなかった。したがってKは、ジュリーと話す機会がなく、そのときが来るのを待つしかなかった。さいわいウブヤでは、横になりさえすれば、いつでもすぐ眠りに落ちるので、待つことはすこしも苦にならなかった。それでも、まわりの人たちがひたすらサインが降りるのを待っているのに、自分ひとりジュリーと話す機会を待っていると思うと、かすかな苛立ちをおぼえた。

寄留者たちはたがいに挨拶ていどのごく短い言葉しか交わさなかった。キム老人は例外であり、K自身、ほかの寄留者とは、一言二言、交わすだけであった。うす暗がりのなかでトランプがはじまっても、影絵でしかないように、彼らはほとんど口を閉ざしていた。

ところが、眠りから覚めたKが、クッションを取りのけて体を起こすと、それを待っていたらしく、近くの男が声をかけた。そんなに近くにいても、男の顔はよく見えなかった。ウブヤはつねにうす暗がりなので、Kはまだひとりの顔もはっきりとは見ていなかった。その男がいきなり言った。

「キムじいさんにとうとうサインが降りたよ」

Kはそれほどおどろかなかった。

「そうでしたか。それはよかった」

「あなたに礼を言っておいてくれ、そう言っていた」

「それで、そのあとどうしました？」

「もちろん上の階に昇ったのでしょう。そういうことになっているのですから」

「でしょうって……誰も見送らなかったのですか」

「見送る？　あなたはなにか思い違いをしている。サインが降りると、じっさいにウブヤを出て上の階に昇る、そんなふうに思っていたのですか」

「はっきりそう思っていたわけではないけれど、目に見える形としては、そういうことではないか、そう思っていました」

「おどろきましたね。上の階に昇るというのは、空白化が限界に達したことを了解するための便宜上の表現でしかない。キムじいさんとあなたの話では、施設はあなたが出現させたそうですが、それなのに、あなたは施設についてひどく無知なのですね」

「そうかもしれません。わたしもそんな気がします」

「もちろんわたしは、あなたが施設を出現させたということを否定しているわけではありませんよ。あなたがそう思うのなら、きっとそうなのでしょう」

「自分が出現させたようなことを言ったのは、まずかったでしょうか」

「そんなことはない。人それぞれですから。ただわたしなら、仮にそうであっても、わざわざ口にはしません」

「どうしてです」

「とくにはっきりした理由はありませんが、そういうことを口にすると、サインが降りにくくなる、そんな気がしますから」

「なるほど。わかります。すると、キム老人はもうここにいないのですね」

「所長と主任がそろってやって来て、サインが降りた、そう宣告する。すると三人のあいだに正しいバランスが生まれて、そのバランスの働きによって、その人は昇ってしまい、姿が消える、というだけのことです。それでなくとも、われわれは幻影にすぎないのですから。もちろん、上の階に昇って、そこで空白化を完成させる、そんなふうに考えても、すこしもかまいませんよ」

「…………」

サインが降りるとはどういうことなのか、Kはようやく理解した気がした。

「おい。さっき、なにか伝言があったじゃないか」

そばに寝そべった別の男が言った。

「そうだ。忘れるところだった。マー主任が、目を覚ましだい、広間に来るようにとのことだ」

「わたしに?」

「ウブヤから寄留者がひとりで出向くなんて珍しいことだ」

K自身、マー主任が自分になんの用があるのだろうと思った。用があるのはジュリーのほうだろうと考えていたからだ。ウブヤを出ようとして、Kは振りかえった。うす暗がりのなかにサインが降りるのを待つ人たちの影が見分けられた。Kはその影の群れを眺めて、もういちどここにもどり、眠りにつくことがあるだろうか、ふとそう思った。


広間に入ると、待っていたのはマー主任ではなく、ジュリーだった。彼女は、Kが以前所長と話をした、広間の片側にあるソファーに坐っていた。

「久しぶりね。元気だった?」

ジュリーはこう言って、低いテーブルをはさんだ向かいのソファーにKを坐らせた。

「わたしには十日くらいしか経っていない、そんな気がしますが」

「そうね。地上とはちがっているから、どのくらい時間が経ったのか、わからないでしょう。赤子に時間の経過がわからないのと同じね」

「けっきょく、ここでの時間は、その限界に向かって空白化を進めながら、サインが降りるのをひたすら待つという時間しかない、ということでしょう」

「寄留者にとってはそういうことね」

「それにしても、よくキム老人にサインが降りましたね」

「あなたのおかげよ」

「わたしの？」

「あの老人は、あなたと似たような残留物を抱えていて、所長たちは彼をどうあつかっていいのかわからず、それでサインを降ろせないでいた。ところが、老人があなたと話したことで自分の残留物の正体を自覚して、そのせいで残留物がいっきに軽減した。所長たちもそれを認めて、なんとかサインを降ろすことができた」

「つまり、施設はKが出現させた、したがって施設は自分の外にある、キム老人がそう納得したことで残留物が軽くなった、ということだろうか」

「そのとおり。老人は、施設を自分が出現させたのかどうか、自分では決定できず、迷いつづけていた。それに対して、〈施設は存在しない〉を〈施設は存在する〉に反転させたあなたは、老人のように施設が自分の内にあるか外にあるかなど迷わなかった。最初からそのどちらでもある、そうはっきりと決めていた。そうでしょう」

「そうかもしれない」

「あなたのその考えが、老人だけではなく、私たちの硬直した状況に緩和をもたらしてくれた」

「私たち？　所長やマー主任も？」

「そう。寄留者が施設を出現させているという一面を、私たちはどうしても忘れがちになる。そのためにキム老人のように自分が出現させたと言いたそうな寄留者と対立してしまう。そしてその結果、サインを降ろすのを先延ばしにしてしまう」

「それでも、こうしてキム老人にサインが降りた。ということは、マー主任のつよい使命感があってのこと、ということですね」

「そう。本来は、取りこんだ残留物を消化し終わってから、つぎの寄留者にかかる。それなのに、マー主任はそのつよい使命感から、完全に消化しないうちにつぎの寄留者にかかった。それであのように極端に肥大した。こんどだって、無理をしてキム老人の残留物を取りこんだので、その能力をすっかり使い果たしてしまった」

「マー主任が自分でそう言っているのですか」

「そう、自分ではっきりと」

　Kは、マー主任が自分を呼んだのも、マー主任に代わって、いまこうしてジュリーと向かい合っているのも、そのことにかかわりがあるにちがいないと思った。

「しかし、いずれその能力が尽きることはわかっていたわけで、あなたがそのあとを継ぐことに決まっているのでしょう」

「そう。主任の交代は所長の宣告ひとつで決まる。そうした仕来りにかんして、所長は絶対なの。ところが所長がその交代の宣告をできずにいる」

「すると、愛がまだ問題なのですか」

「どうしてそれを知っているの」

「年配の所員のひとりが教えてくれた」

「彼ね。あなたはその愛をどう思った？」

「愛そのものに罪はない。マー主任は、サインを降ろすのに必要なバランスが取れにくくなっている事態を解決するため、その愛を所長に向けることでバランスをカバーした。それはそれで立派な振る舞いであり、誰もそのことを非難できない」

「それがあなたの解釈ね。わたしも異存はない。ただ、施設に必要な機能としては、その愛で保つバランスは長くつづかない。それなのに主任は、それを承知のうえ、キムにサインを降ろすことで、停滞を打開しようとした」

「ということは、主任は身を退くという決意を、身をもって表明したのだ」

「そういうことね。いまも所長は、そう言い張る主任をとめようと、主任の部屋に入ったきり出てこない。主任のそばにいないと彼女がもどってしまう、という心配から彼女のそばを離れられずにいる」

「もどってしまう……老所員も言っていたけれど、それはどういうことです」

「所長が交代を宣告しないのなら、強引にもどってしまうほかないということよ」

「ですから、どこにもどるのです」

「主任と主任補佐のわたしは、女の住居である地下二階から派遣されている」

「なるほど。施設はそんなふうにして地下二階とつながっている」

「だから、もどってしまうというのは、役目を終えてその地下二階にもどって行くという意味なの」

「ところがマー主任も所長もその愛にとらわれて、動きが取れなくなっている、ということですね」

「そう。しかしそれでは、施設の機能はいずれ停止してしまう。そんなことは許されない。そこで主任は、その愛を捨てて所長を振りきり、地下二階にもどる決意をした。当然のことね」

「それでマー主任は、所長のことはあなたにまかせる、そう言っているのでしょう」

「そのとおりよ」

「それなら問題はないでしょう。あなたはそのためにここにいる。所長もあなたの若さを必要としている。もちろん寄留者もそれを望んでいる……」

「そういうことね。それで主任とわたしは話し合い、わたしが所長を引き離しているあいだに地下二階にもどることにした。所長を主任から引き離しておくのはわたしに自信があるから、その点は解決したのも同然。ところが、そこまで話をつめたとき、主任がこの体では地下二階に降りる通路を通れそうにない、そう言い出したの」

「肥大のせいで?」

「そう。たしかにその心配はある」

「………」

「そこで、マー主任とわたしが思いついたのがあなたなの」

ジュリーはこう言って、Kの目をじっと見つめ、さらに言った。

「あなたはまだ、施設は自分が出現させた、そう思っているのでしょう」

Kはジュリーのその眼差しを受け入れながら言った。

「いまは、自分が出現させた、そんなふうに一方的には思ってはいないけれど、〈施設は存在しない〉を〈施設は存在する〉に反転させることで出現させようと企てたことは、間違いない」

「ということは、やはり、いまここにこうしているあなたは、自分が施設を出現させた、そう思っていることになる」

「それはそうだが、それはあくまでも、もうひとつの空間を見出したいという考えにもとづいた企てであった」

「この場合、それで十分よ」

ジュリーは断ずるように言った。

「いったいなにが言いたいのです」

とKは焦れて言った。

「どうやらあなたは、わたしになにか、させたがっているようですね」

「寄留者は誰もみんなサインが降りるのを待ち、上の階に昇って行くだけで」

とジュリーは、Kの問いを無視して言った。

「自分が施設を出現させたなんて思わない。一時的にそう思うことがあっても、そんな考えは捨ててしまう。あのキム老人だって、そうした考えで迷っていたけれど、けっきょく、施設を出現させたのはKだ、そう結論づけることで迷いを消し去った。その結果、所長たちはサインを降ろすことができた。だけど、あなたはどうかしら。みんなのようにひたすらサインが降りるのを待っているとは思えない」

そんなふうに言われれば、ウブヤでは誰もが眠りを繰り返しながらサインが降りるのを一途に待っているのに、Kにはその集中が欠けていた。

「たしかに、ほかの寄留者とはすこしちがっているかもしれない。だがそれは、来てすぐにあなたが、所長と主任のあいだに問題が生じていることを、わたしの頭に吹きこんだからだ。施設はサインが降りるのを待つところ、ということを知るまえに、疑念を持ってしまったからだ」

「それはちがう。キム老人だって、あれこれ不満を言いながらも、サインが降りることだけを考えていた。あなたみたいに施設の在り方なんか心配していなかった」

「あなたがそういうのなら、そういうことにしましょう」

Kはこう言って、話を進ませた。

「それで、わたしになにをしろというのです」

ジュリーはどう切り出せばいいのか躊躇する様子を見せたが、決心したように言った。

「主任に付き添ってほしいの」

「付き添う？」

「主任はあのように肥大している。ひとりでは地下二階への通路を降りられそうにない」

「それで、付き添って地下二階に降りろ、というのですか」

「そうよ」

「いったい、その地下二階はどういうところです」

「女たちがたむろする巣窟、こう言ったらいいのかしら。施設とのかかわりでいうと、そこから昇って来て所長と夫婦《ペア》になり、いっしょにサインを降ろす役目をする女たちのたまり場、とでもいえばいいのかしら。もちろんそれだって、ここでの推測でしかなく、じっさいのそこがそういうところだとは、断定はできないのだけれど」

「しかしあなたたちは、そこから昇ってきたのでしょう」

「だけど、そこがどういうところなのか、なにも憶えていない。そこにもどって行く主任も、そこがどんなところなのか、なにもわかっていない。肥大のせいで降りられないかもしれないということも、降りようと決意してはじめて気づいたの」

「………」

「主任が言うの。降りようと決意すると同時に、通路が目に見えるようにくっきりと頭に思い浮かんだ。そして、この体ではとてもそこを通れそうにない、そうわかったたって」

「もしそうであるなら、わたしがいっしょでも通れないでしょう」

「でも、施設はあなたが出現させた。ということは、あなたならその場でなんとかできるはずよ」

「しかし、仮に百歩ゆずって、わたしが出現させたとしても、男のわたしが女たちの巣窟にどうかかわりがあるというのです」

「…………」

こんどはジュリーが黙ったが、目はKの顔から離さずにいた。その視線は、玄関でのマー主任のあの眼差しと同じように、Kの運命をすでに決定づけているように思えた。

「それに、いったんそこに降りたら、ここにもどって来られないかもしれない」

Kはおもわずつぶやいた。

「そんなことはないはずよ」

「保証できますか」

「それは無理よ。どんなところなのかわからないのだから」

「それでも降りろというのですか」

「なんども言うように、施設はあなたが出現させたのだから、あなたの考えひとつで、どんなふうにもなる。施設というのは、もともとそういう自在な存在でもあるのだから」

「しかし、わたしの企てには、上の階はふくまれていたとしても、地下二階はふくまれていなかった。それなのに、いまになって、地下二階までおまえが出現させた、そう言われても、どう考えていいのかわからない」

「そうかもしれないけれど、このままでは、わたしは主任の役目につけず、サインを降ろせない。だから、どうしてもあなたに付き添って地下二階に降りてもらわねばならない」

「それではまるで、施設のすべてのことに責任がある、ということになる」

「責任というのではないけれど、あなたが出現させたうえに、こうしてやって来たのは、この問題を解決するためだった、そんなふうにも考えられる」

「…………」

Ｋはしばらく黙っていた。ジュリーも口を閉ざしていた。Ｋは思った。たしかに、ウブヤにいる人たち同様、睡眠の効果による空白化が進んで、頭のなかにあった上の階というイメージは希薄になっていた。それでいながら、サインが降りるのをひたすら待つという姿勢にはならなかった。ということは、もうひとつの空間という考えがまだ消えずにあって、その空間のなかに、地下二階もふくまれている、ということだろうか。Ｋはその考えにとらえられて言った。

「わたしにとって地下二階はどういう意味があるのだろう。上の階に昇らず、地下に降りるということは、当然、なにか目的がなければならず、それがわからなければ降りるわけにはいかない」

「こうは考えないの。あなたの場合、いったん地階に降りてから上の階に昇る、ということになっている、と」

ジュリーはこう言って、Ｋの顔をふたたびじっと見つめた。

「あなたはさっき地下二階をこんなふうに言いましたね」

Ｋはジュリーの問いを無視して言った。

「所長と夫婦《ペア》になることでサインを降ろす役目を持つ女たちの巣窟だと」

「言った。でも、そこから昇って来たのに、そこがどんなところか、なんの記憶もない、とも言ったはずよ」

「それはそれでいいのだろう。そこはそんなふうに記憶以前の、混沌とした生のたまり場でなければならないとも言えるのだから。しかしあくまでも女たちの巣窟であって、男のわたしがそこに降りるなんて、どう考えても納得できない」

「でも、これはあなたが出現させた施設なのよ。その機能を回復させる義務がある」

「マー主任に付き添うのが、その義務を果たすことだ、というのですか」

「そうよ。こうなっては仕方ないでしょう。それに、あなたが付き添って地下二階に降りなければ、わたしは主任になれず、したがってウブヤの誰にもサインが降りない。施設の機能は停止してしまう。その果てに消滅してしまう」

「………」

Kはふたたび言葉につまった。〈施設は存在しない〉を〈施設は存在する〉に反転させたことが、けっきょくは、こうしてKをここに追いこみ、逃げ道をふさいだのである。

「それで、地下二階に降りる出入り口はどこにあるのです」

「主任の部屋のベッドの下にある」

「どうしてそんなところに?」

「わからない。でも主任はこう言っているの。寄留者から取りこむ地上の残留物は、主任が消化するのではなく、地階の女たちを養う栄養物として、主任がそのベッドで眠っているあいだに、その出入り口からすこしずつ地下二階に降ろされるのではないか、それなのに肥大したのは、所長が主任の部屋に入りびたりなので、降ろす暇がなかったからではないか、って」

地下の女たちが主任を介して地上の残留物を回収するという考えは、たしかに当を得ているように思えた。だが、そうであるなら、K自身がそっくりそのまま、巣窟の女たちの栄養物と見なされ、地下二階に降ろされようとしている、ということではないのか。そんな考えが頭に浮かんだ。

「それで、じっさいのところは、どうなのです」

「それがわからない」

「マー主任やあなたにとって、自分のことでしょう」

「施設のなかでは、私たちが所長を動かしていると見られているけれども、その私たちも地下二階の力に支配されている、そんなふうにも考えられるだけなの」

それを聞いてKはいっそう不安になったが、あとに退けないこともたしかだった。それに、結果がどうであれ、地下二階の存在を知り、そこに降りる機会が与えられたのに、それを無視することなどできるはずがない、そんなふうにも思えてきた。

「マー主任はいつそこに降りるのです」

「所長が勘づくまえに決行しなければならない。所長はいま主任の部屋にいるので、わたしが呼びに行くことになっている。そして、入れ替わりにあなたが主任の部屋に入る」

「マー主任が決意を変えることはないでしょうね」

「それはだいじょうぶ。あなたが付き添ってくれるはず、そう言ったら、すぐその気になった。いったんその気になれば、所長の牽引力なんて地下二階の牽引力にとても勝てない」

「すると、わたしが承諾するって、あなたはすでに決めていたことになる」

Kはこう言いながらも、彼女たちに乗ぜられたという考えが、自分のなかですでになくなっていることに気づいた。

「そういうことね」

とジュリーは自信を見せて言った。

「だって、存在しない施設を存在させた、ということは、施設のどんなことも引き受ける、ということでしょう。言いかえれば、これは、あなたが地下二階に降りるために自分で仕組んだ企て、そんなふうに考えることもできる」

「こういう成り行きになっては、とりあえずそのように考えるしかない」

「これで問題は解決した。寄留者たちもよろこぶ。さあ、行きましょう。自分でも納得したのだから、もう実行にかからなければならない」

ジュリーはこう言って、ソファーから立ちあがった。そしてKをうながして、玄関のほうへ導いた。


マー主任の部屋はウブヤの反対側にある通路の奥にあった。Kがジュリーの指示で物かげにかくれていると、しばらくして彼女は所長といっしょに主任の部屋を出て行った。それでも用心して身をひそめていると、主任が部屋から出てきた。そしてKの手をとり、部屋に引き入れた。

「いつまでかくれんぼうしているつもり。ゆっくりしている時間はないのよ」

マー主任と顔を合わせるのは施設に着いたとき以来だったが、玄関での眼差しをつねに思い浮かべていたせいか、親しい間柄のような気がした。ただマー主任は、玄関で会ったときと異なり、ゆったりした白い衣装をまとっているせいもあって、たしかに太ってはいるが、異様というイメージとはすこしちがっていた。そのこともあって、これはすべて、ジュリーとふたりでしかけた罠ではないのか、一瞬、そんな考えがKの頭に浮かんだ。

「なにをじろじろ見ているの。さあ、ベッドを移動させるのよ」

こう言われてKは主任から目を離し、うす暗い部屋のなかを眺めた。大きなベッドが部屋のなかばを占領しているほかは、古びた洋ダンスがひとつあるきりだった。装飾品のようなものはなにもなく、その殺風景さはウブヤとすこしも変わらなかった。

「これを動かすのですか。このままもぐり込めませんか」

Kはかがんでベッドの下を覗いてみた。暗くてなにも見分けられない。

「それがだめなの。この絨毯もはがさないといけないの」

マー主任はこう言って、床を踏んでみせた。

「こんなところにほんとうに出入り口があるのですか」

「ここになければ、どこにあるというの。ここにそうした出入り口があると思うから、私たちはこんな陰気な部屋でがまんしているのよ」

「所長もここで寝ることがあるのでしょう」

「所長の寝室は別にあるけれど、ここに入りびたりだった。それでいながらこの部屋で寝るのをいつも怖がっていて、自分の部屋にもどりたそうだった」

「この下に地下二階への出入り口があることを、所長は知らないのだろうか」

「知らない。私たちだって、ほんとうにあるかどうか、確かめたことがない」

「昇って来たときの記憶はないのですか」

「ない。そこを間違いなく昇ってきた、そう思うだけ。さあ、こっちに引っ張って」

ふたりはならんで立ち、枠をつかみ引っ張ったが、ベッドはびくともしない。

「なんにも力がないじゃないの」

マー主任は呆れたというように言った。

「施設に来る男に力なんてあるはずがないでしょう」

「仕方ない。わたしが持ちあげる。絨毯を引っ張って」

ベッドの片側がすこし持ちあがっているあいだに、Kは絨毯を引っ張った。それを何度か繰り返し、絨毯を半分くらい引き出すことができた。そしてそこにあらわれた板をはがすと、はたして黒々とした丸い穴があらわれた。

「あった！　やはりあった！」

マー主任は感激して叫んだ。Kはその穴を見て、こんなところに降りて行くのかと思うと、愕然とした。主任とジュリーの罠に落ちたのではないか、そんな考えがもういちど頭に浮かんだ。それでいて一方で、自分が施設を出現させたのは、もしかしたら地下二階に降りるためだったのではないのか、そんな考えも強まっていた。

「やっぱり小さな穴ね。降りられるかしら。あなた先に降りてみて」

「わたしが先に？」

「あなたが通れなければ、わたしにはとうてい無理。そのときは、なんとかしなければならない」

「なんとかって？」

「そのときになってみなければわからない」

「ほんとうにあなたたちは、ここから昇って来たのですか」

Kはこう言いながらスリッパを脱いで、ベッドの下に足のほうからもぐり込んだ。丸い穴は真っ暗で、なかがどうなっているのか、まるでわからなかった。マー主任はそれに答えないで、「さあ、降りて。危険はないはずよ」と言って、自分もベッドの下にもぐり込んできた。そしてそこで窮屈そうにしながら、Kが穴に入るのを待った。Kはすぐにはマンホールみたいな穴に足を入れる勇気を見出せなかった。

「危険がないって、どうしてわかるのです」

「女の本能でわかる」

「たしかに女には危険がないでしょうが、わたしは男ですから、女の領域を侵してどんな目に遭うかわからない。まるごと餌食になるかもしれない」

「誰が餌食にするというの？」

「もちろん地下二階の女たちです」

「わたしがいるからだいじょうぶよ」

「あなただって、その女たちのひとりですよ」

「わたしがあなたを餌食にする？」

「しないとは言いきれない。それどころか、すでに餌食になっているのかもしれない」

「そうね。もしそうなら、もう仕方がないわね」

「…………」

「さあ、降りて。覚悟ができているのでしょう」

「覚悟なんかできていない。あなたたちの罠にはまった、そんな気がするだけです」

「施設を出現させたあなたが、どうして覚悟ができていないことがあるの。肥大したわたしがこうして地下二階にもどれるのも、あなたのおかげよ」

「地下二階にもどれなかったら、あなたはどうなるのです」

「立ち腐れになって消えてしまうだけ」

「サインが降りず上の階に昇れない寄留者みたいに?」

「そう」

「どうやらわたしも、上の階に昇れない寄留者のようですね。ということは、立ち腐れにならないため、あなたに連れられてここを降り、そこから蘇生するしかない、ということかもしれませんね」

「もしそうであるなら、あなたが施設を出現させたのは、地下に降り、そこから蘇生するのが目的だったということになる」

「だが、じっさいはどうか、わからない。あなたに付き添って地下二階に降りてもいい、そうジュリーに言ったとき、ふとそう思っただけです」

「いずれにしても、結果的に、あなたは、私たちを助けるためにあらわれたことになる。いま施設は寄留者たちが持ちこむ残留物をスムーズに処理できなくなっている。それをスムーズにするにはどうすればいいのか、という問題に直面している。もちろん主任の役目をジュリーに引き継いでもらえばいいというような問題でも、所長がこの部屋に長くいないようにすればいいというような問題でもない。そうではなく、増えつづける残留物を地下二階に降ろしやすくする、そのことが緊急に求められている。というのも、これはジュリーにも言ったことだけれど、残留物は私たちが消化するのではなく、私たちが寝ているあいだに、私たちの体からこの穴を介して降ろされる。それなのに、それが十分に機能しなくなっている。そんなふうに思えるからなの」

「つまり、寄留者たちが持ちこむ残留物が増加しつづけている。したがってそれを降ろすのにふさわしい、新しい通路が必要になっている、と」

「だから、そのまえに、とりあえずこの通路を拡張しなければならない」

「そして、わたしがあなたに付き添ってここを降りるのは、その拡張が目的だというわけですか」

「ええ。そうよ」

「するとわたしは、そこから蘇生するためではなく、通路拡張のための生贄として地下二階に降りることになる」

「とりあえずそういうことになるわね。それでは不満なの」

「………」

Kは言葉をなくして、足もとの黒い穴を見つめた。なかになにが待っているか、想像もつかないけれども、施設は自分が出現させたという考えがほんのわずかでも残っているかぎり、この場からもはや引きかえせないということである。Kはようやく覚悟して言った。

「生贄になっても仕方ない。降ります」

「なにも怖がることはない」

マー主任がそれを待っていたように言った。

「いまさら怖がってなんかいません」

Kはこう言って、マンホールに両足を入れ、浮かした腰を穴のなかに滑らせた。そしてそのまま、通路の暗闇をずるずると滑り落ちた。すぐにマー主任も足から滑り降りて来て、その勢いに押された

Kは、さらに深い暗がりに沈んだ。

（了）

通り過ぎる者

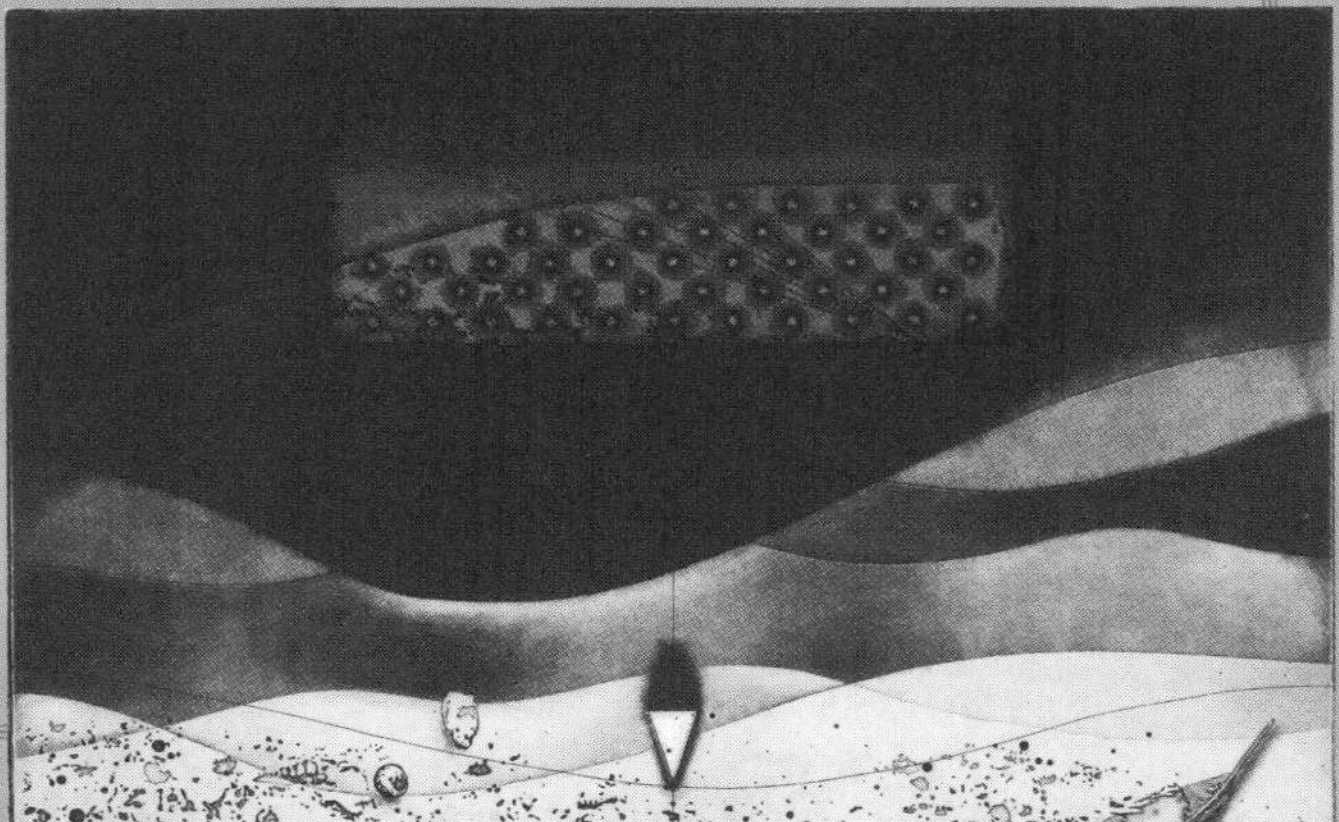

Ⅰ　貨物車

意識がもどると、わたしは九人の男とともに、薄暗い貨物車のなかにいた。男たちも前後してつぎつぎに意識がもどったらしく、みんな口を閉ざしたまま、貨物車のなかを眺めていた。わたしも同じように眺めながら、胸のなかで、ひどいあつかいをする、家畜同然じゃないか、そうつぶやいた。といっても、本心からそう思ったわけではなかった。このような状況に置かれたら誰もがこう言いたくなるだろうように、つぶやいたにすぎなかった。いまのところ、誰かに押しこめられたのか、みずから乗りこんだのか、どちらともわからず、本気で文句を言うわけにはいかなかったからである。

貨物車のなかを隅々まで眺めまわしても、この異様な事態がどういうことなのか、判断できるものは、なにもなかった。荷物のようなものもなく、薄暗い、がらんとしたなかに十人の男が、汚れていないところを選んで坐っているばかりだった。そして、その男たちを眺めてわかったことも、わたしをふくめて十人がみんな、五十歳前後であること、ネクタイこそしていないが、背広をきちんと着ていて、ふつうの勤め人であるらしいこと、それだけであった。

もちろん、乗ったときの記憶、あるいは押しこめられたときの記憶がないので、どんな列車に乗っているのか、貨物車だけの列車なのか、客車と連結した列車なのか、それもわからなかった。走っているところも、引き戸の隙間からもれる外光が、強まったり陰ったりするので、山裾のようなところをめぐって走っているらしい、そう推測できるだけであった。

それにしても奇妙な事態だった。たとえば、動乱とか騒乱とか、なにかそうした異変があって、緊急に駆り出された、逮捕された、捕虜になった、そんなふうにいろいろと悪く想像してもおかしくない状況なのに、切迫感がまるでなかった。じっさいに、男たちは誰も不安をおぼえている様子はなく、とりあえずは成り行きに身をまかすしかない、そう言いたそうな、むしろ落ち着いた表情を保っていた。

それでもわたしは、なにが自分の身に生じたのか、あれこれと考えた。そしてその結果、当然のことのようにたどり着いたのは、おそらく男たちみんなも同じだろうが、感染病にかかっているにちがいない、ということであった。

ところが、見たところ、誰も病人らしい様子がないのである。したがって、すでに感染はしているけれども、まだ発症はしていない患者として、どこかに送られようとしている、貨物車が使われているのも、隔離状態での輸送にもっとも適しているからだ、そんなふうに考えるほかないのだった。

列車はゆっくりと走りつづけていた。通勤電車のあのヒステリックな走り方ではなく、いかにものんびりと走っていた。動力なしでゆるい勾配をくだっている、そんなイメージさえ浮かぶくらいだった。置かれた異常さにもかかわらず、こんなふうに気持を楽にさせているのは、こののんびりとした走り方も、手伝っている、そう思うほどだった。

「感染病にかかっている。みなさん、そう考えているのでしょう」

ひとりが笑みを浮かべて見わたし、ようやく口火をきった。それを待っていたように、みんなはいっせいにうなずき、ひとりが代表して答えた。

「たしかに、そんなふうにしか考えられない。きっとそうですよ」

それでいながら、感染病という言葉とは裏腹に、やはり誰も不安そうな様子を見せなかった。むしろこの奇妙な状況にかんして、みんなが似た考えであることがわかり、ほっとしたという表情を見せた。それはわたしも同じだった。

「それにしても、貨物車とは恐れ入りました」

ひとりがこう言ってみんなを見まわし、べつのひとりが引きついで言った。

「まったくです。ここにいるのがほんとうに自分なのかどうか、うたがったくらいです」

この短い会話からだけでも、意識がもどってからのみんなの考えが同じような経過をたどっていることはあきらかだった。そしてそのことを確認し合ったことで、さらに気持が楽になったのだろう、誰とはなしに話しだした。

「すると問題は、じっさいに感染しているかどうか、ということですね」

「ですが、感染していなければ、こんなかたちで護送されることはないでしょう」

「そうとはかぎらない。感染しないよう隔離しなければならない重要人物と見なされているとか」

「ない、ない。冗談にもない。わたしはただの勤め人にすぎない」

ひとりがこう言うと、わたしもふくめてみんなも、自分もそうだ、というようにうなずいた。

「それに、重要人物を貨物車で輸送、はないでしょう」

「ということは、やはりすでに感染してはいるが、発症はしていない、ということになる」

「たしかに、そんなふうにしか考えられないけれども、それにしては、なにかがちがう気もする」

「そうですね。たとえばネクタイですが、どなたかネクタイを持っていますか」

みんなはそろって首を横にふった。

「誰も持っていませんね。ということは、武器として使われないよう取りあげられた、とも考えられる」

「あるいは、首をくくらないように……」

「そんな……あり得ない」

「そうですよ。そんな切迫した気持などまるでない」

みんなが、そうだ、というようにうなずいた。それでもひとりが言った。

「ひとつ懸念があります。じっさいは切迫した状況なのに、それが実感できないのではないか、ということです」

「薬物で操作されているということですね」

「そうです。そろって意識をなくしていたのは、薬物のせいと考えられます。それに、自分というものがこんなふうに希薄に感じられるのも、そのせいかと思われます。みなさんはどうです」

「わたしも、なにかそんな感じがしています」

ひとりがそう答えて、みんなもうなずいたが、べつのひとりが疑念を投げかけた。

「ところが、そうとも言えないのです。薬物で操作されているのなら、なにかしら不安定な感じがあるはずなのに、そんな感じがすこしもない」

「そうですね。むしろ妙にすっきりしている」

「すると麻薬のようなもので？」

「いや、その場合の浮き立つような感じもない。そうでしょう」

みんなはやはりひとしくうなずいた。

「たしかに変だ。置かれた状況は異常なのに、保護されているみたいに、妙に気持がおさまっている」

「わたしもそうだ」

「とにかくこのまま様子を見るほかない。こんな曖昧な状況のなかで結論を出すのは、判断をあやまる危険がある」

「おっしゃるとおり、このまま待つしかない」

「そういうことです。異議ありません」

私たちは口を閉ざして、しばらく沈黙がつづいた。いまの会話から同じ考えを分け合っていることがより明瞭になったので、気持がさらに一段落して、かえってつぎの会話の糸口が見つからない、とでもいうような沈黙だった。ふつうなら、全体の会話が終わっても隣りどうし話したりするものだが、そんな気配もなかった。

あるいは、置かれている異様な状況によってすでにつよく結びついているので、あえて気持をまわりの者に合わせる必要はない、ということなのかもしれなかった。そしてまた、この異様な状況についても、無理な憶測に深入りせず、成り行きを見守るという、いま一致した結論を保つためには、不要な言葉のやり取りはひかえる、というのが全員の気持なのかもしれなかった。

その沈黙のなかでみんなは、耳を澄ますようにして、車輪のひびきを感じとっていた。その穏やかなひびきも、状況を悪く考えるかたむきを食いとめているようだった。

「それにしても、のんびりした貨物車ですね」

とひとりが、沈黙を破って話しかけた。

「雲の上に敷かれたレールの上を走っている、そんな気持にさえなる」

それに応じて、べつのひとりが言った。

「そのことですが、これはなにか特殊な乗り物ではないでしょうか」

「特殊なというと?」

「現実の乗り物ではなく、架空の乗り物というような……」

「架空の?」

「いや、訂正します。それともちがう」

その人はあわてて否定した。

「たとえば、仏の教えにある慈悲の乗り物というような?」

とさらにべつのひとりが訊いた。

「いや、そういった抽象的なものではない。現実ではあるけれど、時間と空間の在り方が、現実からすこしずれている、そんななかを走っている乗り物というような」

「………」

みんなは考えこむように黙った。言いだした人は落ち着きをなくして、みんなの様子を見ていたが、堪えきれなくなって言った。

「いまの発言は取り消します。いい加減なことを言いました。申し訳ない」

「われわれのあいだで謝ることなどありません。そうですよね」

「そうです。謝るなんて」

何人かが言って、さらにひとりが加勢した。

「それに、いまの考えは、正否はともかく、こころ惹かれるものがあります。どなたかが雲の上を走っているみたいと言ったように、そうした感じがあるのはたしかですから」

もちろんすぐに、行き過ぎないよう、引きもどす意見が出た。

「それでもやはり拘束されていて、どこかに護送されていることも事実ですよ」

「そうです。車輪のひびきに誘《いざな》われて、空想に身をまかすわけにはいきません。現実を見誤らないようにしなければなりません。行き先についても、あまり悲観的に考える必要はないでしょうが、楽観してもいけない、そんな気がします」

「すくなくともいまのところは、そういうことです」

会話はふたたび同じところに落ち着いた。みんなが口を閉ざすと、車輪がレールの継ぎ目を転がる音が、いかにも軽いリズムになって感じとれて、先ほどの意見のように、架空の乗り物に乗っている気持になりがちであった。

そのあとも私たちは、みんなが同じような気持であることに満足して、その場の融和のなかで沈黙していた。それればかりか、その沈黙は、むしろせっかく生まれた融和を損なわないよう細心の注意をはらっている、そう思わせるような沈黙であった。それに、列車の速度がいっそう遅くなり、いまにも停車するのではないか、そんな気配も強まっていた。

いずれにせよ、どんな成り行きが待っているのかわからないけれども、こうして言葉を交わして同じ意識を共有していると確認し合えたのは、自分という意識がこんなにも希薄になっていることを思うと、意味のあることに思えるのだった。

そのとき私たちは、「おやっ」というように顔を見合わせた。列車の振動が支線に入ったかと思わせる振動に変わったのである。そのうえトロッコのように遅くなったので、時計とは反対まわりにゆるくカーブしながら走っていることもわかった。

停車するのだ。私たちはそう確信して、いつでも立ちあがれる姿勢をとった。強制的に降ろされるのなら、それにしたがうほかないが、自主的に行動する場合は、協力して引き戸を開け、すばやく外に出る必要があった。私たちは、あの金具をはずせば開けることができる、そう思って、重そうな引き戸に視線を集めていた。

私たちが心配したのは、自主的に降りるとしても、そこが降りるべきところだと判断できるかどうか、ということだった。停車時間に余裕があればいいが、それがわからないのだから、成り行きにしたがうほかないとはいえ、すくなくともその瞬間に、自分たちの選択が正しいと、みんなで了解し合えるかどうか、ということだった。

列車の速度がさらに落ちた。停車することはあきらかだった。私たちは引き戸の前に集まり、金具をはずして、そのときにそなえた。もちろん、停車したからといって、自分たちが降りるところとはかぎらなかった。だが、金具がはずれるのだから、危険がないと認めたときは、なにはともあれ下車しなければならなかった。もし降りてはいけないところなら、ふたたび乗るよう強要されるはずで、そのときはその指示にしたがえばよい。ということは、最終的なぎりぎりの判断として、降りるところが危険でないかどうか、そのことだけを確認すればよい、ということだった。

とうとう停車した。動力がそこで尽きたというような、ゆっくりとした停車だった。私たちはそれに合わせて引き戸を開けた。線路わきに飛びおりなければならないかもしれないと怖れていたが、足もとのすぐ下に、木でできたプラットホームが待っていた。みんなで支え合ってなんなく降りた。そして、全員が無事に降りたことを知らせるために、引き戸を閉めて、プラットホームの反対側にしりぞいた。見ると、二両連結で、前の車両は客車だった。どうやら私たちだけがここで降りることになっていたらしく、客車からは誰も降りなかった。窓から顔さえ出さなかった。

こうして降りても、なんのためにこんなところに連れて来られたのか、わからなかった。かならずしも無理やり連れて来られたわけでもなさそうなので、とりあえずほっとしていると、なんの合図もなしに列車はゆっくりと動きだして、私たちが見送るうちに、山裾をまわって見えなくなった。役目を終えて去って行く、そんな印象だった。

見まわすと、視界は木々がおおう山で閉ざされていた。上空は遠近感のとぼしい曇り空であった。木でできたプラットホームは、山のなかにぽつんとあって、駅舎のようなものはなく、山肌がまぢかに迫っていた。無事に降りたものの、拘束されていたのかどうか、自分たちの意志で降りたのかどうか、それさえわからず、ここに取り残された、という感じだった。その意味では、置かれた立場の謎がいっそう深まったともいえた。

プラットホームに立って、それぞれにあたりを眺めたあと、私たちは顔を見合わせた。これからどうなるのだろう、どうすべきだろう、という問いがどの顔にも浮かんでいた。だが誰もそれを声に出して言わなかった。問うたところで答えが得られないことはわかっていた。それでいて私たちは、この新しい状況にそれほどつよい不安をおぼえなかった。なにか悪いことが待ちうけているような気がしないのである。

どこに行く当てもないままに、誰からとはなしにプラットホームの端に移動すると、そこに、やはり木でできた階段があった。そしてそれを降りると、ひとりがやっと通れる道がつづいていた。茂った木々に隠れている道で、どこに通じているのか予測もつかないけれども、私たちは、当然であるかのようにその道をたどった。貨物車から自主的に降りた恰好だが、それだってあらかじめ決められたなんらかの意図にしたがったのであり、それがいまもつづいている、そう考えての行動であった。

すこし進むと、振りかえっても、すっかり木々に隠れて、プラットホームはもう見えなかった。前を行く人がたわめた木の枝をあとにつづく人に手わたすようにして、一列になって進んだ。あまり高くない山にかこまれた平らなところで、道はそこをまっすぐ横断していた。行き先についても、誰も不審に思っていないかのようで、そうして木々の茂みをわけて進んでいると、道に迷ったけれども、そのことがかえって面白い、そんな行楽気分にさえなりがちだった
さらにしばらく行くと、先頭の人が足をとめたらしく、前がつかえた。後ろから「どうした?」という問いかけがあり、その問いかけを前の人に送ると、前のほうから「建物だ」という答えがもどって来た。そして後ろの人も前進して、みんなは、なかば木々に埋もれた恰好でそこに立ち、山を背にしたその建物を見あげた。

煉瓦でできた門とも玄関ともつかぬもので、石段を五、六段あがったところに、扉のないひろい入口があった。ひとりが「石窟寺院みたいだ」と言った。たしかに、建物といっても、本体は背後の山にすっぽりと収まっているのである。

「ちょっと不気味だが、とにかく入ってみよう」

ひとりがみんなをうながして言った。

「後もどりできない以上、そうするしかない」

「一蓮托生だ。なにも怖れることはない」

何人かが「そうだ。そうだ」と言った。言わないまでもうなずいた。私たちは木々のあいだから抜け出て、石段の下に集まった。そしてひとりが「よし。行こう」と声をかけると、「行こう」「行こう」と、みずからを奮い立たせるように応じて、石段を登った。

入口からまっすぐ前方に、やはり煉瓦でできたひろい通路が伸びていた。薄暗がりのその通路をすこし入ったところで、ひとりが言った。

「石窟寺院のような、そんなに古いものではなさそうだ」

さらにひとりが言った。

「それにしても、こんなものをこんなところに、なんのために作ったのだろう」

「倉庫ではないのですか」

「ちがうでしょう。入口に扉がない」

「そうかといって、ただの通路にしては幅がありすぎる」

そんなことを言っているうちに、入口の明かりがとどかなくなり、あたりがいっそう薄暗くなった。

「なにか嫌な感じになってきた」

「そうですね。あれを見なさい」

片側の煉瓦の壁に鉄の扉の列があらわれた。しかも、仰々しい感じのする扉が十もならんでいるのである。

「なかは穀物庫かな」

「扉が小さすぎる。あれでは出し入れに不便だ」

「防空壕ではないかな」

「戦時中の？」

「だから扉がこんなふうに頑丈で、こんなに小さく作られている」

「だが、ならび方が変だ。扉と扉の間隔がせますぎる。焚き口ではないのかな」

「焚き口……石炭かなにかの？」

「そう。石炭の焚き口」

「火葬場の窯ではないかな」

ひとりがおそるおそる言った。

「そうだ。火葬場の窯だ」

べつのひとりが確信ありげに言いかえた。

「遺体はどこから入れるのです」

「上下になっていて、上に遺体を入れ、下に石炭を入れる」

「煙突は？」

「山の上にある」

「そんなものはなかった」

「そうだ。なかった」

「目に入らなかったが、煙突があってもおかしくない眺めだった。木々のあいだに煉瓦づくりの四角い煙突が見えている。煙が静かに昇っている」

「すると、まだ使われているのですか。扉だけを見ていると、そんなふうには見えないけれど」

「たしかに、使われているようには見えないが、完全に放置されているようにも見えない」

「十もならんだところは、まだ生きていて、われわれの通過を黙って見守っている、そんなふうにも見える」

「恨めしそうに?」

「そうではない。どちらかというと不可解そうに」

私たちは、いつのまにか、火葬場の窯と決めていた。それでいて誰も、鉄の扉に近づいて、たしかめることはしなかった。それでもひとりが代表して言った。

「われわれはいま、火葬場の窯の前を通過している」

そして、鉄の扉の列をあとにしたとき、それに呼応してべつのひとりが宣言した。

「われわれはいま、火葬場の窯の前を通り過ぎた」

それをきっかけに、私たちは足を早めた。しばらくは口を閉ざしていたが、それは、いまの宣言をそれぞれが自分に納得させているかのような沈黙であった。すこし行くと、前方に明るい出口が見えてきた。


煉瓦の建物を出ると同時に、あたりの光景は一変した。見わたすかぎり赤っぽい土がむき出しになった裸山で、樹木がないばかりか草さえなく、岩山のようにも見えた。私たちはおもわず足をとめた。その光景には、なにか決定的なものを感じさせるところがあって、虚をつかれた気がしたのである。

その決定的なものがなんであるかわからないが、貨物車で運ばれて来た、火葬場らしい建物を通り抜けた、という経緯の結果として、こうした光景が待っていた、というつよい印象だった。

「いやにすっきりした光景があらわれたものだ」

異様な光景を前にした沈黙のあと、ひとりがその沈黙を振り払うように言った。

「それにしても変だ」

とべつのひとりがつづいて言った。

「こんなに明るいのに、夕暮れまえのような気がする」

「たしかにそんな雰囲気だ。じっさいに何時だろう。どなたか時計を持っていませんか」

みんなは「ない。ない」と言って、そろって薄曇りの空を見あげた。だが、十分明るい空なのに、陽がどこにあるのか、見出せなかった。

「時間のことをすっかり忘れていた。貨物車では正午ごろと思っていたが、ここにこうしていると、やはり夕暮れに近い、そんな気がする」

「わたしもそんな気がする。急がなければ……」

「急ぐ……どこへ？」

「体を横たえて夜を迎えることができるところです」

「そうです。いま抜け出た建物にとどまるのでなければ、この裸山を前にしては、急がねばなりません。みなさんもそう思うでしょう」

「いまの建物はだめです。無視するみたいに通過した以上、後もどりはできません」

「そうです。あれはだめです」

「それならば、先に進みましょう。どなたも、異議ありませんね」

私たちはその煉瓦の建物をあとに歩きだした。なにが待っているかわからないが、とりあえず先に進むしかなかった。貨物車で運ばれて来たのも、誰かに強いられたのか、みずから望んでそうしたのか、けっきょくわからなかったが、後もどりが許されないことは、全員がはっきり認めていた。

それに、ひとりならばあれこれと考えるのだろうが、いまは十人の仲間のひとりなのだから、勝手な考えは許されなかった。仮に許されても、ひとりでなにかを判断することなど、もうできないように思えるのだった。

Ⅲ　橋と赤鬼たち

片側が裸山の崖になった道をすこし行くと、谷底に赤い水の流れが認められて、そこにかかった橋が見えてきた。単調な印象だった裸山の光景に、川と橋が加わったせいで、なにかの意図が生じたように感じられた。そしてその意図が、煉瓦づくりの建物を抜け出たのを機に、これまでとは異なる領域に踏み入れたことを、教えているようにも思えた。私たちはそうした光景に迎えられて、橋に近づいた。

「すこし大げさな橋だな」

ひとりがこう言って、それをきっかけに会話がつづいた。

「そうですね。まさにここに橋があるという感じだ」

「それにしても、どうしてこんなところに、こんな立派な橋があるのだろう。車は通らないのだから、吊り橋で十分ではないかな」

「なにも遠慮することはないでしょう。われわれを歓迎するにはこれくらい立派な橋が必要だ、そう考えればいい」

「その立派なところが、なんのために拉致されたのか自覚できていないわれわれには、かえって疑念をもって眺めずにはおれない、そう言っているのです。つまりこの橋は荷が重すぎる、不釣合いだ、というわけです」

「たしかにそんな印象を受けますが、そんなことをいえば、この裸山の眺め自体も、ことさらなにかを押しつけてくるという感じがつよい。そう思いませんか」

「それはわたしも同感です」

とべつのひとりが、こう言って引きついだ。

「だいいち、このような裸山がいきなり出現するのは、あまりにも不自然です。列車を降りてからさっきの煉瓦の建物までは、木々が茂ったごくふつうの山の景色だった。それなのに、いきなりこんな光景に入れかわるなんて……」

「すると、この光景は現実でないというのですか」

「そうは言いませんが、現実というには、あまりにも違和感があります」

「しかし、われわれの置かれた状況だって同じことですよ。意識がもどって気がつくと、貨物車に放りこまれていたのですから。それをいまさら、現実であるとかないとか、そんなことを言っても、はじまらないでしょう」

「そういうことです。したがって、いまは、異界じみたこの裸山が、われわれに与えられた現実であり、したがって、進んでそのことを認めなければならない、ということでしょう」

最後にひとりがこう言って締めくくり、私たちは橋に歩みよった。近づいてみると、とくに変わったところはなく、裸山と裸山をつなぐ、いかにも頑丈そうな橋である。それでいて、この橋をわたることで、異質な領域にさらに深く踏み入れてしまい、自分であるという気持がいっそう希薄になるのではないか、そんな予感がするのである。

「あんなところに人がいる！」

橋にかかってすぐ誰かが叫んだ。みんなは欄干ごしに見おろした。

「こんなところで湯治とは意外だ」

「まったく意外だ。どういうことだろう」

赤い水の流れの片側がすこしひろい河原になり、そこに岩風呂がいくつかあって、大勢の人が湯につかっているのである。細かいところまでは見分けられないが、のんびりと湯につかっているというよりも、洗濯のかたわら湯につかっている、そんな光景にも見えるのである。

「われわれも湯治に来たのだろうか」

「まさか！　だいいち、タオル一本持っていない」

「タオルどころか、ハンカチさえ持っていない。ネクタイ同様、取りあげられたのだろう」

「警告ですよ。おまえたちはハンカチ一枚自由にできない身である、という」

「それにしては、貨物車から勝手に降りることができた」

「あれは降りる以外に選択の余地のない場面だった」

「ということは、これは、なにかに操られた行動であり、決められたコースをたどっていることになる」

「だが、いまはこうして、とりあえずは自由だ」

「自由？」

「そうです。ここから身を投げることだってできる」

「そんな衝動があるのですか」

「いいえ。まったくありません」

「だったら、自由ということにならないのでは」

「まあ、そうですね」

私たちの会話は、こんなふうに、なんのためにここにいるのか、わからないせいもあって、自分たちの置かれた立場についての問答に終始するのである。

「変ですね」

と両側の欄干のあいだを往復していた人が言った。

「降りるところがない。あの人たちはどこから河原に降りたのだろう。あんな急な傾斜はとても降りられない」

「橋げたに階段がついているのではないですか」

「それもたしかめたが、ない」

「そういえば、脱衣場のようなものもない」

「それに、湯に入ったり出たり、なんだかひどく忙しくしているみたいに見えませんか」

「そうですね。湯治場というよりも、銭湯みたいな光景だ」

「いずれにしても、われわれは、湯治に来たのでないことはたしかだ」

「そうですよ。われわれが湯治なんて、そんなことがあるはずがない。むしろ、こうして眺めていると、われわれに見せるためにのみ用意された光景、そんなふうに思えてくる」

「たしかにそういう感じですね。そういうつもりで眺めれば、この裸山に住む赤鬼たちの洗濯場で、ついでに入浴している、そんな光景にも見えてくる」

「鬼たちの洗濯場か。それはいい。まさに鬼たちの楽園だ」


まわりが裸山なのでほかに見るものがなく、私たちは河原の岩風呂を見おろしながら、橋の中ほどまで来ていた。とそのとき、ひとりが大きな声で叫んだ。

「大変だ。おい、あれを見ろ！」

みんなは欄干から体を起こし、その人にならって前方へ目を向けた。

「…………」

私たちは橋の中央にひと塊りになり、前方を眺めて、しばらく言葉をなくしていた。橋をわたりおえたすこし先から登り坂になっている。その坂道はそのまま裸山をまっすぐ登っていて、てっぺんが峠になっている。ところが、いまいるここは昼なのに、そんなに離れていないその峠のあたりは、すでに陽が没したあとの夕暮れなのである。みんなの顔には、このようなことは認めがたいという表情が浮かんでいた。それでもひとりが気持を静めるように言った。

「やはりもう夕暮れなのだ。すこしも気づかなかった。夕暮れなのに昼のように明るいときがある、というのはこのことだ」

それを待っていたように、ひとりが異をとなえた。

「でも、ほんとうにあすこは夕暮れだろうか」

「というと？」

「この昼の明るさが正常で、峠のあの夕暮れはなにかの間違いではないか、そんなふうにも考えられる」

「そんな……」

「だって、そうじゃありませんか。よく見てごらんなさい。あれはほんとうの夕暮れではなく、まるで夕暮れの光景を描いた絵のようですよ」

「そう言われてみれば、まさに絵そのものだ」

「これとそっくりの絵がありましたね。わたしは絵のことはよく知りませんが、たしか、イエスが処刑されたあとの、ゴルゴタの丘の夕暮れを描いたものでしたか……」

「もし絵であるとすると、このまま進めば、われわれも絵のなかに入って行くことになる」

「そういうことですね。そしてわれわれも絵のなかの人物になる」

「ちょっと怖い気がしますね」

「……………」

私たちは、前方の峠を眺めた恰好のまま、ふたたび口を閉ざした。そうしてみんなで眺めているうちにも、その光景はいよいよ絵のように見えてくるのだった。わたしひとりの印象ならば打ち消すこともできるが、十人でひとつの意識を共有した状況では、その真偽はともかく、みんなの口にする印象を受け入れるほかないのである。もちろんここでも、冷静さを求める発言があった。

「みなさん。なにを言っているのです？　目に入る印象にいちいち動揺しているわけにはいきませんよ。後もどりできないわれわれの立場は、どんなことであろうと現実と見なして、そこに入って行くほかないのですから」

「そうです。まわりの景色を勝手に脚色するのはよくない。鬼の洗濯場と言ったり、夕暮れを絵であるかのように言ったり、過剰反応です」

けれども、げんに異様な夕暮れの光景を前にして、その印象をかんたんに拭い去ることはできず、ひとりがその忠告を無視して言った。

「ゴルゴタの丘なんて連想が出てくると、たしかにこの光景は、そのために出現したように思えてくる」

「そのために？　つまりわれわれを処刑するための場所として？」

「そうです。最後の審判がくだったのではないか、そんな気持になるという意味です」

「そう言われてみると、貨物車で送られて来たのも、処刑されるためだった、そんなふうにも思えてくる」

「ということは、われわれはなにか罪を犯したことになる」

「そうじゃない。この場合の罪は、法律が審判をくだすような罪ではなく、もっと普遍的な罪です」

「原罪のような？」

「そうです。原罪というよりも、原罪の行き着いた果ての罪ということです」

「原罪が消え失せたことで生じた、もはやどうにも救いようのない罪ということですね」

「そうです。だから審判を受けることもなく、罪を自覚しないままに、こうして十人ひとからげに処刑されようとしている」

「凄いことになりましたね。わくわくしますね」

「でも、本気でそんなことを考えているのではないでしょう」

「あの峠の夕暮れを眺めていると、そんな黙示録的な場景に思えてくる、というだけのことです」

「ストップ！　ストップ！　みなさん、いったいどうしたというのです。ただの夕暮れの眺めじゃないですか。ほら、このあたりも、こんなに夕暮れらしい感じになってきた」

その言葉にみんなはまわりを眺めた。いつのまにか夕暮れにつつまれようとしていた。夕暮れが前方の峠から夕立のように押し寄せたのである。

「ほら、見なさい。あんなに大勢いたのに、もう誰もいない」

私たちはいっせいに欄干から下をのぞいた。谷底はすでに薄暗く、川の流れはもう見えない。蟹の群れが巣穴にもどったみたいに、ひとりもいなくなっている。

「ほんとうだ。赤鬼たちは住み処に帰ってしまった」

「われわれも急ごう」

「どこへ？」

「あの夕暮れのなかへ」

「急がなくても夕暮れはやって来ますよ」

「でも急ごう」

「そうだ。急ごう」

私たちは橋の残りをわたりおえて、登り坂になってつづく道を、夕暮れの峠に向かって足を早めた。

Ⅳ　森のホテル

刻々と迫る夕闇にせかされて、また、向こうになにがあるのだろうという期待に誘われて峠を登りきると、そこにあらわれたのは、陽が落ちたあとの、やはり累々と連なる裸山であった。ところがそこに目をうたがう光景が待っていた。裸山の一角が大きな森になっていて、私たちが立っている峠からその森まで、一本の道がまっすぐ伸びているのである。私たちは口を閉ざして、しばらく眺めていたが、ひとりが問いかけるように言った。

「蜃気楼だろうか。裸山の一か所にあんな森があるのは、あまりにも不合理だ」

「いや、はっきりしすぎる。あんな蜃気楼はない。やはり実在する森だ」

ひとりがそう答えて、さらに何人かが言った。

「それにしても、いかにもいわくありげな森だ」

「近づいても危険はないだろうか。われわれを引き入れようと、ああして待ちかまえている、そんなふうにも見える」

「といっても、ほかに行くところはない。あれを目指して進むほかない」

「そうだ。先のことは考えずに、暗くなるまえにあそこまで行こう」

「行こう。行こう」

みんなも自分に言い聞かすように言って、私たちはようやく坂を降りはじめた。じっさいに、あっという間に暮れた感じで、足先さえ見分けがつかなくなろうとしていた。

「するとあの森で野宿することになるのかな」

とひとりがつぶやくように言った。

「そういうことになる」

と誰かが答えて、それをきっかけに、薄暗がりのなかで会話がつづいた。

「気温があまりさがると、ちょっと困りますね」

「せめて小屋みたいなものでもあればいいが。なにしろこの恰好だから」

「それより心配なのは、あの森は、さっきの赤鬼たちの住み処かもしれないということです。彼らの住めそうなところは、ほかに見当たらない」

「だが、鬼というのは森に住まないのでは」

「どうして?」

「なんとなくそんな気がして。岩のあるところなんかに……」

「蟹じゃあるまいし」

「ところで、鬼たちの言葉はどうなっているだろう。通じるだろうか」

「通じるとしたら、彼らがわれわれの言葉を片言でも知っている場合でしょう」

「言葉なんか通じなくても、寝るところさえ提供してもらえばいい。鬼というのは案外お人よしではないのですか」

「それはあまりに身勝手な考えだ。わがもの顔の人間に敵意を持っている、そう思って間違いないだろう」

「なにかプレゼントがあればいいのだが、あいにくなにも持ち合わせがない」

もちろん本気で言っているのではなかった。といっても、まるっきり戯れに言っているのでもなかった。自分たちの置かれたこの奇妙な状況をすこしでも緩和するには、こうした作り話が有効であり、気持も落ち着くのである。もちろん行き過ぎてはならなかった。つねに現実にもどることを忘れてはならなかった。

「鬼だなんて、誰が言いだしたのです。そんなものがいるはずがないでしょう」

もちろん言われたほうも負けていなかった。

「鬼でないなら、あれは、どういう人たちだったのです」

「そうですよ。それに、いまのわれわれは、こうした虚構めいたことが信じられる状況にあるのです」

「それはそうだが、それではますます虚構にはまり込んでしまう」

そのとき先頭を歩いている人が立ちどまった。

「どうしました?」

みんなも足をとめた。

「見なさい。森が光っている」

暗闇に入れかわったことで光が浮き出たのか、森の真ん中あたりの頂上が、ぼうっと明るんでいるのである。

「光を発する物体でもあるのだろうか。ちょっと神秘的な光景だ」

「いや、そんなものではない。あれはイルミネーションだ」

「どうしてそんなものがあるのだろう」

「わからない。だが、明かりがある以上、人間がいるということだ」

足が速くなった。なんらかの施設があって、そこで一夜を過ごすことができるかもしれない。それどころか、そこが目的地なのかもしれない。そんな期待が生まれていた。

「いや、イルミネーションではない」

と先頭を行く人が訂正した。

「ただの明かりだ。森のなかに建物があって、電灯をつけているのだ」

「それにしても、こんな山のなかになにがあるのだろう。われわれは歓迎を受けるのだろうか。それとも歓迎されざるものとして拒絶されるのだろうか」

「すくなくとも明かりそのものは、われわれを歓迎してくれている。それだけでもありがたいと思わないと」

「そうですよ。暗闇のなかで野宿することになる、そう思っていたのだから、ありがたい明かりだ」

「だが、そう楽観してもいけないでしょう。用心することです」

「なにをどう用心するのです。どうにもならないでしょう」

「ですから、心構えをするのです」

「どのような事態になっても仕方がないという心構えですね」

「同時に、どんなことがあっても状況判断を誤らないでおこう、という心構えです」

「でもわれわれは、自分たちがなにをしているのか、なにをさせられているのか、そのことすらわかっていないのですよ」

「しかし、そのかわりに、個人の考えにかたよらない十人の判断という強みがあります」

「そうですよ。可能なかぎりの客観的な判断です」

こんなふうに言い合っているうちにも、森が目の前に迫った。

「その十人の判断にしたがうと、あの明かりはどうやら町の明かりのようですね」

「ほんとうだ。森のなかに町がある。信じられない」

もちろん町といっても、ごく小さいものだろう。さらに足を早めて近づくと、道は森を二分するように真っすぐつづいている。

「ふつうの町ではなさそうだ」

「ホテルではないのかな」

「そうだ。ホテルだ。小規模なホテル街だ」

「ホテルなら、なんとか宿泊できるようにしなければならない」

「しかしわれわれは無一文だ。すくなくともわたしはそうだ」

「ない、わたしもない」

「ない。ない」

とみんなが順番に言った。

「そこをなんとかするのが十人の知恵じゃないですか」

「そうですよ。十人の人間がいれば、たいていの場合なんとかなるものです。とにかく行ってみよう」

最後にひとりがこう言ったが、なにが待っているのか予測もつかず、頼りにできるのは、ひとつの状況を共有している、この十人の仲間だけなのである。

緊張した沈黙のうちに森に着いた。裸山のなかにどうしてここにだけ森があるのか、たしかに不可解だった。しかも鬱蒼とした大木からなる森で、道はその森のなかに真っすぐ進入していて、すこし行くと明かりが道を照らした。道の両側のホテルの二階から洩れる明かりで、それが路上にとどいているのである。そのうえおどろいたことに、その明かりのなかをたくさんの人が歩いているのである。

「人出で賑わっている」

とひとりがささやくように言った。

「みんなホテルの客のようだ」

とべつのひとりが、やはりささやくように言った。たしかに、すべての人が浴衣を着て、サンダルをはいている。

「夜店でもあるのだろうか」

「そんな雰囲気ではない」

「ちょっと変だ」

「なにが?」

「へんに白っぽい浴衣で、絹地のように光っている」

「みんなそろって、着せられたみたいに襟をきつく重ねている」

「こんなに大勢いるのに、みんなばらばらで、誰もがひとりぼっちらしい」

「足に力が入っていなくて、いまにも倒れそうだ」

みんなの言うとおり、その人たちは、異様な雰囲気をただよわせていた。私たちがそばを通っても、ひとりも目を向けない。さらによく見ると、一様に、放心した状態にありながら、それでいてなにかを思いつめている、そんな表情である。

「ただの行楽地ではなさそうだ」

「年寄りばかりというわけでもないが、子供はもちろん、若い人がひとりもいない」

「こんなに大勢いるのに変にしいんとしている」

「それはそうだろう。誰も声を出していないのだから」

その静けさのなかに、私たちの声だけが聞こえているのである。

「それにしても、どうしてあんなに明かりをつけておくのだろう」

そこまで来たとき、ひとりがホテルを見あげて言った。ホテルは道の両側にならんでいて、すべてのホテルの二階の部屋が、煌々とした明かりに満たされているのである。そして浴衣の人たちは、そこから洩れるその明かりを浴びて、道を歩いているのである。

「おそらくあの明かりのついた二階は空っぽなのだ」

といま問いかけた人が、自分の推測を述べた。

「ということは、この人たちは、あの明かりに追い立てられて、仕方なしにこうして通りを歩いている、あの明かりが消されて、そこにもどれるときを、こうして歩きながら待っている、ということではないだろうか」

「そんなふうに思えるが、なぜそんなことになっているのだろう」

「それがわからない。いずれにしても、この人たちはホテルの滞在者なのに追い立てられて、この道を行ったり来たりしていることはたしかだ」

その人の言うとおり、浴衣の人々は、ホテルの二階から射す明かりに照らされた道を繰り返し往復しているようだった。私たちはすでに街の半ばまで来ていたが、ホテルは道の両側にそれぞれ十軒ほどならんでいる。

「それで、あなたは、この人たちが何者だと言いたいのです」

ひとりがその人に詰め寄るように問いかけた。

「それですが、わたしにはこの人たちが……」

その人はそこで言いよどみ、口を閉ざした。問いかけた人が自分で答えた。

「わかっています。死者だ、そう言いたいのでしょう」

「死者だって?」

何人かが声をあげた。

「そうなのです」

と言いよどんだ人が、声をひそめて言った。

「この人たちは、死者ではないか、そう思うのです。自分が死者であることを自覚しながらも、死者であることにまだすこし納得できないところがあって、そのせいで、こんなふうに目に見える姿を残したまま、こうしてさ迷っている、そういう死者ではないかと思うのです」

「………」

しばらく沈黙がつづいた。私たちはそのあいだも、そばを通り抜ける浴衣の人たちを眺めていたが、貨物車以来、どんなことでも受け入れる準備ができていることもあって、死者であると言われても、それほど奇異には思えないのである。

「すると、ここは死者たちのための経路、ホテルも死者たちのためのホテル、ということになりますね」

とひとりが、ひときわ冷静さをよそおって言った。

「そういうことです」

と言いだした人がうべなって、さらに説明した。

「あの明かりに満たされたホテルの二階が、この人たちの一時的な滞在場所なのです。そして、なにかの理由があって、こうして外に追い立てられているのです」

「なるほど。いちおう理屈は合っている。この人たちの様子を見ていると、そんなふうに思いたくなる。でも、本気でそう思っているのではないでしょうね」

「いいえ。本気です。この考えに反対なら、反論を述べてください。裸山のなかの森、そのなかのホテル、経帷子のような同じ白い浴衣を着た人々、いまにも足もとから崩れ落ちそうな様子、ホテルの二階の煌々たる明かり……これらすべてを関連づけた反論を述べてください」

「…………」

誰も反論できなかった。わたし自身、むしろ、この人たちが死者であると聞いて、貨物車のなかで自分を見つけて以来はじめて、確かなものに行き当たった気がしていた。それだけではなく、ここが死者たちの経路であると認めることで、ここに来るまでの不可解な出来ごとも、自分たちの置かれた奇妙な立場も、うまく辻褄が合うようにさえ思えた。

「反論できません。あなたの言うとおりかもしれません」

とひとりがようやく口を開いた。

「ですが、もしそうであるなら、われわれは死者のための経路に引き入れられたということになりますが、いったいなんのためです」

「それはまだわかりません。ここまで来て、いまようやく、この人たちによって、死者のための経路であることを教えられたばかりなのですから」

「ということは、何らかの理由でここに来てしまったわれわれは、そのことを否定できないかぎり、ここが死者のための経路であると、みずからすすんで、認めなければならない、ということになりますね」

「そういうことです。それとも、どなたか、べつの考えがありますか」

「………」

やはり誰からも意見が出なかった。死者のための経路という言葉に向き合っているだけで、精いっぱいなのである。

「残念ながらありません」

その問いから逃れるように、ようやくひとりが言って、みんなの顔を見まわした。そして、二、三の人が口をそろえて言った。

「そういうことになっているのなら、あえて認めるしかない」

「そうですね。すすんで認めるしかない」

「わたしも、みなさんが認めるのなら、異存はありません」

「わたしもありません」

「では、とりあえず、死者のための経路である、ということにして」

とひとりが決着をつけて、最後に言った。

「そのうえで、直面している問題にもどりましょう。この人たちは宿を確保していますが、われわれは確保していない、という現実にもどりましょう。ほら、ごらんなさい。ホテルはあそこで終わっていて、そのさきは真っ暗です。なんとかしなければなりません」

その人が言うとおり、二、三軒を残して、ホテルはそこで尽きていた。その先は真っ暗な森で、道はその暗闇のなかへとつづいているのである。

「どこでもいいから、とりあえず宿を申し込んでみたらどうでしょう」

ひとりが自信なさそうに提案したが、すぐに反対意見が出た。

「だめです。ここは死者たちのためのホテルで、われわれが泊まるホテルではないはずです」

「わたしもそう思います。ここに連れて来られたのは、べつになにか目的があってのことで、したがって、この死者たちと同宿するのは、その目的をそこなう怖れがあります」

「それはどんな目的です」

「わかりません。いまのところはわれわれにも隠されている、ということでしょう」

「そういうことですね。それにしても、この人たちは、追い立てられて、どこへ行くのでしょう」

「どこへも行きません。最初にどなたかが言ったように、この人たちは、自分が死者であることを自覚しながらも、まだすこし納得できないところがあって、前に進むことを躊躇しているだけなのです。そして、ホテルがあんなに煌々と明かりをつけているのは、これ以上はホテルに滞在できないことを彼らに教えているのです。つまり、この人たちが立ち去らねばならないのは森なのです。こんなところにホテルがあり、こんなところに森があるのも、そのためなのです。ですから、この人たちは、ホテルにもどることをあきらめて、森のなかに入って行くはずです」

「説得力のある解釈です。すこし見守っていましょう」

見守るまでもなかった。浴衣の人たちは、いつのまにか目に見えてすくなくなっていた。ホテルにもどった様子がないのだから、森に入って行ったとしか思えなかった。

「間違いない。これで、われわれの立場もはっきりした。このホテル街は森とともに、この人たちのために臨時に用意されたもので、われわれはここを通り過ぎるしかないのです」

「通り過ぎる?」

「そうです。通り過ぎるのです」

「ですが、どこへ行くのです。ここにだって、体を横たえるくらいのところは見つかるでしょう」

「そうした妥協の余地はないはずです。この人たちを含めて、ここにあるすべてのものは、われわれに、自分たちが死者の経路を通り過ぎる者であることを教えるために出現した、そんなふうにも考えられるのですから」

「なるほど。貨物車を降りてからの経緯を考えると、そういうことになりますね」

「それに、ほら、ごらんなさい。いつのまにか方角を示す明かりがついている」

そう言われて前方を見ると、森が終わる先は闇に閉ざされているが、おそらく道にそっているのだろう、点々と明かりがともっている。もちろん申し訳のような、いかにも頼りのない明かりである。ひとりがみずからを勇気づけるように言った。

「もちろん意図はわからないけれど、こんな時間にこんな道を行く者は、ほかにいないだろうから、さしあたって、われわれのために点灯した、そう見なしていいでしょう」

そしてさらにべつの人がその気持をつなげて言った。

「そういうことです。むかし、旅館が満室で困っていると、ここは新湯で、この奥に湯元というものがある、そう教えられたことがあった。ひょっとすると、この先に、われわれのための湯元があるのかもしれない」

「とてもそんなふうには思えないが、それでも進むほかないでしょう。ほら、後ろを見てみなさい。もうあんなに人がすくなくなっている」

浴衣の人たちは、いまでは、道の真ん中を細い列になって歩いているのである。

「行きましょう。ひょっとしたらあるかもしれない、その湯元に行きましょう」

「こんな暗い夜のなか、行先の見当もつかないのは心細いかぎりだが、それでもわれわれをこうして進ませる衝動そのものが、ぎりぎりこの身を守ってくれるだろう、そう考えるほかない」

「そういうことです。ひとまず、最初の明かりのところまで行きましょう」

V 内なるトンネル

最後のホテルをあとにした私たちは、さらに森を抜け出て、ほとんど足もとも目に映らない暗い道を、最初のその明かりに向かって歩きだした。あれほど救いに思えたホテルの明かりを見捨てることになった成り行きに、自分たちでもおどろいていた。このまま夜を徹して裸山を歩きつづけることになるのかもしれないと思うと、さすがに心細く、その気持を代表して、ひとりが言った。

「こんな小さな明かりでも、こうして点々とつづいているのは、われわれをどこかに導いていることになる。そうではないですか」

「そう考えるべきでしょうが、さいわいそれほど寒くない。いざとなれば、どこかでひと塊りになって体を休めればよい」

「それにしても何時だろう。どなたか時計を持っていませんか」

「時計なんて持っていませんよ。なんどもたしかめたでしょう。仮に持っていても、われわれは正常な空間から外れているのだから、正常な時間からも外れているはずです」

「それでも昼から夕暮れになり、それからこうして夜になった」

「あれが正常な時間ですか。夕暮れと昼とが混在していたし、まるで黒い幕が目の前に降りたみたいに、いきなり夜になったではありませんか」

「そうすると、いまは陽が落ちたばかりなのか、真夜中なのか、それとも夜明けまえなのか、わからないということですね」

「そういうことです。すべてのことが、あっという間に去って行く。わたしはいま、森のこともホテルのことも、もう忘れていることに気づいて、ぞっとした」

「そうですね。橋の上から見た赤鬼たちの入浴シーンなど、むかしに見た夢としか思えない。でも、ほんとうに見ましたよね」

「見ました。すべてが後ろへ後ろへと消えて行く。夢ではなくて、じっさいに消えて行く。ほら、振り返ってみなさい。真っ暗だ」

みんなはいっせいに振り返った。背後は完全な暗闇で、ホテルの明かりどころか、それをおおう森の影さええない。

「消えた！」

「みごとに消えた！」

「ひとり残らず森に入ったので、明かりが消されたのだろうか。それともしぶとく残った人がいて、ホテルにもどることができたのだろうか」

「あるいは、森もホテルも、また、あの人たちも、死者のための経路であることをわれわれに教えるために出現したのであって、そのわれわれが去ったので、消え失せたのだろうか」

「そんなことはないでしょう。われわれがこんなふうに通り過ぎてしまうので、あらゆるものが消え去るように思えるのであって、それ自体は存在しているのでしょう」

「そうですね。まわりのすべてのものが存在しないなんて、そんな考えにとらわれると、とてもこんな暗がりのなかを歩いておれませんね」

「だから、かならずなにかが起こる。そうでなければ、こんな暗がりのなかを歩いている理由がない」

「といっても、よいこととはかぎらない。したがって、あまり期待はしないほうがいい」

「でも、この暗がりのなかを、なにも期待しないで歩くのは、むずかしいですね」

そこまで来たとき、先頭の人が足をとめた。

「トンネルです」

道にひろがって前方を眺めると、これまで高いところにあった明かりが低いところに移り、半円形の明かりを作っている。

「あの煉瓦の建物ではないでしょうね」

「もしそうであるなら、どこかをひと回りしたことになる」

「ちがいます。おそらく裸山のひとつをうがっているトンネルでしょう」

「抜け出ると、湯元があるのだろうか」

「それとも天国？」

「よしてください。天国なんてわれわれには似合いませんよ」

「それじゃ、地獄？」

「地獄も似合いません」

「なんでもありません。ただのトンネルです」

「そうであって欲しいものです。わたしは平穏無事、それを頼みにして生きてきたのですから、異変は困ります」

「すでに異変に巻きこまれているではありませんか」

「異変のなかにあっても、平穏無事でありたいのです」

「健全な考えです。わたしもつねにわが身の安全を願っています」

トンネルの入口まで来た。トンネルはやはり裸山にうがたれているらしく、前方は真っ黒な裸山である。振り返ると、点々とつづいてここまで導いてくれた明かりは、すでに用を終えて、膨大な暗闇のなかに消え失せている。

私たちはトンネルに入った。天井にある小さな明かりは、方向を示す点としての明かりでしかなく、前を行く人の影のほか、ほとんどなにも見えない。私たちは、その小さな明かりを頼りに、暗がりのなかを一列になって進んだ。声がどんなふうに聞こえるかわからないので、しばらく口を閉ざしていた。それでなくとも、地面が粘りはじめたせいもあって、壁に反響する足音が、ささやき声のように聞こえていた。

そこまで来たとき、ひとりが悲鳴のような声を出した。

「どうしたのです」

「靴が脱げそうになった」

「たしかに、粘りがいよいよひどくなる」

それをきっかけに、私たちは声を出しはじめたが、それが壁にこだまして、つぶやき声のように聞こえるのである。

「どうでしょう。いっそのこと、靴を脱いでしまいましょうか」

「そうしましょう。みなさん、靴を脱いでください」

私たちは靴を手に持って、トンネルのなかを歩きだした。裸足の足音がさらに不気味な音になって聞こえ、耳をふさぎたいくらいである。

「それにしても変だ」

我慢できなくなったというように、ひとりが言った。

「どなたか壁に触ってみましたか」

「…………」

「コンクリートではなさそうです」

「コンクリートでなければ、なんだというのです」

「足の下と同じ土ですよ」

「そうかもしれないが、それがどうかしましたか」

「土を固めたトンネルなんておかしいですよ。ふつうではないですよ。それに、さっきから土がすこし熱を持ちはじめている」

「そんな感じだ。粘るうえに熱がある。どういうことだろう」

そう言っているうちにも、土がいっそう熱をおびて、粘りもさらに強まった。

「とにかく早く抜け出ましょう」

後ろのほうの人がせかすように言った。

「でも、抜け出られるのですか。先はまるで見えないのですよ」

小さい点のような明かりが前方に五つ六つ、かろうじて認められるだけで、その先は完全な闇なのである。

「出られないなんて、そんなことがあるはずがない。トンネルというのは抜け出るためにあるのですから」

「それは、ふつうのトンネルならば、ということでしょう」

「すると、これはふつうのトンネルではないのですか」

「トンネルにはちがいないが……」

その人はそう言いかけてためらい、口を閉ざした。だがすぐに、べつのひとりが引きついで言った。

「いや。このトンネルはあきらかに変だ。生きているみたいだ。われわれの足音を吸収して変な音に変えてしまう」

「それで、その正体はなんだというのです」

「むかし人間と一体になって生存していて、とうに死に絶えたはずの化け物、それが生き返り、姿を見せようとしている、そんな感じだ」

「冗談じゃない。それが姿を見せるまえに抜け出さなければ。その化け物に、ふたたびいっしょになりたいと思っているなんて、そんな誤解をされたくないですからね」

「同感です。先頭の方、もうすこしスピードを出してください」

「そんなことを言われても、こう粘ついては、どうにもなりません」

それでもその人が足を早め、みんなはそれに合わせて、滑走するように足を動かした。誰もが声を殺していて、壁に反響する裸足の足音がいっそう高い音になり、それが大きく口を開けたその化け物の喘ぎ声であるかのように聞こえるのである。

「ああ、呑みこまれそうだ！」

我慢ができないというように、後ろで悲鳴があがった。

「これ以上、持ちこたえられない！　出口はまだですか」

「あっても、外は真っ暗だから見えませんよ」

先頭の人が答えて、みんなはふたたび口を閉ざし、必死に走りつづけた。湿った足音が化け物の喘ぎ声になり、トンネルの暗闇を満たしているのである。それでもひとりが叫んだ。

「錯覚です。自分たちの足音を聞き違えているだけです。だから、いっせいに立ちどまればいいのです」

「そんなことを言われても、いまさら立ちどまれませんよ」

「そうです。こうなったら、成り行きに身をまかすよりない……」

ひとりがそう言いかけたとき、先頭の人が叫んだ。

「出口が見えました。もうだいじょうぶです」

足をおそくすると、地面はいっそう粘って感じられた。

「どうやら難を逃れたようですね」
二、三人がほっとしたような声で言った。

Ⅵ　おにぎりとサンドイッチ

私たちはふたたび夜空の下に出た。無事に抜け出たことが信じられないという思いで黙りこんだまま、トンネルからすこしでも遠ざかろうと、靴を手にさげて歩きつづけた。そして、トンネルが闇にまぎれて見えなくなってようやく、ひとりが安心したように言った。

「なんのためにあんなトンネルがあらわれたのだろう。化け物みたいなものに呑みこまれながらも、その化け物がわたし自身でもあった。だから、それから逃れることは、自分のなかをくぐり抜けることと同じだった。無理にくぐり抜けたので、自分の内と外とが裏返しになった、そんな感じだった。みなさんはどうでした？」

「同じです。まったく同じです。抜け出た瞬間、外側になった内側が外気に晒されて、一瞬、自分が自分でなくなった、そんな奇妙な感じだった」

「わたしもそうだった。みんなが同じイメージにつかまるなんて、どういうことだろう」

私たちは、こんなことを言いながらそこまで来て、おどろいて立ちどまった。待ち受けていたみたいに、新しい光景があらわれたのである。二十軒ほどの旅館で、裸山にはさまれた谷底の道の両側に、正面だけを外灯に照らされて、真っすぐならんでいるのである。

「やはり湯元があった」

何人かが声をそろえて言った。あの森のホテルが新湯であるなら、たしかに湯元といえたが、古びた旅館が道をはさんでならぶ光景は、まわりが黒々とした裸山であるだけに、いかにも荒寥とした眺めである。

「完全に静止している」

「古い写真のようだ」

「どうやら客はいないらしい」

「客どころか、まったくの無人にちがいない」

「それでも、さっきのトンネルよりはましだ。見えているそのままの光景で、自分の外にあることがはっきりしている」

「そうとはかぎりませんよ」

ひとりが例によって異をとなえた。どんなことにも、ひとつの意見がそのまま定着しないよう、反論が添えられなければならないのである。

「こんなふうにみんなで、同じものとして見ているけれども、じっさいは、まったくべつのもの、ということだって、あり得る」

「つまり、トンネルが化け物であったように、いま目にしているものも化け物であって、それを、われわれが共有しているひとつの意識でもって、勝手に旅館のならぶ光景に変えて眺めている、ということですか」

「そういうことです」

「そう言われてみれば、この泥土も化け物のたぐいで、執拗に働きかけている、そんな感じだ」

「前進しろ、そうけしかけているのですよ」

「なるほど。ではみなさん。それを承知で前進しますか」

「そうしましょう。ほかに選択の余地はないのですから」

私たちはひと塊りになって、ふたたび歩きだした。泥土はしだいに深くなり、それに気をとられて、しばらく口を閉ざしていた。裸山は異様に静まりかえり、泥土を踏む足音だけが聞こえている。旅館のあるところに来た。どの旅館も、打ち捨てられてかなりの年月が経つのだろう、崩れ落ちるのを待つばかりの廃屋である。ひとりが言った。

「変だな。この泥土は山から押し流されて来たのではなく、道の部分だけが盛りあがっている」

その人の言うように、旅館の背後は泥土で埋まっていなくて、平らなのである。

「まるでわれわれを困らせるために盛りあがっている、とでもいうようだ」

「裏にまわりましょうか」

「そうはいかないでしょう。じっさいに、われわれを困らせるために盛りあがっているのかもしれず、もしそうであるなら、それに応える義務があります」

「それに、外灯は旅館の正面だけを照らしている。ということは、なにかを意図して照らしているということで、われわれはその意図を知らねばならない」

「だが、熱があってぬるりとしたこの感触は、ただごとではない。この様子では、ますますひどくなり、いずれ動けなくなりますよ」

「そのまえに、どこか一軒を選んで入ってみたらどうでしょう。こうしてあらわれた以上、旅館としての機能を残している、とも考えられる」

「そうかもしれないが、見たかぎりどの旅館も真っ暗で、ただの廃屋ですよ」

「じゃあ、こうしましょう。進めるところまで進んで、これ以上は無理という時点でどこかに入ってみましょう」

「賛成です。それがいいでしょう」

私たちは靴を手にさげて、旅館のあいだの泥土の坂道を一歩一歩登りはじめた。熱がある泥土は、それでなくとも粘りがひどくなり、もうふつうには歩けなかった。泥土にぬめり込む足を引きぬき、その足をふたたび泥土に沈めるという有様だった。

それでも私たちは律儀さを発揮して、まるで競争しているみたいに、泥土の坂と格闘した。ひとりが「転ぶな。転ぶとアウトだぞ」と呪文のように繰り返し、注意をうながしていた。そんな私たちの奮闘を、左右の旅館とその背後の裸山が黙然と見守っていた。

泥土のぬかるみはいよいよひどくなり、くるぶしまで埋まった。両側の旅館もいっそう荒れ果て、屋根が傾いたり、窓がつぶれたりしている。そこまで来たところで、泥土に足をとられて動けなくなった。

けっきょく、進んだのは旅館が尽きるまでの距離の半分くらいだった。左右の旅館を見ると、泥土が玄関にまで入りこんでいて、さらに先のほうを見ると、泥土の坂は、最後の旅館のあたりでは二階の高さになり、半分が土に埋まっている。その光景をみんなでしばらく眺めていたが、ひとりが断定するように言った。

「ここまでだな」

「そうだな。ここまでだ」

みんなも口々に言ったが、やるだけのことはやったという満足そうな口ぶりだった。

「もう真夜中だろうか」

とひとりがつぶやくように言った。誰も答えられなかった。

「もちろん夜なのはわかっている」

とその人は、言い訳をするようにつづけた。

「ただ、真夜中を過ぎたかどうか、そう思ったものだから」

「真夜中を過ぎていると、どうだというのです」

「夜が明けるということでしょう」

「過ぎていなくても、いずれ夜は明けますよ」

「ふつうならそうですが、われわれの置かれたいまの立場では、真夜中を過ぎないと、その真夜中に向かっていつまでも夜がつづくのではないか、そんなふうにも考えられる」

「…………」

「この泥土の道はどうです。真夜中に向かう道のようではありませんか。そしてわれわれはもうこれ以上進めない。ということは、われわれにとって、この夜はもう明けないということではありませんか」

「…………」

「いったい、なにが言いたいのです」

とひとりが焦れたように横から口をはさんだ。

「要するに、先のことは考えずに、体を休めよう、ということでしょう。ちがいますか」

そしてその人は、目の前の旅館の玄関を示してつづけた。

「ほら、ごらんなさい。この旅館がわれわれを歓迎していますよ」

みんながそのほうを眺めると、下のほうがすでに泥に埋まった玄関のガラス戸に、〈おにぎり、あります。サンドイッチも、あります〉という貼り紙がしてある。誰もが唖然としてその貼り紙を眺めた。私たちが立ち往生したのを見て、いま貼り出された、そんな気がしたからである。じっさいに貼り紙は新しいものだった。

「あなたはどうしてこんな貼り紙を見つけたのです」

ひとりが言った。責任はその人にあるという口ぶりだった。

「そんな気持がするので、そのほうを見ると、たまたま目に入ったのです」

もちろん言い訳などする必要はなかった。

「そんな気持とはどういう気持です。おにぎりとサンドイッチがあるような気持がしたということですか」

「まさか……これ以上は進めない、宿をとるしかない、そんな気持でこの旅館に目を向けた、それだけです」

「そういうことですか。いえ、他意はありません。あまりに絶妙なタイミングなのでつい……」

「それにしても、おにぎりはともかく、サンドイッチとは恐れ入りますね」

とひとりが横から言葉をはさんだ。

「べつにふしぎはないでしょう。われわれのなかにおにぎりよりもサンドイッチが食べたい人がいる、それだけのことです」

「すると、われわれひとりひとりの気持までも斟酌している者がいる、ということになりますね。それは何者です」

「待ってください。貼り紙の主にまで話をひろげては、際限がなくなります。いまは、その詮索はしないほうがいいでしょう。提示された事がらに対してどう振る舞うか、そのことに意見を限定すべきでしょう」

「そうです。この場合、誘いに乗っていいかどうか、そのことに意見を集約すべきです。でも、そのまえに玄関に入らせてもらいましょう。こうしてじっとしていると、なんだか泥土のなかに沈んで行くようで、落ち着きません」

その人が言うように、そこに立っているだけで、泥土に沈んで行くような錯覚にとらわれるのだった。しかも深いところほど熱を持っていて、足のほうから焼かれるのではないか、そんなイメージにさえとらわれるのである。みんなは十歩ほどの距離を、泥土からひと足ひと足引き抜き、ようやく旅館の玄関にたどり着いた。玄関も入口のあたりは、すでに泥土に埋まっていた。

「ひさびさの安定感だ。地面はこうでなければならない」

最初に玄関に入った人がこう言って、泥のついた足で踏みしめた。みんなもそれにならって、足もとを踏みしめた。

「ところで、おにぎりとサンドイッチはどこにあるのだろう」

しきりに奥のほうを覗いていた人が言った。足もとに気をとられていたみんなも、あたりを探した。

「ない。どこにもない」

「貼り紙にだまされて、引き入れられたのだろうか」

「いや、そんなことはない。どこかにあるはずだ」

「二階の部屋にあります」

ひとりが玄関の間の奥にある階段を指さして言った。

「どうしてあなたにそう言えるのです」

「ここに入ったとき、この泥土が、二階にある、そうつぶやいたのです」

「それならばたしかだ。みなさん、おにぎりとサンドイッチは二階にあります」

「でも、そのまえに水がほしいな。こんな泥足では二階にあがれない」

「いまかれが調理場に探しに行ってくれます」

そう言われた人を見ると、ていねいに泥をそぎ落としている。そしてその人が調理場に入るのを見送ってから、ひとりが真剣な顔をして言った。

「ところでみなさん、おにぎりとサンドイッチの現物を見るまえに、決めておかねばならないことがあります」

「数が足りない場合ですか」

「そんな……いいですか。毒が入っている恐れがあるので、みんなの考えを確認しておく必要があるということです」

「毒ですって？」

「どういうことです」

「われわれは、なんのためにこういう事態におかれているのかわかっていない。ということは、なにが起こるかわからないところに身をおいていることでもある。したがってこの場合、毒が入っていてもおかしくない」

「それにしても毒なんて……いったいなんのために？」

「たとえば、この奇妙な旅に区切りをつけさせるため、というはからいであるとか」

「それで、毒入りおにぎりが用意されたというのですか」

「そうです。考えてもごらんなさい。われわれは、死者のための経路に迷いこみ、そこを通り過ぎた。ということは、これはもともと、なにかの間違いから生じた事態であって、早々に終わりにすべきことなのかもしれない。それで、それを終わらせる手助けをしてやろうと、毒入りおにぎりとサンドイッチが用意された。こういうわけです」

「なるほど。それならば、貼り紙がここにあるのも、貼り出されたタイミングのよさも十分に納得がいく。われわれの窮状を見きわめたうえでの救済処置だ」

もちろんすぐにひとりが異をとなえた。

「そのような考えは賛成できません。もしそうであるなら、われわれは終わりを望んでいなければならない。だがわれわれは、いま現在のところ、終わりを望んでいない。すくなくともわたしは望んでいない。みなさんはどうです」

「わたしも望んでいない」

「わたしもぜんぜん望んでいない」

「あなたは?」

毒のことを言いだした人にも訊いた。

「いや。わたしも」

「ということは、誰も終わりを望んでいない。それなのに毒が用意されるはずがない、そうじゃありませんか」

「たしかにそうだ」

「それに、毒入りなのに、サンドイッチまで持ち出すのもおかしい。それでは、斟酌しすぎというか、おせっかいすぎる」

「なるほど。わかりました。この話は撤回しましょう」

「それはだめです。いったん毒という言葉が出た以上、うたがいは消えません」

「………」

みんなは口を閉ざした。ひと呼吸あって、ひとりが言った。

「困りましたね。どなたか意見をまとめてくれませんか」

「いまみんなが言ったように、現時点でわれわれは終わりを求めていない。したがって死はわれわれに近づいていない。ということは、おにぎりに毒は入っていない。これでいいのではないですか」

「ですが、われわれが終わりを求めていないから死は近づいていないというのは、あまりにも短絡的です。死というものは、その人の意思にかかわりなくやって来るものでしょう」

「だめです。そんな議論はだめです。おにぎりという現実に即してください」

「現実に即せば、問題は簡単です。毒が入っているかもしれない、それを承知でご馳走になるか、とりあえず無視するか、それだけのことです」

調理場に水を探しに行った人がもどって来た。バケツを両手にさげている。

「あまり水は出ません。ここで泥を落として、風呂場で手といっしょに洗いなおしてください。これが足ふきです。バケツひとつに三人です。いま三つ目のバケツを持ってきます」

みんなはバケツの水を手ですくって、足の泥土を落としはじめた。

「落ちない。水よりもヘラがほしいくらいだ」

「水をかけてこうすれば、きれいに落ちますよ」

その人にならって、水をかけ、足踏みすると、泥土は面白いように滑り落ちる。

「調理場の様子はどんなです。おにぎりやサンドイッチが作られた形跡がありますか」

ひとりが足の土を落としながら訊いた。

「いいえ。長いあいだ使われていないようです」

「そうあるべきでしょうね」

するとべつのひとりがすかさず問いかけた。

「どういう意味です。調理場なんかで作られたものではなく、どこからかいきなり持ちこまれた、そう言いたいのですか」

「そういうことです。したがって、ただのおにぎりやサンドイッチではない、そう考えるべきでしょう」

「すると、毒が入っている、ということですか」

「いいえ。たぶん毒は入っていないでしょう。ですが、入っていないと決めてかかってはいけない、ということです」

「まあ、そういうことでしょうが、現物を見てから結論を出したらどうでしょう」

「いや、そうじゃない。この場で結論を出さなければならない。階段を登るときはすでに、おにぎりを口にするかどうか結論を出していなければならない」

「そうですよ。われわれが直面しているのは、毒が入っているかどうかということではなく、おにぎりを口に入れるかどうかということであり、したがって現物を目にするまえに決めておかねばなりません」

最後の何人かが足を洗いおえて風呂場からもどって来た。みんなは板の間に立って階段を見あげていた。階段を背にした人が、「全員、そろいましたね」と言った。

「決をとりましょう。みなさんの意見を集約すると、こういうことです。貼り紙どおりに二階におにぎりとサンドイッチが用意されています。おそらくおにぎりとサンドイッチには毒は入っていないでしょう。ですが、〈たぶん〉という条件つきです。つまり入っているかもしれません。われわれはそれを口にするかどうか二者択一を迫られています。そこでみんなに訊きますが、この二者択一に際して、個人として行動するか、これまでどおり十人で同じ行動をするか、それをまず決めてください。個人として行動したい人は挙手してください」

「…………」

「誰もいませんね。それでは同じ行動をすることにします。それでいいですね」

「口にする場合、おにぎりにするかサンドイッチにするか、それは自由ですね」

ひとりが口をはさんだ。

「それは自由ですが、混ぜ返さないでください。いいですか、これが最終的な選択になりますが、提供されたおにぎりとサンドイッチをあえて口にしますか、それとも回避しますか、口にすることに賛成の人は挙手してください。同じ行動をとるわけですから、もちろんこの決定は多数決ですよ」

全員が手をあげて、全員がまわりの仲間を眺めた。

「決まりました。毒入りの場合は、その時点でわれわれは終わりです。それでいいですね」

みんなは、もういちどまわりの人と顔を見合わせて、口々に言った。

「こうなっては、それもいいでしょう」

「このままでは、この奇妙な旅がいつまでつづくかわからない。早々に終わりにするのが賢明というものでしょう」

「自分というものにこんなにもこだわりがなくなっている。終わりにするチャンスかもしれない」

「たしかに、ここで終わるほうが面倒もなく、始末がよさそうだ」

さっきはみんなで、終わりを望んでいない、そう言っていたのに、気楽そうに話しているのが妙だった。いま誰かが言ったように、おそらく個人としての意識がさらに希薄になっているせいもあるにちがいなかった。それでも何人かの人が自分の意見を言い添えた。

「ここで終わりなんて、とてもそうは思えない」

「そうですね。なにもはじまっていないといえば、なにもはじまっていないのですから」

「すると、はじめからやり直し?」

「毒は〈たぶん〉入っていないでしょうから、そういうことになるでしょう」

「ということは、この旅はなおも継続するわけだが、どんなふうに継続するのだろう」

こんなことを言い合っていると、ひとりが挑むかのように階段に足をかけた。それに気づいて、みんなも遅れまいと階段を登り、せまい階段は押し合いになった。玄関に侵入した泥土がその様子をじっと見つめていた。

Ⅶ　マイナス一人

二階の二間でてんでに毛布をかぶって雑魚寝をしていた私たちは、ひとりが起きだすと、それを待っていたかのようにつぎつぎに起きだした。窓にはすでに鈍い陽の光が差しこんでいた。みんなは、しばらくのあいだ、はっきりしない意識のまま、たがいに顔を見合わせていた。そしてようやく、意を決したように立ちあがったひとりが、窓を開けて言った。

「あの泥土の道がすっかり乾いている」

わたしは一瞬、なんのことかわからなかったが、貨物車で運ばれたことを思い出し、さらに泥土の坂道を登ったことを思い出した。みんなも同じように記憶を甦らせたのだろう、いっせいに立ちあがって、窓に集まった。

「たしかに乾いている。カチカチだ。凍ったみたいだ」

「いったいどういうことだろう」

旅館のあいだを埋めた土の道は、昨夜のとおり、坂になって先のほうで旅館の二階の高さにまで達しているが、その同じ道が、あの泥土の道ではなく、硬く乾いた坂になっているのである。

「きのうはたぶらかされたのだ」

とひとりがつぶやくように言って、べつのひとりが補足するようにつづけた。

「ひと晩で乾いたとは思えないから、われわれが勝手に泥土の道だと、きめてしまったのだ」

「それにしては、泥足を洗ったのはどういうことだろう。水をかけて足踏みをすると、きれいに落ちたのをはっきりと憶えている」

「わたしも憶えている。だが、こんなふうに乾燥しているという事実を前にしては、なぜそうする必要があったのかわからないけれども、あれは、みずからをたぶらかす偽装だった、そう思うしかない。たとえば、この湯元で一泊する必要があって、そのための、みずからをたぶらかす工作であった、というふうに」

「なるほど。この場合、そんなふうに考えるのが正しく、賢明なのかもしれない」

「そうですね。とりあえず、泥土のことは、そういうことにしましょう」

最後にひとりがこう締めくくり、みんなも自分を納得させるようにうなずいた。いまは泥土の乾燥よりも、二日目の朝を迎えたことのほうが大事なのである。

「それにしても、よく朝になったものだ。寝るときは、今日があるなんて、とても思えなかった。こうして朝を迎えたのが奇跡のようだ」

「まったくです」

ともうひとりが、遠くの裸山へ視線をむけて言った。

「あいかわらずの薄曇りだが、馴染みの陽の光に満たされていて、いかにも惑星の朝という感じだ」

「その惑星の上で、われわれはまだこうして意識を働かせている」

「昨夜は、これでもう終わりかもしれない、そう覚悟して、おにぎりを口にしましたからね」

「おにぎり……ああ、そうだ！」

とひとりが大きな声を出した。

「すっかり忘れていた。われわれはおにぎりを口にしたのだ。ということは、おにぎりとサンドイッチは、やはりこの二階にはあったということだ」

「ありましたよ、テーブルの上に。なければ口にできません。そうですよね」

その人はこう言って、まわりの人に賛同を求めた。テーブルの上にあったと言いながらも、すこし自信がなさそうな口ぶりだった。

「ええ。ありました」

と何人かがうなずいたが、そのなかのひとりが言った。

「ただし、テーブルの上ではなく、大きな盆に載せられていたのです」

「そんな！　テーブルですよ。そうですよね」

「わたしは記憶がない。サンドイッチを口にしたことは記憶しているけれど……いえ、サンドイッチが好きなのです」

「わたしも、おにぎりがどこにあったか記憶がないけれど、毒が入っていても仕方ない、そう覚悟して口にしたのは記憶している」

「記憶がばらばらだ。各自の頭のなかの出来ごとだったのだろうか」

「いや、そんなことは絶対にない」

「するとこうですね。おにぎりとサンドイッチがどこにあったのか記憶がない人がいる、その記憶があっても、それぞれにあった場所はちがっている。そこで、念のために訊きますが、あった場所はともかく、おにぎりないしはサンドイッチを口にしたという記憶がない人はいませんか……いませんね」

「美味しかった、まずかった、という記憶はないけれども、覚悟して口にしたことははっきり記憶に残っている」

「わたしもです」

「それにしても、毒が入っているかもしれないのに、どうしてあんなにあっさりと口にできたのだろう」

「あの森を通り過ぎたからですよ」

「それに、あのトンネルをくぐり抜けましたからね」

「ということは、この旅は、なんらかの意図にしたがって展開していることになる。それはなんだろう」

「そのことですが、わたしはこんなふうに思うのです……」

とひとりがこう言いかけたが、べつのひとりがそれを制止した。

「その話はあとにしましょう。奇跡のように朝になり、ここが終わりの地でないことがわかったのですから、出発しましょう。さいわい泥土の道は乾燥しました」

「そうです。こうして朝を迎え、ここにいる自分を見出した以上、われわれの義務として、行き着くべきところへ行き着かねばなりません」

みんなも賛成して、閉まりにくい窓を閉め、毛布をたたんで片隅に寄せ、一夜の宿になった二階を降りた。おにぎりとサンドイッチがテーブルの上にあったと主張した人は、部屋を隅々まで見てまわり、「ない。テーブルがない」とつぶやいていた。


「どちらに行くのです。上ですか下ですか」

玄関を出て坂になった道の上に立つと、ひとりがあたりを見まわして言った。

「もちろん上です。前進です。だいいち、後ろをよく見てみなさい。トンネルはもうないじゃないですか」

木々に隠れることがないのだから、旅館の列のあいだをくだる坂の先に、例のトンネルが小さく見えるはずだった。だがそこには、裸山の傾斜があるばかりだった。

「ない。トンネルはどこかに行ってしまった。どういうことだろう」

「後もどりできない境界に封じこまれた、ということですよ」

「あのトンネルによって自分の外に追い出された自分がここにいる、ということですよ」

こんなふうに言っているあいだ、ひとりが出て来た旅館のほうをしきりに見ていた。そしてとうとう旅館に後もどりしたが、しばらくして引き返してきた。

「どうしたのです」

「いません」

「誰が？」

「仲間ですよ」

「ここにいるじゃないですか」

「ここにいるのは九人です。ひとり足りません」

「そんな！」

「…………」

それぞれにみんなは、まわりの人たちを目で数えた。

「ほんとうだ、足りない。なかでなにかやっているのだろう」

「なかにはいません」

「冗談はよしましょう。さあ、正式に数えます。ひとり、ふたり、三人……八人、それにわたしの九人……やはりひとり足りない」

「誰かがズルして、姿を隠しているのではないですか。いない振りをして、人まかせにしていれば、気が楽ですからね」

「そんなことではないでしょう。間違いなくひとり減っている」

「減った？」

「そう減ったのです」

「いなくなったのではないのですか」

「われわれはこんなふうに、団子状態にあるのだから、十人という団子が九人という団子に減ったというべきでしょう」

「それにしても、誰が減ったのだろう。わたしには減った人の記憶がありませんが、みなさんはどうです」

そう言われて気づき、全員がまわりの人の顔をひとりひとり眺めた。平凡な顔であっても、識別できないことはない。

「ない。わたしも記憶がない」

「このほかに誰かいたなんて、とても思えない」

「ほんとうに十人いたのだろうか。最初から九人だったのではないかな」

「そういうことだってあり得ますね。十人だと思いこんだまま、確認しなかったのかもしれない」

「そんなおかしなことがあるはずがない。きのうわたしは、泥を落とす水を用意したとき、自分は洗い終わっているのだから、バケツを三つ用意して、ひとつのバケツに三人ずつと計算した、その記憶がはっきりしている」

「それだって、十人という思い込みがあったからとも考えられる。それぞれのバケツで三人ずつが洗うところを確認したわけではないでしょう」

「それに、この坂は泥土ではなかった、足を洗ったのは偽りだった。そうではないのですか」

「それはそうかもしれないが……」

「貨物車のなかで自分を見出したときの位置関係から確認してはどうでしょう」

「ここに腰かけてですか」

「べつに腰かけなくてもいいでしょう」

もちろんすぐに異議が出た。

「そんなことをしてもむだでしょう」

「どうしてです」

「じゃあ訊きますが、最初から九人だったのかもしれないと思う人は手をあげてみてください。ほら、誰もいないでしょう。それでは、ひょっとすると九人だったのではないかと思う人は……やはりいない。ということは、間違いなく十人いて、ひとり減ったのです」

「だが、どうしてです」

「わかりません。ひとり減りふたり減りして最後にひとりになる、そんなゲームがはじまったのかもしれない。そのさい、信じがたい厳密さで、ひとりまたひとりと減っていくのかもしれない」

「あるいは、起こっていることへのわれわれの理解の度合いに応じて、ひとりふたりと減っていくのかもしれない」

「それにしても、どなたが減ったのかわからないというのは、ちょっと困りますね。どうでしょう、このあたりで名乗っておいては?」

「それはだめです。その人の記憶がそっくりなくなるのですから。それに、全員が名前をなくしたみたいに、こんなふうに無名の団子状態になっているのも、この旅の在り方なのかもしれないのです」

「それでは、せめて一番さんとか、二番さんとか、番号をつけておいてはどうです」

「それもよしたほうがいいでしょう。われわれがここにこうしているのは、みんなの意識を融合させた状態における、なんらかの試みでもあるかもしれないのです。ですから、ひとり減ったけれども、どこかに行ってしまったのではなく、外にあらわれたかたちとしていなくなったのであって、彼は依然としてわれわれのなかにとどまっている、そんなふうにも考えられるのですから」

「そういわれると、姿としては消えたけれども、ここにこうして共にいる、そんな感じがつよくしてきた」

「たしかにそんな感じがする。いったいなにが起こったのだろう」

「おにぎりとサンドイッチですよ」

ひとりが言った。みんなは二階を見あげた。道がすでに一階の高さなので、二階は頭のすぐ上にあった。

「わたしもさっきからそう考えていた。やはりおにぎりに毒が入っていたのです」

「すると、運悪く当たった?」

「いや、そうではない。全部に入っていたのです。だって、みんながその覚悟をして口にしたのでしょう。それなのに毒が入っていなかったなんて、それでは、提供された意味がない」

「ということは、その人にだけ毒が効いた、ということになりますね」

「そういうことですが、あえて言えば、その人がひとりで、十人分の毒を引き受けた、とも言えるでしょう」

「つまり、犠牲になった、ということですか」

「犠牲ではないでしょう。選ばれたと言うべきでしょう」

「どうして選ばれたのです」

「おそらく、この旅の目的がなんであるかを、彼が知ったからでしょう」

「それはどんな目的です」

「わからない。それがわからないから、毒おにぎりを口にしながらも、われわれはここにこうして取り残された、ということでしょう」

「なるほど。すると彼は、われわれにこの旅の目的を教えるために、マイナス一人として姿を消したことになる」

「たしかに、いまのこの時点では、そういうことでしょう」

はっきりしない結論だったが、私たちはとりあえず納得した。それでも最初に気づいた人は、まだ玄関の奥のほうを眺めながら、「ほんとうにいなくなったのかな」と言っていた。

みんなも、いまたどり着いたばかりの結論を忘れて、旅館の玄関を眺めていた。「失敬。失敬。お待ちどうさま」と言って、いまにも出て来そうだった。

「おにぎりとサンドイッチの貼り紙がありませんね」

ようやくひとりが気づいて言った。

「彼がはがしたのかもしれない」

「もしそうなら、そろそろ出発しろ、そう言っているのです」

「そうです。出発しましょう。思いがけないことで遅れてしまった」

Ⅷ　さらなる裸山へ

旅館のあいだを埋めて坂になった道は、そのまま裸山を真っすぐ登っていた。私たちはその傾斜を登りつづけた。しばらくして振り返ると、湯元は裸山の窪地の底にあって、二列にならんだ旅館が、盛りあがる土に、いまにも埋もれそうになって見えた。じっさいに、そうして眺めているあいだに埋没しても、私たちの目に、それほど奇異に映らなかっただろう。

やがて坂の頂上に達したが、新しい光景はあらわれなかった。やはり同じ裸山の累々とした連なりであった。道はその単調な光景をたてに割り、真っすぐくだっていて、裸山の窪地の底に達したあと、ふたたび登っていた。

「やはり地表の起伏のほか、なにもあらわれない」

広大なその光景を前にして、ひとりがみんなを代表して言った。そしてべつのひとりが言い添えた。

「それでも、これぞわれら九人とマイナス一人の惑星、と呼ぶにふさわしい眺めだ」

「そういうことです。さあ、行きましょう」

先頭のひとりがうながして、私たちは道をたどりはじめた。

「それにしても妙ですね」

とすこしくだったところで、ひとりが言った。

「これは古代といわれる時代に作られた道ではないだろうか。それが奇跡のように残っていて、われわれはいま、その道を最初に歩く人であるかのように、こうして歩いている、そんな気がする」

そしてさらに、ひとりが口調を合わせて言った。

「わたしはむしろ、古代にいちど歩いた道をふたたび歩いている、というようなつよい郷愁をおぼえますね。したがって、ここにいるのは自分であって自分でない、つまり、誰かわからない自分がその道を歩いている、そんなふしぎな気持がしますね」

それを聞いて、例によって横やりが入った。

「誰です、そんな悟ったようなことを言っているのは？　われわれは、信仰とか悟りとか、そうしたものに見捨てられているからこそ、こんなところを引きまわされているのですよ。そのことを忘れないように」

すると、そのすぐ後ろを歩いているひとりが、それに抗して言った。

「それはわかっていますが、わたしには、ただ、信仰の欠如や悟りの無さゆえに、ここに連れて来られた、そんなふうには思えません。仮にそうであるとしても、やはりわれわれには、それなりに、なにかの試練が課せられている、そんなふうに思えますが」

「それならば、それはどんな試練です」

「わかりません。おそらくマイナス一人には、その試練がどういうものか、わかったのでしょう。それればかりか、その試練に向かい合うことで、姿を消したのかもしれません」

「もしそうであるなら、同じおにぎりとサンドイッチを口にした者として、われわれも、その試練に向かい合わねばならない、ということですね」

「そういうことになります」

そのあとしばらく沈黙がつづいた。それぞれに考えをめぐらせている、そんなふうにも思えた。そして、ようやくひとりが口を開いた。

「これが試練であるとすると、ここまでの経過は、こんなふうに解釈できないでしょうか。貨物車で自分を見つけたわれわれは、どういうことかわからないままに森のホテルまで連れて来られて、そこでようやく死者たちの経路を通り過ぎる者として立場を自覚させられた。そしてそのうえで、あのトンネルによって自分の内側を外側に、外側を内側にと入れ替えさせられた。つまり、個人という人格を解体させられた。そしてさらに、おにぎりとサンドイッチを介し、マイナス一人というかたちで、自己否定の試練を突きつけられた」

「なるほど。そのように見れば、ひとつの筋が見えてくる」

すぐに誰かがこう言って支持した。だが同時に、べつの人から問いが出された。

「そうであるとして、どうしてわれわれにそのような試練が課せられるのです」

「人間だからですよ」

「それでは答えになっていない」

「たしかに答えになっていない」

言いだしたその人もみずからこう言って黙った。みんなもしばらく沈黙した。だが、話はまだ終わっていなかった。その人があらためて言いなおした。

「検証のために必要な試練だからです」

「なにを検証するのです」

「進化です。すべてのものは進化するが、ただ進化するだけでは意味がなく、意味のないものは存在してはならない。したがって進化というものには、かならず検証が伴わねばならず、検証されてはじめて、なんらかの意味が生じ、存在するといえる」

「しかしそれは、それらを生み出した創造主自身の仕事ではないのですか」

「そうです。創造主がすべてのものの進化を検証しているので、それらは存在しているのです。ところが、すべてのものを検証できる創造主にも、できないものがあるのです。それはみずからの進化です。自分の目を自分の目で見ることができないように、創造主とはいえ、みずからの進化だけは検証できないのです」

「なるほど。あり得ることです」

「それで創造主は、自己に似せて人間を誕生させ、そのうえで、人間に人間の進化を検証させることにした。そしてその検証によって、創造主みずからの存在を意味あるものにしてきた。これが神と人間との究極の関わりです」

その人はこう話して、口を閉ざした。あとはまわりが話を継いでくれるはず、そう信じている口ぶりだった。じっさいに、ひとりが引きとって言った。

「すると、人類史上の優れた人物たちの秀でた叡智や偉大な営みは、すべて、神の進化を検証するために費やされた、ということになりますね」

「そうです。神の進化の検証、つまり神の栄光のために費やされたのです」

「そういうことなら、その検証は、優れた人物たちの働きによって、人類の歴史というかたちで、すでにすんでいるのではないですか」

「いいえ、すんでいません。神自身が休みなく進化しているわけですから、神の進化を神に代わって検証する人間の検証作業も、終了することはありません」

「それで、優れた人物たちの検証時代が終わったいま、われわれふつうの人間が引きついで検証しなければならなくなった、というわけですか」

「そういうことです。われわれがいまここにいるのは、その検証としての試練のためであって、おにぎりとサンドイッチは、検証のための試練のひとつとして、われわれに課せられた、ということです」

もちろんすぐ、当然のことのように疑念が、ひとりの口から出た。

「しかしその考えはすこし変ではないですか。もしそういうことであるなら、みずからの進化の検証を人間にまかせきりの神は、直接この検証に関わっていないのだから、神以外の何者かがわれわれに関わり、われわれをここにこうして引き出し、試練を課しているということになる。その何者かがおにぎりとサンドイッチを用意したということになる。それはいったい何者です」

「………」

すぐには誰も答えなかったが、ひと呼吸おいて、ひとりが言った。

「それはやはり人間でしょう」

「その人間はどこのどなたです」

「特定の誰か、ということではない。人間そのものです」

「すると、人間そのもののなかに、われわれも入るわけですね」

「当然です」

「すると、われわれをここに連れ出し、人間の進化について検証するための試練を課しているのは、われわれ自身でもあるのですね。おにぎりとサンドイッチを用意したのも、われわれ自身だということになりますね」

「そういうことです」

「しかし、われわれが自分で勝手に試練をお膳立てして、それで神の進化を検証したことになるのですか」

「それはわかりません。それでも神の進化をより明らかにして、その栄光を讃えるには、われわれ人間がみずからの進化を検証しなければならず、そのためにみずからに試練を課さなければならないのです」

「すると、われわれ人間には、神にも比する、途方もない役割が課せられている、ということになりますね」

「そういうことです。したがって、ときには、いまのわれわれのように、死者の経路まで通り過ぎてしまう、ということも起こり得るわけです」

「………」

話が一段落した恰好だが、珍しく誰も異を口にしなかった。といって、いまの意見を受け入れたわけではなかった。最後に、ひとりがつぶやくように言った。

「なるほど、面白い意見だが、創造主も進化するという肝心の考えそのものが、わたしにはよくわからない。創造主とは、すべてであると同時に完全に無であるもの、はじまりと終わりがひとつになっているもの。それがわたしの考えです」

「………」

けっきょく、話が尻つぼみになり、私たちは口を閉ざした。といっても、私たちは、進むべき方向を見失ったわけではなかった。マイナス一人が消えることで残した「なにか試練が課されている」という問いが、私たちの進むべき方向であった。そのことははっきりしていた。

裸山の窪地の底に着いて、私たちは足をとめた。このあたりは、長い年月のあいだに大洪水があったのだろう、道がかき消されていた。ひとりが言った。

「まん丸だ。オワンのなかにいるみたいだ」

その言葉にみんなはまわりを眺めた。赤っぽい土がつくる巨大な円形の窪地である。

「クレーターみたいだが、どこか感じがちがう」

「穏やかで、作り物じみている」

「われわれと同じような在り方で、ここに出現している、なにかそんな印象だ」

みんなはこんなふうに言いながら、しばらく曇り空の下にひろがる裸山を眺めていた。

「さあ、登りましょう。ここに立って眺めていても、なにもはじまらない」

ようやくひとりが言って、私たちはふたたび峠へ向かって登りだした。

「湯元はどうなっただろう。トンネル同様、消えてしまったのだろうか」

「われわれを一泊させるために出現したのなら、そういうこともあり得ますね。あの森をあとにしてからのわれわれは、みずからの願いで出現させるものにしたがって、行動しているのですから」

「ということは、トンネルや湯元があんなかたちであらわれたのも、おにぎりが用意されたのも、そのつどのわれわれ十人の願いをつき合わせたら、あんなふうになった、ということですね。そういうことなら、あまり奇異な願いはよしてくださいよ。穏当な願いにしてくださいよ」

「そうはいっても、こちらの都合ばかりを願っては、試練にならないでしょう」

「その試練のことですが」

とひとりが思い起こしたように言った。

「これは、ふつうの人であるわれわれを考慮して、負担が軽減された試練ではないでしょうか。困惑したのはあのトンネルくらいのもので、それもいま思うと、気持が悪いという程度でしかなかった。おにぎりだって、現物を前に生死の選択を迫られたわけではない。覚悟をして二階に登ったけれども、今朝になって思い出しただけで、試練というほどではなかった」

「そう言われれば、たしかにそうだ。貨物車のなかで意識がもどったときすでに、それまでとの繋りが絶たれているみたいに、不安や怖れをほとんど感じなかった」

「すると、こういうことになりますね。貨物車から降りてここに来るあいだに目にしたすべてのものは、それとは意識はしなかったけれども、通り過ぎる者としてのわれわれの内側が外にあらわれたもの、つまり形象であったということになりますね」

「そういうことですね。貨物車のなかで自分を見出して以来、わたしはある種の満足感に浸っているが、そうした形象のなかに身を置いているからだ、とも言えますね」

先頭を行くひとりが、そこまで来て、みんなのほうを振り返って言った。

「もしそういうことであるならば、あの峠に登りついたとき目にするものがなんであるか、われわれはもう知っていることになりますね」

「知ってはいませんが、目にしたとたん、すでに知っていたと思うでしょう。そして、そのことをいっそうはっきり自覚するのでしょう」

「そういうことですね。さあ、登りましょう。もうひと息です」

ひとりが勇気づけるように言った。私たちはその言葉に顔をあげて、峠の頂上を眺めた。もちろん、そこに登りつめたところで、伽藍のような天空の下に、見知らぬ惑星さながら、裸山が累々と連なっているだけかもしれなかった。それでもその眺めは、私たちを迎え入れようという意図の読みとれる光景として、見出せるにちがいなかった。

（了）

館（やかた）

I　地階の巨大な寝室

こんどこそ目が覚める。こんどこそ目が覚める。Kはそう思いながらも、そのたびに眠りに引きもどされた。そして、その繰り返しのうちに、しだいに意識がはっきりして、ようやく執拗な眠りを振り払うことができた。だがどうしてこんなに熟睡したのだろう。頭の芯まで溶けた気分だ。Kはそういぶかりながら、いつもそうしているように、その明るみからおよその時間を知ろうと、窓のほうへ顔を向けた。

ところがベッドの横にあるはずの窓が目に入らなかった。自分の部屋ではないのだ。Kはおどろいて体を起こした。ベッドはひどくせまく、頭のすぐ上に天井があった。そしてさらにベッドの横の光景が目に入ったが、そこに信じがたいものを見出した。双方から腕を伸ばせば手がとどきそうな通路をへだてて、蚕棚のベッドが上下につらなっているのである。

現実だろうか、現実ならば、どこかでなければならない。Kはそう思い、ベッドからすこし身を乗り出してみた。だが、目に入るのは、暗がりのなかに積み重なる、蚕棚のベッドばかりだった。向かいのベッドでかぞえると、Kのいるところは六段目である。

夢だ。夢にちがいない。Kはそう自分に言って、毛布を頭からかぶり目を閉じた。眠りにもどり、あらためて目を覚ませば、いつもの部屋にいる自分を見出せるとでもいうように。だが、よほど熟睡したのだろう、眠りにもどれそうになく、ここはどこなのかという問いが否応なく現実味をおびてきた。

Kは毛布から顔を出し、低い天井を見つめて、どういう経緯でここにいるのか、思い起こそうとした。だが、いま目を覚ました眠りにつくまで、気ままな生活をしていたらしいということのほか、なにも思い出せなかった。大きな社会変動があって難民になり、ここに収容された、というようなことであるならば、当然、さまざまな経緯があったと考えられるが、そうした経緯などなにもなく、窓のあるその部屋から一足とびにここに移された、そんなふうに思えた。

それに、何ひとつ思い起こせないことから気づいたが、眠っているあいだにそっくり消し去られたみたいに、自分が誰なのか、わからなくなっていた。それでいて、自分が誰なのかわからないことに、すこしも不安を感じなかった。ここにこうして拉致されて来たからには、自分が誰であるかを問うことなど、無意味なことのように思えた。すくなくともいまは、自分が誰であるかということよりも、身に生じているこの事態がどういうことなのか、それを知ることのほうが大事に思えた。

Kは眠りにもどることをあきらめ、あらためて起きあがった。熟睡から覚めた頭が、ここがどこなのか、確かめるよう要求していた。Kはベッドの支柱につかまり、身を乗り出して、もういちど様子をうかがった。だがやはり、蚕棚のベッドのほかはなにも目に入らなかった。天井の高い倉庫のようなところに、十段くらいもあるベッド棚が、書架みたいにならんでいるのである。

そのときなにか鈍い音がしているのに気づいて、耳を澄ませてみた。静けさのなかに、巨大な生き物の寝息のようなものが聞こえていた。ほかの個々の物音がなにも聞こえないせいもあって、蚕棚のなかの誰もがみな、その巨大な生き物の眠りにもぐり込んで、その眠りを眠っている、そんなふうにも思えた。

しばらくしてどこかでドアを開閉する音がした。目をこらしていると、人影が真下の通路に入って来た。その人影は通路の中ほどまで来ると、向かいの蚕棚のベッドとベッドのあいだの梯子を昇りだした。そして、いちばん上に達すると、左右のベッドを覗きこんだ。さらに一段下のベッドに降りて、やはり左右を覗きこんだ。そのようにして、一段降りては左右のベッドを覗きこんでいるのである。

その人影は、つぎの梯子も同じように最上段まで昇りつめて、やはり一段ずつ降りながら左右のベッドを覗きこんだ。脱出者を探しているらしい。そう思っていると、下から二段目あたりで、左側のベッドに入りこんで、それっきり出て来ない。監視人などではなく、空いたベッドを探していたのである。ということは、ベッドは各自に決められていなくて、空いたベッドにもぐり込んでいい、ということであって、したがって強制的な収容所ではないということだった。

そんなふうに考えると、Kはじっとしておれなくなった。自分が誰なのか記憶をなくした状態で未知の場所に入って行くのはあまりにも危険すぎる。誤った選択をすると、取り返しがつかなくなる怖れがある。そう思いながらも、どんなところに拉致されて来たのか、一刻も早く確かめずにおれない気持になっていた。

この巨大な寝室は、十分に暖がとれるようになっているらしく、Kは下着姿だった。そこで手探りすると、ベッドの隅に衣服がたたんで置かれていた。Kは暗がりのなかでそれを身につけた。襟カラーと蝶ネクタイのついたワイシャツ、チョッキ、細身のズボン、だぶだぶの上衣。それに、円筒型のものがあるので、通路の明かりで確かめると、シルクハットである。こんなものは不要だ。Kはそうつぶやいて、ベッドの隅に放り出した。肝心の靴はいくら探しても見つからなかった。

仕方なく裸足で隣りのベッドと共有の梯子を降りて行くと、あとベッドひとつというところで、梯子の下でうずくまっていた人影が、むっくりと起きあがった。そしてその男は、Ｋが降りきるのを待たずに梯子を昇りはじめて、途中で鉢合わせになったが、巧みにすれ違うと、するすると昇って行き、空いたばかりの寝床にもぐり込んだ。Ｋは、シルクハットをただでくれてやることはない、そう気づいて、梯子を後もどりし、すでに毛布をかぶった男ごしに手を伸ばした。

Ｋは床に降りたった。裸足なのでとまどいをおぼえたが、絨毯のようなものが敷かれていて、それほど違和感はなかった。薄暗がりのなかに立って、通路の前後を眺めると、どの梯子の下にも二、三人ずつ、うずくまった人影が認められた。そうして梯子にもたれて眠っていれば、ベッドが空いたのがわかるということだろうが、これだけたくさんのベッドがあるのに、それでもありつけない人がいるのは、おどろきだった。

Ｋはとりあえずベッド棚のあいだの通路を出て、ベッド棚の列のまわりを、よく見えない壁にそってひと回りしてみた。やはり倉庫のようなもので、そこにぎっしりと蚕棚がならんだ光景は、壮観な感じさえした。どこにも窓のようなものはなく、また出入口らしいものも見つからなかったが、ひと回りしたところで、さっき通りすぎた赤いランプのついたところにもどって、押してみると、やはりそこが出入口だった。

外に出ると、地下鉄の通路かと思わせたが、それにしては、天井につらなるシャンデリアや緋色の絨毯が、あまりにも優雅すぎた。それに、壁にそって点々と、思い思いの恰好で寝ている人々の様子からも、地下鉄の通路などでないことはあきらかだった。その人たちは、すこし古風であってもみんな上品な服装をしていて、パーティなどで酔いつぶれて、ところかまわず寝てしまった、そんな情景のようにも見えた。じっさいに、いま出て来たのと同じ黒いドアが、ゆるい曲線を描く壁にそっていくつもあり、その近くにより多くの人が寝ていた。

その人たちのさまざまな服装から気づいて、Kはあらためて自分を眺めてみた。あちこちがすり切れた古着だが、襟カラーと蝶ネクタイのついたワイシャツ、黒のチョッキ、白い縦縞の入ったズボン、フロックコートと、一応ととのっている。頭にはシルクハットまでのせている。それにしても大仰な恰好で、仮装パーティに招かれた客だろうか、そんな考えが浮かんだが、とてもそうは思えなかった。巨大な寝室、そこに眠る膨大な人々を考えると、やはりなんらかの収容所と考えるのが妥当に思えた。

あたりを眺めまわしても、ここがどこなのかが知れるどんな表示も、行先を示すどんな標識もなかった。絨毯の敷かれた通路はかすかに傾斜していて、左の方向が昇りになっているばかりだった。Kは、シルクハットにフロックコートという装いなのに裸足という恰好にとまどいながらも、とりあえず上に出てみよう、そう考えて、ゆるくカーブした壁にそって左のほうへ向かった。

あいかわらずさまざまな服装の人々が、壁の下に点々と横たわっていた。華やかな舞踏会の衣裳のまま、突然そこに倒れこんだという恰好で寝ている女もいた。念のために黒いドアのひとつを開けてみると、やはり同じ巨大な寝室で、十段もある蚕棚がぎっしりとならんでいた。黒いドアのなかがすべて同じ寝室であるなら、何千ではすまないベッド数ということになり、ほとんど信じがたいことだった。

そこまで来たとき、壁のカーブにそってやって来る人が目に入った。サーベルをさげた巡査の恰好をしていた。こんどこそ監視人ではないのか。Kは一瞬そう思って、寝たふりをしようかと考えた。だが、相手がそういう役目を持っているなら、すでにこちらの姿を目に入れているはずで、いまさら偽装しても間に合わない。それに、Kと同様、裸足なのに気づくと、やはり巡査に仮装しているだけのようにも思えた。そこでKは、目に入らぬふりをして近づいた。男はどんな反応も見せず、十メートルほどに接近したとき、寝室とは反対側の壁にあるドアのなかに入った。

そのドアの近くまで来ると、空気がぬくもって感じられた。昇り勾配の通路はまだ先へとつづいていて、どんなところに出るのか早く知りたいと思いながらも、そのドアのなかが寝室ではなさそうなので、Kはそれを押してみた。いっそうぬくもった空気が顔に触れて、湯の匂いがした。共同浴場で、巡査の恰好をした男は、入浴に来たのである。

ドアを入ったところがすぐ脱衣室で、男女兼用らしく大勢の男女で混みあっていた。真夜中と思えるのに、こんなにも多くの人が入浴しているのはおどろきだった。衣裳棚の前では、これから入浴する裸の人たちが衣服をかかえて、衣裳棚の争奪戦を演じていた。それでいて妙なくらい静かだった。天井でまわる扇風機の音が聞こえるくらいだった。いずれにしても、随意に入浴してよいということであって、やはり強制的な収容所などでないことはあきらかだった。遊園地に所属した大きなホテルとか、大規模なヘルスセンターとか、なにかそうした遊興施設なのかもしれなかった。

浴場をあとにして、ゆるい傾斜の通路を昇って行くと、壁がカーブする向こうから、これまでに見かけた仮装ふうの恰好とはちがう、正装に着飾った四人の紳士淑女があらわれた。いかにも上流階級の人たちらしい上品な歩き方で、小声で言葉をかわしていた。Kはつい立ちどまり、シルクハットをとって黙礼した。じっさいに、上流階級に属する人たちで、ここに招待してくれた人たちかもしれない、そう思ったのだ。けれども、四人の男女は、話に夢中になっているわけでもないのに、目に映らなかったみたいにKを無視した。拍子抜けがして見送っていると、彼らも浴場に入った。それに、その人たちもみんな裸足であった。

けっきょく、すべての人が裸足ということを考えると、人々の服装といい、浴場の様子といい、なにか遊興的な施設としか思えなかった。遊び疲れた人々は、地階のこのブロックで、入浴して疲れをとったり、寝室で仮眠したりしている。K自身も、あまりに深い眠りに落ちていたので、自分が誰なのかもふくめて、ここがどこなのか、一時的に記憶をなくしている。そんなふうにも考えられた。

しばらく進むと、通路はすこし急勾配になり、大きくカーブして、そのままかなりひろい部屋に入った。そこも大勢の人ですし詰め状態になっていた。駅の改札の雑踏のようにも思えたが、もちろんそんなところではなかった。ここでもみんな仮装パーティのような恰好をしていて、例のごとく裸足である。よく見ると、きちんとした列ではないが、一方の出入口らしい方向に向かってならんでいる。

とにかく向こう側に出てみよう。Kはそう思って、人垣のなかに割って入ったが、中ほどまで進んだところで、動きがとれなくなった。仕方なくそこに立ちどまって、人々の頭ごしにまわりを眺めた。だが、なんの掲示もなく、わかったのは、みんなが顔を向けている側の壁がアーチ型に開けられていて、隣りの部屋につづいているらしい、ということだけであった。したがって、これ以上人々を押し退けて前に出るわけにはいかず、列が進んで隣りの部屋が見えるまで待たねばならなかった。

Kはシルクハットが脱げないよう手で押さえて、あらためて周囲の壁や天井を眺めてみた。高い天井にシャンデリアがあって、古風な館の一室という感じだった。よく見ると、四方の壁の上部に絵が描かれているが、ずいぶん古いものらしく、色がすっかり薄れていて、なにが描かれているのかわからなかった。それでも繰り返し眺めていると、何か所かに、炎の一部のようなものが見分けられて、地獄絵だろうかと思ったが、それ以上はわからなかった。人々は窓のないそんな陰気な部屋に詰めこまれて、列が進むのを大人しく待っているのである。ここでも、浴室の脱衣室がそうであったように、たがいに体を接触させながらも、まったく言葉をかわさず、静まり返っているのである。

Kはその静けさにふと思った。ここは精神病院で、みんな患者ではないのか。仮装して裸足でいるのも、治療上の効果をねらった工夫ではないのか。こうしてならんで順番を待っている先は治療室で、医師と看護婦が待ち構えているのではないのか。この人たちは、治療が無事に終わることを願って、それでこんなに静かにしているのではないのか。

けれども、まわりの人たちのひとりひとりを眺めても、精神病者特有の落ち着きのなさや、そうした苦悩があらわれた表情は、まるで認められなかった。誰もがしっかりとみずからを保ち、置かれた状況にじっと耐えている、そんなふうに思えた。それはK自身にも当てはまった。これまでのKなら、なんのためにならんでいるのかわからないのに、こんなふうに辛抱づよく順番を待つなど、とても考えられない、そんな気がした。

かなりの人数の人々がいちどに隣室に招き入れられて、隣りの部屋が見えるところに来た。なんのことはない。食堂であった。Kは人々をかき分けていちばん前に出た。すると、入口の左右にふたりずつ立っていた、青い服を着た守衛が飛び出して来て、壁になって立ちふさがった。いかにも職務に忠実そうな男たちで、職務に対して揺るぎない信念を持っている様子だった。人々がこんなにも大人しく待っているのは、人が多すぎるために我慢が必要なのだろうが、守衛たちの職務に対するこうしたつよい信念を前にしては、このような従順な態度をとるほかないのかもしれなかった。

じじつ、守衛たちは、これ以上一歩でも前に出れば、つかみかかって来そうだった。Kは両手をあげて彼らを制止し、右手の通路を指さした。いちばん前に出ると同時に、そこに通路があるのを認めていたのである。その通路にも、この控えの間に入りきれない人たちがたくさん待っていた。食堂のなかが見えていた。いちどに三百人は食事ができるひろい食堂だった。五十人くらいが席につける白いクロスのかかった長方形のテーブルが六つあって、正規の晩餐のように、客たちはきちんと着席していた。そして、六つのテーブルをそれぞれかこんで、客よりも多い数のウェーターが、背後にずらりとならんで控えていた。

もちろん給仕をしている者もいるが、それは例外であって、ウェーターたちは客の食事を見守るだけであった。いずれ体験することになるだろうが、あんなに大勢のウェーターにかしずかれた食事は、どんなぐあいに進むのだろう。Kはそう思いながら、食堂のその光景を目に焼きつけて、その場を離れた。

食堂の控え室に入る通路でも、人垣と格闘しなければならなかった。すし詰めの状態に逆らって進むのは、容易ではなかった。人々は可能なかぎりに路を開けてくれたが、それでももみくちゃにされた。そして、ようやく通路を抜け出ると、そこは広々としたところで、ホテルでいうならば、広間をかねたロビーという感じだった。この施設の重要な部分にちがいなかった。

Ⅱ　ロビーと通路

そこに入ってKがおどろいたのは、夜でないということだった。ロビーの片側は一面、透明なガラス張りの壁で、外は庭園になっていて、曇ってはいるが、木々の上に空が見えていた。ということは、地階の巨大な寝室で眠っている人たちは、夜だから寝ているのではないということだった。それに、ここに来るまでにわかったこともふくめると、睡眠をとるのも、入浴をするのも、食事をするのも、すべて自由であるらしい、ということだった。

夜でないこともおどろいたが、ロビーに視線をもどして、その広さにもおどろいた。ターミナル駅の待合室を思わせる広さだった。もちろん駅の待合室などではなく、大広間といった造りで、厚い絨毯が敷かれていて、シャンデリアがかがやき、たくさんのソファーが整然と配置されていた。

そこに立って眺めても、ここがどういうところなのか、判断できるものはなにもなかった。寝室からここに来るまで目にしたことを思いかえすと、ただのホテルでないことはあきらかで、いっそうわからなくなった。Kは、もういちど庭園と曇り空を眺めて、「まるで巨大な絵のようだ」そうつぶやき、あとでゆっくり眺めることにして、ここがどういうところなのかを知るために、あらためてロビーの人々に目を向けた。

種々な人がいた。大半を占めるのは、Kもそのひとりであるさまざまに仮装した人々で、なんの目的もなさそうに絨毯の上を歩きまわったり、ソファーに腰かけたり、そのソファーが空くのを待っていたりしていた。そしてさらによく見ると、あきらかに別の群れと思える人々も目に入った。

そのひとつの群れは、地階の通路ですれちがった、正装に着飾った紳士淑女たちで、彼らは庭園の向かい側にある、ロビーに接したラウンジを中心に、ゲーム室と球戯室を占拠しているらしく、それらの部屋からあふれ出て、入口あたりにも大勢がたむろしていた。

つぎの群れは、なんのためにそうしているのかわからないが、壁にそって勢いよく歩きまわっている、脚立や道具箱をかついだ、十人くらいの青い作業服の男たちで、そんな一団が何組も目に入った。そして三つ目の群れは、壁にそってたくさんあるドアをせわしげに出入りしている白い制服の男たちで、どうやら職員のようだった。地階でもそうだったが、正装の紳士淑女たちをふくめて、ここでもすべての人が裸足なのである。

さしあたって、正装の紳士淑女たちの正体を知りたいと思い、Kはガラス張りの壁を離れて、ラウンジなどがある反対側に歩み寄った。それらの部屋には、ショーウインドーのような大きな窓があって、なかが見えていたが、正装の紳士淑女たちがびっしり入りこんでいて、それ以上のくわしい様子はわからなかった。それでも、そのショーウインドーを通して見たかぎり、人々は暇つぶしとは思えない真剣な表情をしていた。

そこでKは、なかに入れば、彼らが何者なのかわかるかもしれない、そう思って歩み寄り、ゲーム室を選んで入ろうとした。すると、そこにたむろする正装の紳士淑女たちのなかのひとりの女が、Kを指さして、悲鳴にちかい声を発した。そしてその声に、まわりの者がいっせいにKのほうに顔を向けたが、彼らの顔にはたちまち、この男はどうしたのだろう、とでも言いたそうな表情、それどころか、信じがたい、とでも言いたそうな表情があらわれた。

その表情はあきらかに、身分の低い者を見おろす、あからさまな反応だった。Kはおどろいて退散した。ここまで来るあいだに接した人々は、Kに対してどんな関心も示さず、どんな態度も見せなかった。それなのにその人たちは、Kが彼らに近づくこと、あるいはゲーム室に入ることを、露骨に拒絶したのである。もっとも、そんなふうに追い払われても、Kはすこしも気にしなかった。ここがどういうところで、どうして自分がここにいるのか、なにもわからないことを思うと、その人たちに嫌われることなど、さしあたって取るに足らないことだったからである。

そんなことよりも、いまは、寝室で目を覚まして以来つづくこの謎めいた状況に終止符を打つべく、玄関を探さねばならなかった。玄関さえ見つければ、この館（Kはいつのまにかこう呼んでいた）がどういうところなのか、わかるはずだった。そこで、正装の紳士淑女の群れに背をむけて、ロビーの奥のほうに進みながら見まわすと、ガラス張りの壁の向かい側、ラウンジや球戯室のある側から何本かの通路が出ていた。そして、それらの通路のひとつを覗いてみると、大勢の人たちが行き来していた。また、その通路の両側にたくさんのドアがあって、白服の職員たちがせわしく出入りしていた。

Kはロビーの反対側にたどり着いて、そこに奇妙な光景を見出した。いま後にしたのと同じラウンジ、同じ球戯室、同じゲーム室がならんでいるのである。しかも三つの部屋のすし詰めの状態も、外にあふれ出ている正装の紳士淑女たちの様子も、鏡に映したようにそっくり同じなのである。つまり、ロビー全体の造りが対称になっていて、そこで行なわれていることもまったく同じなのである。

なぜすべてが対称になっているのか、それがなにを意味するのか、あとで考えることにして、Kはとりあえず、館の構造全体をごく単純に、つぎのように思い描いてみた。このロビーは別館という形になっていて、本館の裏にある庭園に面している。したがって玄関のある本館は、庭園とは反対側にあって、いまその前を通った四つの通路によってつながっている。この通路をたどって本館に行き着けば、そこに玄関があって、館がどういうところなのか、ただちにわかるはずだ。

Kは、この仮定にもとづいて、すこし引き返すと、通路のひとつを選んで入ってみた。薄暗く湿っぽい通路で、弱々しい照明の下を、Kと同じ一般の仮装者が裸足で歩いていた。それに加えて、ドアを出入りする白服の職員たちがひっきりなしに行き来していて、彼ら専用の通路ではないのかと思えるほどだった。しかも彼らは勢いよく駆けまわっているので、たえず気を配っている必要があった。そのせわしそうな様子に、Kはなんどか、なにが行なわれているか、彼らが出入りする隙にドアのなかを覗いてみた。だが、なかは暗がりで何ひとつ見分けがつかず、得体の知れない騒音が聞きとれるばかりだった。

それにしても、窓のないこの単調な通路はひどく長く、ひとつの建物のなかとは思えなかった。行けども、行けども、行き着かない、そんな感じで、したがって、いま後にしたのはただのロビーではなく、むしろ独立した建物であり、なぜそうなっているのかわからないが、この通路で遠く離れた本館にかろうじてつながっているらしい、そんなふうに考えなおす必要があった。

しばらくしてようやく小ホールのようなところに行き着いた。だがそこは、通路が十字に交差する地点にすぎず、通路はまだ先につづいていた。Kは足をとめて左右の通路を眺めたが、貧弱な明かりのせいばかりではなく、通行人が邪魔になって、先のほうは見通せなかった。Kは、通路の長さに呆れ返りながらも、いまはとりあえず予定どおり真っすぐだ、そう自分に言い聞かせて、ふたたび通路をたどりはじめた。

あいからず白服の職員をはじめ、さまざまに仮装した人たちが行き交っていた。Kは、自分と同じ一般の仮装者がどういう人たちなのか、その様子から確かめようとしたが、思うように頭が働かなかった。換気が悪いせいなのか、気持を対象に集中できないのである。どうやらそれは、Kだけでなく、一般の仮装者の誰もが同じらしく、みんな、ぼんやりとした気持で歩いている、そんなふうに見えるのである。

ようやく通路を抜け出た。ところが、そこも横の通路との交差点である小ホールにすぎず、さっきの小ホールとまったく変わらなかった。Kは小ホールの中央に立ちつくして、前後左右、通路の遠方を眺めた。やはり通行人のほか、なにも認められない。それどころか、そうして通路を見比べているうちに、進むべき方角を見失ってしまった。四方に伸びる通路はどれもみな、まったく同じ造りなので、ここまでたどって来たのがどれなのかも、わからなくなったのである。

Kはおどろいて、壁や天井に目を走らせた。こんな造りになっているのだから、案内の標識があって当然だ、そう思ったのだ。だがどんな標識もなかった。こうなっては当てずっぽうに進むほかないが、四分の一の確率でロビーにもどってしまう、そう思うと、そこに立ちつくしたまま踏み出せず、通りすぎる人々を茫然と眺めていた。

そうだ。誰かに訊けばいい。Kはそう思いついて、適当と思える通行人を探した。本来なら白服の職員たちを呼びとめるべきだろうが、脇目もふらずせわしげに走りまわる彼らは、まるで別の人種といった感じで、声をかける余地などまったくなかった。そうかといって、つねに十人くらいの集団で行動しているらしい、脚立や道具箱をかついだ青服の職人たちは、仕事以外なにも目に入らないらしく、そんな彼らに声をかける勇気など、とても見出せなかった。

もちろん、三人四人と連れ立って歩いている正装の紳士淑女たちは、話しかけるどころか近づいただけで、ラウンジの前でそうだったように、冷たく拒絶されるのはあきらかだった。したがって、残っているのは自分と同じさまざまに仮装した一般の仮装者ということになるが、ものを訊ねるのに彼らくらいふさわしくない人たちはいなかった。彼らは誰もがひどく孤立した存在であり、その孤立ゆえに放心状態におちいり、目的もなくさ迷っている、そんなふうに思えて、声をかける対象とは認めがたいからである。

それでもKは、試しに一般の仮装者に歩み寄ってみた。結果は思ったとおりだった。そばに近づいても、ある者は気づかぬふりをして、ある者はじっさいに気づかずに通りすぎた。それでも何人かは顔をKのほうに向けたが、彼らの放心したような表情を見て、Kのほうがとまどい、引きさがってしまった。彼らはやはり夢遊病のような状態にあって、話しかけたりすれば、われに返らせ、脅えさせてしまう、そんなふうに思えたのだ。たとえ問いの意味を理解したとしても、彼らのほうがあたりを見まわし、反対に、ここはどこなのか、この通路はどこに通じているのか、訊ね返しそうな気がしたのである。

けっきょくKは、道を訊ねることを断念した。というのも、訊ねる相手のそうした様子だけではなく、Kのなかに、誰かにそのような問いを向けること自体が間違っているという、つぎのような考えが生じたのである。「玄関はどこにあるのか」などと口にするのは、言語道断である。そんな問いに答えが返ってくるようなら、館の存在そのものが意味をなさない。したがって、あくまでも自分の足で探し、自分の目で確かめなければならない。館がこんなにも謎めいているのも、それぞれが自分ひとりでその謎を解くようにとの意図のもとに、そうなっている。

Kは、あえてこのような考え方を受け入れることで、とまどいがちな気持を鼓舞して歩きだし、通路の交差点であるその小ホールを出た。どこに向かっているのかわからなくなっていたが、こうして歩きつづけていれば、たとえ玄関に出なくても、館の構造を知るうえでなんらかの知識が得られるはずだ、そう繰り返し自分に言い聞かせていた。

そのまましばらく進むと、通路が交差するつぎの小ホールに入った。Kは、こんどは立ちどまらずに真っすぐ進んだが、引き返しているような気がして、いや、間違いなく前進している、そう自分に言いつづけていた。そして、さらにつぎの小ホールも無視するかのように通過して、ようやくその通路を抜け出たが、やはり悪い予感が当たった。ロビーにもどったのである。

Kは自分の不注意に腹を立て、せめて庭園を眺めて気を取りなおそうと、ガラス張りの壁に近づいた。木々の上の曇り空が心持ちすこし濃くなったようにも見えるが、じっさいにそうであるかどうか、わからなかった。陰っているのなら日が暮れかかっているのかもしれないが、その眺めからはおよその時間の見当もつかなかった。やはり巨大なパネル絵か、せいぜい精妙に作られた模造の庭にしか見えないのである。

庭園に背を向けると、もちろんロビーの光景もすこしも変わらなかった。Kは、ともかくひと休みしよう、そう思い、たくさんの正方形に配置されたソファーに歩み寄った。そこには一般の仮装者が腰かけていて、拒まれる心配はなかった。だが、残らずふさがっているばかりか、その何倍もの人たちが空くのを待っていた。ソファーに腰かけるのも、そばに立って辛抱づよく待たねばならないのである。

Kは行き場を失くしたような気持で、ソファーのそばにぼんやり立っていたが、たちまち勢いよくロビーに入って来た青服の職人たちに追い立てられた。彼らは脚立や道具箱をかついでいるので、接触しないよう気をつけなければならないのだ。彼らは壁にそってめぐりはじめたが、修理する個所がないかどうか、塗料が剝がれた個所がないかどうか、そうしてみんなで点検しているのである。

けっきょくKは、青服の職人たちに追われる恰好で、四本ある通路のひとつにふたたび入りこんだ。さっきとは別の通路を選んだが、そこでも、一般の仮装者のほかに、ドアを出入りする白服の職員たちがせわしく行き交っているので、ときどき足をとめて、道を譲らねばならなかった。

こんどはすぐに通路が交差する小ホールに着いた。あまりにすぐ着いたので、さっきの通路では最初の小ホールに気づかず通過したのだろうかと思ったが、薄暗い通路から明るいホールに入るのだから、そんなことはあり得なかった。あるいは、この通路は、気持しだいで長く感じたり短く感じたりする、というようなことがあるのだろうか。そんなふうにも思いながら、そのホールは立ち止まらずに素通りした。

けれども、ふたつ目の小ホールに着くと、Kはそこで足をとめた。小ホールから離れるにつれてしだいに気が滅入って、ひと息いれずにおれなかったのだ。それに、最初の小ホールはあれほどあっ気なく着いたのに、ふたつ目のここまで来るのにひどく時間がかかったように思えたのだ。Kは、この通路はどうなっているのだ、おもわずそうつぶやき、振りかえろうとして、あやうく足の裏を床につよく押しつけた。体の向きを変えただけで、いまたどって来た通路すら、どれかわからなくなるのだ。

休むのなら小ホールを出たところで休めばよい。Kはそう思いついた。そこならば左右に入る通路はないわけだし、すぐ後ろに通過したばかりの小ホールがあるわけだから、方角がわからなくなることはない。それでもKはしばらく動かずにいた。気が滅入るのは、空気の流れが悪いせいにちがいなく、こうして小ホールにいると、いくらか気分がよくなるのだ。

Kはようやくそのホールを後にした。もちろんこの通路にも一般の仮装者たちが歩いていたが、彼らは、いまどこを歩いているのか意識しないで歩いている、そんなふうに見えた。夢遊病のようなその様子が、なにを意味しているのか、Kはようやく理解した。この通路では、気が滅入るのをさけるため、あえて自分を失ったような状態を保つ必要があるのだ。一般の仮装者たちにとって、それがこの通路にふさわしい歩行法なのだ。

そこでKは、彼らをまねて、ぼんやりした意識のまま歩いてみた。間違いなかった。それほど気が滅入ることなく、三つ目の小ホールを通過した。この通路では、余計な考えにとらわれず、自分をなかば忘れた状態を保つよう心がけるべきなのだ。やがて四つ目の小ホールにたどり着いたが、足をとめずに真っすぐ進みつづけると、しばらくして新鮮な空気が吹きつけるのを感じて、目が覚めたような気持で通路を抜け出た。

ところがそこは、またしても同じロビーだった。Kは茫然と立ちつくした。小ホールで体の向きを変えてしまい、ふたたび舞いもどったのだろうか。あるいは、通路は曲線になっていて元のところにもどるのだろうか。もちろんそんなことはあり得なかった。Kはさっきのロビーを思い起こしながら、いまいるロビーをよく眺めてみた。

だが、いくら眺めても、まったく同じであった。ラウンジ、球戯室、ゲーム室の入口あたりにたむろする正装の紳士淑女たちの様子も、変わらなかった。正方形に配置された、たくさんのソファーの並びも、白服の職員たちがさかんに出入りする様子も、寸分たがわなかった。ということは、やはり同じロビーに再度舞いもどったということだが、あれほど用心したことを思うと、考えられなかった。

そうではない、とKは自分に向かって言った。まったく同じロビーがふたつあって、さっきのロビーは最初のロビーとは別のロビーだったのだ。だから、このロビーが地階から昇って来た最初のロビーで、ふたつのロビーをむすぶ通路を往復したのだ。

そうだ。庭園の眺めを確かめれば、最初のロビーであることは一目瞭然だ。Kはそう気づいて、ガラス張りの壁に駆け寄った。間違いなかった。そこには例の眺めが待っていた。庭園の造りも背後の木々も、日が暮れかかっているのか、日が昇るまえなのか、それさえ判断できない灰色の空も、まったく同じ眺めであった。だがKは、つぎの瞬間、唖然とした。それならば、さっきのロビーで確認した庭園はどうなるのだ。これとまったく同じ庭園の眺めだったではないか。

Kは頭を混乱させて、疑念にとらわれた。やはりふたたびどこかで逆もどりしたのだろうか。どこかで体の向きを反対側に向けてしまったのだろうか。通路の途中で意識をぼんやりさせて歩いているとき、白服の職員か青服の職人に接触し、その拍子に体の向きが反対になったのだろうか。だが、二度もつづけて、途中で逆もどりするなんて、どう考えてもあり得なかった。そうではなく、庭園の眺めもまったく同じロビーがふたつあって、そこを往復した、それが正しいのだ。

けっきょくKは、なぜそうなっているのかわからないけれども、庭園の眺めも広間の造りもまったく同じロビーがふたつある、そう結論づけた。したがってここは最初のロビーであり、まだそこにいると思うと、無性に腹立たしく、どうしていいのかわからなくなった。いっそのこと、地階に降りて蚕棚のベッドにもぐり込んだらどうだろうと思った。ゆるやかにカーブするあの通路なら、間違いなく寝床に導いてくれる。せわしげに駆けまわる白服の職員たちも、乱暴な青服の職人たちもいない。それに、あの浴場でもわかることだが、地階ではどんな差別もなく、みんな平等だ。

けれども、地階に降りるには、すし詰めのあの通路と食堂の控えの間の人垣を突破しなければならず、それを思うと、面倒だった。それに、館がどういうところかわからないままでは、どこにいても落ち着けないことはわかっていた。それでもKは、念のために庭に面したガラス張りの壁にそって、反対側に出てみた。そこにも食堂の控え室に通ずる出入口があって、食事の順番を待つ人々がぎっしりと通路を埋めていた。

その光景を前にして、Kはあらためて自分に言い聞かせた。玄関に行き着く目的をひとまず脇において、目の前にある問題、ロビーと四本の通路がどういう構造になっているかを確認しなければならない。どうやら対称ということが基本であって、それを確かめさえすれば、あっ気ないくらい単純な構造であるはずだ。対称であることが複雑であるような錯覚を起こさせるのだ。

Kはロビーの中央にもどり、まわりの造りを観察してみた。観察するまでもなかった。ラウンジやゲーム室などはもちろん、壁の造り、柱の数、シャンデリアの配置、ソファーの並びなど、対称になっていないものは何ひとつない。ということは、四本の通路でつながるもうひとつのロビーも、同じようにすべてが対称になっているということで、したがってふたつのロビーは見分けがつかないということだ。

それを見分けたければ、とKは思った。ロビーのどこかに小さな目印をつけておくとか、ガラスの壁に汚れを作っておくとか、したうえで、通路を往復して確かめればいいわけだ。だがKはすぐに気づいた。青服の職人たちがどんな小さな汚れも見逃さないよう血まなこになっていることを思えば、そんなことはできなかった。それに、そういうことをするのは、ルール違反というか、ここではもっとも犯してはならない行為であるように思えた。といっても、同じロビーがふたつあることを確認しないわけにはいかなかった。それを怠ると、自分のいる位置がつねに不確かなままになり、自分の足もとすら怪しくなる、そんなふうに思えるからだ。

そこでKは、当面の目的を、玄関を探すのではなく、同じロビーがふたつあることを確認するという目的に限定して、あらためてロビーの右端から出ている通路に入った。そして最初の十字路である小ホールになんなくたどり着いた。

ところが、そこからつぎの小ホールへ向かっていると、勢いこんだ分だけ虚しさが込みあげてきた。そっくり同じロビーがふたつあることを確認したところで、それがどんな慰めになるのかという疑念が強まり、自分の気持がわからなくなったのである。確かめなければならないのは、館がどういうところなのか、自分はどうしていまここにいるのか、ということなのだ。Kはなんとかふたつ目の小ホールを通りすぎた。だが、そこまで来て、急に繰り出す足が重くなった。といっても、引き返したところで、そこに待っているのは、前方に待っているのと同じロビーでしかないのだ。

Kはこうして、ようやく三つ目の小ホールにたどり着いたが、目的を見失った状態で、そこで立ちどまってしまった。そしてしばらくぼんやりと通行人を眺めていたが、ふと、なにか別の考えを見出している自分に気づいた。それは、同じロビーがふたつあることの確認を放棄して、右か左のどちらかの通路に入り、その行き着く先を確かめたいという考えであり、その考えを見出したことで、すくなくとも虚しい気持から、一時的に解放されていた。

Kはその考えの誘惑に負けて、後方にあるはずのロビーと前方にあるはずのロビーに決別して、通路を右に曲がって歩きだした。そして、一般の仮装者に見ならって、なかば自分を放棄した意識を保ちながら、やはり通路が交差した小ホールにたどり着いた。そしてそこで足をとめ、用心深く体の向きを固定したまま、小ホールのまわりを眺めた。

すると、これまでの小ホールとすこしも変わりないが、四つの角のうちのひとつに小さな階段の昇り口が認められた。Kは、「あんなところに階段がある。あれを昇れば、なにもかもいっぺんに謎が解けるのではないか。この階はまだ地階であって、あの階段を昇れば、地上に出るのではないのか。窓の外には、造り物でない眺めがあって、明るい陽がかがやいているのではないのか」などと考えた。けれどもKはすぐにその考えを否定した。あの階段を昇ったそこは、いっそう錯綜した迷路になっていて、一歩でも踏み入れれば、ふたたびこの階にもどって来られなくなり、したがって地階の寝室にもどれなくなる。あの蚕棚での眠りだけが窓のある部屋にもどれる可能性を残しているのだから、そんなところに入りこんで、その可能性をみすみす見捨てるわけにはいかない……。

けっきょくKは、階段に近づいてみることもせず、横目で見送りながら先に進んだ。そしてそのまま、小ホールをもうひとつ通過したのをぼんやりと意識したあと、やがて新鮮な空気に迎えられて通路を抜け出た。ところがそこも、これまでとまったく同じロビーであった。Kはもうおどろかなかった。これは、これまでのふたつのロビーとそっくり同じ造りの三つ目のロビーなのだ、一瞬のうちに、そう自分に納得させたのである。

念のためにガラス張りの壁に歩み寄って外を眺めると、あいかわらず暮れようとして暮れない、あるいは日が昇るまえの時間にとどまっている庭園の眺めがあった。もちろん目を向けるまでもなく、向かい側にはラウンジなどがならび、それらの出入口に正装の紳士淑女たちがたむろしている光景が待ち受けていた。

Kは、ロビー全体を眺めながら、これでこの一階の構造が完全に呑みこめた、そう自分に向かって言った。通路は迷路などではない。むしろもっとも単純な構造になっている。つまりこの階には、庭園の眺めまでそっくり同じロビーが四つあって、それが巨大な四辺形を作っている。そして、向かい合ったロビーがそれぞれ四本の通路で真っすぐにつながっている。したがって通路は格子状になり、通路の交差点である小ホールが十六か所ある。

けれども、Kが満足をおぼえたのは、ほんの束の間だった。そのような構造になっていると確信しても、その確信がなんの意味も持っていないことに気づいたからである。それに、そのことを確かめようとしても、青服の職人たちがなにをしているかを考えてみれば、とうてい不可能だからである。彼らが隊を組んで駆けまわっているのは、四つのロビー、八本の通路を、完璧な対称に保つためであって、相違がわかるどんなわずかな跡もたちまち消してしまうはずである。

いずれにせよ、とKは自分に言い聞かせた。一階の構造をこのように考えれば、当然、どういう構造なのかわからないが、地階も同様、対称になっていると見なさねばならない。四つのロビーの両端にひとつずつ、計八か所あるどの入口から降りても、寝室や浴場にたどり着けるということだ。そしてそのことは、たまたま同じになることがあるとしても、そのつどちがった寝室、ちがったベッドで眠るということだ。

たとえば、とKはさらに自分に言い聞かせた。ここは、こうしてたどり着いた三つ目のロビーだが、ほんとうは、地階から昇って来た最初のロビーかもしれず、その真偽は確かめようがない。ということは、館では、ある特定の場所に行き着こうという努力は、つねに虚しいということになる。さまざまに仮装した人たちがわれを忘れたような状態で歩いているのも、その虚しさに耐えるべく、目的地に行こうとする意図を放棄した状態を保つ必要があるからなのだ。

じっさいに、こうした構造がどういう結果を生むかは、ソファーを占領している一般の仮装者の様子を眺めれば、おのずとあきらかだった。人々は行き場をなくして、ただそこに坐っているだけなのである。それでもいくらか空気が新鮮なロビーでは、通路を抜け出たあとなので、なんらかの展望がひらけるような気持になるのである。といっても、いつまでもロビーにいるわけにはいかない。ロビーはあくまでもロビーであって、出発のための待合室でしかない。だから、人々はせっかくソファーに腰かけることができても、しばらくすると、なにかに誘われるようにして立ちあがり、通路に入って行くのである。

Kはこのような考えにとらわれて、完全に行き場を失い、ソファーが空くのをなかば待ちながら、その場に立ちつくしていた。そのあいだにも、頭になんども、もういちど地階の寝室からやり直したらどうだろうという考えがよぎった。個々の事物はたしかに、あたかも現実であるかのようにこうして目の前にあるけれども、館そのものはどう考えても夢でしかないのだから、もういちど眠りにもどり、この夢を追い払って、そこから目覚めなおせばいいわけだ……。

気がつくと、ロビーの端の食堂に通ずる通路に来ていた。食事の順番を待つ人々を見ると、空腹のような気がした。といっても、じっさいに空腹かどうか、わからなかった。とにかく後ろにならんで順番を待つことにした。そのあいだを利用して、蚕棚で目を覚ましてからのことを思い返すことで、置かれた立場を明らかにしよう、そう考えたのである。ここではすべてのことが夢に似た状態にあるのだから、考え方を変えれば、館そのものがまったく別の姿をあらわすかもしれない、そんなふうにも思ったのである。

Ⅲ　食堂　浴場　寝室

けれどもそのあいだ、Kはどんな考えもめぐらさなかった。歩きまわっているときはいろんな気持や考えが生じたのに、食堂に入る順番が来るまでのあいだ、寝室の蚕棚で目を覚ましてからのことが意味もなく思い返されるばかりで、気持や考えは停止したままだった。

そのことは、ここで順番を待つ人々すべてに共通しているようだった。誰もがみんなこんなにも静かに、こんなにも辛抱づよく、待ちつづけていられるのも、気持や考えを一時停止させるからかもしれなかった。あるいは、館には独自の時間が流れていて、その場その場でのその人の在り方におうじて、時間がカットされたり、短縮されたり、するのかもしれなかった。

いずれにしても、気持や考えの停止という放心状態におちいっていたのだろう、Kがはっきりした意識を取りもどしたのは、すでに食堂に入って席に着いたときであった。というのも、席に着くやいなや、背後に目白押しに控えたウェーターのひとりが、Kの頭からひったくるようにしてシルクハットを取りあげたからである。Kが奪われたとかん違いして振り向くと、そのウェーターは、シルクハットを胸の上に両手でかかげ持っていた。それがその男の仕事であり、その顔には、役割を果たしているという満足そうな表情が浮かんでいた。

ともかくKはこうして食卓につくことができた。そして、はっきりとした意識で眺めると、あちこちに奇妙な光景が目に入った。客の数よりも多いウェーターが後ろに立ちならぶ光景も異様だが、客の様子もそれに劣らず異様だった。たとえば、向かいに乞食のような恰好の男が席についていたが、その両隣りに、正装の紳士と銀色に光るドレスの女が、神妙な顔つきで料理が運ばれて来るのを待っていた。ここでは、正装の紳士淑女たちも一般の仮装者とまったく同じ扱いを受けるのである。

料理が運ばれるまでかなりの時間がかかったが、誰もが口を閉ざしていて、三百人もの人がいるとは、とても思えない静けさだった。もちろん背後に立ちならぶウェーターたちの機嫌を損なわないよう、それぞれが緊張しているせいでもあるのだろう。そしてまた、その緊張は、ウェーターたちも同じらしく、彼らも一様に、息を詰めるようにして客を見守りながら、食事がはじまるのを待っているのである。

運ばれて来た料理は全員が同じだった。一杯のワインと黒パンがあらかじめテーブルに用意されていて、一皿ずつ二皿が出た。料理は調理場からひと続きになったウェーターによってリレー式に送られてきて、それぞれの背後に立ちならぶウェーターによって、客の前にうやうやしく置かれた。Ｋはまわりに見ならって、まずワイングラスを手にとったが、こんなところで高級なワインが出るはずがないという先入観もあって、気の抜けた安価なワインのように思えた。それどころか、ワインらしく見せかけた、ただの水のようにさえ思えた。

料理は思いのほか豪華だったが、残念ながら、みんな冷えきっていて、そのうえに塩気がまるでなかった。すくなくともＫの味覚からすると、味がほとんどないといってよく、まわりの客が美味そうに食べるのが解せなかった。ウェーターが執拗に見守っているので、まずそうな顔はできないのかもしれなかった。あまりに味がないので、Ｋがおもわずソースに手を伸ばすと、それより早く背後のウェーターの手が伸びて料理にかけてくれたが、ソース自体に塩気がなく、よけいに甘酸っぱい感じになった。

ウェーターのてまえ食べ残すのは許されないらしく、まわりの客たちがみんなきれいに平らげるので、Ｋもなんとか胃に収めたが、異物を詰めこんだという感じが残った。それだけに、それも生ぬるいものだったが、最後のコーヒーは有り難かった。砂糖ぬきで一気に飲み干して、満足のあまりおもわず振りむき、空のカップをウェーターに差し出してみせた。すると、ちょっとした騒ぎが生じた。背後に控えた三人のうちシルクハットをかかげ持ったウェーターは微動もしなかったが、ほかのふたりは差し出したカップを奪い合って、そのあげく床に落としてしまったのだ。

ところが彼らは、そんなことはお構いなしに、立ちならぶウェーターをかき分けて調理場に駆けこみ、それぞれカップを捧げ持ってきた。そして、Ｋがその二杯を飲み干すあいだ、ふたりは同僚たちの羨望の目を集めていた。彼らは、どんなささやかな仕事でも、成し遂げることで過大な満足をおぼえるようだった。げんに、シルクハットをかかげ持ったウェーターは終始、任務を果たしているという満足げな表情を保ちつづけていた。

時間の経過がわからないので、勝手に午餐と見なした食事は、ウェーターたちの監視のうちに順調に進んで、Kのテーブルの五十人だけでなく、ほかのテーブルの人たちもほとんど同時に食事を終えた。そして、追い立てられるようにして外に出たところで振り返ると、ウェーターたちは、これからがほんとうの仕事だといわんばかりに、いっせいにテーブルの上を片づけはじめていた。館の修理に専念する青服の職人たちがまさにそうであるように、彼らにとって仕事とは元の状態にもどすことであって、そのことが彼らの仕事のもっとも大事な部分を占めているにちがいなかった。

いずれにしても、ウェーターたちから解放されて、Kはほっとした。それに、食事を終えてみると、塩気のない食事にもかかわらず満足をおぼえて、いくらか元気を取りもどしていた。もっとも、じっさいのところ、食事をする必要があるのかどうか、こうして食事を終えてもまだ半信半疑だった。館では食事もひとつの形として行なわれているにすぎない、そんなふうにも思えてならなかった。

これからどうするか、とKは自分に問いかけた。ここが最初に昇って来た地下通路の出入口とはかぎらないけれども、四つあるロビーの端にそれぞれ二か所ずつ、全部で八か所あるにちがいない出入口のひとつであり、この坂を降りて行けば、寝室の黒いドアがあらわれるはずだった。だがまだ眠くはなかった。寝室をみたす巨大な生き物の寝息を思い起こすと、そんななかでひとり目を覚ましているわけにはいかなかった。

それでもKは、カーブを描きながらくだる通路を降りた。誰も通らない地下通路の緋色の絨毯を、シャンデリアが照らしていた。やがて浴場のドアの前に来た。Kは浴場を見つけたときのことを思い起こして、おもわずドアを押していたが、同時に、眠くなるまでここで過ごすことを思いついた。

入浴は思ったよりも面倒だった。衣裳棚の争奪戦に加わらねばならず、みんながそうしているように、辛抱づよく戦わねばならなかった。Kはそのあいだ、鍵のない棚なので盗まれたり放り出されたりしないかという心配から様子を見守っていたが、そうした違反をする者はいないようだった。押し合いへし合いしながらも、人々は決まりをきちんと守っていた。たしかに館では、こうした決まりはごく自然に守られているらしく、したがって、その場の決まりにしたがってさえいれば、いずれは目的に達した。げんに、押し合いへし合いしながら、これではまだまだ時間がかかりそうだ、そう思いはじめたころ、あつらえたように空の衣裳棚が目の前にあらわれた。

体育館のようにひろい浴場だった。中央に楕円形の巨大な浴槽があって、何百人もの人が入浴中だった。浴槽のまわりのタイルの床にも大勢の人が坐ったり寝そべったりしていて、プールサイドのような光景になっていた。大浴槽のほかにも左右の壁にそって中小の浴槽がいくつもならんでいて、そのほうはかなり混んでいた。壁にもたれて他人の入浴をぼんやりと眺めている者もいた。そればかりか、服を着ている人もいて、華やかな服装に羽飾りのある帽子をかぶった女さえ、裸の人々のあいだを悠然と歩いていた。

大浴槽はそれほど混雑していなくて、まわりを気にする必要はなく、のんびりと浸かっていることができた。はじめのうちは、湯がぬるく、物足りない感じだったが、我慢していると、気にならなくなった。それどころか、館ではいつどこにいても、たとえば、夢遊病をまねた意識を保ちながら一階の通路を歩いているときでさえ、館が強いるなにかを感じとっていなければならないけれども、このぬるい湯に浸かっていると、しだいに気が楽になって、その束縛から解放されるのである。

もっともKは、まわりの人たちのように、のんびりしたその気分を長く保てなかった。あれだけ歩きまわったのに、けっきょくは、館がどういうところなのか、なにもわからずじまいだったことを思うと、湯に浸かっている場合ではない、という苛立ちにとらわれた。そしてその苛立ちを静めるために、ときどき湯から出て、浴場のなかを歩きまわった。

浴場の奥の行き止りである壁いっぱいに、天井までぎっしりと絵が描かれていた。こまかく仕切られたなかに地球上のいろんなもの、コーヒーカップやフライパンなどの小さいものから戦車や飛行機のような大きなものまで、ひとつひとつ丁寧に描きこまれていた。

Kはその前に立ち、よく見ればなんのための絵なのかわかるかもしれない、そう思って、しばらく眺めていたが、どんな考えも生まれなかった。すべての記憶をなくしていることが原因なのだろうか、いくら眺めていても、そこに描かれているものと自分との関わりが見出せず、そのせいで共感できないのである。むしろ、共感できないことを確認するためにそこに提示されている、そんなふうにさえ思えるのである。

壁画の下を通って大浴槽の反対側に出た。Kはそこまで来て、これだけ大勢の人がいるのに、浴場全体が静まり返っていることにあらためて気づいた。静かな原因のひとつは、連れ立っている人たちがほとんどいなくて、したがって話し声がしないことだった。もちろん人々は、言葉を口にしないわけではなかった。脱衣室でも、「あら、ごめんなさい」とか、「ひどい混みようだ」とか、短い言葉やつぶやき声を耳にした。だがそれだけのことで、誰も声高に話したりするようなことはないのである。

浴場をひと回りして脱衣室の近くにもどって来たところで、Kは、三十人くらいの女だけの群れを見出した。動きのない浴場のなかで、ここだけは例外で、声こそ出していないが、ひと塊りになって押し合いへし合いしていた。シャワーでもあるのかと思ったが、そうではなく、すこし横に位置を移して眺めると、女たちの向こうに、きらりと光るものがあった。壁の一部が鏡になっているのである。この浴場には鏡がこの一か所にしかなく、女たちはみずからをそこに映そうとしているのである。

ところがそれが容易ではなかった。最前列に出ても後から押されて鏡に接するので、すぐに左か右に移動して、つぎの人に場所を譲らなければならない。そしてふたたび後ろにならんで順番を待たねばならない。まわりの人たちを押しのけて鏡の前に出ようとしても、けっきょくは、そのまえに外側に押し出されてしまう。無秩序に争っているように見えながらも、順番に鏡の前に出るという規則正しい動きをしているのである。

それに、その様子を見ていて、Kには、しだいにそう思えてきたのだが、女たちはじっさいに鏡に自分の姿を認めているのかどうか、怪しかった。鏡があるので、そこに映る、そう思いこんでいるだけではないのか。鏡の前に出たとき、一瞬そこに、自分の姿の記憶を甦らせるだけではないのか。そんなふうに疑われるのである。

湯に浸かったりタイルの上を歩いたり、それをなんどか繰り返したあと、Kは浴場を出た。脱衣室でもういちど押し合いへし合いして、衣服とシルクハットを取りもどさねばならなかった。それにしても、職員があんなに余っているのに、どうしてこの混乱を放置しておくのか、わからなかった。男女別にするとか、食堂の控え室のように列をつくるようにするとか、すこし工夫すれば、こんな混乱は起こらないだろう、そう思えてならなかった。

それでなくとも館では、着衣はなによりも大切であった。与えられたそれぞれの衣服だけが、記憶をなくしている自分に代わって、自分であることを確信させてくれる拠りどころなのである。入浴のあいだとはいえ、それを手放すのは心細く、それを思うと、せっかくの入浴も楽しみが半減するくらいなのだ。

通路をくだって行くと、寝室の黒いドアがあらわれた。Kは、このドアのなかで目覚めてから何日も経った気がしたが、もちろんそんなことがあるはずはなかった。それなのに、黒いドアを目にすると、その何日ものあいだ眠っていなかったみたいに、眠気が頭をもたげた。そしてそれを意識すると、たちまち眠気が膨れあがった。ということは、ドアの近くで寝入っている人たちは、不精でここで寝ているのでも、酔って倒れているのでもなく、ドアを開けるまえにはげしい眠気におそわれて、寝こんだのである。だいいち、食堂の水のようなワインの一杯や二杯で、こんなふうに寝こむはずがない。

Kは近くの黒いドアを押してなかに入り、暗がりに身を浸した。と同時に、いっそう強まる眠気に、ところかまわず寝こみたくなった。それでもなんとか眠気をこらえて、ベッド棚のあいだに入って行くと、巨大な生き物が眠っているような、ゆったりとした寝息の波につつまれた。Kは懸命に眠気をこらえながら、蚕棚のいくつかをめぐった。黒い影にしか見えないが、それぞれの梯子の下にはかならず、何人かがそれを背に寝ていた。このはげしい眠気をこらえながらベッドを探すのは、容易ではないのだ。

さいわい、通路の中ほどまで来たとき、梯子を降りて来る人影が認められた。Kは梯子の下の人をさけて梯子に取りつき、降りて来た女らしい人影とすれ違い、空いたばかりのベッドにたどり着いた。

七、八段目と思える高さだった。Kは、自分を見出したときの下着姿になり、脱いだものをたたんで枕もとに置き、その上にシルクハットをのせた。いつのまにかシルクハットは邪魔に思わなくなっていた。与えられる衣服類は、はじめどんなに違和感があっても、ここではすぐに体の一部になるにちがいなかった。

毛布にくるまると、いま出て行った女の匂いが残っていたが、嗅覚が鈍っているのか、食堂の料理がそうであったように、館では匂いそのものが極端に淡くなるのか、ほとんど気にならなかった。それに、館では男女の境目は取り払われていて、浴場でもそうだったが、異性をことさら意識することはないようだった。

Kは、ベッドを確保できたことに興奮していて、はげしい眠気にもかかわらず、すぐには寝入らなかった。このまま眠りこんで目を覚ましたとき、窓がすぐ横にある部屋にもどっている自分を見出すのではないか、そんなふうにも思ったりもした。それならば、とKは自分に問いかけた。そこにもどることは望ましいことだろうか。もちろん望ましいことだった。そこで生を享《う》け、そこで育って、そこで生きてきたのだから。

その一方で、Kは反対にこうも思った。こんなふうに拉致されて来たのは、なにか必然があるにちがいない。したがって、目を覚ましたとき、当然このベッドにいる自分を見出すにちがいない。ということは、館自体も、ここで行なわれていることも、いかにも不可解であり、無意味な営みに思えるけれども、だからこそ、そうした不可解さや無意味さを介して館の意図を見出して、それを理解しなければならないのだ……。

Ⅳ　それぞれの役割

蚕棚での目覚めはすでに二十回を超えているはずだった。Kは寝室を出て地階の通路をたどり、食堂の控えの間に入った。そこはいつも順番を待つ人で埋まっているが、壁にそって迂回すれば、そんなに苦労せずにロビーに通ずる通路に出ることができた。住人の行動はパターン化しているので、それにしたがって行動すれば、人々は察して道を開けてくれるのである。そうした秩序がなければ、人であふれる館はあちこちでパニックが生じて、収拾がつかなくなるだろう。仕事に忠実な青服の職人たちがしつこく干渉するので、それも功を奏していた。

ロビーに入ると、Kはいつもそうするように、真っすぐガラス張りの壁に歩み寄った。庭園の眺めはどんな変化も認められなかった。木々の上の曇り空がほのかに明るんでいる気がして、目覚めたあとなので、いまは早朝で、日が昇るところ、そんなふうに思いたくなるのだが、まったく同じロビーが四つあり、まったく同じ庭園が四つある、そう思い返すと、完全に静止した庭園でしかあり得ないのである。

じじつ、厚い絨毯のような芝、陶器をならべたような庭木の茂み、磨かれた金属のように黒光りする木々の幹、枝、葉など、細部を眺めれば眺めるほど、模造の庭に見えてくるのである。もちろん、同じ庭園が四つあるからといって、模造の庭であるとは断定できず、真偽はあくまでも不明であった。庭園の眺めが教えているのは、館では、なにごとも断定的なことを求めてはならない、ということだった。

ロビーの様子もまったく変わらなかった。さまざまに仮装した人たちがロビーいっぱいに歩きまわっている。正装に着飾った紳士淑女たちがラウンジやゲーム室の前にたむろしている。白服の職員がわき目もふらずドアを出入りしている。青服の職人たちが脚立や道具箱をかついで、あらゆるところを点検してまわっている……。

ところが、どういう理由かわからないが、きょうにかぎって、人々のその様子がKの目に、なにか意味のあることを隠しているように見え、それを読みとるよう、うながしている、そんなふうに思えた。そればかりか、館についてであろうと、みずからの立場についてであろうと、その在り様を知るには、住人たちを観察するしか方法がない、そんなふうにも思えた。たとえば、すぐ目の前にある光景もそうであった。

ソファーによれよれの作業服の男が腰かけている。男は例によって自分がどこにいるのか忘れているみたいに、放心したような状態にある。ソファーの後ろでふたりの青服の職人が雑巾を持って、これは自分が見つけた仕事だといわんばかりに牽制し合っている。男が立ちあがったあと、汚れを拭きとろうと待ち構えているのである。ところが、男はくたびれた作業服姿に仮装しているだけで、じっさいにソファーが汚れることはない。そのことはふたりの職員も承知している。それでも彼らはそこに待機している。つまり三人は、そうして形をつくることで、ひとつの在り様を成り立たせているのである。この光景は、こうしたからくりをしっかり観察することで、人と人との関わりの在り方、ひいては館と人との関わりの在り方が見出せるはずだ、そう語っているように思えるのである。

Kはいつのまにか、通路に入って歩いていた。通路の眺めもすべてがいつもどおりだった。白服の職員たちがドアをせわしく出入りしている。青服の職人たちが壁や床や天井を点検しながら通りすぎる。さまざまに仮装した人たちが夢遊病のような状態で通路をたどっている。そうした眺めにKはしだいに気が滅入り、絶望的な気持になった。通路が交差する小ホールにたどり着いても、行き先を気にせず、そのときそのときの気分で向きを変えた。出発点と到達点がつねに同じであり、どちらに進んでも同じロビーに行き着くのである。

Kは、一階の通路を歩いているときいつも、地階を思い浮かべずにはおれなかった。それは、地階が拉致されて来る以前につながる緩衝地帯である、そんなふうに思えるからである。巨大な生き物の眠りであるかのような眠りのなかに入りこめる寝室。ぼんやりとではあるが、自分というものを感じとりながら、好きな思いに浸っておれる浴場。つまり地階では、睡眠や入浴によって、ほんのわずかであっても、館に来る以前の自分を感じとれる気がするのである。

それに比べて一階はどこもかも違和感に満ちていて、いつまで経っても馴染むということがなかった。そしてそのせいで、無形の圧力が加えられているかのように、休みなく館と向き合っているような緊張を強いられるのである。それでいながら、確かなものは何ひとつ見出せず、けっきょくは、夢遊病をよそおい、自己をなかば放棄した状態でさ迷い歩くしか、館との関係を保てないのである。

それは一般の仮装者だけではないようだった。正装の紳士淑女たちも、つねに仲間といっしょにいながらも、よく見ると、どうして身を保てばいいのか、もう考える力も気力もない、そんな状態にあるように思えるのである。白服の職員たちもそうであった。彼らがあれほどせわしそうにしているのも、館と向き合うべくなにかを追い求めつづけていて、その方法が見つからず、あのような焦燥に駆られている、そんなふうに思えるのである。一団になって動きまわっている青服の職人たちも、対称を保つことで館と一体化しようとしていながらも、対称という沼にはまり込んでいて、そこから抜け出せないでいる、そんなふうに思えるのである。

Kは、こんなふうに考えながら歩いているうちに、いつのまにかロビーのひとつに踏み入れていた。そして、ソファーの列の前を通りかかったとき、席をゆずるように立ちあがった人がいて、待たずに腰かけることができた。腰かけるたびにおどろくのだが、ソファーはひどく心地がよいのである。隣りの人を見ると、その心地よさを味わうように、目を閉じてうっとりした表情をしている。Kもシルクハットを膝に乗せ、その人を見ならって目を閉じた。

それでもKは、やはりいつものように、自分は自由の身だろうか、それとも囚われの身だろうかという問いを、自分に向けずにおれなかった。そしてこの問いは、けっきょく、館の主の不在から生じている、館の主でなくとも、その代理に類する者でもいれば、館がどういう施設であり、自分がなぜここにいるのか、確認できるはずなのに、そういう者さえいないということから生じているという、いつもの考えに落ちこむのである。

ところがじっさいは、館の主が不在にもかかわらず、館はこうして運営されているのである。ということは、その運営を維持しているのは、館の住人でなければならず、そのことは、館の住人のすべてが、なんらかの役割が与えられていて、それぞれが自分の役割を果たすことで、館の運営が維持されている、ということになる。白服の職員がせわしく動きまわる様子や、青服の職人たちの熱心な仕事ぶりを見れば、まさにそのとおりで、上流階級という役割をいたずらに演じているように思える正装の紳士淑女たちも、当然、その運営の一部を担っている、そう見なさなければならない。

ところが住人の大半を占める、Kたち一般の仮装者は、目的もなく徘徊するばかりで、なんの役割も持っていないように見える。たとえば、最初の日、地階の通路で巡査の恰好をした男に会ったが、その恰好にふさわしい役割など、館のどこにも見当たらない。巡査に仮装していただけに思える。だが、ほんとうに、あの男はなんの役割も与えられていないのだろうか。そんなはずはない。それなのに館自体は沈黙して語らず、一般の仮装者の場合、その役割を知る方法が見つからない。また、教えを乞うために誰かに声をかけたところで、答えは返って来ない。ということは、全住人の様子をくまなく観察することで、その役割を推測するしか方法がないということになる。

そこでKは、このような考えにしたがい、館の住人を三つのグループに分け、それぞれのグループの役割について、これまでに知り得たかぎりのことを思い起こしてみた。

第一のクループは正装の紳士淑女たちである。彼らはラウンジやゲーム室などを占拠していて、そこでおしゃべりをしたり、玉突きやゲームに興じたりしている。はじめて彼らを見たとき、館の主、あるいはその代理人たちに近い人たちかもしれないと思ったが、もちろん間違いだった。館の主そのものが不在なのだから、不在である館の主との関係ということでは、彼らも一般の仮装者とまったく同じ立場にある。したがって彼らにも、上流階級を演ずるということ以外に、何ひとつ特権は与えられていないことになる。げんに、ラウンジの前などでは一般の仮装者たちが近づくことさえ嫌悪する彼らも、食堂では同席しなければならないし、浴場では衣裳棚の争奪戦に加わらねばならない。

いずれにせよ、ロビーや通路で見るかぎりの彼らの特徴は、彼らが異様な熱意でみずからの役割を演じているということである。その身分にふさわしい振る舞いをしようと異常なほど留意しているということである。何人かが集まっているときの彼らの身のこなしは、こまかなところまでみごとに洗練されていて、その優雅な仕草はほれぼれするくらいだ。

ところが彼らの実情はどうだろう。たしかに一見すると、上流階級という身分を享受し、おしゃべりやゲームなどを楽しんでいるように見える。だが現実はそうではない。正装で身を飾って華やかな社交を繰りひろげているように見えても、それはあくまでも見せかけにすぎない。つまり彼らは、上流階級を演ずるという、与えられた役割を形のうえで精いっぱい展開しているにすぎない。

ということは、彼らもやはり一般の仮装者と同じように、ここに拉致されて来て、蚕棚のベッドに寝ている自分を見出し、そこに用意されていた衣服と装飾品を身につけ、それにふさわしい振る舞いを演じているにすぎないのである。だから、Kが近づこうとしたとき、彼らが見せた、身分の低い者をさげすむ表情や仕草も、嫌悪からではなく、上流階級を精いっぱい演じて見せた、ということでしかないのである。

ところで、同じ正装に着飾っているとはいえ、彼らの正装には極端な不均衡が見られる。みごとに着飾った者もいれば、同じ正装でありながらボロにちかいものを身につけている者もいる。それには理由がある。じっさいに近くで目にして確認したわけではないが、身に着けている衣服や装飾品がゲームや玉突きの賭け金になっているのである。その結果、衣服はひとりに付きひと揃え分しか与えられていないのだから、ひんぱんにやり取りしていればしだいにくたびれてボロになる。そのために、遠くからは華やかな夜会の光景に見えても、近くで見ると、乞食の集団に見えなくもない。もっとも誰もが裸足であることがそうであるようにすぐに見慣れてしまい、それほど異様に思えなくなるのだが。

いずれにせよ、彼らが玉突きやゲームの賭け金として衣服や装飾品の交換を繰り返しているのは、上流階級の浮き沈みのはげしさを懸命に演ずるためである。言いかえれば、上流階級の在り様を可能なかぎり微細に表現するという、確固たる役割をはっきりと自覚していて、それにふさわしい態度をたえず表明しつづけているのである。

第二のグループは、せわしくドアを出入りする白服の職員たちと、館じゅうを駆けめぐっている青服の職人たちをはじめとして、食堂のウェーターや守衛など、あらゆる仕事にたずさわる人たちである。

白服の職員たちの行動は、まったくの謎である。白服の職員が仕事をしているところを見たことがない。せわしく出入りしているドアのなかで、彼らがなにをしているのか、想像もつかない。どんな仕事もしていなくて、ただドアからドアへと駆けまわっているだけのようにも思える。もちろんそんなことがあるはずはない。もしそうであるなら、一般の仮装者と変わらない存在ということになる。そうではない。外にあらわれた形、目に見える形ではわからないけれども、むしろ彼らこそ、館の本質にかかわるもっとも重要な役割を担っていて、それを果たそうとしている、そのためにあのようにひとときも休むことなく、ドアからドアへと奔走している、そう思わずにはおれないのである。

一方の青服の職人や白服以外の職員は、目に映るままの働き蜂的な存在である。ただ、彼らの特徴は、彼らの人数が仕事の量をはるかに超えているせいもあって、仕事が細分化され、有効な仕事という枠をはみ出ていることである。その結果、いかにも無意味な事態がしばしば起こる。Kはあるとき食堂で、こんな事件に遭遇した。

隣りのテーブルで、ひとりの紳士が運ばれて来たスープに手をつけず、皿のなかを覗きこんでいた。その様子に目をとめたウェーターのひとりが、ほかのウェーターを押しのけて厨房に駆けこみ、注進におよんだ。するとコック長がそのウェーターの腕をつかみ、引きずるようにして、すごい勢いでやって来た。ほかの十人ほどのコックもいっしょだった。そして、そのウェーターが紳士を指さすと、コック長はろくに確かめもせず、スプーンでスープをすくい、紳士の口にねじ込んだのである。コック長の振る舞いに見ならって、ほかの十人のコックたちもいっせいに、近くの客の口にスープをすくったスプーンをねじ込んだのである。

客たちは咽《むせ》んで立ちあがろうとしたが、マナーに反する行為と見なしたのだろう、まわりのウェーターたちが強引に坐らせた。客たちの悶えがつづき、そのテーブルの他の客たちまでが立ちあがって、収拾がつかなくなった。けっきょく、守衛の権限でそのテーブルの客全員が強制退去させられて、ようやくその場はおさまった。

こうしたことが起こるのは、仕事の絶対量の不足が偏狭さや硬直化をまねいて、仕事が持つ本来の内容がゆがめられるからである。といっても、それ以上の混乱にまで拡大することはない。正装の紳士淑女たちが、上流階級を形として演じているように、職員たちの誰もが、それぞれの仕事をひとつの形として、いかに演じるか、いかに過不足なく表現するか、そのことにのみ留意しているのである。

そのことは、青服の職人たちの仕事ぶりに、さらに顕著に見受けられる。つまり彼らの仕事はほとんど見せかけにすぎないのである。例をあげれば、こうである。そのとき彼らは、おそらく彼らのひとりが、ロビーの壁に彼らの目でしか認められないごく小さな傷を見つけたのだろう、それを十人もの人数で修理しようとしていた。彼らは、そこにたむろする正装の紳士淑女たちを追い払ったあと、脚立をならべて修理の方法を検討しはじめたが、彼らのその様子は、修理そのものよりも、どれくらい熱意を持って自分たちの役割を果たそうとしているか、そのことをもっぱら誇示しようとしている、そんなふうにさえ思えるのである。

いずれにせよ、脚立や道具箱をかついで駆けめぐる青服の職人たちの一団があちこちで目に入るが、本格的な作業をしているところに出くわすことはない。そんな作業はないのである。ただ、彼らにとって幸いなのは、対称を保つという目的が与えられていることである。つまり、すこしでも手を加えると、他のロビーや他の通路の同じ個所とちがってしまい、それを見つけた別の仲間たちが、その個所を修理することになる。そのようにして彼らは、無限に継続できる仕事をみずから生み出しているのである。

彼らのその熱意は恐怖をおぼえるほどである。せわしく駆けまわる彼らを見ていると、仕事の枠を超えて、労働そのものへの飢餓状態におちいっている、そのエネルギーがいまにも暴発して、一階をめちゃくちゃに破壊する日が迫っている、そんな怖れさえ募ってくるくらいだが、もちろんまったく無用な怖れである。

というのも、彼らは、みずからのエネルギーを巧みに制御しているのである。彼らが塗装作業に没頭しているところにしばしば出くわすが、よく見ると、塗料の缶は空であり、刷毛も乾ききっていて、疑似作業でしかないのである。そうしたことは習慣化していて、彼ら自身は正当な作業をしているつもりなのである。じっさいに、館全体の在り様を考慮にいれれば、そのような擬似作業といえども、けして無意味な営みとは言えないのである。

つまり、正装の紳士淑女たちがその優雅な振る舞いで上流階級を演ずるという役目を果たしているのと同じように、彼らは、擬似の作業を演ずることでもって、みずからの存在理由を十分に表明しているのである。そんな彼らがロビーの壁ぞいに十台もの脚立をならべ、塗装作業の真似ごとをしている光景は、これこそ館にふさわしい光景、そう認めざるを得ないのである。

第三のグループは、上流階級、職員、職人のそれぞれのグループのどこにも属さない人々、Kたち一般の仮装者である。職員や職人たちは制服で見分けられるし、正装の紳士淑女たちも服装で見分けられるが、第三のグループは、雑多な服装というほかに定義のしようがない。その行動も、昼と夜の区分のないここでは、二十四時間、夢遊病のように徘徊しているだけ、ということになる。

だがほんとうにそうだろうか。たしかに館には、正装の紳士淑女たちがそうであるように、見せかけという完全な無駄に満たされている。それでもそこには、表現すべきものを表現するという役割が、見事なくらいはっきり与えられている。ということは、館の住人の大半を占める第三のグループも、その無為の見せかけにもかかわらず、なにか役割が与えられていると見なしてもいいはずだ。そしてその役割は、それぞれがさまざまに仮装していることに関わりがある、そう考えていいだろう。

ところが、第三のグループの場合、その仮装が役割を教えてくれないのである。役割が本人にも隠されている。この隠蔽のせいで自分の役割が自覚できず、それで仕方なく、われを失った状態にみずからをおとしめて、ロビーと通路を休みなく徘徊しているのである。いったいなぜだろう。このことを解明しないかぎり、一般の仮装者であることの意味、ひいては館に拉致されて来た理由を、見出せないということになる。

以上がKの知り得たかぎりの住人それぞれの在り様であり、そして、自分の役割を自覚するには、仲間である一般の仮装者たちを観察して、隠されている役割を見きわめるほかはない、それがわかれば、自分の役割もおのずから理解できるはずだ、というのが、Kが最終的にたどり着いた結論であった。

Kは、このように結論づけると同時に、ソファーから立ちあがった。それでなくとも、さっきから何度も立ちあがろうとする気持をおさえていたのである。一階にいるときにかぎってのことだが、なぜかひとところにじっとしているのが苦痛なのである。それは、一般の仮装者の誰もがみんな同じにちがいなく、長いあいだ待ってようやくソファーに坐ることができて、心地よさにうっとりしながらも、しばらくすると立ちあがるのはそのせいであり、また、大勢の人が空きそうもないのにソファーを取り巻いているのも、そのことを知っているからなのだ。

ソファーから立ちあがったKは、たどり着いた結論にうながされて、それを実行すべく歩きだし、まわりの人々を観察しようとした。けれども、一般の仮装者はただ夢遊病のように歩きまわっているだけなので、観察の対象として誰を選び出せばいいのか、まるでわからなかった。そこで、とりあえず自分に似た恰好の男をさがして観察することにした。そしてさんざん歩きまわり、ようやくフロックコートにシルクハットという男を見つけて、その後を追いはじめた。

当然ながら、その男も特別の動きは見せなかった。なんの当てもなく通路を歩きまわり、ロビーにたどり着くと、ガラス張りの壁をとおして庭園を眺め、ソファーのそばにしばらく立ち、ふたたび通路をたどりはじめるという、Kとまったく同じ行動パターンだった。じっさいに、男を追っていると、自分を追っているような錯覚におちいって、自分でないことを確かめるために男の前に出て、顔を覗きたくなるくらいだった。もっとも、自分がどんな顔をしているのか、いちども確かめていないので、その男と自分の見わけがつくわけではなかった。

それでも、通路を歩いているとき、妙なことが起こった。向こうからやって来た令嬢風に仮装した女が、その男の前で立ちどまると、ふんわりとしたドレスの両脇を軽くつまみ、片足を後ろにひいて、お辞儀をしたのである。Kは、こんな場面に出くわすのははじめてだった。正装の紳士淑女たちは軽い会釈を交わし合っているが、一般の仮装者は挨拶を交わすことはないのである。

男はどんな反応も見せずに通りすぎた。Kはふしぎな光景を目撃した思いで女を見送ったが、ほかの誰かに挨拶をする様子はなかった。気まぐれにお辞儀したのだろうか。フロックコートにシルクハットという大仰な恰好をからかったのだろうか。そんなことはない。館はたしかに不可解なことで満たされているが、気まぐれとか揶揄とか、そうした戯れのようなことはけして起こらないのである。

男に追いついてなおも見守りながら、Kはとりあえず、こんなふうに考えてみた。もしかすると、男がフロックコートにシルクハットという恰好をしているのは、令嬢風に仮装した女たちのお辞儀の対象という役割が与えられているからではないのか。そうでなければ、立ちどまりお辞儀するなんて、考えられない。一般の仮装者どうしの在り方は、できるかぎり接触をさけ、関わりを持たないようにする、そう思えるくらいなのだ。

Kはなおも男を追った。男はロビーに入った。後ろについて行くと、べつの令嬢風に仮装した女が男の前で立ちどまり、ドレスの両脇をつまみ片足をひいて、優雅にお辞儀をした。間違いなかった。Kは、こんどは、その女のほうを追ってみた。正装の紳士淑女たちが例のごとくラウンジの前にたむろしていて、女は彼らのそばを通りながらも、お辞儀をしなかった。ということは、さっきの男はやはりお辞儀の対象という役割を担っているらしい、そう思わずにはおれなかった。

それならば、同じ恰好の自分にどうしてお辞儀をしないのだろう。Kはそう思って、念のために女を追いこして向きを変え、その前に立ってみた。女はお辞儀をせずに通りすぎた。恰好は似ていても、どこかがちがっているのだろう。それにしても、お辞儀の対象という役割が与えられているかもしれないのに、さっきの男はどうして返礼をしないのだろう。自分の役割を自覚していない、というよりも、自覚できないようになっているのだろうか。

けっきょく、さっきの男のほかに、仮装にふさわしいと思える振る舞いは観察できなかった。一般の仮装者もそれぞれに役割を担っているという考えは、Kの推測の域を出なかった。はっきりとわかったのは、やはり誰もがみんな、すくなくとも一階では、夢遊病のような状態でロビーと通路を徘徊しているだけという、これまでの観察そのままであった。ほかのグループが異常な熱意で自分の役割を演じているのとは対照的に、どんな役割も持っていなくて、無為こそが特徴である、そんなふうに考えたいくらいだった。

それでもKは、さっきのお辞儀のこともあって、誰もがみんな、なんらかの役割を担っているはずだという考えを放棄しなかった。そしてさらに、つぎのように想定せずにおれなかった。一般の仮装者に与えられているそれぞれの役割は、本人には隠されていて、自覚できないようになっている。たとえなにかの拍子に自覚できても、すぐに忘れてしまい、意識してその役割を担いつづけられない。したがって、一般の仮装者は、みずからは意識しないまま、与えられた役割を果たしていることになる。

そしてこの推論から、Kは、自分の役割を自覚できないということは、見方を変えれば、他のグループよりもさまざまな可能性を秘めているという考えにまで延長させることができるのではないか、そんなふうにも思った。じっさいに、そのあとすぐ、Kは、自分に与えられているのかもしれない役割にかんして、つぎのようなひとつの可能性を教えられたのである。

そのときKは通路を歩いていたが、そこにならぶドアが開いて、白服の職員たちがしきりに顔を出すのに気づいた。その誰もがなにか言いたそうにKの顔を見るのである。どういうことだろう。規則違反をしているのだろうか。早くここを立ち去ってくれ、そうしないと自分たちの責任になる、そう言っているのだろうか。そうではなかった。そうしているうちに、彼らがこちらを見つめてから、さらに視線を同じ方向に向けることに気づいた。そのほうに行くようにと指図しているのである。Kは彼らが視線で示す方角に急いだ。そしてロビーに入ったが、そこでも職員たちの同じ視線が感じとれた。

ロビーに変わった様子はなかった。だが、半周したとき、いつもとちがう光景が目に入った。ソファーのひとつが壁ぎわに寄せられていて、それをかこんで五、六人がひそひそと話しているのである。そして、近くのドアの隙間から白服の職員たちがその様子をうかがっていて、しきりにKに視線を向けるのである。Kはそのソファーに近づいてみた。すると、ソファーをかこんだ人たちのなかのひとりが、Kを見ておどろいた素ぶりを見せ、まわりの人たちになにかささやきかけた。その人たちがいっせいに振り返った。やはりみんな、おどろいている表情だった。

彼らのその表情から、近づいてはいけない、まずいことがあるにちがいない、Kはそう思って、通り過ぎようとした。だが、自分でも、なぜかわからないままに、そこに踏みとどまった。すると人々の表情がとまどいに変わった。それを認めてKは思った。ここは引きさがる場面ではなく、踏みとどまる義務があるらしい。そのために職員たちは眼差しでここまで導いたのだ。Kがその場に踏みとどまると、ソファーをかこんだ人たちは、あきらめたような表情を見せて、Kを無視するみたいに背を向けた。

よく見ると、ソファーに誰かが寝ていて、人々はそれをかこんで心配そうに覗きこんでいる。さらによく見ると、なかにひとり、白衣を着た男がいる。どうやら病人が出たらしい。だが、館で病人が出るなんて、そんなことがあるだろうか。Kはそう思うと同時に、病人の出現が自分にとって、ひと筋の光明であるかのように感じた。いま、自分に与えられた役割を見出そうとしている、そんなふうに思えたのだ。ソファーをかこんだ人たちは、あきらかに病人をKの目から隠そうとしていた。

ようやく生じている事態がわかった。ソファーに横たわっているのは中年の女性で、かなり弱っている様子である。そして、その女を白衣の男がかがんで見守っている。といっても、その男は、治療行為をしているわけではなく、医師らしい態度を見せているにすぎない。つまり、その男の振る舞いも、自分に与えられた役割を自覚できるかもしれないこの機会を逃すまいとしている、そんなふうにも見えるのである。

それはその男だけではなかった。病人である女自身、病人と見せかけるのが自分の役割ではないかという思いこみから、病人を演じているように思えた。まわりの人たちも、患者が疑似の病人であることを知りながらも、みんながそれぞれに、めったに生じないこうした出来ごとをめぐって、なんとか自分の役割を自覚しようとしている、そんなふうにも思えるのである。

Ｋはなおもそこに立って、もしそうであるなら、この場での自分に与えられた役割はなんだろう、そう思いながら、彼らの様子を見守った。女はあきらかに危篤状態を演じていて、それをかこんで見守る人々も、それぞれに不安そうな顔をしているのである。そしてそのあいだも、彼らはしきりにＫのほうに顔を向けて、表情をいっそう険しくして見せるのである。

やがて、医師をよそおう白衣の男までが振り返って、なにか言いたそうな表情を見せた。そんな男の表情から、Ｋは自分の役割を自覚できそうな気がした。そこで、高ぶる気持をおさえ、みずからのフロックコート姿を眺め、シルクハットをかぶりなおして、こう思った。どうやら死者にかかわる仕事が与えられているらしい。死を前にした者の懺悔を聞きとる役目だろうか。いや、この恰好は聖職者の装いではない。すると、あとは葬儀に関する仕事しかないが、もしそうであるとすれば、館には死者は出ないのだから、疑似の死者の疑似の葬儀にかかわる、なんらかの仕事ということになる。

もちろん病人は息を引きとらず、やがてはっきりと意識を回復させた。行けども行けども、死の岸にたどり着けず、仕方なくもどって来たという表情をつくって、ソファーをかこんだ人たちを見まわした。白衣の男をはじめまわりの人たちも、喜びの表情を浮かべて、たがいに顔を見合わせた。患者は起きあがった。人々は散りはじめた。白服の職員たちもドアのなかに退いてしまった。

もう誰もKに目を向けなかった。その女を中心にした演技が終わったのである。病人がソファーを離れると、待ち構えていた職員たちが、ソファーを元のところにもどした。K自身、与えられている役割が自覚できるのではないかという期待が急速に衰えるのを感じながら、そこを立ち去り、ふたたびあてもなく通路をさ迷いはじめた。

与えられた役割を自覚し損ねたこの出来ごとは、Kの置かれた状況をいっそう謎めいたものにした。それでも、この出来ごとを経ることで、館の住人であるという気持が強化されたこともたしかだった。たとえ疑似であっても、自分には葬儀にかんする仕事が与えられているらしいと思えたことが、Kの館での在り方を知る手がかりになる、そんな気がしたからである。

そのうえまた、K個人の在り方だけではなく、第三のグループ全体の在り方もすこし理解できた気がした。それはこういうことだった。このグループはまさに仮装した人々であり、しかも仮装にしたがって役割が与えられていながらも、その役割を自覚できないという矛盾した状態に置かれているのが特徴である。その結果として、第三のグループに属する者にとって、館そのものを虚構の形でしか受け入れることができず、したがって、館と真正面から取り組めず、その曖昧な状態から脱出できないのである。

いずれにしても、どのグループにも共通する仮装という在り様は、もっぱら館の主の不在が原因でそうなっているにちがいなかった。つまり、館の主の不在が館全体にエネルギーの制御を課していて、その制御の枠内に無事に収まるには、仮装という概念が必要なのにちがいなかった。じっさいに、仮装という概念が住人のすべてに、意識されないままに浸透しているのである。

V　階段と病室

ロビーから眺める庭園の木々の上の曇り空は、完全に静止していて、庭園を眺めることは、停止した時間を眺めるようなものだった。それでも館には館固有の時間が流れていて、Kは、地階の寝室、浴場、一階のロビー、通路、食堂などをめぐることで、その時間の流れに身をゆだねていた。

一方で、どのくらいの月日が経ったのかは、まるでわからなかった。蚕棚にもぐり込めばいつでも、巨大な生き物の眠りの波にさらわれ、時間の圏外に連れ去られるので、一日という単位は最初から失われていた。したがって、ここに来て一か月くらいが経つのだろう、仮にそう思っているが、すでに半年が経っている、そう言われても、否定できない気がしていた。

そうした不確かな月日の経過のなかで、Kはそのときも、例によって一階の通路を徘徊していたが、なにか判然としない思いにとらわれていた。存在しないとわかっていながらも、ほそぼそと保ってきた玄関を見つけたいという願望が、いつのまにか消え失せていて、その跡が空洞になっていたのである。

そしてKは、その空洞のせいで、もどかしい気持のまま、いつものように、通路をさ迷いつづけていたが、そこまで来たとき突然、その空洞を埋めるべきものがなんであるか、気づいたのである。それは、拉致されて来たその日、一階のこの通路を歩いていて、通路が交差する小ホールのひとつでたまたま目にした、あの階段であった。

それにしても妙だった。たしかに、あのときは玄関を探すことしか頭になく、「あんなところに階段がある」そう思っただけで、それ以上の関心は持たなかったが、階段があるということは、上の階になにかがあるということであり、したがって玄関があるかもしれないのに、どうしてあんなにあっさり無視したのか、そしてまた、そのあと、どうしてこんなふうにすっかり忘れてしまっていたのか、自分でもふしぎでならなかった。

もちろんあのときは、上の階はきっと、一階にましていっそう錯綜した迷路になっている、いったん踏み入れたらこの階にもどれなくなる、したがって地階の寝室にもどれなくなる、そう考えて、そこから逃げるようにして、無視したのではあったけれども。

Kはその階段の記憶をはっきりと甦らせて、あらためて通路をたどりはじめた。そして、たえず「いま階段を探している」そう自分に言い聞かせていた。一階の通路をたどるときにかぎって身についた夢遊病のような状態が、探しているという意識を中断させるからである。それでなくても、ドアをせわしく出入りする白服の職員たちの邪魔をしないよう、道具箱や脚立をかついだ青服の職人たちに接触しないよう、用心しなければならず、そのことに気をとられて、階段を探していることを忘れるのである。

Kは通路から通路へと執拗にめぐりつづけた。いまもって確認していないけれども、四つのロビーを八本の通路が結んでいるという推測が正しければ、通路の交差点である小ホールは十六か所あるわけで、それをひとつずつ丹念にまわれば、階段はその一か所にかならず見つかるはずである。ただ、階段を探しているという意識を持続できないので、順序よく小ホールをめぐることができず、したがってほとんど偶然の出会いにたよるほかないのである。

小ホールに着くたびに、Kは夢遊病のような状態からわれに返って、階段がないかどうか目をこらした。ほとんど目につかない小さな階段だったという記憶があるので、四つの角に近づいて確かめたりもした。そしてそんなとき、うっかりして、どちらから来てどちらへ向かっていたか方角を見失ったが、いったん方角を見失うと、あとは任意に進むしかなく、短いあいだになんどもロビーに行き着いた。どうせ同じことなので、ロビーに入らずに引き返すこともあった。

やがてKは、方角を見失った状態にあることも、白服の職員や青服の職人たちに妨げられて、たびたび進路の変更を強いられることも、まったく気にしなくなった。行き当たりばったりで、むしろ一種の自由を獲得した気持になっていた。たどり着くべき目的地がなくても、こんなふうに気ままに歩きまわれる地階や一階にとどまるべきだ、この自由をこんなふうに味わうことができるのならば、むしろ階段など見つからなければいい、そんな考えにさえとらわれることがあった。

もちろん反対の考えも同様に強まっていた。上の階は一階とはちがって、曖昧なものは何ひとつない。すべてが判然としていて、したがって自分の役割も自覚できるはずだ。もしそうでないとしても、すくなくともあの階段は、対称という一階の行き止りの壁に穴をあけている唯一のものであり、その意味ではひとつの脱出口であり、それを起点に良くも悪くも新しい事態が展開するはずだ……。Kは、こうした相反するふたつの考えに翻弄されつづけながら、小ホールから小ホールへと通路を歩きつづけていた。

階段を見つけたのはやはり偶然だった。見つけたというよりも、たまたま目に入った、あるいは、見つけるように強いられた、というべきかもしれなかった。なぜなら、そのときKは夢遊病をよそおった状態にあって、階段を探しているという意識はまったくなかったからである。そしてそのせいか、階段を目に入れても、とくに悦びを感じなかった。それに、こうして階段を見つけてみると、偶然であるにしろ、なんであるにしろ、いずれ見つかることは決まっていて、そのときがきただけだ、そんなふうにも思えたからである。

それはやはり、人ひとりがやっと通れる幅しかない、いかにも粗末な螺旋階段だった。小ホールの四つある角のひとつに、まるでわざと目につかないよう工夫したみたいにひっそりと設けられていた。探していることをつよく意識していたならば、かえって見すごしていたかもしれない。

Kはしばらく階段の下に立って、薄暗い上のほうを見あげていた。自分がほんとうにここを昇りたいのかどうか、あらためて自分に問いかけたのである。というのも、地階の蚕棚の眠りが館からの唯一の脱出口であり、この階段を昇ることは、その脱出口をみずから見捨てることになる、という考えが、この場にあっても、まだ残っていたからである。

その一方で、こんなふうにも思った。館を貫いてそびえる塔があって、これはその塔に昇るための階段であり、頂上まで昇りつめれば、そこには、無数の星をちりばめた夜空がひろがっている。そして、その夜空を仰ぎ見れば、なんのためにここに拉致されてきたのかがわかる……。

もちろん愚かな考えだった。Kはその考えをすぐに破棄した。仮にそれに類した光景が待っているとしても、静止したロビーの庭園同様に作り物のパノラマにすぎず、したがってそんな期待は間違っている、館はあくまでも密閉された空間であり、外に向かって開かれているはずがない。これが、玄関にたどり着けず、地階や一階を彷徨しつづけてきたKの結論だったのである。

それでも気がつくと、Kは一段目に足を乗せていた。上の階がどういうところであっても、こうして階段を見つけた以上、昇るほかない、回避することなど許されない、という声を、自分のなかに聞いた気がしたのである。そしてさらに、地階や一階にとどまっていて、どういう意味があるのか、とみずからに問うたのである。地階の寝室の眠りは、過去という巨大な生き物の眠りのなかに、一時的に引きもどされるだけで、なんのために拉致されて来たのかを知るための助けにならない。なにもかも対称の一階は、夢遊病的な意識に引き入れようとする麻痺的な空間にすぎず、一般の仮装者であるかぎり、自分の役割さえ確認できない。したがって館にいることの意味がいつまでも明らかにならない。

Kは二段目に足をかけて、そのまま昇りだした。せまい階段は弧を描いていて先が見通せず、そのせいもあって、上の階などなく、階段だけがどこまでもつづいている、そんな考えが頭に浮かんだ。ところが、螺旋が二回転したと思うと、階段はもう終わっていた。そしてそこに待っていたのは、窓のない壁にかこまれた半円形の空間にすぎず、その底辺の中央にドアのない出入口があるばかりだった。

粗末な階段に似つかわしい、見捨てられた空き部屋でもあるのだろう。Kはそう思いながら、その出入口に歩み寄った。そして、そこに踏み入れると同時に、意外な光景を見出した。かなり大きな部屋で、やはり窓のない両側の壁にそって、二十ばかりのベッドがならんでいるのである。それだけではなく、それらのベッドに、白いものを着た男たちが、背もたれに体をあずけて、横たわっているのである。

Kがそこに踏み入れると同時に、裸足だからほとんど足音はしないはずなのに、男たちの何人かがこちらに顔を向けた。そしてその気配を感じとった残りの男たちも、いっせいに顔をこちらに向けた。

みんなで十四、五人である。Kは入口に立ちどまって、男たちを見つめ返した。男たちの顔には、おどろきの表情があらわれていた。このような表情に出会うのは、館に来てはじめてだった。館での人間関係は、たがいに最小限にとどめようとする、いわば関係を回避する関係でしかなく、したがって表情は極端に乏しいのである。

白いものを着て横たわる男たちの様子からみて、病室なのはあきらかだった。ということは、館では病人は出ないという考えを訂正しなければならないが、いったいどんな病気だろう。たとえば、館では、誰もがそれぞれの衣裳にふさわしく振る舞うよう強いられているけれども、そうした過度の仮装が、本物の病いにまで高じたのだろうか。そうであるとして、病人でない自分がどうしてここに来たのだろう。Kはそんなふうに思いながら、あらためて男たちを眺めたが、すこしも病人らしい様子はなく、おどろきの表情がいつのまにか、なにか関わりを求めているらしい表情にかわっていた。

いったいどんな関わりを求めているのだろう。地階や一階では、青服の職人たちとのわずかな接触以外、人と人の関わりは皆無だった。当然この場合も、友好的な関わりとはかぎらないだろう。館のなかでは敵対的な関係もないかわりに、友好的な関係もあり得ないのだから。Kがこんなふうに思っていると、何人かの男たちが声をそろえて、「アンナ!」と叫んだ。その叫び声には、彼らにとって不可解なものが出現したことを告げるひびきがあった。

VI　アンナ

部屋の奥の右隅にあるカーテンの後ろから、ひとりの女があらわれた。白衣を着ているし、それらしいものをかぶっていて、看護婦にちがいなかった。ということは、やはり病室ということだろうが、それでもまだ信じられなかった。アンナは男たちと同じようにKをじっと見つめた。どうしてこんなものが出現したのか、いぶかる表情だった。だがそれはほんの一瞬で、アンナはすぐ行動に出た。男たちが横たわるベッドのあいだを足早に近づくと、黙ってKの腕をつかみ、出て来たほうに引っ張って行った。

部屋の隅がカーテンで仕切られていて、小さな診察室のような形になっていた。アンナは、そこにある椅子に腰かけると、診察台のようなものにKを坐らせた。腰をおろしてよく見ると、医療器具とか薬棚とか、そのようなものはなく、カーテンは部屋の出入りを隠すためのものでしかないのか、彼女の後ろにドアがあるきりだった。

Kは、こんふうに言葉を交わすのは、館に来てはじめてだった。さしあたって、意図してここに踏み入れたわけではない、そう言い訳をするつもりだった。ところがアンナが口にしたのは意外な言葉だった。

「どうしてそんな恰好をしているの。みんながおどろくじゃないですか」

声はむしろ穏やかだった。

「これしか支給されなかったのです」

Kはこう言って、会話が可能なことを知り、ひとまずほっとした。

「そんなことはわかっている。どうして白服と交換して昇って来なかったのか、そう訊いている。白服と交換したあと、ここに来ることになっているのでしょう」

ということは、一般の仮装者も白服と交換して、白服の職員になることがあるということだった。

Kの頭に浴場の脱衣室が浮かんだ。あそこではほかでは見られない複雑な動きがあったが、衣服交換が行なわれていたのだろうか。

それにしても、衣服の交換なんて思いがけないことで、館について考えを修正しなければならなかった。ほかのグループとのあいだでさえ交換が行なわれているということは、全住人がまとまりを持っているということになるからだ。そしてさらに、そのまとまりが館の主の不在を埋め合わせている、そんな考えにまで発展させることができるからだ。

「適当な交換相手が見つからなかったのです」

Kはこう言って、アンナの様子をうかがった。

「だからといって、そんな恰好で来るなんて、みんながおどろくのは当然でしょう」

「どうしてこの恰好がいけないのです」

「ここにいる人たちはみんな病人なのよ」

「病人だと、どうしてこの恰好がいけないのです。それに、館では病人は見せかけではないのですか」

「なにもかも見せかけの階下では、病人も見せかけかもしれない。でもここは階下とはちがう」

「それで、その病人に対して、どうしてこの恰好がいけないのです」

Kは同じことを繰り返し訊いて、アンナの白い顔を見つめた。その顔はときどき仮面みたいに硬直して、生きた表情が途絶えるのである。

「あの人たちは、期待せずにおれない状態にあって、それが病気の原因になっている。だからあの人たちに、期待させるようなそんな恰好で来られたら困る」

「期待?」

「そう。期待」

Kは意外な言葉に出会った気がした。しかもそれが病気の原因だという。みずからに対する不満から生じている期待だろうか、それとも館に対する不満から生じている期待だろうか。館に対する不満から生じているとすれば、住人なら誰もが持っているにちがいない、出入口を見つけたいという望みにもとづく期待だろうか。いずれにせよ、もうすこしアンナに話させる必要があった。

「ということは、わたしはルール違反をしたようですね。一階にもどって、白服と交換してから出なおしたほうがよさそうですね」

もちろんそんな気はなかったが、Kはあえて言ってみた。

「でも、予備の白衣がひとつある」

アンナがあわてたように言った。どうやら追い払う気はなく、むしろ引きとめようとしているようだった。この女は、迷いこむ者をつかまえ、病人に仕立てて、ここに閉じこめているのではないのか。そんな考えがKの頭に浮かんだ。

「やはり出なおしましょう」

Kはこう言って、立ちあがる仕草をみせた。

「まあ、坐っていなさい。あなたはなにもわかっていない」

とアンナは叱るように言った。

「それに、あなたは出なおすことなんかできない」

「どうして?」

「いったんここに昇った者は、二度と地階や一階にもどれないことになっている。だからよほど覚悟した人でなければここには来ない」

「すると、あの人たちはみんな、覚悟してここに来たことになりますね」

「そうよ」

「それなのに、どうして不満を持っているのです」

「あの人たちは不満なんか持っていない」

「不満があるからなにかを期待していて、それが病気の原因になっているのでしょう」

「そうじゃない。あの人たちはただ期待しているだけ」

「期待というのはなにかを待っている状態で、言いかえれば、不満を持っているということではないのですか」

「たしかにあの人たちはなにかを待っている。待ちつづけている。でも、けして不満があるからではない。階下とはちがって、ここでは不満に思うことなんか、なにもない」

「ということは、館に対して不満はないけれど、自分の在り方には不満だ、ということになりますね。たとえば、与えられているはずの役割が自覚できないというような」

「一階とはちがう。役割なんて、ここでは関係がない。自分そのものを放棄したい、そう願って、なにかを期待している」

「それはなんです」

「知らない。わたしが知っているのは、あの人たちが、自分そのものを放棄したいという願いを持っているのに、それができず、そのことが病気の原因になっている、ということだけ」

「ということは、やはり自分に対してなにか不満を持っている、ということになる」

「あるいはそうかもしれない。でもわたしに関わりがないから、それがなんであるか知らない。知ろうとも思わない」

「…………」

ふたりはしばらく黙っていた。男たちが病人といえるかどうか、彼らがなにを望んでいるのか、けっきょく、Kにはわからなかった。わかったのは、館の住人としての在り方が、一階とはちがっているらしいということだった。

それよりも、Kがここまでの会話のあいだずっと気になっていたこと、それでいて問う勇気が見出せずにいたのは、「二度と地階や一階にもどれない」というアンナの言葉だった。Kは腹を決めて問うてみた。

「あなたはさっき、ここに昇って来た者は、もう一階や地階にもどれない、そう言いましたね」

「ええ。言った」

「昇って来た階段を降りれば、それでいいでしょう」

「いったんここに来ると、その階段がなくなってしまう」

「なくなる？　そんなおかしなことが……」

「というか、ここに来ると、地階や一階は記憶でしかなくなり、したがって、そこに降りる階段なんかあるはずがない、そんな考えになる」

「それならば、まだそんな考えになっていないわたしには、階段はあるわけですね」

「いいえ、もうない」

「ない？」

「その階段は昇るためだけの階段で、降りるための階段ではない」

「わたしは、階段そのものがあるかないか、そう問うているのです」

「ありません。あなたがこんなふうに階下から切り離された以上、降りる階段はありません」

問答は行き違ったままだった。それに、そこまで引き返せばわかることだった。Kは話を進めるために質問を元にもどした。

「一階にもどれないというのなら、どうしてこの服装で来たことを咎めるのです。どうしようもないわけでしょう」

「咎めてなんかいない。どうしてそんな恰好であらわれたのか、おどろいているだけ」

「それなら、どんな服装と交換してくればよかったのです」

「さっきも言ったように、職員たちの着ている白服なら、いつでも手に入るでしょう」

「どのような方法で?」

Kはもういちど浴場の脱衣室を思い浮かべた。

「白服の職員のなかに一般の仮装者にもどりたがっている者がいて、服装を交換してくれる人を探している」

「白服の職員たちはどうして一般の仮装者にもどりたがるのです」

「白服の職員になっても、それが目的である階段をどうしても見つけることができず、一般の仮装者にもどって、その立場からやり直したいからでしょう」

「すると、白服の職員があんなにせわしく動きまわっているのは、階段を見つけようとして、そうしているわけですね」

「階段そのものを探しているというよりも、階段にかんするあらゆる情報を、たがいに提供し合ったり、賭けごとで交換し合ったりしている」

「けれど、そうまでしても、階段は見つからない」

「そう。見つからない。あとは惰性のままに、ドアからドアへと虚しく駆けめぐるだけ」

「それでも、ここにいる人たちのように階段を見つけて、昇って来る人もいる。そうですね」

「そう。最後の最後まであきらめない白服の職員が、方便としての幻の階段を見つけて、それを昇って来る」

「方便としての幻の階段？」

「そう。館における現象はすべて幻なのだから、方便としての幻の階段で十分ということになる。だから階段は、あるかないかの問題ではなく、その人その人の一階での在り方の問題であって、あなたの場合のようにじっさいの階段を見つける者もいれば、方便として幻の階段を見つけて、昇って来る者もいる」

そういうことであるならば、Kは、間違ったところに迷いこんだのではなく、白服の職員を経ることなく、一般の仮装者のまま来てしまった、というだけのことになる。

「それにしても、白服の職員たちは、どうしてわたしが昇った階段を見つけないのだろう」

「それは見つけようとして見つかる階段ではないからよ。一般の仮装者から白服の職員になると同時に、階段を見つけるという目的にがんじがらめに縛られて、かえってその階段から遠ざけられてしまう」

「それなのに、わたしが白服の職員を経由せず、一般の仮装者の恰好であらわれたので、おどろいたのですね」

「だから咎めてなんかいない。むしろそんな恰好をしたあなたに期待せずにおれず、わたしを呼んだ」

「それで、彼らはわたしになにを期待しているのです」

「わからない。わたしは、あの人たちがなにを期待しているのか、そんなことを知っても仕方ない。彼らの世話をする、それがわたしの仕事で、それ以上のことは関わりがない。ただそれでも、あなたのその恰好があの人たちに期待を持たせたことはわかる」

「しかし、あなたのいまの説明では、この恰好はむしろ、わたしが階段について無知であるということの証明でもあるのでしょう。じっさいにわたしは、たまたま階段を見つけて昇って来たのですから。そんなわたしにどんな期待をするのです」

「その無知による偶然が期待を持たせる。白服の職員が一般の仮装者と衣服を交換したがるのも、階段が見つからないので絶望して、一般の仮装者の無知による偶然に望みを託そうと考えてのことなのだから。もちろん偶然は偶然にすぎず、そんな形で昇って来た人は、この部屋では、わたしの知るかぎりひとりもいないけれど」

「なるほど。それで、無知による偶然がわたしをここに導いたとして、そのことが彼らになにを期待させるのだろう」

「なんども言うように、あの人たちがなにを期待しているのか、わたしは知らないし、知りたいとも思わない。ただそれでも、あなたをなんとかしてくれ、そう言ってわたしを呼んだことはわかる」

「それで、なんとかしてくれとは、具体的にどういうことです」

「すぐに白衣に着替えることになっている」

「彼らが着ているような？」

アンナはうなずいて椅子から立ちあがり、後ろのドアを開けてなかに入った。暗くてよく見えないが、壁に寄せたせまいベッドが見分けられた。アンナはその向こうにある戸棚を開けて、なにかを探していた。

「あなたはいつもここで待機しているのですか」

Kは部屋のなかのアンナに声をかけた。

「呼ばれるのを待って、ここで待機している。そして用をすますと、できるだけ早くここにもどる」

「どうして？」

「あの人たちがなにを期待し、なにを待っていようが、わたしに関わりがないから、最小限の接触しかしないようにしている」

アンナは男たちがなにを期待しているのか知らないと言っているが、Kには、そうは思えなかった。それがなんであるか、男たち自身よりもよく知っていて、かなえられるものでないことがわかっているので、知らないと言っている、そんなふうにも思えた。

「これに着替えて」

部屋から出て来たアンナは、Kの膝からシルクハットを取りあげ、白衣を差し出した。Kは言われたとおりに、フロックコートを脱いで、白衣をはおった。

「どうして白衣に着替えるのです」

「階下からやって来る者はさしあたって医師ということに決まっている。ここではすべてが方便だけれど、それには医師と患者という関係がいちばんわかりやすく、それで、そうすることになっている」

「新参者は最初みんな医師であり、それから病人になるというわけですか」

「この階にやって来る人は、一階の混迷から脱出してやって来る。ところが、ここでは目に見えるようなはっきりしたものはなにもなく、なにかを期待しつづけるという状態に停滞してしまう。そして、その期待しているものがいつまで経ってもあらわれないので、それが、決別したはずの階下からやって来るのではないかと考えるようになり、それで、下から来る人を待つようになる」

アンナはこう説明しながら、フロックコートとシルクハットを持って部屋に入り、それをどこかに仕舞いこんだ。Kは身を削られる心地がした。フロックコートやシルクハットはすでに自分の一部のようになっていたのである。いずれフロックコートやシルクハットが与えられた役割を教えてくれ、館にいることの意味を理解させてくれるだろう、そんなふうにも思いつづけてきたのである。

「これで、階下に降りることは完全になくなったわけですね」

Kは部屋から出て来たアンナに言った。

「もう階下に降りる必要はない。というよりも、そこから来たばかりだから一階や地階があるように思えるでしょうが、じっさいは、もう記憶でしかない」

「記憶でしかない?」

「そう」

「すると、地階や一階での体験はすべて無駄であったということになりますね」

「まるで反対よ。記憶でしかなくなったから、ここにいる人はみんな、階下でのその記憶を手がかりにしたい、そう願うようになり、下からやって来る人を医師に仕立てて、地階や一階について記憶を確かなものにしようとする」

「それはどういうことだろう」

「わたしにはわからない。わかっているのは、あの人たちがその記憶を介して、なにかの手がかりを見出そうとしているらしい、ということだけ」

「つまり、方便としての幻の階段を昇るには、地階や一階の記憶を消し去る必要があって、じっさいに消し去ってしまった。ところがここに来て見ると、その期待しているものを見出すには、地階や一階での記憶が必要になる、それが手がかりとなる、ということですか」

「そういうことのようね」

「そこであなたは、新しく来た人に白衣を着せて医師に仕立て、彼らに接触させる。そうすることで彼らは記憶を甦らせる。それにしても、地階や一階の記憶がどうして彼らが期待しているものに近づけてくれるのだろう」

「わたしに関わりのないことだから、わからない。あなた自身があの人たちから聞き出せばいい。そのために医師のまねをするのだから。さあ、これであなたとの話はすっかり終わった」

アンナはこう言って、あらためてというようにKの顔を凝視した。その視線がなにを語っているのかわからないので、Kは不安になった。この病室にいる男たちの置かれた立場はいくらか理解できたけれどもK自身の館との関わりがよりあきらかになったとは思えなかった。たしかに階下での混迷からは解放されたが、ふたたび新たな試練の前に立たされた、そんな気がした。アンナの凝視はまだつづいていた。白い顔は仮面のように硬直して、いま言葉を交わした相手とは思えなかった。

Ⅶ　期待

アンナの異様な凝視から解放してくれたのは男たちだった。背後から「アンナ！」と叫ぶ声が聞こえたのである。その声に表情を取りもどしたアンナは、「うるさいわね」と言って、白衣を着せたＫをあらためて点検するように眺めた。

「あなたを寄こすようにと言っているよ」

「それで、わたしはどうすればいいのです」

「病人の繰り言を聞いてやる医師を演じれば、それでいい」

「彼らはあんなに大勢いる」

「誰でもいいからひとりの話を聞けばいい。あの人たちに生じていることはひとつのことで、みんながそのひとつのことにかかわっているのだから」

「それはなんです」

「わたしは知らない。あえて言うなら、さっきも言ったように期待ということでしょう。ところがこの二階では、その期待にふさわしいものが見つからない。それで、階下から昇って来た新参者を医師に見立てて言葉を交わすことで　その期待にふさわしいものを見つけようとする。わたしが知っているのはそれだけ。さあ、行って。あの人たちがうるさくすると、わたしは麻痺してしまう」

アンナはこう言って、体をふるわせた。そして、Ｋを立ちあがらせると、自分も立ちあがり、後ろの部屋に入ってしまった。ドアが閉まると、そこに部屋があるようには見えず、アンナなどという女ははじめからいなかった、そんなふうにすら思えた。

その男の「あなたは変わった人ですね」という言葉が対話のはじまりだった。Kが隅のカーテンの囲いから出て、ベッドのあいだを中ほどまで引き返したとき、その男がみんなを代表する形で、こう声をかけたのである。それでKは足をとめて、聞き返したのである。

「どうしてです」

「アンナと長々と話していたではないですか。まあ、そこにおかけなさい」

「彼女と話したのはいけなかったのでしょうか」

Kは隣りの空いたベッドに腰をおろした。相手の男は、ベッドの上でいったん体を起こし、あらためて背もたれにもたれたが、アンナのいうとおり、ここでは医師と病人の区別はないのだろう、着ているのはKが着せられたのと同じ白衣である。

「いけないということはないでしょうが、医師は看護婦の意見などに耳を貸さないものですよ」

「意見を訊いたわけではない。新任の医師としてここの状況の説明を受けただけです」

「それで、状況はわかりましたか」

「わかりました」

「どのように？」

「みなさん、誰ひとり病人ではない。ちがいますか」

「ちがいます。残念ながらわれわれは病人です」

「でもアンナは、せいぜい病気を探している病人だ、そう言っていましたよ」

「看護婦の話など信用してはいけない、そう言ったでしょう」

「それならば、どんな病気です。見たところ、そんな様子はすこしもありませんが」

「たしかに病人には、見えないかもしれない。アンナの言うように、病気を探している病人かもしれない。だが、われわれの立場で言うと、われわれは病気を肩代わりしているのです」

「肩代わり?」

「そうです」

「誰の病気を?」

「もちろん館です」

「館?」

「そう。館です」

「ということは、館は病んでいるということですか」

「そうです。館は不完全という病いを病んでいるのです」

「………」

Kは相手の顔をじっと見つめた。これまで気づかなかったが、瞑想のなかで明け暮れする僧のような厳しい顔をしている。

「そういうことなら、あなたたちが病気を探しているというのは、アンナの間違いということになりますね」

「そうでもない。半分は肩代わりしていても、半分は肩代わりできずにいる。それで残り半分を肩代わりしようとしているのですが、そのことをアンナは病気を探しているという言い方をしたのでしょう。いずれにしても、アンナには、われわれが館の病いを肩代わりしているということがわからないのです。それに、彼女の立場では、館が病んでいるなんて口にできないのは当然でしょう」

「彼女にとって館は完全なもの、ということですね」

「そうです。ですから、彼女から見ると、われわれは病気を探している病人なのです」

このときKは、病室じゅうの男が、ふたりの話を聴いていることに気づいた。Kとその男はふつうに話していたが、その声が病室の隅々までとどいているらしく、したがって全員を相手に話しているのと同じなのである。

「それで、館が病んでいるというのは、どのような判断からそう結論しているのでしょう」

Kはあらためて病室全体に話しかける気持で問いかけた。男はあいかわらずKの顔を見つめて、ゆっくりと口を動かしている。

「答えるまでもないでしょう。あなたがこの部屋にやって来たこと自体、館が病んでいる証拠ですから」

「つまり、館の不完全という病いが、あなたたちやわたしをこの二階に押し上げたということですね」

「そうです。ほんとうは誰もが館に来てすぐに、館と一体化できなければならない。ところがそうなっていない。館以前と繋がりのある地階はべつとしても、一階はどうなっているのか。ごく単純の構造に思えるのに、知ろうとすればするほど迷路化し、その結果、どういうところなのか、各個人の解釈にゆだねられてしまう。そこで一般の仮装者は、その解釈にしたがい、自分に与えられた役割を自覚することで館との関わりを見出そうとする、だがうまくいかない。そうした状態そのものが、館が病んでいることを証拠だてている。その顕著なあらわれが、この部屋の全員がかつてそうであった白服の職員という存在で、彼らがどんなに必死で活路を見出そうしているか、あなたもよくご存知のはずです」

男はこう言って、病室全体を見まわす仕草をした。Kもそれにつられて同じようにまわりに顔を向けたが、どのベッドの男も、いまの言葉にうなずいている。

「アンナから聞いたでしょうが、われわれは白服の職員だったのです。もちろんそれ以前は一般の仮装者で、白服の職員と衣服を交換して、白服の職員になったのです。そうすれば、職員という明快な役割を自覚できるわけですから。ところがそうなっていない。白服の職員になると同時に、階段を見出さねばならないという衝動に取りつかれて、際限のない混乱に巻きこまれ、けっきょくは倦み疲れて、ただ走りまわるだけの状態におちいってしまう。そこで、白服の職員という身分を放棄すれば、この状態から抜け出せると考え、一般の仮装者と衣服交換して、もとの自分にもどろうとする。もちろん一般の仮装者にもどっても、階段はあらわれず、自分に与えられた役割を見出そうという考えに逆もどりし、一階をさ迷いつづけることになる」

私の頭に、ドアからドアへと通路を駆けまわる白服の職員たちの様子が、遠い記憶のように思い描かれた。

「ですが、アンナは、あなたたちは階段を見つけた、そう言っていましたよ」

「そうです。見つけました。だからこそ、ここにいるのです」

「つまり、方便としての幻の階段を昇ったわけですね」

「そうです。混迷と葛藤の末、みずからが生み出した幻の階段を、あたかも自分の外にあるかのようにして見出したのです。自分自身も幻でしかない、そう認めることができれば、幻の階段を見つけることなど、なんでもないことです」

「つまり、階段も自分も、ともに実体がない、そう見なすことができたわけですね」

「そうです」

「それなら、どうしていまの状態に満足していないのです」

「あなたは思い違いをしている。われわれはこの状態に満足している。なんの不満もない。ここに来れば、すべてのことが方便にすぎないことがわかり、不満など持ちようがない」

「すると、満足しながらも一方で、館の病いの残り半分も肩代わりしたいと願っていることになる」

「そうです。館との関わりを完全なものにしたいと願っているのです」

「つまりは館と一体化したいということですね」

「そうです。館と一体化するのがわれわれの最終的な願いなのです。そのためにわれわれは方便としての幻の階段を昇って来て、いまここにこうしているのです」

「そういうことなら、わたしがあらわれたことなど、すこしもおどろくことはないでしょう」

「おどろいたのではありません。期待に揺さぶられたのです」

　男はそう言ってKを見すえ、Kも男の顔を見つめ返した。やはり黙想を常としている僧のように見える。

「つまりこういうことです。白服の職員であったわれわれは、いま話したように、方便としての幻の階段を昇って、ここに来た。だから、現実に階段があるなどとは、これっぽっちも思っていない。ところがあなたは一般の仮装者の恰好でやって来た。われわれはそんなあなたを見て、一瞬、これはどういうことなのか、と目をうたがった。と同時に、期待に揺さぶられたのです。そこで、あらためて訊きますが、あなたは白服の職員から一般の仮装者にもどって、それから階段を見つけたのですか」

「いいえ。一般の仮装者のままです。館に拉致されて来た日、たまたま階段を目にしたことを思い起こし、きっと見つかる、そう思っていただけです」

「それにちがいないですね」

「ちがいありません」

病室じゅうの男たちが緊張して聴いているのがわかった。

「するとあなたは階段を探していなかったのですか」

「いいえ、探していた。ただ、探していることを忘れた状態でいるとき、たまたま目に入ったのです」

「どんな階段でした?」

「ただの階段です。螺旋状で二回転する」

「螺旋……二回転!」

男が口のなかで繰り返した。病室全体に緊張が生じたようだった。それにしても、なぜ階段がそんなに問題になるのだろう。

「どうしたというのです? 階段はこの部屋の入口から首を伸ばせば見えるところにあるのですよ」

男はそれには答えないで、さらに真剣な表情で訊いた。

「アンナは階段についてなにか言っていましたか」

「彼女自身は、階段の有無など確かめたことがない、そう言っていました」

「それはわれわれも同じです。いや、そうではない。アンナは階段の有無など関係がないから確かめないのですが、方便としての幻の階段を昇ってきたわれわれは、階段の有無を確かめる必要などまったくない、そう考えて、確かめないのです」

「それならば、あらためて訊きますが、わたしがこうして一般の仮装者の恰好で現実にある階段を昇って来たと知ったいま、どう考えているのです」

「…………」

男は口を閉ざして、静かに呼吸した。まわりの男たちと呼吸を合わせて、暗黙のうちにみんなで返答を見出そうとしている、そんな様子にも思えた。Kは、相手に口を開かせるために、あえて言ってみた。

「あなたたちも、わたしが昇った階段を幻であると見なして、昇ったのではないですか」

「そんなことは絶対にない」

と男はすこし声を強めて言った。

「たしかに、あなたが一般の仮装者の恰好であらわれたということは、現実としての階段があるということだろうが、それはあくまでもあなたにとってそうだということです。館での在り様は、その人その人の館との関わり方によってちがっているのです」

「ですが、あなたは、期待に揺さぶられた、そう言ったのですよ」

「たしかに言った。しかし、だからといって現実としての階段があると認めたわけではない。ある者にとって現実としての階段が存在するらしいという考えが、一瞬、頭に生じたということです」

「するといまは？」

「その考えの余韻がつづいています」

「それで、現実としての階段が存在するらしいというその考えと、期待に揺さぶられたこととはどう結びつくのです」

男はすぐには答えなかった。答えていいかどうか、やはり暗黙のうちに、まわりの男たちの意見を訊いている、そんなふうにも思えた。男はようやく口を開いた。

「あなたがあらわれたときわれわれが期待したのは、ただ単に、現実としての階段があるかもしれないということではないのです。それだけなら、むしろただちに否定したでしょう。そうではなく、われわれはもっと別のことを期待したのです」

男はこう言って、息をつくようにしばらく沈黙した。まわりの男たちも息をひそめて、男の言葉を待っていた。

「それはなんです」

「あなたが昇って来た階段が、もしかすると、さらに上につづいているかもしれない、そう思ったのです。というのも、われわれがここに待機しているのは、最後の階段といわれている階段を見つけ、それを昇るためなのです。その最後の階段を昇ることによって館との関わりの最終的な在り方を見出し、そうしてはじめて、館の病いを完全に肩代わりできる、館と一体になれる、そう確信しているからなのです」

「しかしそれは、瞑想のなかのことでしょう」

「そうです。ですから、階段の有無を確かめたり、この場をはなれて最後の階段を探したりする必要はまったくないのです」

「それなのにわたしが一般の仮装者としてあらわれたので、その階段の延長として最後の階段が存在するかもしれない、そう考えたのですね」

「そうではない。それではあらためて訊きますが、あなたが昇って来たその階段はさらに上に昇っていましたか」

「いいえ。この階止まりの階段でした」

「そうでしょう。われわれが階段の有無を確かめないのは、万にひとつ、そこに階段があるとしても、それが最後の階段につづいているとは考えないからです」

「それなら、どうして動揺したのです」

「動揺などしません。期待に揺さぶられたのです」

「ということは、その期待は虚しかったわけですね」

「いいえ。期待はまだつづいています」

「どういうことでしょう」

男は答えずに、まわりのベッドの男たちに視線を向けた。これから口にすることの承認を彼らから得ようとしている、そんなふうにも見えた。男はようやくKに視線をもどして言った。

「それはいま話します。ですがそのまえに、あなたに確かめたいことがあります。一般の仮装者のあなたを、アンナはどうして階下に追い返さず、われわれと同じ白衣を着せたのか、このことをどう思います」

「わかりませんが、アンナは、白衣を着せるまえに、あなたにはもう降りる階段はない、そう言っていました」

「ということは、アンナはあなたを足止めにしたのです」

「なんのために？」

「われわれが期待に揺さぶられたのは、一瞬、あなたが昇って来た階段がさらに上に昇っているかもしれないと思ったこと以外に、もうひとつ理由があったのです。それは、ひょっとすると、伝説の階段が存在するかもしれない、そう思ったからなのです」

「伝説の階段？」

「そうです。この部屋にはひとつの伝説があります。われわれの瞑想のなかにあらわれる最後の階段の原型としての階段が、どこかに存在するという伝説です」

伝説の階段という言葉とともに、まわりの男たちが身を乗り出したかのように感じられた。その緊張のなかで、男はすこし身をかがめ、声をひそめて言った。

「それをアンナが隠しているというのです」

「どこに？」

「もちろん彼女の部屋です。あなたはさっき、彼女の部屋のなかを見ませんでしたか」

「すこし見ました」

「どんなふうでした？」

「ベッドと戸棚、それにタンスがあるだけで、あとはよく整頓されたという印象、それくらいです」

「それで十分。そのタンスの裏に通路があって、それが最後の階段につながっているという伝説です」

「まさかそんな……」

「ですから、伝説と言っているのです。そして、伝説がほんとうなら、その通路の入口を隠してわれわれを近づけないようにするのもアンナの役割だ、ということになります」

「つまり、館は、あなたたちがこれより先へ進まないよう望んでいることになりますね」

「そうです。ところがそのアンナが、あなたには降りる階段はないと言い、そのうえでわれわれと同じ白衣を着せたのです。そのことはなにを意味するのでしょう」

男はこう言って、ひと区切りつけたように部屋のなかを見まわした。まわりのベッドでは、あいかわらず男たちは静かに横たわり、ひと言ものがさず聴いていた。

「わかりません。どういう意味です」

「アンナは、一般の仮装者のまま階段を見つけ、そこを昇ったあなたは、降りる階段を失くして、宙に浮いてしまった、もう居場所がない、そう言っているのです」

「言い換えれば、その伝説の階段を探して昇るほかない、そう言っている、という意味でしょうか」

「そういうことです」

男はそれを待っていたように断言した。

「でもそれは伝説の階段でしかない」

「たしかにわれわれのあいだではそうです。ですが、あなたはちがいます。げんにアンナは、われわれに対して降りる階段はないなどとは、いちどだって言ったことがない。ということは、アンナはあなたに対して、隠された通路があること、最後の階段への入口があることを示唆したことになります」

Kは、すでに行き場を失くしている自分に、ようやく気づいた。

「つまりは、館が要求している贄《にえ》として、その最後の階段を昇らなければならない、ということですね」

「昔ならそういう言い方をしたかもしれない。だが、いまではそんな言い方はしません。最後の階段を昇ることは、われわれの誰もが願いながらもかなわぬことです。だからあなたは選ばれたのです」

「ですが、わたしは何者でもありません」

「そんなことはわかっています。それでもアンナがふさわしいと認めたのです」

「アンナが?」

「そうです。アンナはわれわれに対してこまごました用事以外のことで言葉を口にすることはない。われわれの誰ひとりアンナの部屋のなかを見た者はいない。ですが、あなたに対してはちがった。そうでしょう」

Kは思わずうなずいた。たどり着くべきところにたどり着いたことを、自分でも認めた瞬間であった。それでもKは抗弁してみた。

「うまく仕組んだものですね」

「いや、まったくの誤解だ。われわれは何ひとつ仕組んだりしていない。もし仕組んだと言いたいのなら、アンナが仕組んだのです」

「アンナが?」

「そうです。だいいち、あなたと長々と話したことがすでにアンナの意図を語っている。彼女は、あなたが最後の階段を見つけ、それを昇ることを自分で納得するよう、われわれを使って誘導したのです。われわれはいわばアンナの代弁をしたにすぎないのです」

「もしそうであるなら、どうしてアンナは直接そのことをわたしに言わないのです。そんな面倒なことをしなくてもいいでしょう」

「直接ですって……そんな! アンナは館そのもので、その意味で彼女は、住人と対立した存在でもあるのですよ。あなたも言ったように、アンナは最後の階段を探そうとするわれわれを阻止するため、ここに詰めているのかもしれないのですよ」

「そのアンナがどうしてわたしにその階段を探してそこを昇るよう仕向けるのです」

「それが館の意向だからです」

「しかし、館は最後の階段を昇ることを拒んでいるのではないのですか。げんにあなたはいま、アンナがその入口を隠している、そう言ったのですよ」

「それは館が完全無欠だからです」

男は自信ありげに言った。男だけではなかった。その言葉によって、部屋にいる男たち全員が自信を取りもどしたように思えた。だが、その階段を昇らせることが、どうして彼らの自信になるのか、わからなかった。

「館が完全無欠であるとは、どういうことです」

Kは男の目を見つめて問いかけた。

「われわれにどうしてそれがわかるというのです。それがわからないからわれわれはここにとどまって、瞑想のなかに身を置いているのです」

「すると、ここにとどまれないわたしには、それがわかっていることになりますね」

「じっさいに、そうではありませんか。あなたは、館に来た最初の日にもう、ここに昇る階段を見つけていた。ということは、このような終わりが予定されていたことになり、だからこそ終わりにたどりつけるのです。そうでなければ、一般の仮装者のあなたが、なぜここまで来られたのか、わからなくなります」

「ほんとうにそういうことだろうか。むしろ、館そのものについて誰よりも無知だからこそ、現実の階段を見つけるよう強いられたのであり、その結果として、いまここにいる、ということではないだろうか」

「あるいはそうかもしれません。ですが、われわれはこれ以上あなたの問いに答えられません。あとは、じかに訊いてください」

「アンナに直接ということですね」

「そうじゃありません。文字どおり館そのものに。それに、アンナはもういないでしょう」

「いない？」

「そうです。アンナがいては、あなたは彼女の部屋に入ることさえできません」

「言い換えれば、アンナもあなたたちも、そればかりか館の住人のすべてが共謀者であって、みんなでわたしをおとしめようとしている、ということですね」

「ですが、われわれから見れば、あなたは選別されたことになります」

「選別？」

「そうです。選別です。そしてその選別によって、館自体も、讃えられるべき、完全無欠な存在であるという本来の姿を、一瞬、あらわにしてみせるのです。そうです。われわれに欠けていたのは、階下の記憶でもある選別されたその者を見送る機会がなかったことです。いまようやくその機会が訪れたのです。さあ、これでたがいに黙するときが来ました」

　男はこう言って、もう口を開かないという表情を見せた。Kはその表情を認めてうなずき、ベッドから立ちあがった。そして男たちに背を向け、男たちの視線に押し出されて、アンナの部屋のほうに歩を進めた。カーテンのなかに入るまえに振りかえると、男たちはすでに瞑想の姿勢になり、瞼の裏で贄の行方を見守るかのように、等しく瞼を閉じていた。

Ⅷ　二重の丸天井

アンナの部屋のドアはなんなく開いた。男の言ったとおりアンナはいなかった。アンナが身を隠したということは、やはり道を開けたということだろうか。Kはそう思いながら、部屋に踏み入れた。簡素なベッド、ガラスのはまった戸棚、それにタンスがあるだけの、こぢんまりとした部屋だった。Kはタンスの前に立った。館の権威を損なうような、そんな姑息な造りになっているとは、とても思えなかった。それでも壁に接したタンスを動かして、できた隙間を覗いてみた。なにもなかった。

こんなところに、そんな通路の入口があるはずがない。彼らの瞑想が生み出した空疎な伝説にすぎない。Kはそう思いながら、タンスをもどそうとした。とそのとき、壁の一部が薄い板でできているように見えた。念のためにその個所を押してみると、やはり薄い板でできていて、さらに力を加えると、板が向こう側に落ちて、身をもぐり込ませることのできる四角い穴が開いた。

Kはその穴を眺めて、コソ泥の抜け穴ではないか、最後の階段がこんな抜け穴の奥にあるというのか、信じられない、そう思った。それでいて、このコソ泥の抜け穴こそ最後の階段に通ずる通路にふさわしい、そんなふうにも思った。そこでタンスの後ろに入り、頭を四角い穴に入れてみた。なにも目に映らない暗闇だが、手で探ってみると、左右に壁があって、間違いなく、せまい通路が前方へと伸びている。

Kはさらに深く頭を穴に入れてみた。通路のなかは墨を満たしたような異様な暗さだった。漆黒の闇とはこのことだ。Kはそう思った。それでも尻ごみはしなかった。男たちの期待を背負っていることと、アンナが道を開けるために姿を消したことを思えば、どんな怖れやどんな疑念があろうと、回避することは許されなかった。

Ｋは通路にもぐり込んだ。天井裏にでも忍びこむみたいで、規則違反をするような気がしたが、それでいてその違反は、自分の意志で犯しているのではなく、館に強いられて犯している、そんなふうにも思えた。目に映らない左右の壁に両手をついて、裸足の足もとを用心しながら、一歩一歩ゆっくりと前進した。

闇のほかなにも目にしないままに、そこまで来て、Ｋは立ちどまった。あまりの暗さに、この通路は罠として作られていて、まんまとその罠にはまったのではないのか、伝説の階段に通じているなどといつわり、奈落に転落するよう仕向けたのではないのか、そう思ったのだ。もしそうであるなら、アンナが首謀者ということになる。

Ｋはその疑念をしりぞけた。館にそのような意図があるのなら、どうして自由に歩きまわるのを放置しておくのか、どうして自分がこんなところまでやって来たのか、わからなくなるからだ。そうじゃないと、Ｋは自分に向かって言った。これはやはり病室の男たちの言うとおり、最後の階段につうずる通路であり、館との最終的な関わりが確認できる場所に導くための通路であるはずだ。

Ｋはふたたび闇のなかを前進しはじめたが、こんどは、自分が間違ったことをしているのではないか、という考えにとらわれた。病室の男たちがそうしているように、最後の階段は、瞑想のなかで求めるべきもので、そのときはじめて館と一体化できて、館との正しい関わりが見出せるのではないのか。だからこそ彼らは、最後の階段にみちびく通路がアンナの部屋にあるという伝説をあえて確認せず、伝説のままに保留していたのではないのか。

それならば、どうしてＫを焚き付けるようなことをしたのか。それとも彼らは、たまたま迷いこんだKを利用して、伝説の真偽を確かめよう、そう思いついたのだろうか。だが彼らにそのような意図があるとは思えなかった。たしかにKの出現に困惑していたが、その態度や口ぶりは真剣そのもので、そうした下心などまったく感じとれなかった。最終的には、自分たちに代わって最後の階段を探し出し、そこを昇るよう願っている、そんなふうに思えた。ということは、あくまでも彼らを信じて、この先になにが待っていようとも、この異様な闇の通路を前進するほかないのである。

どのくらいのあいだ闇のなかを歩みつづけているのか、もうわからなくなっていた。信じがたいほど遠くに来たようにも思えたが、それでいてまだアンナの部屋のすぐ近くにいるような気もした。もしそうであるなら、環状になっていて、もどって来たことになるが、そんなことがあるはずはなかった。この通路が最後の階段に導くものであるならば、後もどりできないように作られている、そう考えなくてはならないだろう。

そこまで来たとき、「やはりあった。われわれは正しかった」という声が聞こえた。Kはそこに立ちどまり、その言葉を反芻して、それが病室の男たちの声であることを確信した。ということは、これは病室の男たちの瞑想のなかの出来ごとでもあって、したがって、闇の通路をたどっているのは、Kであるとともに、彼らがみずからを託した人物でもあるということだった。

Kは闇のなかを手探りしながら五、六歩進んだ。すると梯子に手が触れた。彼らのいう最後の階段にちがいなく、最後の階段は梯子であった。Kは梯子を昇りはじめた。なにも目に映らないので、梯子がどんなところにかかっているのかわからず、そのせいもあって、闇のなかの宙に浮いた梯子が、垂直になったり水平になったり、さまざまに変化しているように感じられた。

ようやく梯子が固定して、それを昇りつめると、足もとが昇りのゆるい勾配になった。Kはスレートが敷かれた伽藍の屋根のようなところを昇った。目に映らないが、手すりのようなものが、その勾配を昇るよう誘《いざな》っていた。館の外に出たのだろうか、頭上に暗く果てしない空がひろがっているのだろうか、そう思いながら昇りつづけると、頂上らしいところに着いた。

導いてきた手すりが環になり、平らな足場を確保していた。Kは展望するようにまわりの闇を眺めた。何ひとつ見分けられないが、それでも見えるつもりで眺めつづけた。すると頭上をおおう丸天井が見えてきた。伽藍の丸屋根の頂上に立っていながら、それをおおう、さらに巨大な伽藍の丸屋根、その内側を見あげているのである。

ということは、やはり館には外などはないのである。病室の男たちは、そのことを知っているので、瞑想のなかにとどまり、そこで最後の階段を探そうとしているのである。彼らのその考えが正しいことを証明するため、Kは彼らに代わって、これ以上は行き場のない、こんなところまで来てしまったのである。

Kは男たちの言葉を思い起こした。館と一体化するには、最後の階段を昇ったそこで、みずからを放棄しなければならない、そのときはじめて館は、彼らを受け入れる存在として、その姿を見せる、というのである。したがって、彼らの瞑想のなかの人物でもあるKは、この場から消え去らねばならないということだった。

Kがそのことを認めると、それを待っていたように、頭上に変化があらわれた。なにか巨大なものが丸天井から降りて来たのである。スクリーンだった。Kが立っている伽藍の丸屋根をすっぽりとおおうかと思える大きさである。

頭上十メートルくらいまで降りたところで、スクリーンは停止した。なにも映し出されていなかったが、Ｋは仰ぎ見るようにスクリーンを眺めつづけた。こうして眺めることで、映像を呼び出せる、そう確信したのである。

やがて映像が映し出された。館に拉致されてきて最初に目にした眺め、地階の寝室のベッドから眺めた光景だった。そしてそのことから、さらになにが映し出されようとしているのか、すでにあきらかだった。寝室の蚕棚で目覚めてからいまここに来るまでの、Ｋが館のなかで目にしたものが、すべて映し出されようとしているのである。

だが、どうしてそんなものが映し出されるのだろう、そう思ったが、見ているうちにそれがなにを意味するか理解できた。映像のすべてが、館に来てからＫが目にしたものであるだけではなく、それを記憶したそのときの意識の流れそのものであった。つまりそれは、こうして映し出されることで、外部に引き出された、Ｋ自身だった。

映像の流れは地階から食堂の控え室を経てロビーへと進んだ。そしてガラスの壁ごしに見る庭園が映し出されたが、Ｋはそれを見て、おもわず身ぶるいした。静止しているはずの庭園が蠕動しているのである。「餌食になっている！」Ｋはおもわずつぶやいた。と同時に、異様な感覚が自分に取りついていることに気づいた。無数の爪によって、小刻みに引っかかれているような感覚である。

その感覚が、なにが起こっているのかをＫに教えた。スクリーンに映し出されることによって、館に来てからのＫの記憶でもある意識が、順次、館の餌食になっているのである。病室の男たちが願っているとおり、館と一体化すべく、彼ら自身でもあるＫが館の餌食になっているのである。そのことを知ると、Ｋはさらに陶然となり、みずからを差し出すようにして、スクリーンの映像に意識を集中させたのである。

Kが起こっていることをみずから認めたことで、映像の流れがさらにスムーズになり、したがって餌食になるスピードも加速した。一階のあらゆるところが映し出されて、片はしから餌食になった。一階が消え失せると、つづいて螺旋階段が一瞬にして餌食になり、ほとんど同時に病室が餌食になった。映像はタンスの後ろの抜け穴にもぐり込み、しばらく闇がつづき、闇そのものが梯子を昇り、伽藍の丸屋根を昇って、さらにその頭上の伽藍の内側が映し出された。

最後に、降りて来る巨大なスクリーンが映し出された。そしてスクリーンにスクリーンが映し出されて重なり、ただ白いだけのスクリーンになった。こうして蚕棚からはじまったKのすべての記憶が餌食になり、それとともにKの意識の流れも消滅して、Kはいなくなったのである。

（了）

我が領土

「あなたは、我が領土が置かれている状況についておよそは把握した、そうお思いかもしれません。けれどもこう言っては失礼ですが、それはごく表面的なものにすぎず、あえて申しますと、なにもご存じないと言ってもよいでしょう。もちろんあなたの責任ではありません。自分たちに有利な証言を得ようとする者たちが、ある真実を隠している以上、致し方のないことです」

しばらく椅子に坐って休んでからこう切り出して立ちあがった長老は、テーブルを離れて手摺にゆっくりと歩み寄った。旅行者も立ちあがって長老にしたがうと、手摺に近づくにつれて、灰色の平野が視界に入ってきた。城内でもっとも高い建物にそって建てられたこの木造の望楼からは、平野の広がりが遠くまで眺められるのである。立ちどまった長老は、痩せ細った手を手摺に乗せると、その平野へ目を向けて話しつづけた。

「その者たちが午後の会議であなたのご意見を拝聴しようとしています。彼らは私があなたに接するまえに謀りごとをすまそうとしたのです。私は、そのことを今朝になって知り、こうして危うくあなたにお会いする機会を得たわけですが、あまり時間がありませんので、彼らが隠している真実について、駆け足でお話ししなければなりません」

もちろん旅行者にも、この国の紛争に巻きこまれて、一方の党派の者たちの都合のよい証言者に仕立てられたことはわかっていた。そのことを知ったこの長老が、それを阻止しようと、旅行者をともなってこの望楼にのぼり、真実を話そうとしているのである。

けれども、その話を聞いたからといって、故郷をなくした放浪者でもある旅行者の立場は変わらなかった。行く先々で受け入れてくれた人たちの話に耳をかたむけ、話の正否にかかわらず相槌をうつのが、放浪者の身の処し方であり、この長老といえども、旅行者にとっては、そうした相手のひとりにすぎないのである。

十日ほどまえであった。旅行者はどこかで道をまちがえて、この陰気な国に踏み入れてしまった。そのことに気づいた旅行者は、引き返せないとわかると無性に腹が立って、道に転がった土の塊りを足蹴にした。すると土の塊りがぽっかりとふたつに割れて、内部が陽にさらされた。旅行者は割れた面を茫然と見つめていた。とそのとき、国境まで出向いて、都合のよい証言者に仕立てるべく人を探していたその党派のひとりが、機を逃さず声をかけたのである。そしてその瞬間に、旅行者は招かれた土壌学者に仕立てられて、この城に連れて来られたのである。

「ごらんのとおり、我が領土は荒廃しております。それを否定するつもりはありません」

長老は手摺に乗せた手をすこし伸ばし、荒れた平野を示して言った。それは、縦横に掘り起こされたまま放棄された運河の軌跡で、こうして高いところから遠望すると、子供がでたらめに線を引いたようにしか見えないのである。しかもこの国特有の厚い雲におおわれているせいもあって、いっそう陰鬱な眺めになっているのである。旅行者が顔をあげて遠くを眺めるふりをすると、長老はうなずいて先をつづけた。

「けれども我々は、荒廃の原因が、領土それ自体にあるとは考えておりません。つまり、あなたを招いた者たちが主張しているような、土壌の疲弊にあるとは考えておりません。もしそうであるなら、我々はこの荒廃から抜け出るどのような方策も見いだせず、いつか遠い将来、土壌が自然に活性するのを待つほかないでしょう。

ですが、我々はそのような考えとはおよそ無縁であり、荒廃の原因をまったく別の方向に見いだしているのです。もちろん我が領土が肥沃であると主張するつもりはありません。北方に属していて気候に恵まれず、土壌学的に好条件でないことは、あなたのご指摘を待つまでもないことです。といっても、このような荒廃をこうむらねばならぬほど不毛でないこともまた、十分に明らかなはずです。

そうです。我々は領土の荒廃の原因を、別の方向に見いだしているのです。つまり土壌という下方とは反対に、上方に見いだしているのです。これ以上にない率直さで申しますと、荒廃の原因を領主に、そう、まさに領主その人に見いだしているのです。もちろんこれは、あなたを招いた改革論者たちがあらわれるごく最近まで、政治を担当してきた我々の階級のすべての者の考えであり、異を唱える者などひとりもいなかったのです。

だからこそ我々は、領民すべてが合意しているその考えにのっとり、過去八十年という長い年月、信じがたいような多くの犠牲をはらい、必死で努力してきたのです。これからお話しするのは、領主その人をめぐる我々の戦い、そのために我々が維持している、ある制度についてなのです」

長老はここまで話して、立っているのに疲れたのか、望楼の奥のテーブルにもどりはじめた。手摺のそばに立ち、寒々とした光景を目に入れながら話を聴かねばならないのかと思っていたので、旅行者は内心ほっとして長老の腕をとり、その方に導いた。テーブルに着くと、長老は用意された茶を飲み、旅行者にも勧めてから、重々しい口調で語りだした。

＊

いま私は、荒廃の原因が領主にあると申しましたが、それは歴然とした事実にもとづいているのです。荒廃のはじまりが、領主の変貌という歴史的事実と、そのあとの動かしがたい、かずかずの経緯によって生じたのですから。したがって、まず、ことの起こりである領主の変貌という事実から話さなければならないでしょう。

領主の変貌――我々がこう名づけているのは、いまからちょうど百年まえ、現在の領主の祖父にあたる領主に生じ、さらに先代の領主、現領主と、三代にわたってつぎつぎに生じた、突然変異としか言いようのない現象のことです。それがどのようなものなのか、真に理解していただくには、それ以前の歴史をさかのぼって話す必要がありますが、時間がありませんので、かいつまんで話しましょう。

領主家は古い家系を誇り、すくなくとも六百年はたどることができます。それ以前は止むことのない戦乱が近隣諸国をおおっていて、領主家が中央に領土を定めることで、ようやく終息させたのです。そしてそのあと百年ばかりのあいだ、領主家がつよい影響力をおよぼすことで、諸国間の平和を保ったのです。

一方で、領主家がそうして奔走している百年のあいだ、内政はもっぱら我々の階級にまかされていました。そのせいもあって、領主家は、その役割を終えると同時に、政治に対する能力を急速に退化させて、領土の政治は我々の階級に完全にゆだねられたのです。

そしてそのことがむしろ幸いして、たびたび代わる近隣諸国の領主家と異なり、我が領主家はそのあとの四百年という長いあいだ、いちどもその地位を危うくすることはなかったのです。ただその結果として、領主家がふたたび政治の場に姿をあらわすことはあり得ないというのが我が領土の政治の要《かなめ》になり、実際に四百年のあいだ、我々の階級が内部抗争を繰り返しながら、政治の実権を保持してきたのです。

ところが、いまから百年まえのある日、誰ひとり想像もしなかった異変が起こったのです。現領主の祖父に当たる領主が、突如、四百年の眠りから目を覚まして、我々の会議の場に甲冑姿という異様な格好であらわれたのです。その場にいた我々は——私にとっては父たち、現在の世代の者にとっては祖父たちですが——その一瞬、初代の領主の亡霊が出没したと錯覚し、震えあがりました。無理もありません。代々の領主は四百年のあいだ領主の館に籠もりきりで、侍従職のほか誰も、その姿を目にすることさえなかったのですから。ましてや甲冑姿など絵図のなかでしか知らなかったのです。

会議の場に姿をあらわした領主は、茫然とする我々を尻目に議場の中央を進むと、一段高いところにある、四百年のあいだ誰ひとり坐ることのなかった玉座に腰をすえました。そしてそこから我々を見おろし、「四百年のあいだおまえたちが主人を蔑ろにしてやったことは、なにもかも承知している」と言わんばかりに、冑のなかの目を光らせたのですが、その一瞥こそ我が領土の荒廃の始まりになったのです。

というのも、我々はその一瞬に、それまで夢にも思わなかった、つぎのような観念にとらわれていたからです。「領主の突然の出現は、近年のうちに我が領土が建国当時に比すべき危機に見舞われようとしていて、その危機を乗りきるための天の配剤にちがいない」つまり、熱烈な愛国者でもある我々は、これから領土を見舞うであろうその危機に立ち向かうため、建国当時そうであったような、領主を中心とした鉄壁の体制を思い描いたのです。

ですが、これこそ取り返しのつかない、後々まで悔やまれることになる観念でした。この誤った観念が、二十年ものあいだ我々の頭のなかに居すわることになるのです。実際は、我が領土は当時もそのあとも、それに相当するほどの危機に見舞われることはなく、領主さえ領主の館にとどまっていれば、五百年つづいた平和そのままに、まったく平穏無事であったにちがいないのです。

それにしても領主の変貌はどういう経緯で生じたのか。侍従職の説明ではこういうことでした。その日、いつになく無聊をかこつ領主を慰めようと、初代の領主の甲冑を取り出して見せたところ、身に着けてみたいと言いだし、そこで身に着けさせると、大柄な体躯にぴったりと合って、本人もまわりの者もおどろくばかりでした。

領主は、姿見を持ってこさせると、その前にすえた床几に腰かけて、長いあいだ甲冑姿の自分に見入っていました。たしかにその偉容は、甲冑の主である初代の領主の霊が乗り移ったかのようで、先ほどまでの領主とおなじ人物とは思えませんでした。やがて領主は立ちあがると、女官たちを怯えさせながら、領主の館じゅうを歩きまわりました。

それはまさに領主の変貌でした。そのときすでに、女官たちとの倦むことのない恋愛沙汰に身をやつす、それまでの領主とは別人になっていたのです。というのは、「ご先祖さまはそのお姿で会議の場にお出になられたそうです」と侍従職が何気なく口にしたところ、その場に行ってみようと言いだして、いくら止めても、もはや聞く耳を持たなかったのです。それまでの代々の領主がすべてそうであったように、領主はそのときまで領主の館の外に一歩出ることさえ、あたかもそこが穢れた死者の国であるかのように忌み嫌い、かたくなに拒んでいたのです。

父たちは侍従職に、なにかそうした兆候があったのではないのか、日ごろの領主の言動はどういうものであったのか、などと質問を浴びせました。というのも、我々はそれまで領主家について、つぎのような固定観念しか持っていなかったのです。「領主家の頭脳は、四百年のあいだの、女官たちによって何重にも隔離された生活、恋愛沙汰のほかどこにも向けられることのない知能など、そうしたことが原因で、とうの昔に退化してしまっている。領主の館から一歩も出ようとしない極端な臆病さはそのなによりの証拠で、いわば、侍従職によってかろうじて生存が保たれている、ごくおとなしい生き物でしかない。まして領土の政治にかんして、存在しないのも同然である」

侍従職は、なにが起こったのか、答えられませんでした。きょうの領主の振る舞いは、これまでの領主からは想像もつかず、同一の人物とは思えない、そう繰り返すばかりでした。しまいには、甲冑を身に着けたとき、退化した頭脳が、残っていたご先祖さまの汗の匂いかなにかに刺激されて、突然変異を起こしたのだろう、などと言いだす始末でした。

しかし父たちはそんな侍従職たちを責めることはできませんでした。父たち自身、領主の出現と同時に、領土に重大な危機が迫っているという考えにとらわれただけでなく、いま述べた領主家の頭脳にかんしても、その固定観念をすでに放棄していたからです。その証拠に、「このようなことは二度とあって欲しくないものだ」と口々に言いながらも、誰もがみんなひそかに、領主の再度の出現を待つ気持になっていたのです。

領主は翌日、父たちの期待どおりに、会議の場に姿をあらわしました。父たちはその際、大きな過ちを犯しました。前日は初代の領主の亡霊と思いこんだので止むを得なかったとしても、その日は、建国の祖を祭る祭壇でもある玉座に領主が坐ることだけは、阻止すべきだったのです。十分そうするだけの力を持ちながらも、領主が当然のように玉座につくのを、うかうかと見すごしたのです。

我々が領主の顔を見るのは四百年ぶりでした。その顔は、侍従職から聞いて作りあげていたイメージとはまったく異なっていました。信じがたいほど立派な容貌でした。もっとも、領主の変貌という言葉は、一昼夜で変貌したという、領主の顔や表情について報告した侍従職の表現から採られたのですから、あながち侍従職が誤った見方をしたわけではないのですが。

いずれにしても、なによりも父たちの胸を打ったのは、四十代なかばの領主が、まるで少年のように頬を紅潮させ、目を輝かせている様子でした。つまり領主の容貌は、前日父たちが甲冑のなかに理想像として思い描いたそのままで、そのことを自分の目で確かめ得て、いっそう夢中になったのです。そして、そのせいもあって、玉座に腰かけた領主が父たちを見おろし、「さて、諸君。きょうの議題はなんであったか」と甲高い声を発したときすでに、父たちは四百年かけて作った会議のルールを忘れて、会議の場の主導権をみずから領主に返上していたのです。

その日から接することになった領主の頭脳は、奇跡としか言いようのない、恐るべき知能を秘めていました。異常に発達しながらも抑制されていたその分だけ、旺盛な好奇心をいっきに爆発させて、ひとときも休むことなく、途方もないスピードであらゆる知識を吸収しはじめたのです。四百年の眠りから完全に目覚めたのです。

会議の場もそれを大いに助けました。というのも、我々の階級は議論に熱中して飽くことを知らないのです。ことに、政治における自己の在り方を論ずることに異常な情熱をおぼえ、時間が経つのを忘れて熱中するのです。我々の階級が内部抗争を繰り返しながらも、決定的な分裂を回避できたのも、実質的な議題よりもそうした抽象的な議題を第一義として重んじた結果でした。むろん四百年の平和がそれを可能にしたことは言うまでもないことですが。

沈滞していた会議の場は、領主の出現によって異様な活気を呈して、討論会さながらの熱気に満たされました。はじめは黙りがちだった領主も、我々の知識を吸収するにつれて発言が多くなり、しだいに議論の中心を占めて、論旨においてもしばしば我々を凌駕するようになりました。

ところで、我々がもっとも好んだ政治理論、自分たちの立場をみずから論ずる理論は、およそつぎのようなものでした。「我が領土では、主権はあくまでも領民すべてに与えられている。しかし歴史的現状では、さしあたり我々の階級が会議の場を独占しているのも止むを得ない。したがって我々ひとりひとりは、領民を代表しているという自覚を、完璧にちかいまで持たねばならない。政治的意識だけでなく、人間としての意識においても、可能なかぎり自分を捨てた公共の精神として、最善をつくさねばならない……」

ですから、領主を除外したうえに成り立つ我々のこのような政治理論が、領主の出現で呆気なく破綻したのは当然でした。それでなくとも我々は、議論のための議論といった状態にあった会議の場が、領主が加わったことで現実味をおびた重大な変化を理解しようとせず、議論の行方にまったく無頓着だったのです。

その結果として、何か月も経たぬうちに、もちろん領主の巧みな誘導もあったのですが、我々の階級の存亡さえ左右されかねない最悪の事態に行き着いてしまったのです。議論を重ねるうちにひどい矛盾におちいった我々は、主権の所在にかんして、領民すなわち領主という図式へとしだいに追いこまれてしまったのです。

そして事実、主権は領主にあると承認したのですが、いったんそうなると、それだけではすまされず、さらに後退を余儀なくされて、思いもかけない結果に立ち至ったのです。もともと領主にあった主権にかんする古い法律の廃絶を怠っていたために、さまざまな権限を領主に返還することになったばかりか、生殺与奪権などという古色蒼然としたものまで復活させてしまったのです。

それなのに我々は、領主の主権復活を会議の場の政治論争における一経緯でしかないかのように、それほど決定的な事態であるとは考えなかったのです。さらに論争を継続することで巻き返して、いったんは承認したその主権をすこしずつ形骸化させるつもりでいました。これからお話しする災禍がなければ、あるいはそれも実際に可能だったのかもしれません。

ちょうどそのころ、領土は洪水に見舞われました。多くの耕地が流される、土砂に埋もれる、という事態が生じたのです。そのうえ疫病が蔓延して収拾がつかなくなったのです。困り果てた我々は、領民たちの動揺を鎮めるための手段として、彼らの前に領主を押し出してみたらどうだろうと思いつきました。領主の存在など領民たちの記憶からとうの昔に消え失せていて、なんの効果もないかもしれないけれども、とにかく試みてみようという苦肉の策だったのです。

ところが、予想に反して、領主の出馬は素晴らしい効果をもたらしました。信じがたい光景でした。領主の姿をひと目見た領民たちは、まるで救世主を見いだしたかのように、曇り空の下に――我が領土は年じゅうごらんのような厚い雲におおわれているのですが――歓呼の声をとどろかせたのです。そしてその歓呼の声は、全領土に野火になって燃えひろがり、領民の動揺と混乱はたちまち治まったばかりか、領主が領土を一巡し終わらないうちに、早くも復興への気運がみなぎりはじめたのです。

我々は下方から燃えあがったその炎におどろき、不安に襲われました。領民たちの熱狂はそれほど激しかったのです。むろん余計な心配でした。彼らは救世主を欲したのであって、主権を要求したのではないのです。といっても、領民たちの前に領主を押し出したのは、やはり過ちでした。我々の階級の上にもっと強力な権威が存在することを教えたことになり、領主との関係において、領民の強力なエネルギーをつねに考慮する必要が生じたからです。

たとえば、我々にはもっともふさわしくないくわだてですが、武力でもって領主を領主の館に押しもどしたくても、もはやできなくなりました。そのようなことをすれば、我が領民がどれほど善良であろうとも、そのときこんどは、我々の階級を排除しようとする意識に目覚めることは、火を見るよりも明らかでした。

領民の熱狂的な支持を得た領主は、すぐさま復興作業にかかり、現実的な思考においてもその頭脳は驚異的な能力を発揮しました。寸断された堤防を修復し埋もれた耕地から土砂を取りのぞく斬新な方法が、まるで魔法のようにつぎつぎに生み出されました。そしてその結果、もちろん領主を救世主と見なす領民のエネルギーがそれを可能にしたのですが、我々の指揮ならば何十年もかかる復興がわずか四、五年のうちにみごとに成し遂げられました。むろん我々は、領民とともに喜び、領主に敬意を表するばかりでした。

復興のあと引きつづいて――まさに領土荒廃の実質上の第一歩になるのですが――領主は領土改造という事業をおこしました。あちこちに貯水ダムを造り、開墾予定地に水を供給し、耕地面積を何倍にも拡げようというもので、完成のあかつきには領土が一新する大がかりなものでした。会議の場だけでなく、現実の場においても恐るべき能力を発揮した頭脳が、さらにつよい刺激を求めずにおれなくなっていたのです。

それにしても、領主の精力的な活動は父たちをおどろかせました。新しい計画をつぎつぎに生みだして、そのひとつひとつをすぐさま実行に移すのです。もちろん耕地の拡大はいつの時代においても我が領土の懸案であり、そうした事業はたとえわずかであっても、それ相応の成果をもたらしてくれるものです。したがって領主の新しい事業は、領民は当然のことですが、我々も大いに賛成でした。領民たち個々の開墾ではたいした成果は得られないのです。

ところが、異常発達した頭脳はそれだけでは満足しませんでした。ほとんど着手したばかりなのに、事業計画をさらにつぎのような壮大な構想にまで拡大したのです。ただ耕地を拡げるだけではなく、灌漑用水路に交通網の役目もかねさせて、それらの拠点ごとに工業化への足がかりになる産業を出現させる、そうすれば、領土全体がひとしく活気に満ちあふれて、やがては近代化への一歩を踏み出せる、という壮大な構想でした。

我々はただ驚嘆するばかりで、夢物語にしか思えませんでした。そのような発展を我が領土に望むには、条件があまりに厳しすぎるからです。けれども領主は、さらに独創的な発想によって、その途方もない計画を実現可能と思われるまで細部にわたって立案したうえ、熱っぽい弁舌で我々を説得にかかるのです。すると我々にもそうした理想郷が実現可能であるかのように思えてきて、しだいにその計画に惹き入れられ、賛同せずにおれなくなるのです。領主の驚異的な頭脳と領主を救世主とあおぐ領民のつきぬエネルギーがあれば、まったく不可能とは誰にも断言できないはずだ、我々は天にとどくバベルの塔の建設を意図しているのではないのだから、というわけです。

ただ問題は領主の頭脳における時間の観念でした。仮にそのような夢が実現できるとしても、何世代にわたる年月を経て可能なのであって、自分一代で実現しようとするのは狂気の沙汰としか思えません。ところが、領主の頭脳にはもうひとつ別の時間が流れていて、その時間に合わせて工事を進めれば、自分一代でそれが可能に思えるらしく、つぎつぎに新しい事業に取りかかるのです。

それがどれほど大規模なものか、あなたも実際にごらんになってすでにご承知のとおりですが、当然のことながらどの計画もけして完成には至らず、途中で放棄されるのです。領主の休むことを知らない頭脳が新しいプランをつぎつぎに生み出しては、それをすぐさま実行に移さずにおかないので、ひとつとして基礎工事のなかばにも達しないのです。その結果、領土じゅうが放棄された工事跡でおおわれるという始末です。

もちろん父たちは、性急さをつねに指摘して、執拗に進言を繰り返しました。計画それ自体はともかく、性急さだけはあきらかに誤りなのですから。ところが、どれほど進言を繰り返そうと、どのような効果もないのです。我々にはまったく不可解なのですが、領主の頭脳は、みずからの性急さが理解できないだけではなく、放棄された工事跡をなかば完成したものと見なし、それらの工事跡によっていっそう新しい事業欲に駆り立てられるのです。これでは底なし沼に踏み入れたのも同然で、ますます荒廃の度を深めるばかりです。

ところで、話がすこし脇にそれますが、賢明なあなたはすでに、つぎのような疑問をお持ちでしょう。そのような完成されない、荒廃をもたらすばかりの事業を、どうしてそんなに長くつづけられるのか。そのための労力はどこから供給されるのか。当然の疑問です。父たちも最初、おなじように考えました。領主がどれほど事業欲に駆り立てられようとも、成果のない事業に飽いた領民たちが、いずれ先祖伝来の小さな農地にもどって行き、労力は底をつくだろう。

その期待はみごとに裏切られました。ごらんのような荒廃の黒い爪痕さえ、領主の頭脳にはなかば完成した事業として映るのと同様、領民たちの目にも、領主への思いの確かな結晶として映るらしく、けして領主を見捨てようとしないのです。領主が新事業を発表するたびに、それまでの工事を放棄して、新しい現場に雲霞《うんか》のごとく馳せ参じるのです。要するに、領主なしでは夜も昼もないというわけです。したがって、領民たちの熱気が衰えるのを待ち、それをきっかけに政治の実権を取りもどそうという我々の期待は、朝露のようにはかないのです。

それにしてもわからないのは、領民たちの衰えぬ熱狂ぶりです。まじりっけのない農民である彼らに、いったいなにが起こったのか。農民とは、自分たちの田畑にしがみつき、それ以外のことに労力をさくことをもっとも厭うものであり、彼らの情熱を掻き立てるものといえば、小博奕か密造酒くらいのはずです。

たとえば、つぎのように解釈してみることもできます。四、五百年ものあいだ平和がつづいた我が領土では、田畑は農民のあいだで最小単位に細分化され、収穫量もほとんど限界に達していて、老人や女たちの労力で十分であり、多くの労力が余っていた。そこに彼らが想像もしていなかった領主が出現して、彼らを復興作業に結集させることで彼らの余ったエネルギーを掘り起こした。

また、つぎのようにも解釈できます。はじめて味わった集団作業の興奮が、彼らをもはや単純な農作業にもどれなくさせた。だから、領主が新事業を開始するたびに、憑かれたように集まって来る。したがって事業の完成など眼中にないのは当然である。言い換えれば、田畑から足を離した彼らは、いまや空中に浮いた存在であって、その浮遊した興奮状態から覚めることができないのだ。

正直なところ、我々は領民のことまで考える余裕はないのです。我々が彼らにかんして懸念しているのは、あくまでも領主の変貌との関わりにおけるひとつの仮定としてなのです。つまり、田畑から離れたことで生じた彼らのエネルギーが領主の頭脳を刺激して、新事業をつぎつぎに要求しているのではないかという仮定としてなのです。そして、もしそれが事実であるならば、これからお話しする我々のこれまでの戦いが、完全に無意味であることは、火を見るよりも明らかなのです。

なぜなら、その場合は、疲弊しつづけている土壌が農作物をまったく生み出さなくなる、そう予知している領民の本能が、洪水をきっかけにたまたま出現した領主を担ぎあげて、領土の根本的な改造という大海原に乗り出したのだ、領主の頭脳でさえ考えおよばない新領土への遥かなる展望が彼らの意識の下で胎動しているのだ、とでも考えるほかなく、そうなると、我々の階級の存続などまったく意味がないことになるからです。

けれどもそのような考えは絶対に成り立ちません。もし我々の階級に属する者でそのようなことを考えている者がいれば、まさに罰当たりです。だいいち、我が領土が農作物の産出を渋っているというどのような兆候も認められないし、もちろんあなたもご専門の立場からそのことを保証してくださるでしょうが、自然の循環にのっとった土壌が、近い将来にそれほど決定的な疲弊に至るとは考えられません。それにまた、たとえ無意識にせよ、領民たちのなかで新国家への遥かなる展望が胎動しているなどという戯言《ざれごと》を、いったい誰が信じるでしょうか。

ということで、我が領土の荒廃の原因を、土壌の疲弊とか、領民の無意識的衝動とか、という下方にではなく、もっぱら上方に、つまり領主の変貌に見いだしていると最初に申し上げた話の核心に、なんとかたどり着いたことになります。これでようやく、領主の頭脳に対する我々の戦いという本題に入ることができるでしょう。

とはいえ、実のところ、領主の為すままにしていては、領土の存続自体が危ぶまれる、我々がそうはっきり判断をくだすことができるようになるには、二十年という年月が必要だったのです。つまり我々は、二十年ものあいだ領主の頭脳に引きまわされて、積極的に協力していたのです。領土改造それ自体に疑問を持ちながらも、領民たち同様に領主その人に熱中していたのです。いいえ、領主に対するその熱中は、見方によってはいっそう強まって、現在もつづいているのです。

その二十年という年月が経ったとき、突然、領主が死去しました。我々は茫然としました。領主が死去することなどあり得ない、なぜかそう思いこんでいたのです。ですから、政治の実権を取りもどせる絶好の機会として歓迎していいはずなのに、そのことさえ気づかず、深い悲しみに沈みました。領主家の変貌といえども、やはりひとつの異変でしかなかった、そう考えて、その死を心から悼んだのです。

ところが、葬儀が終わって、ようやく冷静さを取りもどした我々が、従来の体制にもどるしかないと話し合っているところに、死去した領主の嫡子である先代の領主が姿をあらわしたのです。そして玉座に腰かけると、二十数年まえの父親そっくりに「さて、諸君。きょうの議題は……」と口を開いて、我々を見おろしたのです。そして父親におとらぬ異常発達した頭脳の持ち主であることを――さらに現在の領主にも引き継がれるのですが――証明してみせたのです。しかもそのうえに、父親とおなじように、領土改造に熱中しはじめたのです。

領主の変貌は一代かぎりではない。異常発達した頭脳はその知能のあらわれ方までそっくり遺伝する。父たちはその事実を知って愕然としました。そしてさらに我々を仰天させたのは、先代の領主が――現領主もまったくおなじですが――父親の遺した事業を廃墟と見なして、あらたに領土改造を開始することでした。

父たちはさすがに決意せざるを得ませんでした。このまま放置しておけば、領土は隈なく掘り返されて、領土の存亡にかかわる事態にまで行き着くのは必至だ。こうなっては、領主の頭脳に戦いを挑んで、コントロールするほかない。それに成功したとき、領民たちのなかに根をおろした領主熱も冷めるはずだ……。もちろん、それがどれほど困難なくわだてであるか、そのときは想像すらしなかったのですが。いずれにせよ、このようにして、領主の頭脳と我々のあいだに八十年におよぶ戦いが開始されたのです。

父たちはまず、異常発達した頭脳とはなにか、という問いから出発しました。というのも、それまでの二十年のあいだ、我々はそれを大いなる知能、会議の場を活気づけてくれる素晴らしい知能である、そう思いこんでいたのです。いいえ、父たちだけではありません。もし領土改造という夢に取りつかれていなければ、現在の我々でさえ、他に比べようもない高い知能と見なすことに躊躇しないでしょう。

当然、先代の領主は、我々の戦いの意図を見抜きました。そして、むしろ満足することを知らない頭脳に与える新しい刺激として、我々の挑戦を歓迎しました。そこで我々は、こちらが頭脳を武器にして戦えば、領主もまた頭脳で応戦するだろうと考え、会議の場を戦いの舞台にして、得意の議論で領主に挑むことにしました。父たちの作戦はいくつかのグループをつくり、領主を前後左右から包囲して、小人国の人々がガリバーに対してそうしたようにぐるぐる巻きにして、領主の頭脳を徐々に麻痺させようというのでした。

こうして領主と我々のあいだで論争が延々とつづけられました。すぐに論点がつきる現実的な議題は回避して、もっぱら論争のための論争といった抽象的な議題が選ばれました。外国から取り寄せた書物を参考に、現実にかかわりのない、さまざまな政治思想が議題として持ち出され、まるで学者たちの討論の場の様相を呈しました。

それらの論争の厖大な記録が残っていますが、いま読み返してみても十分に興味深いもので、父たちはよく戦ったと言えるでしょう。ひとつの議題に十日も二十日もついやし、領主の頭脳を追い詰めるドラマチックな過程を逐一たどることができます。中庸ということが多人数の思考であり、領主の突出した思考を中庸という囲いに引き入れ得たとき、父たちは勝利を宣言することができて、領主も敗北を認めることになるゲームでした。

そして実際に、父たちは何度か勝利の寸前まで押し進んで、すくなくとも二度はほとんど勝利を確信したほどでした。けれどもけっきょく、領主の頭脳を封じこめることはできませんでした。あと一歩まで追い詰めながらするりと逃げられて、引き分けという形で終わるのですが、引き分けということは、仕掛けた父たちの敗北を意味しました。

父たちはやがて——といっても、すでに二年が経っていましたが——、このやり方ではとても勝ち目がないとみずから敗北を認めました。そして、異常発達した頭脳とはいえ、何百人もの知力を結集させせながらいちども勝てなかった理由を、つぎのように解釈しました。領主の頭脳が生みだす思考の正体は、幽霊のような実体のない存在であり、そのような存在を現実に基盤をおく中庸な思考でとらえるのは、幻でしかない魚を網ですくうのとおなじなのだ。

それでも父たちはあきらめませんでした。なにもせず成り行きにまかすのは、我々の階級の存在理由をみずから放棄することになるからです。そこで父たちは、その時点でも、どれほど困難な事態に立ち向かおうとしているか、まだわかっていなかったのですが、決意をあらたに、ふたたび領主の頭脳に戦いを挑んだのです。

父たちは慎重に作戦を立てました。領主の頭脳の異常さは性急さにあるのだから、その頭脳に対抗するには、粘りづよい頭脳でなければならないという考えを基本に、さまざまに検討した結果、長期的な戦略を採用して、またそのための武器として、若者の頭脳をもちいることにしたのです。我々の階級の子弟のなかから二十歳になったばかりの優秀な若者五人を選んで、領主のもとに近習《きんじゅ》として送りこむことにしたのです。言い添えておきますと、私も当時ちょうどその年齢で、誰よりも熱心に志願したひとりでしたが、残念ながら選にもれたのです。

五人の若者に与えられた使命は、領主と寝食をともにして休みなく領主を包囲し、すこしでも多く自分たちに関心を向けさせ、そうすることで知力を消耗させ、頭脳の機能を低下させることでした。どれほどわずかであっても、そうした努力をすこしずつ重ねていけば、領主自身、知力の低下がもたらす安らぎを見いだし、事業欲を減退させ、ついには政治への関心をなくすだろう、という遠大な作戦でした。

その作戦は一、二か月、みごとに成功するかに見えました。領主が五人の若者を喜んで迎え入れ、思いがけない親密さが生まれたからです。変貌をとげた領主は豊かな人間性の持ち主でもあって、その領主が二十歳の自分たちに友情に似た感情をいだき、それを隠そうとしないのですから、若者たちが有頂天になるのは当然でした。

そしてさらに、五人の若者は、休むことを知らない頭脳がもたらす領主の苦悩を見てとり、自分たちが使命を果たせば、その苦悩から解放されることになる、そう理解するようになりました。つまり、領主はむしろ被害者であるという考え方で、父たちがあらかじめそのように教えたのですが、寝起きをともにする彼らは、そのことを敬愛の念から理解したのです。

三、四か月になると、若者たちは思い悩んでいる様子で、目に見えて元気をなくしました。使命の困難さがようやくわかってきたのだろう、父たちはそう考えて、それほど気にせずにいると、五か月になって、ふたたび元気を取りもどしたかに見えました。ところが六か月に入ったある日、突然、思いもかけない事態が生じて我々を打ちのめしました。五人の若者が一日のうちにつぎつぎと自害を試み、三人が命を落とし、二人が廃人になるという、無残な事態が生じたのです。領主の館でなにが起こったのか見当もつかないだけに、我々はただ茫然とするばかりでした。

計画者である父たちは、とりあえず五人の若者の裏切りだと判断しました。領主の人柄に魅了されて感情移入をしすぎた結果、使命が果たせなくなり、みずからを追い詰めて、そうした決着を選んだというわけです。父たちの判断はまちがっていませんでした。しかし表面的な見方において正しいのであって、実際はもっと深い、もっと錯綜した事件が隠されていたのです。そうです。私が長い年月をかけて追究しながらも、いまだに決定的な事実として確証をつかむに至っていない事件が。

そのことはあとで詳しく述べることにして、話を先に進めますと、そのような無残な結末にもかかわらず、父たちはもういちどあえて試みることを決意しました。ただしこんどは、死を覚悟した者にかぎるという条件をつけて、やはり二十歳の若者から志願者を募ることにしたのです。

私はこんども真っ先に志願しました。その際、父たちも私も、ほかに志願者がないのではと危ぶみました。ところが反対でした。我々の階級の二十歳の若者はひとり残らず志願したのです。我々の階級の若者のひとりひとりのなかで犠牲者は英雄になっていて、さらに資格のある者は誰もがみな、彼らのあとを継ぎ、自分も英雄になりたいと夢見ていたわけです。

それにしても二十歳の若者全員が志願したのは異常でした。私はそのときすでに、「どういうことだろう。我々の階級の若者たちのなかに、なにか共通した衝動が隠されているのではないのか」という疑問を持ちました。そして、自分がなぜ志願したのかを問うことで、その衝動の正体を知ろうとしました。

たしかに私のなかにひとつの衝動がありました。けれども、犠牲になった仲間たちへの負い目でもある共感、自分ならうまくやれるという気負いなどが優っていて、その下に隠された衝動がなんであるか、二十歳の私にはわかりませんでした。いいえ、二十歳だからではなく、あれから八十年が経ち、百歳になったいまも、その衝動がなんであるか、正確には断定できずにいるのです。

すでにお察しのとおり、二回目の近習に選ばれた五人の若者も――私はこんども選にもれたのです――、六か月が経ったある日、やはりつぎつぎに自害を試みて、二人が命を失い、三人が廃人になるという、最初とほとんどおなじ無残な結果に終わりました。あれほど領主への感情移入に気をつけるよう忠告を受けながらも、なんの効果もなく、破局に至る過程もほとんどおなじでした。

我々は一回目にまして茫然としましたが、同時にこの結果をあらかじめ予測していたような気持もありました。資格のある若者全員が志願したという事実から、こうした事態が予定されていたようにも思えたのです。それに、二度の失敗にもかかわらず、新しく二十歳になる若者たちの、こんどは自分たちの番だといわんばかりの熱気が、すでになんらかの成果をあげているような錯覚を起こさせたのかもしれません。実際は、そのあいだも領主はあいかわらず事業欲に取りつかれて、領土改造に夢中になっていたのですが。

おそらく、父たちがこの無謀な試みを中断できたとすれば、二度の敗北のあとしかなかったでしょう。しかし父たちは、十人もの若者を失いながらも、そしてさらにほとんどおなじ敗北が予想されるにもかかわらず、さらに五人の若者を送りこむことに、それほどためらいませんでした。そのときもう、我々の階級全体に、避けることのできない人身御供という考えが芽生えていたのかもしれません。こんどもおなじ結果に終わりました。

このようにして、半年ごとに領主のもとに送りこみ、五人が例外なく自害するという悲惨な営みが、現在まで八十年ものあいだ、営々と繰り返されることになったのです。といっても、我々はけしてその犠牲に慣れたわけではありません。予定されたように六か月ごとに正確に起こるのですが、そのつど一回目の犠牲者のときと同様に、愕然とするのです。三人が死に二人が廃人になる、あるいは二人が死に三人が廃人になる若者たちを、言葉では言いつくせない悲しみで迎え入れるのです。

それでいて喪が明けると、解放された安らぎをおぼえながらも、一方で六か月のあいだの緊張を思い起こし、こんどこそと胸をときめかせて、すでに選抜ずみの若者たちを領主のもとに送りこむのです。このようにして我々は、二、三年も経たないうちに、半年ごとに繰り返される、悲惨な敗北でしかないこの営みから、ひとときも身を離しておれなくなったのです。

ところで、二度とも選をもれた私は、資格である二十歳がすぎたあとも、悔しさから癒されませんでした。おなじ使命感を持ちながら、仲間の悲壮な営みを傍観していた自分が、いかにも腑甲斐なく思えたのです。そして、そのせいもあって、私は誰よりも熱心に近習たちの動静を見守っていましたが、二年三年と経ち、犠牲者がふえるにしたがい、自分に与えられた役割として、つぎのように考えるようになりました。父たちがはじめた、神を恐れぬこの営みは、我々の階級の存亡を賭けた、絶対に退けない営みであって、こうなった以上、なんとしてもその意義を証明しなければならない。

私は、みずからに課したこの役割によって、むしろ孤立することになりました。というのも、我々の階級全体に、犠牲者を悼む気持をいっそう純粋に保とうとするあまり、あらためてその意義を問うなど、犠牲者に対して礼を失することだ、という考えが行き渡っていたからです。

それでも私は、どうして六か月で破綻が来るのか、どうして一日を選び五人そろって自害するのか、という問いを見すえつづけました。二回目の五人の近習のひとりは、幼いころからの友人で、ひどく冷静な男でしたが、その彼があれほど容易に感情に溺れたり、みずから命を断ったりするとは、どうしても思えなかったからです。そしてそのことから、「近習たちは一方的に敗れ去るのではない。この敗北の裏にはなにか理解しがたい重要な意味が隠されているにちがいない」という考えが、すでに私のなかに根を張っていたのです。

けれども、領主の館でなにが起こるのか、廃人たちの口から訊きだそうとするのは、徒労の繰り返しなのです。彼らは意味のつながらない言葉をつぶやくだけで、まったく質問は受けつけないのです。父たちが訊きだそうとするのを、早い段階で断念したのは当然でした。しかし私はあきらめませんでした。質問を受けつけないことに意味が隠されている、そう考えたのです。

廃人たちに会うには、彼らを探し出さねばなりません。廃人になって領主の館からもどったあと、彼らはひとりの例外もなく、家を出てしまうからです。家族や友人がいくら監視していても、隙を盗んで出て行き、領土を放浪しつづけるのです。いいえ、案ずることはありません。浮浪者の格好をしていますが、行く先々で領民たちから大切に扱われているのです。領民たちはどの家でも、その意志を尊重して出て行くにまかせますが、すこしでも長く引きとめようと、大事にもてなすのです。

といっても、憐れんでそうするのではありません。廃人になった理由を知らないはずはありませんが、そのことには関心がないらしく、自分たちで勝手になにか信仰めいたものの対象として祭りあげているのです。ことに子供たちに人気があって、どこに行っても大勢の子供に囲まれています。廃人たち自身は、領民たちのそうした扱いが迷惑らしく、いつもその場から逃げださんばかりにしているのですが……。

いずれにしても、我々に、領民の不可解な信仰にまで考えをめぐらす余裕はありません。廃人たちがどうして放浪しつづけるのか、それすらわかっていないのですから。確かなのは、領主の頭脳との戦いに敗れることで半年ごとにかならず二人か三人ずつふえつづけていること、八十年のあいだに四百人にも達した廃人のうち半数以上が、いま現在も領土を隈なく歩きまわっていること、その事実だけです。夕暮れどき放棄された工事跡を背景に、ひとり黙々と歩きつづける彼らの姿を見かけますが、影絵のように見えるその光景は、自分がすでに消滅したあとの領土にいるような幻想をいだかせるのです。

このようなわけで、私は廃人たちがたまたま滞在している近郊の農家を訪ねて行くことになりますが、彼らはきまって家畜小屋とか農機具小屋とか、そうしたところの隅で寝起きしています。廃人たちはなぜか、領民たちの家に入らないのです。そうした小屋に寝泊りして、そこを足場に四、五日、大事な用でもあるかのように付近一帯を歩きまわるのです。あまり真剣な顔をしているので、後を追って確かめたくなりますが、そうしたところでただ歩きまわっているだけなのです。

私が訪ねて行くと、彼らはきまって戸惑ったような表情を見せます。私個人を避けているわけではなく、廃人になったあと、なぜか自分が属していた階級の者を避けているのです。無理に話しかけると、すっかり黙りこんでしまい、そうなると、退散するか、沈黙をともにするか、そのどちらかしかありません。
私は用心して、ぽつりぽつりと辛抱づよく話しかけます。「領主がこんなふうに話していたそうだけれど、ほんとうかな」などと口にして、うなずくか首を横に振るか、その反応を見て、判断しようとします。そうしたところで、ほとんど目に見えるほどの反応はなく、確かなことは何ひとつつかめないのですが。というのも、自己というものが破壊されている彼らは、なにかを表現したい、なにかを伝えたい、という欲求を完全になくしているのです。

そのかわり、廃人たちはみんな、ふしぎなほど穏やかな人間になっています。廃人になったばかりの二十歳の若者でさえ、年を経た人だけが持つ柔和さを漂わせていて、彼らのそばにいるだけで安らいだ気持になります。といっても、いったん彼らのそばを離れると、その穏やかさが死者の静けさに似ていたように思えて、彼らが領土をさ迷っているのは、死に場所を探しているのではないか、そんなふうに考えたくなります。もっとも廃人たちが再度命を断とうとした例はありません。

いずれにしても、廃人たちは謎に包まれたままです。そのいちばんの大きな謎は、「なぜひとりの例外もなく領土を放浪するのか」ということで、私は長いあいだ、つぎのような考えにとらわれていました。自己が破壊されている彼らは、我々とは別の人間になっている。おなじ領土の上をさ迷いながらも、彼らはすでに、我々とは別の世界の住人になっている……。けれども私は、別の人間、別の世界の住人、という考えを最終的には破棄しました。彼らのこの営みは、あくまでも我が領土の上の出来ごとでなければならない、そう考えなおしたのです。

このようにしてけっきょく、「なぜひとりの例外もなく領土を放浪しつづけるのか」という問いは、どんなに多く廃人たちに接しても、その答えは見いだせないのです。やはり「領主とのあいだになにが起こるのか、五人がなぜ一日を選んで自害するのか」という最初の問いにもどって、事件そのものを追究するしかないのです。

それには、領主の館でのふだんの出来ごとのあれこれを口にして、廃人たちが見せる反応から、探るほかないのです。たとえば、ごくわずかしか睡眠を必要としない領主は近習たちより早く起きだし、彼らが起きるのをじりじりして待っているとか、領主が真夜中に目を覚ましても、眠ったふりをしていないと、パーティがはじまってしまうとか、そうした日々の事柄を材料にして、事件に接近しようとするほかないのです。

それでも肝心のことは聞きだせないのです。おそらく記憶は二層になっていて、近習生活のこまごました断片はかすかに記憶していても、彼らを破壊へ導いた事件の記憶は完全に欠落しているのです。あまりみごとに欠落しているので、記憶していながら隠しているのではないか、そう疑いたくなるほどです。

ちなみに、記憶を隠しているという想定からは、二通りの考えが出てきます。ひとつは、近習になった若者たちは、かならず我々と自分の使命を裏切る、そればかりか、みずからの命を捧げるまでに領主の頭脳の手先に成り果てる、という考えです。彼らがその真相を報告しなければ、後輩たちが領主のもとに営々と送りつづけられることになる、その結果、領主の頭脳はいつまでも新鮮な餌食を確保できて、ますます強靭になり、領土の荒廃はいよいよ加速する、というわけです。

いまひとつは、いや、彼らの願いはやはり領土救済にある、という考えです。領主の頭脳には新鮮な餌食が必要不可欠である、彼らが真相を口にしたならば、我々はおぞましさに震えあがって、近習制度を即座に廃止するだろう、そのようなことになれば、十分に餌食が得られない領主の頭脳によって、領土は、何倍もの速さで食いつくされるだろう、それをなんとしても阻止しなければならない。そうするには、みずからを生贄《いけにえ》にするしかない、というわけです。

私はふたつ目の考えに傾いたことがあります。生き残った廃人たちは、死んだ仲間ほど十分に餌食としての役目を果たせなかったその償いに、こうしてみずからを浮浪者におとしめて、甲斐のない巡礼をしている、そう思いたくなるからです。ですが、廃人たちが事件の記憶を隠しているという考えは、根本的に誤っています。それらしい素振りやそれらしい証拠に、私はいちども出くわしたことがありません。

このようなわけで、最初に言った私の想定、「近習たちは一方的に敗れ去るのではない、この敗北の裏には、理解しがたい重要な意味が隠されているにちがいない」という考えに舞いもどり、事件そのものを想像するしかないのですが、およそつぎのような経過をたどるように思えるのです。

日が経つにつれて近習たちは、事件の方へ自分が歩んでいることを自覚するようになる。それがなんであるかわからないにもかかわらず、精神がもっとも昂揚した状態でそれに臨もうと準備をする。そして実際に、六か月に入ったとき領主自身によってなにかが仕掛けられて、事件が起こり、領土の救済という使命が成就する。

ただし、それを成就させ得たことと引き換えに、みずからを餌食にしなければならず、近習たちは悦んで死んで行く。このようにして、領土の救済が半年ごとに、我々の理解のおよばないところで成就する。事件が記憶されていないのは、すでに使命が果たされた証拠であって、廃人たちはそれを思い起こす必要がないからである。

けれども残念ながら、このように想像しても、半年ごとにかならず領主の館で起こる事件がどんなものか、事件にはどのような意味があって、領土はどのように救済されたのか、不明のままです。それどころか、事件がこれほどまで隠蔽されているのは、さきほども言ったように、人身御供をいつまでもつづけさせるためという理由でしかないという、絶望的な考えにおちいってしまうのです。

そうした考えにおちいったとき、私は、追究の方法を誤っているように思えて、追究の対象を現在の近習たちに移したくなります。なんといっても、いま事件へ向かっている途上なのだから、なんらかの兆候があるはずで、ヒントのひとつくらいは得られるだろう、そう思わずにおれないからです。けれども四か月以降の近習たちは、ほとんど質問を受けつけません。おそらくそれは、事件へ向かう過程に表現不可能という条件があって、もし彼らが言葉にできるようであれば、事件にまでたどり着けないからでしょう。ということは、そのときが来るまで事件は近習たちにも隠されている必要があって、したがって彼らから聞き出そうとするのは最初から無意味な試みなのです。

このようにして私は、けっきょく、廃人たちとの接触によって事件を追究するという本来の方針にもどるのですが、話がすこしくどくなりました。それもみんな、最後まで事件が隠蔽されているということを強調したいためで、これからは、できるかぎり簡潔に話しましょう。


科学者であるあなたは、つぎのような曖昧な考えはご不満かと思いますが、たとえどれほど困難な事柄であっても、正否はともかく、長年にわたってかかわっているうちに、その事柄の核心に対応するイメージがおのずから形成されるものではないでしょうか。実は、私の頭のなかにも、近習たちを自死に追い詰める事件、その核心に対応するひとつのイメージがおのずと形成されています。

それは四角い空間というイメージです。そして、このイメージを思い浮かべると同時に、領主の館のもっとも奥まったどこかにありそうな、小部屋を想像せずにおれません。もちろん館の間取りにそれらしい部屋は見つからないし、どこにも出入りできる侍従職に訊いても、そんな部屋は存在しないと言います。そうです。もし存在すると言われたら、いまの私ならかえっておどろくでしょう。その四角い空間はあくまでも、近習たちを自死に導く事件とはなにかと問うとき、見つからない答えに代わって私の頭に浮かぶイメージにすぎないのですから。

といっても、まったくの作りごとでもないのです。長年にわたって多くの廃人たちに接しているうちに、何人かの口からもれたある言葉にもとづいて私のなかに形成されたイメージなのです。それはボックスという言葉です。そうです。箱とか入れ物とかという意味のあのボックスです。

私はかなり長いあいだ、ほんとうにボックスという外国語なのかどうか、判定に迷っていました。ボックスという外国語は我が領土ではほとんど用いられていないからです。けれども彼らが口にするのは、やはりボックスという言葉にちがいないのです。

ボックスとはいったいなんのことなのか。どうしてこんな言葉を口にするのか。私は、この言葉が彼らの口からもれるのを期待し、自分のほうでも口にして、反応をうかがいます。いちどでも口にした者には、そのことを言って問いただしてみます。しかしいつも無駄に終わります。執拗に訊ねると、「ボクス?」とまねて、首をかしげるばかりです。

現在の近習たちに訊いても無駄です。ボックスなどという言葉は領主の館では使われていない、それに相当するような事物もない、そう断言します。それとも彼らは、領主と秘密を共有していて、ボックスなるものを隠しているのでしょうか。いいえ、そのようなことはありません。そうではなくて、最後の最後まで彼らにも隠されているのです。すくなくともボックスという言葉は隠されているのです。

するとボックスという言葉からはなにも知り得ないのだろうか。いいえ、そんなことはありません。それどころか、長いあいだ追究してきた私には、担いきれないほどの重い意味を持っているのです。このボックスという言葉で言いあらわされるものこそ、近習たちを自己破壊に追いやる事件に関わりがあるばかりではなく、事件そのものを意味するのです。

このようなわけで、やはり想像を働かせるほかないのですが、ふつうボックスという言葉から思い浮かべるのは箱です。それは私もおなじで、小さい箱だろうか、大きな箱だろうか、と問わずにいられず、そしてこの場合は当然、四角い空間というイメージから大きな箱でなければなりません。というのも、私はすでに、この言葉に関連があるはずの、彼らの口からもれるもうひとつの重要な言葉を見いだしているのです。

それは空っぽという言葉です。そうです。「だからやつの穀物倉庫はとうの昔に空っぽになっていたのさ」などと言うように、我々がふだん使っている言葉です。ただしこの言葉の場合、廃人たちがそれを口にするときの共通した条件に意味があるのです。それはこういうことです。

すでに話したように、放浪しつづける廃人たちは、領民たちの家畜小屋や農機具小屋の隅を借りて寝泊りするのですが、そうしたところを選ぶ理由のひとつは、それらの場所の狭さにあるらしく、狭ければ狭いほど好みにかなうらしいのです。そこに入るとき、十分に余裕があっても、極端に身をかがめるのは、そうした好みを物語っています。

私はそのことに目にとめて、納戸や納屋に連れて行き、様子を観察してみました。するとそこに潜りこんだ彼らは、ひどく真剣な顔つきで身をすくめているのです。空っぽという言葉を耳にしたのはそうしたときで、何人かが「空っぽ、空っぽ……」と嬉しそうにつぶやいたのです。といっても、そこが空っぽである必要はありません。狭い空間に潜りこむ行為が、この空っぽという言葉を脳裏に浮かびあがらせるにちがいなく、試しに空の箱を開けさせても、この言葉は聞かれません。

彼らの狭いところに潜りこむ行為がなにを意味しているのか。さまざまな解釈が可能でしょう。たとえば、たえず放浪しつづける彼らは、いわばヤドカリのように裸で生きていて、狭い空間を見つけると、潜りこむことで、身の安全をはかろうとせずにおれない、そんなふうにも解釈できるでしょう。けれども私は、彼らのその行為にはもっと深い意味が隠されている、そう確信しているのです。なぜ嬉しそうに空っぽという言葉をつぶやくのかを考えて、さらにボックスという言葉をそれに重ね合わせて考えると、私のこの確信はいっそう強まるのです。

すでにお察しのように、ボックスとは彼らが身を潜りこませる狭い空間のことであり、空っぽとはそのボックスのなかが空っぽであるということです。領主の館で近習たちの身に起こる事件、その結果として五人全員が自害を試み、半数が死に半数が廃人になるという事件は、このボックスと空っぽというふたつの言葉によって究極の形が暗示されているなにかである、私はそう信じて疑わないのです。

ところが、繰り返しますが、侍従職は、領主の館のどこにもボックスという言葉に相当する部屋はない、近習たちもボックスという言葉はいちども聞いたことがない、そう言います。私は一時期、いや、絶対にそういう部屋があるはずだという考えに固執して、頭をかかえこんだものです。そうした部屋がなければ、私の追究は実証されない、そう思えたのです。

というわけで、私はボックスという言葉を握ったまま放しませんでした。すると、そうした部屋が存在しないという事実に慣れるにつれて、むしろそのような部屋が存在しないことに事件の本質がある、そう思えてきました。そしてやがて、ボックスとは固定した形で存在するのではなく、六か月まで近習たちにも隠されていて、そのときになってはじめて、領主によって臨時にしつらえられる――たとえば、衝立てで四角に囲んでそれに蓋をしたり、あるいは厚紙を箱状に組み立てたりして――仮の形をとったものにちがいない、そう確信するようになったのです。

そこでこの確信にしたがって、近習たちはどういう経過でボックスという事件に行き着くのか、あらためてたどり直さなければなりませんが、そのまえに近習制度を支える我々の階級の若者の状況について、すこし言い添えておく必要があるでしょう。

なんども述べたように、いまも我々の階級の二十歳の若者たちは、ひとりの例外もなく近習を志願します。もちろん競争心や名誉心も手伝っているのでしょうが、やはり自分こそ、領主の頭脳の機能を低下させて、領土を荒廃から救い出すことができる、そう自負しているからなのです。

ところが実は、若者たちはけして使命感だけで志願するのではないのです。その使命感の裏に隠された、あるひとつの衝動に駆り立てられて志願するのです。それは二十歳の若者にのみ感知できて、その年齢をすぎると感知できなくなる衝動なのですが、彼らは、近習になることでその衝動を目覚めさせることができる、そう無意識のうちにも確信しているのです。

実際にその衝動は、近習になり領主に接することによって、彼らのなかで目覚めるのです、領主によって彼らのなかに注ぎこまれる、ある観念と混じり合うことで目覚めるのです。そしてその観念がしだいに彼らの肉となり血となり、ボックスにつながるのです。そのことをふまえて、六か月の経緯をたどると、つぎのようになるでしょう。

一、二か月は期待に胸をふくらます期間です。若者たちは一様に目を輝かせて、領主についてあれこれと報告します。領主も進んで彼らと親しく交わり、友情関係のようなものが生まれているのです。城内を散策したり近郊に遠出したりして、領主を囲んでいる光景はいかにも頼もしく、我々も遠くから眺めて、とうとう領主の頭脳に匹敵する頭脳を持つ若者たちを選び出し得た、こんどこそ成功する、そうひそかに期待せずにはおれません。

たしかにこの段階の若者たちは、使命を果たしつつあるという自信にあふれています。領主との信頼関係がどのようなことも可能にしてくれる、領主も彼らの使命が果たされるように協力してくれている、そう信じているのです。成果を確かめたい我々が問いかけると、面映ゆそうにしながらも、いろいろと話してくれます。領主はおどろくほど率直な人柄で、どんなことでも気楽に話し合えるとか、信じがたいほど真摯で、それでいて陽気な性格でもあって、子供じみた遊びに熱中するとか、そうしたさまざまな事柄です。

もちろん我々は、近習を送りこむたびに聞かされてきたので、領主の人柄など、知りつくしています。それでも、若者たちの熱っぽい話しぶりにつられて夢中になり、どのような議論がなされているのかなどと、あれこれと質問せずにおれません。

三、四か月に入ると、五人の若者は一変して沈んだ様子を見せはじめます。ひどく無口になり、質問もほとんど受けつけなくなります。城壁にそってひとりで歩いていたり、切り株に腰かけて虚空を見つめていたりする彼らを見かけるのもこの時期です。彼らにどんな変化が生じたのか。準備ができたと見なした領主が、さきほど述べたようにある観念を彼らのなかに注ぎこんだ結果なのです。若者たちは、みずからの衝動と混ざり合ったその観念に取りつかれた状態になっているのです。

そのある観念とはなになのか。実は私にもわかりません。おそらく誰にもわからないでしょう。しかしそれでも、それを注ぎこまれた若者たちの側に立ってみれば、その観念は彼らに向かって、「……したがってきみたちの戦いはまったく意味をなさない。領主の頭脳ときみたちの頭脳のあいだに戦いなど生じない。いまではきみたち自身、そのことをよく知っているはずだ」と教えることで、彼らの使命をみごとに転覆させてしまう、そうしたなにかであることはまちがいないのです。

近習たちはそのことを我々に報告できません。圧倒するその観念の攻撃にひとりで耐えねばなりません。なぜなら、領主の頭脳との戦いがどういうものであり、自分たちがなにを苦しんでいるかを、その時点で我々にもらしたりすれば、これまでの犠牲者たちはすべて無駄であった、また領主の変貌は領土を荒廃させる不可抗力の災禍であるという、ことの本質を見誤った結論に我々を導くことになるからです。

したがってこの段階の彼らは、このような窮地に追い詰められて、見つからない出口を求めて必死にあがいているのです。その打ち沈んだ様子があらわれると、我々は今回も敗北に終わりそうだと見きわめて、なかばあきらめるほかないのです。そして、そうしているあいだにも、近習たちの衝動と混ざり合ったその観念が、しだいに彼らの血となり肉になっていくのです。

五、六か月に入ると、近習たちはさらに一変して、毅然とした態度を見せはじめます、物静かな物腰、穏やかな表情、口数のすくなさなど、取りつくしまもありません。そしてこの時期になると、蜜月がもどって来たかのように、ふたたび領主といっしょにいる彼らの姿が多く見られるようになります。庭園や馬場などで領主を囲んでいるその様子は、領主との関係が再構築されて、それを楽しんでいるように見えるのです。

それを半年ごとに見いだす我々の目にも、長年の努力と多くの犠牲が実を結び、おなじレベルになった頭脳が戦いの余韻にひたっている、そんな光景に映ります。勝利を宣言する日は間近い、我が領土は荒廃から一気に復興へと転ずるだろう、というわけです。しかし幻想にすぎません。その光景の裏で生じているのは正反対の事態であり、若者たちのなかで、領主が注ぎこんだその観念が目的を遂げるために、最後の歩みを刻んでいるのです。

若者たちはこの段階になると、自分たちを志願させた衝動の正体がなんであるかをはっきりと自覚しています。それは、私をふくめて選にもれた者には生涯確認できずにおわる、領主その人へ向けられた情熱であって、領土を救うという子供のころからつちかわれた使命感と、それとを取り違えていたのです。

ところがその情熱が、彼らに残された唯一の救いになるのです。彼らは領主へのその情熱でもって、異常発達した頭脳がもたらす領主の苦悩をなぞることで、一部を分担しようとするのです。それが可能なのも、領主が注ぎこんだその観念がすでに彼らの血となり肉となっているからです。

けれども、領主の頭脳との戦いが成り立たないのとおなじように、領主の苦悩をなぞる力はすぐ限度に達してしまいます。領主の苦悩を分担しようとしても、それ以上分担するには、彼らの思考や感情ではとてもおよびません。そのことがはっきりとわかったとき、彼らはどこにも行き場がなくなります。

近習たちは、このままでは領主との繋がりが切れてしまう、また自分たちに託された使命も果たせなくなる、という両面から追い詰められた状態におちいります。そこで彼らは、すでに彼らの血となり肉になっている、その観念にすがって、それにすべてをゆだねるのです。

こうして彼らは事件を待つばかりの身になります。六か月に入ったある日、近習たちの様子からそのときが来たと判断した領主が、みずからの手で領主の館のどこかに形のあるものをしつらえます。その形あるものがボックスという言葉に相当するもので、それによって儀式が執り行なわれるのです。

もちろんボックスを大げさに考えてはならないでしょう。領主の館の出来ごとをすべて執り仕きる侍従職でさえ、八十年のあいだいちども気づかないのですから。おそらく侍従職も女官たちも寝静まった真夜中、領主と近習たちだけでこっそりと、しかもすみやかに執り行なわれるのです。たとえば、すでに述べたように、領主の寝間の隅かどこかに、衝立てで四角に囲んで蓋をしたものとか、厚紙を箱状に組み立てたものとか、それにちかいものがしつらえられ、幼い子供たちの遊びそっくりの、おどろくほど簡素な儀式が行なわれるのです。

この儀式の特異な点は、領主と五人の若者のあいだで秘密裏に行なわれて、けして外部に知られないことです。ボックスによって使命を果たし得た近習たちは、そのあとただちに、勝利をみずからに宣言するかのように、領主の館の背後にひろがる森の奥に走りこみ、自決するのです。領主が若者たちに愛情を注ぎながらも、自分のもとで彼らが滅び去っていくのを平然と容認しているのも、それが彼らの望みであり、彼らに残された唯一の営みであることを、誰よりもよく承知しているからなのです。

ところで、この儀式はなにを意味しているのでしょう。もちろんボックスは領土そのものであり、なかに収まることは、領土の贄になった状態をあらわしています。ところが近習たちはなにも見いださないのです。空洞を見いだすばかりなのです。狭いところに入ったとき、一瞬その記憶を蘇らせて、「空っぽ」とつぶやくのはそのためです。それでいて彼らは、「空っぽ」とつぶやきながら、嬉しそうな表情を見せるのです。

したがって、「我が領土が空っぽであることがこのうえなく悦ばしいことであるとは、どのような理由で悦ばしいのか」という問いが、最後の問いになり、近習制度の意義は、けっきょくは空っぽという言葉についての解釈という一点に行き着くのです。

我が領土が空っぽとはどういうことなのか。我が領土に存在するあらゆるもの、我が領土で生起するあらゆる事柄、それらすべてが無であり空であるということを見いだすのだろうか。しかしそのような解釈では、近習制度の意義は存在しないことになります。それに、空っぽとつぶやくときの廃人たちの顔に読みとれる、このうえない悦びの表情をどう考えていいのかわかりません。

そうではないのです。廃人たちが空っぽとつぶやく際の悦びの表情だけからでも、彼らは自分たちの使命を果たし得た、したがって近習制度はけして意義のない営みではない、そう読みとるべきなのです。領主への情熱から一時は領主の側に立つけれども、最終的には、領主のしつらえるボックスによって領土救済という本来の使命にもどる、そう信ずるべきなのです。

それでも私は、長いあいだ、空っぽというこの言葉に振りまわされていました。まさに終わった状態を意味するのではないのか、我が領土の終わりを予言しているのではないのか、というわけです。しかしそのたびに、いや、ちがう。そのようなことは絶対にあってはならない、そう自分に言い聞かせつづけてきて、ようやくつぎのような答えを見いだしたのです。

空っぽとは、いまだ無である状態、いまだどんな形あるものも存在せず、薄明におおわれた状態を意味している。つまり空っぽとは、本源としての無、発端以前の状態としての無、ということであり、近習たちはボックスを介して、領土の未来をこのような意味での空っぽとして発見する。したがって空っぽとは、我が領土の本来の姿であると同時に、すべてが新しく開始される舞台としての、未来の在り方を表現した言葉である。

しかもその歩みはすでに開始されている。放浪する廃人たちの営みがそうであり、彼らは始原でもある未来の領土を求めて、あのようにさ迷いつづけている。我々が託した使命をはるか前方へ延長させて、発端に回帰する領土を出現させようとしている。彼らの沈黙がときには、「もういちど！ もういちど！」という叫びになって聞こえるのも、それがためなのだ。

以上が、「我が領土が空っぽであることがこのうえなく悦ばしいことであるとは、どのような理由で悦ばしいのか」という問いに対する、私の答えなのです。そしてこの答えが近習制度の意義であると、私は確信しているのです。


ところで我々の階級にいま変化が起きようとしています。みずから近習制度を疑いはじめているのです。半年ごとに五人の犠牲者を出しつづけながらも、どのような成果もあげていない、このまま優秀な若者を領主の頭脳に提供しつづければ、我々の階級は弱体化するばかりだ、という主張が、誰もが理解できる新しい時代の考えであるかのように思われはじめているのです。

そしてその考えが我々にこうささやくのです。「近習になることばかりを夢見ている若者たちの頭脳を、むしろ領主の頭脳の領土改造に協力させて、新しい領土出現への強力な推進力にすべきだ」もっともらしい考えです。ですがそれは、我々のなかに入りこんだ悪魔の声であって、我々の階級に属しながらそのような声に耳を貸すようなことがあれば、地獄に落ちるでしょう。

そうした考えの根拠になっているのは、すでに述べたように、土壌の疲弊という俗説です。「領主の頭脳の異常発達も、田畑を離れた領民の爆発的なエネルギーも、土壌の疲弊を乗り越えるために生み出されたもので、我が領土はすでに引き返せない大海原を航行しはじめたのだ。それなのに我々の階級だけが安全な陸地にもどることを夢見ているのだ」というわけです。

そうではありません。そのような考えはまちがっています。だいいち我が領土の土壌は疲弊などしていません。そのような兆候すらないことは、これから行なわれる会議であなたが証言してくださるとおりです。

そうではなく、台頭してきた土壌疲弊論は、信仰心が薄らいで、それにつれて安易なイメージ、つまり偶像を求めはじめたことが原因なのです。信仰心が衰えれば、いずれ疑念の誘惑に屈することになり、近習制度の廃止という事態に追いこまれるのです。そしてその結果、創造的な階級である我々は、存在理由を失って、風に吹かれる塵のように消滅してしまうのです。

さいわい我々の階級の若者たちは、近習になることをまだ夢見ていて、自分たちのなかに生まれつつある疑念に気づいていません。この制度を支えているのは、領主への情熱という若者たちの衝動ですが、疑念がその情熱に取って代わったとき、すべてが終わりになるのです。ですから、疑念の根拠になっている土壌疲弊論を閉塞させる必要があるのです。そのためには、本源である領土への回帰という意義が秘められているという、私が確認し得た近習制度の意義を、我々の階級の理念として掲げる必要があるのです。

*

長老はようやく話し終えた。話が進むにつれて陰鬱な気持になっていた旅行者は、話が終わってほっとした。旅行者は、長老が話し終えても口を閉ざしていた。放浪者でもある旅行者に、あえて口をはさむことはなにもないのである。

長老はしばらく息をついてから静かに腰をあげた。旅行者も立ちあがり長老の腕を支えて、望楼の手摺に歩み寄った。巨大な溝が灰色の平野をおおう光景が目に入り、それが旅行者に久しく忘れていた、もうもどることのない故郷を思い出させた。長老はその寒々とした光景へ目を向けて、すこし陰りのある声で言った。

「正直に申しますと、時間の猶予がほしいのです。我々の階級が消滅の運命にあると仮定したとき、時間がどうしても必要だからです。というのは、領主の異常な頭脳とそれに加担する領民たちによって、領土が荒廃しつづけたあげくに、我々の階級には想像もつかない世界、まったくの未知の領土として再生するとしても、近習制度がその再生の基礎になっていなければならないからです。そしてそのためには、近習制度についての意義を明確にしたうえ、それを神話として完成させておく必要があるからです。それを完成させ得たときはじめて、我々の階級は、その神話によって新領土の祖神になり得て、新領民のなかに生きつづけることができるからです。

このような次第で、我々の立場を十分にご理解いただけたと思いますが、これは念のためにお話ししたまでのことで、午後の会議の席では、あなたのお考えどおりに、つまり〈この国の土壌はけして疲弊していない。その兆候さえ認め得ない〉というお考えどおりに、ご意見を述べていただければよろしいのです。土壌学の権威者として当然のことのようにそうおっしゃっていただければ、それでよいのです。ご承知いただけるでしょうね」

長老は念を押して、旅行者の方に顔を向けた。旅行者は黙ってうなずいたが、偽の学者に仕立てられた旅行者に、長老の要求をこばむ理由はないのである。

「ありがとうございます。これで、近習制度の意義を我々の階級のすべての者に承認させるべく全力をつくせるでしょう。現在の我々にとって、存在するとか、生きるとか、ということは、近習制度の意義を明らかにして、それを我々の階級の理念として掲げることなのです」

長老はこう言って、ふたたび視線を遠くへ向けた。そして旅行者がおなじように遠くへ視線を向けると、それを認めた長老は、機を逃さず「そうです。これが我が領土です」と、まるで秘密でも教えるように、旅行者の耳にささやいたのである。とその瞬間、灰色の平野が旅行者の目にも、未来が約束された領土の光景に映ったのである。


（了）

少年記

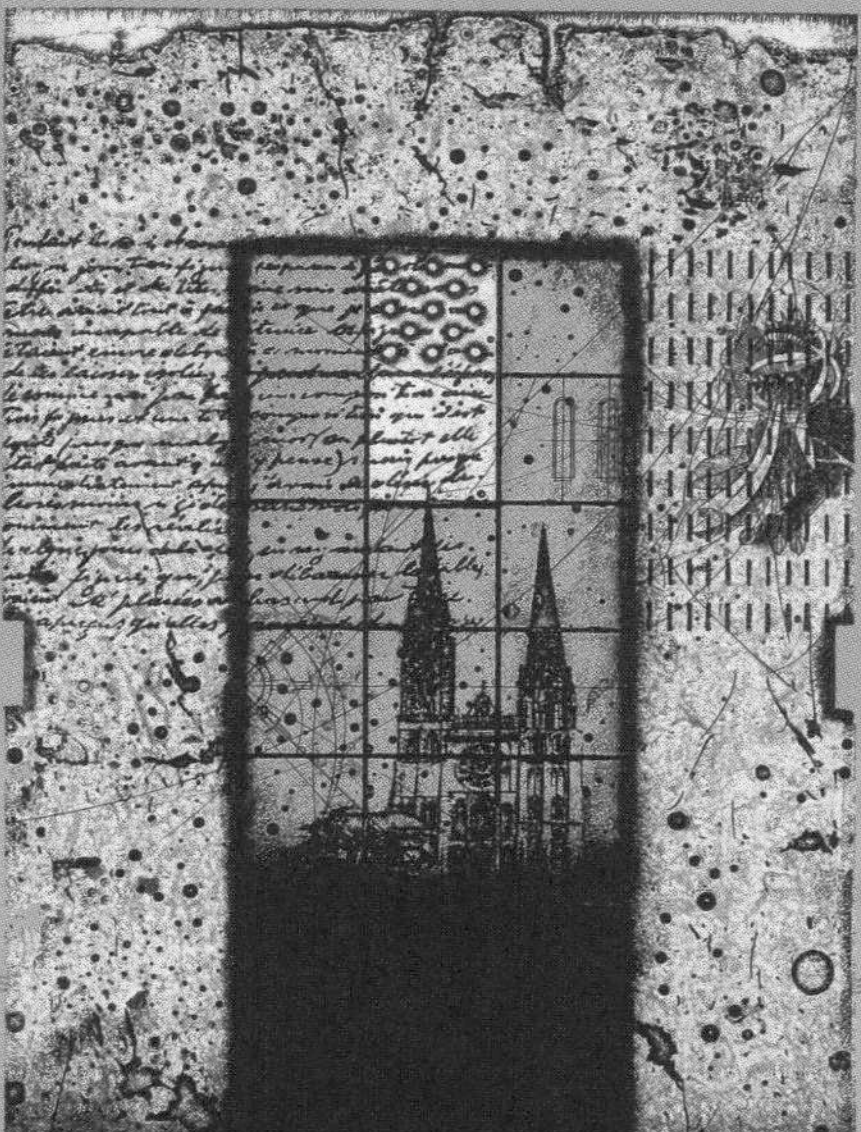

I

ピアノの横でレコードを選んでいた先生が、「どんな楽器でしょうね。目を閉じてよく聴いてください」と言いました。生徒たちが目を閉じて、音楽教室はしいんとしました。ハンスがいちど閉じた目を細く開けると、窓の明かりに先生の顔が真っ白になって見えました。ハンスは「やっぱり雪女だ」と思いました。生徒たちは音楽の先生をかげで雪女先生と呼んでいるのでした。

先生がレコードに針を乗せると、静まり返った教室に、水の上を滑るような澄んだ音が流れはじめました。先生は「どんな楽器でしょうね。よく聴いてください」ともういちど言って、目を閉じた生徒たちを眺めました。ハンスはまだ目を細く開けていましたが、先生の顔に笑みが浮かんでいるのを見て、うれしくなりました。いつも怒ったような顔をしている先生が、いまは、みんなが目を閉じているので、おもわず微笑んでいるのでした。

澄んだ音がいっそう高くなり、先生が「わかった人は黙って手をあげてください」と言って、あちこちの席で生徒たちが手をあげました。ハンスはまだ目を細く開けていましたが、先生が急にこちらを向いたので、おどろいて目を閉じました。先生の白い顔のなかで黒い目がぴかっと光ったのです。

目を閉じてすこしすると、目蓋の裏に紐を短くちぎったような五、六匹の金色の蛇があらわれました。目をきつく閉じると、こんなふうに、いつもあらわれるのでした。ハンスは目蓋の裏で動く金色の蛇の群れを見つめました。くねくねと這いまわる蛇は、しだいに動きがにぶくなり、暗い緑色の真ん中でひとつになりました。

そしてそれがしだいに白っぽく変色して、最後に銀色の塊りになりました。ハンスはその塊りを見つめつづけました。それは、暗闇にぽっかり空いた穴にも見えて、息をしているみたいに、ゆっくりとひろがったりすぼまったりするのでした。ハンスはその穴を洞窟の出口と名づけていましたが、ひろがったりすぼまったりする様子を見つめていると、自分は洞窟の奥にいて、そこから陽に輝く出口を眺めているみたいに思えて、ひどく安心した気持になるのでした。

教室に流れる音が強まり、それを意識すると、目蓋の裏から洞窟の出口は消え失せました。ハンスはまえの音楽の時間に先生が見せたいろんな楽器を思い浮かべて、聞こえている音に合った楽器を探そうとしました。けれども、学園に来てからいつも頭がぼんやりしているハンスに、楽器をひとつひとつ区別して、その名前を憶えたりすることなど、できるはずがないのでした。

先生が「七人だけですか。ほかの人はどうしました?」と、わざとおどろいたような声で言って、その声がちょうど合図になり、レコードから流れる音が木を登る蛇のようにするすると高くなりました。ハンスはその蛇から思いついて、もういちど目蓋の裏の洞窟に入りこもうと、目をきつく閉じました。けれど、目蓋の裏の暗い緑色をどんなに見つめても、金色の蛇はあらわれないのでした。

名指された生徒が「はい。フルートです」と答え、つづいて先生が「そうですね。みなさん、目を閉じたまま、よく聴いてください。フルートですよ」と言いました。ハンスは頭のなかでフルートという名前と聞こえている音をひとつにしようとしました。けれども、フルートがどんな形をしているのかわからず、たとえ頭のなかでも、そんな形のわからないものと、もっと形のない音をひとつにすることなど、どうすればいいのか、まるでわからないのでした。

フルートが終わり、「こんどはどんな楽器でしょうね」と先生が言って、太く柔らかな音が教室に流れはじめました。ハンスはもう楽器を思い浮かべようとしないで、細く開けた目で、先生の白い顔を見つめていました。くっきりとしたその白色は、見つめれば見つめるほど白くなるので、見飽きることがないのでした。それどころか、じっと見つめていると、胸がどきどきしてくるのでした。

そのとき窓に向けられた先生の顔がいっそう白く輝きました。ハンスは目が覚めたような気持になり、目を大きく見開きました。と同時に先生と目が合って、顔を見合わせましたが、目を閉じることができないのでした。先生も見つめ返していて、ハンスが目を閉じるのを待っていました。叱られる。もうだめだ。この学園に来てからは、いつもこんなふうに変なことになってしまう。だから、自分ではどうすることもできないんだ。

先生はなにも言わないで、こっそり話しかけるように唇をとがらせ、それからそっと目を閉じました。黒い目が消えた先生の顔は、卵にそっくりでした。特別にそんなふうにして見せてくれたように思えて、ハンスはすっかりうれしくなり、お母さんが死ぬまえにいちど見せた笑顔を思い出しました。一年以上も気が違っていたのに、お母さんはそのとき、気が違っているのを忘れたみたいに、ハンスの顔を見て、にっこり笑ったのでした。

先生を真似て目を閉じると、目蓋の裏に思いがけない光景が待っていました。青く澄んだ空、尖った白い山、緑のスロープなど、絵葉書にあるような高原の光景でした。そして緑のスロープの裾に立っているハンスのずっと上のほう、尖った白い山から見おろすあたりの斜面に、金色に光るものがぽつんと置かれているのでした。

きっと、あれがいま聞こえている楽器なのだ。もっと近くで見れば、どんな楽器かわかるのに……。ハンスがそう思ったとたん、金色の楽器が動きだして、緑のスロープを滑りおりて来ました。すごいスピードなので楽器がどんどん大きくなるように見えて、じっさいに近づくにつれて、後ろの白い山をすっかり隠してしまいました。けれども楽器ではありませんでした。そろえて脱いだ恰好の一足の巨大なブーツでした。

緑のスロープを滑りおりた金色のブーツは、真っすぐに接近して、踏みつぶされると思った瞬間、ハンスの目の前でぴたりととまりました。おなじ形の塔がふたつならんだように見えますが、やはり金色に輝く巨大なブーツでした。ハンスは体を反らして見あげながら、「脱いだばかりの温もりがまだ残っているみたいだ。だけどその人は、ブーツを脱いで帰ってしまい、二度ともどって来ないのだ」おもわずこう呟きました。

するとそのとき、ハンスの呟きが惹きおこしたみたいに、巨大なブーツの塔が頂上から崩れはじめて、滝のように落ちて来ました。けれども危険はありませんでした。巨大なブーツは崩れ落ちる途中で、あっという間に消えてしまったのです。そして足もとを見ると、草の上に金色の小さな水の塊りができていました。

ハンスはかがんで金色の水の塊りに触ろうとしました。すると、手が触れるまえに水の塊りはくるりと丸まって、こんどは赤ん坊に生まれ変わりました。草の上に仰向けに寝た裸の赤ん坊が、黒い瞳を青空へ真っすぐに向けて、うれしそうに笑っているのでした。

ほんとうに赤ん坊だろうか。赤ん坊の形をした楽器ではないだろうか。ハンスはそう思って、もういちどかがんでよく見ようとしました。とそのとき、赤ん坊の白い体じゅうに、真っ赤な編目が小刻

た。

と隣りの席の生徒が答えて、ハンスはその声に目蓋の裏の高原から音楽教室に引きもどされていまし

お化けだ！　ハンスは胸のなかで叫んで、赤ん坊の上から体を起こしました。同時に「ホルンです」

みに震えながら、くっきりと浮き出てきたのでした。

先生は黒板にいろんな楽器の絵をならべて説明をしていました。ハンスはその声をぼんやりと聞きながら、口のなかで「お化けのホルン、お化けのホルン……」と呟いていました。さっき、赤ん坊の肌に浮き出た赤い網目を見て「お化けだ！」と胸のなかで叫んだ言葉と、隣りの生徒が答えた「ホルンです」という言葉がひとつになってできた「お化けのホルン」という言葉が、頭から離れなくなったのでした。そして、いくらやめようとしても、ひとりでに口を突いて出て来るのでした。

それに、そうして「お化けのホルン、お化けのホルン……」と呟いていると、閉じた目蓋の裏にいろんなものが出て来るのとおなじように、いまにも目の前になにか面白いものがあらわれそうで、胸がわくわくするのでした。

先生がピアノの蓋を開けたとき、ハンスは言いまちがえて「お化けのピアノ」と呟きました。するとこんどは、「お化けのピアノ」という言葉がとまらなくなりました。そして、先生の白い顔を見つめながら「お化けのピアノ、お化けのピアノ……」と繰り返していると、愉快なことが起こりました。三本足の黒いピアノがいちばん立派なお化けで、鍵盤をたたく先生が、そのお化けに口を開けさせて、歯を調べているみたいに見えてきたのでした。

ハンスはすっかりうれしくなり、教室じゅうを見まわして、「お化けの窓」「お化けの黒板」「お化

けの天井」と順に名指してみました。思ったとおりでした。そんなふうに「お化けの――」と名指すと、どれもみんなきまり悪そうにして、お化けの正体を暴かれないよう、できるだけ小さくなっていようとするのでした。まだ名指しされないものは、名指しされるのをおそれて、ハンスに背中を向けていようとするのでした。

名指す相手はピアノや黒板でなくてもいいんだ。ハンスはそう思いついて、「お化けのマルソ」「お化けのザネリ」などと、まわりの生徒をひとりひとり名指してみました。すると、その生徒は急に落ち着きをなくして、不安そうにまわりを眺めたり、恥ずかしそうに顔を伏せたりするのでした。自分にも人にも隠しているのに、そんなふうに名指しされると、お化けである正体がわかってしまうからでした。

ハンスはすっかりうれしくなりました。こんな愉快なことは、転校して来てからはじめてでした。そして、教室じゅうのものをいちいち「お化けの――」と名指しながら、二か月前、この町に来てからのことを思い出していました。

そうだ、ぼくはいまやっとわかった。ここではみんなお化けなのだ。お父さんといっしょに駅を出てはじめてこの町を見たとき、夕暮れでもないのになにもかも黄色に染まっていて、死んだ町のように見えたのも、町のすぐ後ろにある髑髏の形をした岩山が目に入るたびに、胸がつまって息ができなくなったのも、この町がお化けの町だからなのだ。いい町だと言っていたお父さんまでが、しまいに黙りこんだくらいで、こんな町でひとりきりで生きていくことを思うと、ぼくは悲しさでいっぱいになり、死んでいるみたいな気持になったのだ。

町だけではない。町からすこし離れた森のなかにある学園も、お化けの学園なのだ。高い塔のある礼拝堂、長い廊下や暗い通路でつながるレンガ造りの古い校舎、生徒みんなが入っている宿舎など、どこもかもお化けの棲み家なのだ。昼なのに夜のように暗いのも、授業中なのに夢のなかみたいな気持になるのも、先生も生徒もいない教室にひとりで坐っているような心細い気持になるのも、ここがお化けの学園だからなのだ。

それなのにぼくは、ふた月のあいだそのことに気づかなかったので、なにもかも怖くて誰とも話す気になれなかったのだ。だけど、ここがお化けの学園で、生徒たちだけでなく、先生も神父さんたちもみんなお化けだとわかったのだから、これからはこんなふうに「お化けの――」と呼びかければ、しゃべらなくても、すぐ友達になれるのだ……。

気がつくと、教室じゅうがざわめいていました。ハンスが顔をあげると、生徒たちみんながこちらに顔を向けていました。先生までが話をやめて、おどろいたような顔でこちらを見ていました。とそのとき、ハンスの耳に自分の笑い声が聞こえました。「学園にいるのはみんなお化けで、ぼくもお化けの仲間になるのだ」そう思うと、ついうれしくなり、自分でも気づかずに笑いだしていたのでした。そしてその笑い声がいまもつづいていて、教室じゅうに聞こえているのでした。

ハンスはおどろいて机にうつ向き、笑い声を押しもどそうと、両手で口を押さえました。けれども押しもどすどころではないのでした。口を手で押さえたので、込みあげる笑い声がかえって変な声になって洩れ出るのでした。自分の笑い声を耳にしながら顔をあげると、先生の白い顔がはっきり目に映って、いっぺんに真剣な気持になりましたが、それでも笑い声はやまないのでした。

こうなったら泣きだすしかない。学園に来てからどうしていいのかわからなくなったとき、いつもそうしているのだから。ハンスはそう考えて、お母さんが死んだときのことを思い出そうとしました。お母さんは気が違ったあと、ロウソクが燃えつきるみたいにすこしずつ死んだのですが、それでもほんとうに死んだときがいちばん悲しかったのです。そのときのことを思い出せば、いつでも泣きだせるのでした。

けれども、笑い声が邪魔になって、お母さんが死んだときの悲しみを思い出せなかったのでした。そして、泣きだせなければ、どうすればいいのか、もうわからないのでした。先生が授業を中断したので、生徒たちはみんな立ちあがって、ハンスを見ていました。笑い声が洩れないよう両手で口をつよく押さえているので、息が苦しくなってきました。

教壇をおりた先生が「どうしたのです」と言って、近づいて来ました。ハンスは机に突っ伏したい気持をこらえ、机の上にあるものを見つめながら、まだ胸のなかで「お化けのノート……お化けのエンピツ……お化けの消しゴム……」と呟いていました。先生は、ハンスの机の前まで来ると、「どこかぐあいが悪いのですか」と訊いて、ほっそりした体をかがめ、ハンスのうつ向けた顔を覗きこみました。

ハンスは答えることができませんでした。「そうです。ぼくはぐあいが悪いのです。学園に来てからいちども元気だったことがないのです」そう答えたいのに、どんな笑い声が飛び出すかわからないので、口をふさいだ手を離せないのでした。顔を覗きこむ先生の胸のあたりに甘い香りがして、お母さんが死んだときの悲しい気持を思い出しましたが、それでも笑い声はやまないのでした。

先生が「やめなさい！」と言って、肩を揺すりました。ハンスがうつ向けた顔を起こすと、かがんだ先生の顔が目の前にあって、額が白い顔に触れそうでした。肩を揺すられたせいで笑い声はやんでいましたが、ハンスはそれに気づかず、まだ手で口を押さえたまま、先生の白い顔を見つめました。こんな近くから雪女を見ていると思うと、怖いような懐かしいような気持で、胸がいっぱいでした。

先生はもういちどなにか言おうとしました。けれども、ハンスが雪女に見入っているのに気づくと、唇をかすかに震わせただけで、なにも言わなかったのでした。そして先生は、見つめるハンスに怯えたみたいに、一歩後ずさりして体を起こしました。

とそのとき、先生と目が合って、ハンスは先生に話しかけたい気持になりました。それで、椅子から立ちあがると、先生の白い顔を見つめたまま、「ぼくは、先生はきれいだと思います」と言おうとして、口を押さえていた手を取りのけました。けれども口から出たのは別の言葉でした。

「お化けの先生！」

一瞬ざわめいた教室がしいんとしました。その静けさのなかで生徒たちみんなが息をひそめて、先生とハンスを見守っていました。ハンスは自分の口から出た言葉におどろきながらも、まだ先生の雪女を見つめていました。そして、その白い顔のなかでふたつの目が震えているのに気づくと、この学園ではいつも、しようと思うこととすることが反対になり、こんなふうに変なことになってしまうのだ、そう思って、悲しい気持になりました。

先生はハンスの顔から視線をそらして、窓の外に目を向けました。半分ほど開いた窓に、学園をおおう森とどんよりと曇った空が見えていました。先生は生徒たちのことを忘れたみたいに、しばらく外を眺めていましたが、ようやく自分に返ると、胸のあたりに視線を落として教壇にもどって行きました。

先生は授業を中断して、ピアノを弾きはじめました。肩が大きく左右にゆらいで、ピアノにすがっているように見えました。生徒たちはみんな、いつも聞いているピアノの音とは思えないはげしい音をさけて、顔を伏せていました。ハンスひとりが、椅子から立ちあがったときの姿勢のまま、その音を体で受けとめながら、自分に言い聞かせていました。

ぼくはもうお父さんに会えないとあきらめていたのだ。なぜなら、お父さんは、ぼくをここに置いて学園の正門を出て行くとき、立派な生徒になったらかならず会いに来る、そう約束してくれたけれど、ひどい弱虫のぼくが立派な生徒になれるはずがないからだ。だけど、ここがお化けの学園だとわかったのだから、ぼくもお化けになれば、どこにでも自由に行けるのだから、もういちどお父さんに会えるかもしれないんだ。

学園の森に鐘が鳴りました。音楽の先生はピアノの蓋をして、黙って出て行きました、その靴音が聞こえなくなると、生徒たちも逃げるように出て行って、音楽教室は空っぽになりました。壁にならんだ音楽家たち、バッハやモーツァルトやベートーベンが、ひとりになったハンスを怖い顔で見おろしていました。ハンスは、まだ椅子から立ちあがったときの姿勢のまま、夢中で考えていました。

どうしたらお化けになれるのだろう。お化けになるには、やっぱりいちど死んで、それからなるのだろうか。だけど、死んだら、ぼくはすっかりなくなってしまうのだから、お化けになれないのではないだろうか……。

Ⅱ

つぎの時間の授業がはじまって誰もいなくなった廊下を、ハンスは行く当てもなく歩いていました。

先生も生徒もみんな学園からいなくなったと思えるくらいしいんとしていました。

ハンスは迷子になっていました。音楽教室を抜け出たあと、クラスの教室とは反対のほうへ廊下を歩きだしたのですが、学園に来て二か月、生徒宿舎とクラスの教室を往復するだけなので、歩いているところが初等科、中等科、高等科の校舎が入り混じった、ひろい校内のどのあたりなのか、わからなくなったのでした。それでなくても、レンガ造りのいろんな建物は、樹の茂った中庭をよぎる廊下や暗く細い通路などで、複雑につながれていて、迷路のようになっているのでした。

誰もいない廊下を歩きながら、ハンスはたえず体育の先生を思い浮かべていました。廊下や通路を曲がるたびに、そこに体育の先生の大きな体が立ちふさがっていそうな気がして、足がすくんでしまうのでした。臆病な生徒をうつる腫れ物みたいに嫌っている体育の先生は、学園に慣れようとしない新入生や転校生を追いまわしていて、ハンスも転校して来た最初の日に、返事の声が小さいと叱られて、そのときからずっと目をつけられていたのでした。

どうせ捕まるのなら、生徒宿舎のベッドにもぐり込んで、毛布をかぶっていたほうがよかったのだろうか。ハンスは何度もそう思いました。学園に来てからは、どうしていいのかわからなくなったとき、いつもそうしているのでした。けれども、もういちどお父さんに会うためお化けになる決心をしたのだから、生徒宿舎のベッドにはもどれないし、体育の先生に捕まってもいけないのでした。

ズックの下がレンガの床になり、気づいて立ちどまると、いつのまにか倉庫のようなところにいました。レンガの壁の通路で、右側の壁に鉄格子の小さな窓があって、その明かりに左側の壁にならんだ扉がようやく見分けられるのでした。ハンスは薄暗い先のほうを眺めて、おもわず身震いしました。ひんやりした空気のせいばかりではなく、あまり静まり返っているので、なにか特別の場所に入りこんだような気がしたのです。

ハンスは奥のほうに歩きだしました。すると、中ほどまで進んだとき、左側の壁にならんだ扉のひとつがすこし開いていて、そこからなにか白いものが突き出されました。それは、手招きしたように見えて、すぐに引っ込みました。ハンスは怖くなって引き返そうとしました。けれどもそのまえに、「お化けの手」という言葉が口を突いて出て、するともう怖くなくなっていたのでした。

すこし開いたその扉の前に立つと、黒い服を着たひどく背の高い誰かが入口をふさいでいました。ハンスは目の前の黒い服だけを見つめていました。入口をはさんでその人と向かい合いながらも、顔をあげて誰なのかを確かめる勇気がなかったのです。その人もなぜかそこに立ちふさがったまま、すこしも動かないのでした。

あまりに動かないので、ただの幕かもしれない、ハンスは最後にそう思って、こわごわ伸ばした手で、黒い布を押し除けようとしました。すると、それを待っていたみたいに黒い布がゆっくりと後ずさりしました。そして、ハンスがおもわず誘われて扉のなかに踏み入れると、黒い布はさらに後退しました。

こんないたずらをするのは神父さんにきまっている。神父さんなら捕まっても体育の先生に引き渡したりしない。ハンスはそう思って安心し、黒い布に合わせて、さらに二歩三歩と進み出ました。この学園では、あちこちに神父さんが住んでいて、足音を立てずに校内を歩きまわっているのでした。不意に目の前が黒い僧衣にふさがれることや、ぼんやりしていると頭を撫でられたり肩をつねられたりすることが、よくあるのでした。

その人は五、六歩後ずさりしたところで立ちどまりました。ハンスもその人の二、三歩前で立ちどまり、顔をすこしあげてみました。神父さんたちとおなじ黒い服を着ていますが、神父さんではないみたいでした。神父さんたちはガウンのようなものを着て腰に太い紐を巻いているのに、その人はふつうの黒い上着を着て、ふつうの黒いズボンをはいているのでした。

神父さんでないなら誰だろう。ハンスはそう思って、ようやく勇気を出し、その人を見あげました。その人はひどく背が高く、それに体を真っすぐ伸ばしているので、仰ぎ見るような姿勢になりました。そして、やっと目がとどいてその人の顔を認めたとたん、ハンスはそこに坐りこみそうになりました。誰なのかわからないのに、それでもその人がどうしてここにいるのだろうと思うと、急に怖くなったのでした。

その人の顔は、頬と顎が黒い髭におおわれていて、ひろい額と尖った耳が白く光っていました。そして上から照らす電灯のせいで、縮れた髪が光の環をかぶったようにも見えるのでした。ハンスはお母さんが死んだときのことを思い出しました。その人の悲しそうな目が、死んだときのお母さんの目にそっくりに思えたからでした。けれども、その人の黒い小さな目は、死んだときのお母さんの目とちがって、まだ生きていました。そして生きているその目がひどく怖いのですが、それでいておなじその目が優しそうにも見えるのでした。

怖さが薄らぐと、死んだ人に似ているその人の悲しそうな顔が、どこかで見たことのある顔に思えました。そればかりか、鏡に映った自分の顔を見るように、すぐ近くで見ていたような気がしました。誰に似ているのだろう。お父さんだろうか。だけどお父さんは、髭を生やしていないし、耳もこんなに尖っていない。けっきょくハンスは、懸命に思い出そうとしながらも、その人が誰に似ているのか、どうしても思い出せなかったのでした。

その人は黒い目で見おろしたまま、いつまでも黙っていました。あまりにしいんとしたまま黙っているので、もうなにも言わないことにした、そう決めてしまっている、そんなふうに思えるのでした。それでもハンスは惹き寄せられて、もう一歩、進み出ました。すると、その人は長い腕を伸ばして、大きな手をハンスの左の肩に乗せたのでした。そしてその瞬間、電気のようなショックにあって、体じゅうがかっと熱くなったのでした。

ハンスはつぎに起こることを待って、その人の手を左の肩に乗せたまま、動かずにいました。けれどもそれ以上はなにも起きませんでした。それどころか、体に伝わったその熱もしだいに冷めて、ひどく淋しい気持になりました。体を反らして見あげると、その人は視線を天井の隅の暗がりへ向けていて、放心状態におちいっているのでした。

その人が放心状態から覚めそうにないので、ハンスはまだ左の肩に置かれているその人の手に目を移しました。さっき扉のあいだから手招きしたのは、白い手袋をしたこの手だったのです。ハンスはその大きな手を見つめながら、やっぱり神父さんだ、ほんとうはいちばん偉い神父さんなのに、ほかの神父さんたちから仲間はずれにされて、それでここに隠れているのかもしれない、そう思いました。

ようやく放心状態から覚めたその人は、肩に置いた手で押して、ハンスを近くの戸棚の前に進ませました。いまはじめて気づきましたが、そこは理科の標本室でした。先生は生徒に見せるいろんな物をここから持って来るのだ。ハンスはそう思いながら、まわりを眺めました。天井の高いひろい部屋で、大きな戸棚が何列もならんでいて、通路の上のところどころに黄色い電灯がともっていました。ホルマリンやカビの匂い、乾燥した生き物の匂いが、重く淀んでいるのでした。

その人がもういちど肩に置いた手で押したので、ハンスは目の前の戸棚に目を向けました。するとそこに、四角や円筒のガラス容器が何段にもならんでいて、いろんな色の液が満たされたそれぞれに、一体ずつ、白く艶々とした胎児のようなものが浸けられているのでした。なかには、皮を剝がれたウサギのようなものが、両目を大きく見開いたまま窮屈そうに押しこまれたのもありました。ハンスはおどろいて、後ずさりしようとしました。死んだ猫やネズミを見るのも嫌いなのに、それよりずっと気持の悪いそんなものを見たくなかったからです。

けれども、肩に置かれたその人の手がつよく押しているので後ずさりできず、ハンスは我慢してひとつひとつ見て行きました。ガラス容器に押しこまれた胎児のようなものは、どれもみな奇妙な形をしていました。ふたつに切り裂かれたもの、骨が透けて見えるもの、脳のようなものなど、気持の悪いものばかりで、見て楽しいもの愉快なものはひとつもないのでした。戸棚にならんだそんなものばかりを見て行くと、体がなかから溶けだしそうな気がして、心細さに泣きだしたいくらいでした。

その戸棚を見おわって、ハンスはほっとしました。そしてその人に肩を押されてつぎの戸棚の前に立つと、石や貝殻の標本が飾られていました。ハンスはお母さんとふたりで海に行ったときのことを思い出しました。そのときお母さんは、砂浜で白い小さな石を夢中で拾いはじめて、いっしょに探すようひどく怖い顔で命令したのでした。ハンスはそのときの浜辺の光景を思い浮かべながら、細かく仕切られた箱のなかの石や貝殻の標本に顔を近づけました。ところが、その人の手がもっと深くかがむよう押さえるので、下の段に目を向けると、大きな蟹の甲羅とトナカイの角にはさまれて、灰色の髑髏がひとつ、正面を向いて置かれていたのでした。

ほんものの髑髏だ！　ハンスはおどろいて、体を起こそうとしました。ところが、その人の手が肩をつよく押さえていて、体を起こせなかったのでした。仕方なく髑髏に触れそうなほど顔を近づけたまま、目をきつく閉じていましたが、やはりその人は肩を押さえた手をゆるめないのでした。そうだ。髑髏と見つめ合うようにと言っているのだ。ハンスはようやく気づいて、怖いのを必死でこらえ、髑髏の目の穴を見つめました。

最初のうちハンスは、真っ黒なふたつの穴でしかない髑髏の目と、どんなふうにして見つめ合えばいいのかわからないので、髑髏に見ならって黒い穴をただじっと見つめ返していました。するとまもなく、ハンスの目も黒い穴でしかなく、髑髏がその穴からハンスの体のなかを覗いているような気がしはじめました。そして、それでも黒い穴の目を見つめ返していると、髑髏に覗かれている自分の体のなかも空っぽに思えてきて、その空っぽの体のなかを覗いているのが、髑髏なのか自分なのか、もうどちらともわからないのでした。

その人がようやく肩を押す力をゆるめたので、ハンスは髑髏の上から体を起こしました。死ぬ思いで髑髏と見つめ合ったせいか、もう死んでいるみたいな気持になっていました。だけどぼくは、とハンスは、自分に向かって言いました。死んだみたいな気持になるだけではだめなのだ。ほんとうに死んで、お化けになる必要があるんだ。

その人がふたたび肩を押したので、ハンスはつぎの戸棚のほうへ歩きだしました。見ると、戸棚と戸棚のあいだの窪んだ薄暗がりに、一体がそっくりそろった骸骨が吊されていました。腕と脚をだらりと垂らした骸骨は、女の人なのか、恥ずかしそうに顔を伏せていましたが、いまにも髑髏の顔を起こし、骨だけの両腕をすばやく伸ばして、ハンスに抱きついて来そうでした。

その人は、ほかにもたくさんの標本や教材のなかから、怖いものや気持の悪いものばかりを選んで、ハンスをその前に連れて行きました。体じゅう血管が細かく描きこまれた、ひどく背の高い人形が、背中を真っすぐ伸ばして立っていました。体の各部分をばらばらに解体した、組み立て式の人体模型が、きちんと積み重ねられていました。いまにもふたつにぽっかりと割れそうな、大人でも入るほど大きな黄色い甕と、なかがきれいにくり抜かれた象亀の巨大な甲羅が、仲良くならんで置かれていました。けれども、その人がいちども離れずにいてくれたせいで、ハンスは怖いものや気持の悪いものに慣れることができて、もうそんなに怖くなかったのでした。

標本室をひと回りして入口の近くにもどると、その人は隣りの標本室につながる扉のほうに連れて行こうとしました。ハンスはもう見たくないというつもりで、逆らって動かずにいました。その人も無理に連れて行こうとしないで、大きな手をハンスの肩に置いたまま立ちどまりました。振り返るようにして見あげると、静止の姿勢にもどったその人は、視線を天井の隅の暗がりへ向けていて、もう放心状態におちいっているのでした。

ハンスはその人の顔をしばらく見あげていましたが、しだいに不安な気持になりました。その人が話しかけないのは仕方がないけれども、放心状態におちいったその人を、こうしてそばで見ていると、その人から忘れられているようで、ひどく心細い気持になり、こんな気持になるのなら、いっそのこと、その人など見ないほうがいい、そう思うくらいでした。

その不安な気持がいっそう強まって、ハンスはこらえ切れなくなりました。そこで、放心状態から覚まさせて自分のほうに向かせようと、その人の腰のあたりに肩をつよく押しつけてみました。けれどもその人はまるで気づこうとしませんでした。天井の隅の暗がりに目を向けて放心状態におちいっているその人の体は、枯れ木のように硬く、肩を押しつけるくらいでは、びくともしないのでした。

その人の手袋をした手は、まだハンスの肩に置かれていました。手袋はすこし汚れていて、よく見ると、手袋だけではなく、上着とズボンもあちこち油の汚点で光っていました。ハンスは生徒たちが話していたことを思い出しました。学園のひろい敷地には、神父さんたちだけでなく、乞食も何人か隠れ住んでいるというのでした。

それならば、この人も標本室を隠れ家にしている乞食だろうか。それで、見つからないよう神父さんたちとおなじ黒い服を着ているのだろうか。ハンスはそう思って、もういちどその人の顔を見あげました。そして、こんなに背の高い、こんなに立派な顔をした人が乞食だなんて、そんなことは絶対にない、そう思うのでした。

その人の顔を見あげていることに疲れて、ハンスは視線を床におろしました。すると、これまでどうして気づかなかったのか、その人の足もとに黒い鞄が置かれていました。しかも小さな子供ならそっくり入る大きさでした。ハンスはその人がまだ放心状態なのを確かめてから、肩に置かれたその人の手を離れて、鞄に歩み寄りました。支えをなくしたその人の手が腰にそってゆっくりと垂れさがりました。

ハンスはしゃがんで大きな黒い鞄を眺めました。鞄は腹いっぱいになにかを呑みこんでいて、底のほうが大きく膨らんでいました。抱きつくような恰好で膨らみを撫でてみると、なにか固くて丸いものが感じとれました。ハンスは、それを見れば、いろんなことがいちどにわかる、そう思うと、どうしても見ないではいられない気持になりました。そこで鞄の留金をはずそうとしましたが、びくともしないのでした。錠がついていないのだからすぐ開くはずなのに、かたく口を閉じたままなのでした。

ハンスは我慢ができなくなって、手袋をしたその人の手を引っぱりました。放心状態から覚めたその人は、足もとを見おろして鞄とハンスを見比べました。そして、長身をかがめて手袋をした手を留金にかけました。けれども鞄は口を開けませんでした。その人は把手をつかんですこし持ちあげてから、もういちど留金に手を伸ばしました。するとこんどは、その人の手が触れるか触れないうちに、鞄のほうで待ちきれないというように、ぽっかりと口を開けたのでした。

けれどもハンスは鞄のなかを覗いてがっかりしました。まわりの戸棚にいくらでもあるガラス瓶が十二個、二列にならんでいるだけでした。どうしてこんなものを鞄に入れておくのだろう。ここから持ち出そうとしているのだろうか。そう思いながら顔をあげると、天井の隅の暗がりに目を向けたその人は、足もとの鞄のこともハンスのことも忘れて、もう放心状態におちいっているのでした。

ほかになにか見つかるかもしれない。ハンスはそう思って、鞄のなかを覗いてみましたが、やはり十二個のガラス瓶が二列にならんでいるだけで、ほかになにもないのでした。それでも、瓶をひとつ引き出してみると、小さなサルが窮屈そうに入っていました。ハンスはおやっと思いました。小型のサルは、戸棚にならんだ標本とちがって、生きたまま閉じこめられているみたいに見えるのでした。おどろいてほかの瓶も引き出してみると、どれもみんなおなじ小型のサルが入っていました。

ハンスは瓶のひとつを両手にかかえて、ガラスに目を近づけてみました。毛があまり生えていない灰色のサルで、瓶の底で太った腹を突き出してあぐらを組み、両手のこぶしを膝の上に乗せ、背筋を真っすぐに伸ばした様子が、やはり生きているように見えるのでした。

ハンスはガラス越しにサルの白っぽい顔を見つめました。低い鼻のまわりに皺を寄せて小さな目をきつく閉じ、見られていることを意識しているような、瓶に閉じこめられていることなど平気だと言いたそうな、そんな顔をしていました。そうして見ていると、いまにも目をぱっと開けて、笑いかけそうでした。

けれどもサルは、目をしっかり閉じたまま、取り澄ました顔を変えませんでした。ハンスは焦れったくなって瓶ごと揺すってみました。サルは平気な顔をしていました。瓶を傾けると、腰が浮いてあぐらを組んだ姿勢も傾きますが、それでも目を開けようともしないのでした。

きっといちばん頑固なサルなのだ。ハンスは瓶を鞄にもどして、別の瓶を引き出しました。その瓶のサルもやはりあぐらを組んで坐り、目をきつく閉じていて、見つめられていることを意識しているような、閉じこめられていることなんかすこしも苦にしていないと言いたそうな、そんな取り澄ました表情をしていました。瓶ごと揺すっても、最初のサルとおなじで、まるで表情を変えないのでした。

子供だから馬鹿にしているのだ。ハンスはそう思って、瓶を片端から引き出して、つぎつぎに揺すってみました。どのサルもどんな反応も見せません。ハンスは蓋を開けることを思いつきました。頭のてっぺんを指で突いてやれば、澄ましこんでおれなくなり、笑いだすか怒りだすか、するはずだ、そう思ったのです。けれども蓋はきつく閉まっていて　子供の力では開きそうにないのでした。それでもハンスはあきらめることができず、鞄に半分頭を入れて蓋を開けようとしました。

そのとき手袋をしたその人の手がハンスの首の後ろをつかみました。蓋を開けてくれるのだろうと思って、ハンスは体を起こそうとしました。ところが、首の後ろをつかんだ手がつよく押さえていて、体を起こせなかったのでした。それどころか、恐ろしい力がこめられていて、指の一本一本が頭の芯を痺れさせるのでした。

ハンスは痛みを懸命にこらえながら思いました。その人の気持が変わってしまったのだ。その人にもつらいことがいっぱいあって、お母さんが死んだあとお父さんがそうだったみたいに、ときどきこんなふうに怒りっぽくなるのだ。だから、こうして大人しくしていれば、すぐもとの優しいその人にもどるのだ……。

けれども首の後ろをつかんだその人の手の力は、強まるばかりでした。ガラス瓶に顔を押しつけられて、息もできないのでした。それでもハンスは懸命にこらえ、逆らってはいけない、逆らったりすれば、その人と関わりがなくなってしまう、そう自分に言い聞かせていました。

とうとう肩まで鞄に押しこまれて、ハンスは逆立ちをした恰好になりました。押さえつける力はなくなっていましたが、頭を痺れさせる指の力はまだ感じとれるのでした。この痺れがひろがったとき、意識がすこしずつ遠くなって、最後には気を失うのだ。ハンスはそう思って、その一瞬を待ちながら、自分に向かって言いました。

やっぱりぼくは悪い子供だったのだ。お父さんとお母さんが喧嘩して、それが原因でお母さんが病気になり、それから死んだのも、ぼくが悪い子供だったからなのだ。その人はそのことを知ってしまったのだ。悪い子供はお化けになれないのだろうか。だけどぼくは、どうしてもお化けになり、お父さんに会って、お父さんのことだけを心配している、そう言わなければならないんだ……。

意識が遠くなるハンスの頭のなかに、形がまったくおなじ、白くつるりとしたものがたくさんあらわれました。胎児のようなそれは、牝鶏の腹から取り出された卵のように、大きいものから小さいものという順にひと続きになり、暗い空に浮いて、半円周を描いて、移動しているのでした。それはまた、闇から生じたばかりのある一個のものが、ふたたび闇のなかに消えて行く様子を示す、ひとつのセットのようにも見えるのでした。

ハンスはひどく悲しい気持になりました。ぼくはお化けになれなくて、このまま瓶に閉じこめられるのだろうか。標本室の戸棚に飾られて、すこしずつ溶けて、しまいに形がなくなるのだろうか。そんなふうに思っているうちに、その人の指の力がさらに首に加えられて、痺れが頭の隅々までひろがり、意識がすこしずつ消えて行ったのでした。

Ⅲ

意識がもどっても、ハンスはそのまま、しばらく横たわっていました。そして、頭がはっきりしてくると、どうしてこんなところに横たわっているのかふしぎに思って、冷たくなった体を起こしました。そこは建物の裏側にそった細長い空地でした。左側にその建物の長いレンガの壁がつづき、右側に平行してポプラの樹が一列にならんでいました。そしてハンスのすぐ横に鉄の扉がありました。ハンスはそれを見て思いました。あの大きな鞄に押しこめられて気を失ったあと、ここから外に出されたのだ。きっと、ぼくがお化けになる決心をしていることを知って、その人は裏口から追放したのだ。

ハンスは脱げていた片方のズックをはいて、ようやく立ちあがりました。体を動かしてみると、べつに痛いところはなく、首の後ろに、その人の指の力の名残が感じられるばかりでした。

そこは学園の敷地のはずれで、学園をおおう森が終わっていました。そして、敷地の境であるポプラの列の外は一段低くなっていて、五百メートルほど向こうの土手まで、枯れた茅の原がひろがっていました。すでに陽が落ちたあとで、土手のはるか彼方の空に、淡い茜色の山脈の起伏が、蜃気楼のように浮き出ているのでした、

ハンスはポプラの樹の下まで進んで、その光景を眺めつづけました。茜色に染まった山脈の起伏は、そこにうっすらと描かれているみたいで、いまにもふっと消えそうでした。それでいて、いつかどこ

かで見た光景のようにも思えて、懐かしい気持に誘われるのでした。

ハンスは強まるその気持に押し出されて、敷地の境界まで進み出ると、茅の原に飛びおりました。そして枯れた茅を押し分けてすこし行くと、茅の原をよぎってつづく細い路に出ました。人が歩いて自然にできた路で、つよく踏みしめると、干あがった柔らかな湿地がかすかに揺らいで、その振動が足の裏から伝わるのでした。ときどき枯れた茅の茎がズックの下で折れて、乾いた音があたりにひびきました。

茅の原の真ん中まで来て、ハンスは立ちどまり、頭上を見あげました。昼の明るみがわずかに残っていて、その明るみに地上をおおいはじめた闇が溶け合わさり、淡い褐色の半透明の空間になっていました。それは水の層のようにも見えて、こうして見あげていると、湖の底から明るい水面を見ている、そんな気持になるのでした。

ようやく土手に着いて、ハンスは斜面を這い登りました。けれども期待していた光景は見いだせなかったのでした。対岸の土手とその上空に浮き出た淡い茜色の山脈とのあいだは、夕靄におおわれていて、村があるのか、森がひろがっているのか、どんなに目をこらしても、なんの見分けもつかないのでした。川上と川下を眺めても、広漠とした薄暗がりのなかに、二本の土手が真っすぐ延びているばかりでした。

後方に目を向けると、学園がひと目で眺められましたが、森の上に突き出た礼拝堂の塔がわかるだけで、校舎は森の影と見分けがつかなくなっていました。学園の森の向こうに髑髏の形の岩山が黒々と突き出ていて、その右側に町の明かりがオレンジ色にひろがって見えていました。

ハンスは最後に、体を川下に向けて、土手に登ったとき最初に目に入った、遠くの橋の明かりを確かめました。夕闇の迫る広々とした視界のなかで、その明かりがなにかの合図を送っているように見えるのでした。ハンスはその遠い明かりへ向かって、高い土手の上を歩きだしました。

土手の内側に背丈くらいの灌木が植えられていて、ふたつの土手の斜面の底に幅十メートルほどの水路が真っすぐ延びていました。両岸をコンクリートで固めた水路で、溢れんばかりの豊かな水が、暗さを増す夕闇を映して、音もなく流れているのでした。

ハンスは土手の上を歩きながら、夢のなかにいる気持になっていました。いまにも消えそうな淡い茜色に染まった山脈と、刻々と濃さを増す闇に呑まれそうな水路の静かな流れを、交互に眺めていると、ここにある光景ではなく、生徒宿舎のベッドで眠っていて、夢のなかの土手を歩いている、そんなふうに思えてくるのでした。

そこまで来たとき、水路の流れをそばで見たいという気持がこらえ切れなくなりました。ハンスは灌木のあいだを駆けおりて、水路の岸に立ちました。濃い緑の流れは両岸をいっぱいに満たして、夕闇のなかを滔々と流れていました。盛りあがって流れる水の動きは、まるで巨大な生き物の背中のようにも見えて、ハンスはたちまちうっとりとしました。

ふとわれに返ると、足もとの鏡のように光る川面に顔が見えました。一瞬、自分の顔が映っているのかと思いましたが、そうではなく、赤ん坊の顔でした。手も脚もそろった赤ん坊が、足を川下に向けた仰向けの恰好で、岸にそった川面にぽっかりと浮いているのでした。

流れすぎる赤ん坊を追おうとすると、そのまえにもうひとり赤ん坊が流れて来ました。ハンスは岸に膝をついて、身を乗り出させました。こんどはよく見ることができました。笑みを浮かべた丸顔も、腹を上にした艶のあるピンク色の肌も、さっきの赤ん坊にそっくりおなじでした。やはり二本の足を川下に向け、両腕を脇にぴったりとつけたまま、水の流れに軽々と乗っているのでした。そろえて真っすぐに伸ばした両足が船首になり、水面に立てた両足の小さな指が、十本の旗になって見えるのでした。

その赤ん坊につづいて三人目の赤ん坊が流れて来ました。川上を眺めると、十人ほどの赤ん坊がすこしずつ間をおいて縦一列になり、桃のように浮いて流れて来るのでした。赤ん坊の水上パレードだ！ハンスはおもわず叫んで、流れの上にさらに身を乗り出させました。どの赤ん坊も水の流れに身をまかせていて、楽しくてたまらないというような笑みを浮かべています。ハンスの前に来るときまって体を浮き沈みさせて、そうすると水の流れがくすぐるのか、くすぐったそうな顔をするのでした。だけど、もうすぐ夜になってしまう。そんな暗い夜の底を流れて行くのがほんとに楽しいのだろうか。ハンスはそう思って、赤ん坊の流れに合わせて岸を移動しながら、もっとよく観察しようとしました。けれども、赤ん坊たちの浮いた川面はほの暗く、おなじように笑みを浮かべているほかは、もうどんな表情も見分けられないのでした。

足もとに板切れが落ちていました。ハンスはもういちど岸に膝をつき、板切れを水に浸して、赤ん坊の小さな足の裏に当ててみました。そんなにうまくいくとは思わなかったのに、赤ん坊はぴたりととまりました。よく見ると、胸や腹だけでなく、腕も脚も形よく太っています。艶のあるピンクの肌が水を弾いていて、大人と変わらない濃い髪だけが撫ぜつけたように貼りついています。そして、こんなふうにせき止められても、目を大きく見開いて、うれしそうに微笑んでいるのでした。それでもハンスは、ほんとうに笑っているのだろうか、そうではなく、そんなふうに見えても、泣きたいのを我慢しているのではないのか、そう思って、もっと顔を近づけようとしました。

けれどもハンスは、そのまえに体を起こして、岸から飛び退きました。つぎに流れて来る赤ん坊のそろえて伸ばした足の裏が、その赤ん坊の頭にぴったりとくっついているのでした。それだけではなく、そのつぎの赤ん坊の頭にもその後から流れて来る赤ん坊の足の裏がぴったりとくっつき、さらにおなじようにせき止められた七、八人の赤ん坊が足、頭、足とくっつけ合い、数珠つなぎになっているのでした。暗い川面に浮き出たその様子が、赤ん坊たちの正体であるかのように、巨大な白い蛇に見えるのでした。

赤ん坊たちはふたたび岸に沿って流れはじめました。白くつらなって流れ去る赤ん坊たちを、ハンスは水路の岸に立ち、茫然と見送っていましたが、「エイ、ホー。エイ、ホー……」という掛け声が、小さな明かりが射すように聞こえました。赤ん坊たちが歌いだしたのだ。ハンスはそう思ってうれしくなり、水路にそって駆けだし、このあたりと思えるところで流れのなかを探しました。けれども、水の底にもぐったのか、やはり蛇だったのか、赤ん坊たちの姿はどこにもないのでした。それでも「エイ、ホー。エイ、ホー……」と掛け声だけは、はっきりと聞こえていました。

赤ん坊たちじゃないのだ。ハンスはようやく気づいて、土手に目を移しました。夕闇に呑まれて一本の黒い帯になった土手の上に、揺れながら近づく白いものが見えました。高等科の運動部員のマラソンで、みんなで掛け声を出しながら学園に帰って行くところでした。ハンスはその掛け声に人恋しくなり、部員たちを近くで見ようと、黒い影になった灌木のあいだを通って、土手を登りました。掛け声はたちまち大きくなり、二十人ほどの人影が近づいて来ました。

あと二、三歩で土手の上に出ようとして、ハンスはあわてて地面に伏せ、さらに傾斜を転げ落ちると、灌木の茂みにもぐりこみました。先頭を走っているのは体育の先生でした。暗くて顔は見えなくても、竹の鞭を持った腕を振りまわし、膝を高くあげて走る恰好から、体育の先生にまちがいないのでした。灌木の茂みの後ろで伏せていると、体育の先生を先頭にした二十人くらいの運動部員がつぎつぎに通過しました。頭のすぐ上を飛び越えて行くみたいで、地面にひびく足音がハンスの体に心地よく伝わりました。

全員が通過し終わると、ハンスは灌木の茂みの後ろから出て、ふたたび土手を登りながら、影絵のような人影が遠ざかるのを見送りました。体育の先生が笛を短く切って吹くたびに、後ろにぴったりとついて走る部員のひとりが「エイ、ホー」と叫び、それにならって後につづく部員たちが喘ぎながらも「エイ、ホー」といっせいに声を出しているのでした。

土手の上に出ると、掛け声を出していない、すっかり遅れた部員たちが急に暗闇からあらわれて、ハンスは先頭の部員に危うくぶつかりそうになりました。ハンスはもういちど後もどりして、灌木の茂みにもぐり込みました。こんどは見つかってしまったけれども、学園の制服までは見分けられなかったはずで、灌木の後ろで身をすくませていると、地面にひびくその部員たちの足音も、ハンスの体に心地よく伝わるのでした。

最後の五、六人が近づいて来ました。ハンスは茂みから顔を出して、通過していく部員たちを眺めました。ひとりが高く腕を振りあげると、ハンスが隠れた茂みをねらったみたいになにかを投げて、それが近くの地面に落ちました。ラッパ呑みをしていた瓶で、つづく二、三人もおなじところをねらって投げ、ひとつが先に落ちた瓶に当たって、ガラスの割れる音がひびきました。

その一団もたちまち夕闇に呑まれてしまいました。ハンスはようやく土手の上に出ました。学園の方角の闇をすかし見ても、体育の先生を先頭にした一団の掛け声がかすかに聞こえるだけで、もうなにも目に映らないのでした。その掛け声もしだいに消えて、ふたたび静けさが体を包んできました。ハンスは、おもわず身震いすると、川下のほうへ向きなおり、土手の上を歩きだしました。

雲が流れているらしく、地上をおおう薄闇のなかにも影が動いていました。そのかすかな明暗をたよりに、ハンスはようやく見分けのつくズックの先の地面を見つめて、土手の上を歩きつづけました。土手の内側に目を向けても、水路は暗闇にまぎれて、もうその在り処さえわからないのでした。

Ⅳ

そこまで来たとき頭上に光が落ちて来ました。ハンスが足をとめて顔をあげると、突然あらわれたみたいに橋が目の前に立ちふさがっていました。水門をかねるせいもあって、幅十メートルほどの水路にかかる橋にしては、ひどく大きな橋でした。城壁のように頑丈に造られた両端と、水門の扉を開閉させる中央の鉄塔が、高い四基の照明灯に照らし出されて、まるで闇の海に浮き出た城砦のようでした。土手をまたいだ高い橋げたも城門を思わせるのでした。

ハンスは橋げたをくぐって川下に出ました。前方に膨大な闇がひろがり、真っすぐ延びる土手は、すこし先で闇のなかに消えていました。用水路でもある川は、海岸を埋め立てた工場地区に達し、そこで海に流れこんでいるはずですが、遠くを眺めても、工場らしい明かりはどこにも見えないのでした。

橋げたの側面に鉄の細い階段がありました。ハンスはそこを登って橋の上に出ました。広々とした橋の上は、照明灯に白く照らされていて、まるで舞台にでも上がったような気分でした。ハンスは中央の鉄塔の下まで進み、川上のほうの欄干に身を寄せて、向こう岸を眺めました。けれども何ひとつ見分けがつかないのでした。夕陽に淡く浮き出ていた山脈はとうに消え失せていて、上空も地上もすっかり闇に閉ざされているのでした。

それでもハンスは欄干に寄りかかって、川向こうの暗い空に目を向けていました。すると、似たような夜があったことが思い出されました。お母さんといっしょに海に行ったときのことで、そのときは、海に突き出た岬にあるホテルのベランダにいたのでした。無数の星が銀色の穴を開けて散らばり、にぶく光る海が果てしなくひろがっていたのでした。

お母さんはその海を眺めながら、「わたしはもう、自分でその決心ができないのだよ」と淋しそうに言って、自分に代わって決心するようハンスにうながしたのでした。ハンスも、もしそうすればこれからずっとお母さんといっしょにいられるのだから決心をしてもいい、そう思ったのでした。けれどもそのとき、その決心をするとお父さんがひとりぼっちになるという考えが頭に浮かんで、お母さんの言ったことを理解できないふりをしたのでした。そのためにお母さんは、あの海で死なないで、あんなに嫌っていた病院で死んだのでした。

暗い夜空の奥にかすかに動く雲の影を見つけると、ハンスはそこに目をこらし、気持を集中させて、決心をうながしたときのお母さんの顔を思い出そうとしました。あのときのお母さんの顔を思い出しさえすれば、いつでもその決心ができる、そう思えるのでした。

けれどもハンスは、そのときのお母さんの顔だけでなく、お母さんのどんな顔も思い出せなかったのでした。お母さんが死んだあとお父さんはいつも、おまえはお母さんのことを早く忘れなければいけないと叱るように言っていたので、ハンスはお母さんのことを思い出さないようにしていたのでした。そのせいで、半年前に死んだお母さんの顔を思い出せないことがよくあるのでした。

それでもハンスは、決心をうながしたときのお母さんの顔を思い出そうと、暗い夜空の奥を懸命に見つめつづけました。すると、地の底のようなところにいる、赤い目をした、ひどく淋しそうな女の人の顔が頭に浮かびました。けれどもそれは、お母さんではなく、まるで知らない女の人でした。

そのときなにかの気配を感じて、ハンスは振り返りました。すると、いつやって来たのか、橋の上に奇妙なものが出現していました。ハンスは一瞬、大きなおもちゃのロボットかと思いましたが、頭から足まで甲冑で身を固めたふたりの人物でした。そんな恰好のふたりの人物が、頭の上からの照明にきらきら光りながら、目まぐるしく動いているのでした。

ハンスは呆気にとられて、目の前のふたりを眺めました。ふたりはあきらかに、兜をぶつけたり鎧におおわれた腕を絡ませたりして、取っ組み合っているのでした。それでいて、兜や鎧のぶつかる音も、靴についた車輪の転がる音も、まるで聞こえないのでした。

あのときの二人組だ！　ハンスはすっかり忘れていたことを思い出しました。お母さんは「おまえはあの病気でいちど死んだのだよ」とよく言っていましたが、その病気のあいだずうっと、ハンスは夢うつつのなかで、このふたりといっしょだったのでした。

そのことを思い出したせいで、仲間のような気持になり、ふたりをよく見ることができました。ひょろりとしたほうは、小さな頭に三角の兜をかぶり、青と銀色の格子縞の鎧を着けています。ずんぐりしたほうは、大きな頭にバケツのような兜をかぶり、赤と銀色の格子縞の鎧を着けています。そんな恰好をしたふたりが、ひとりは長身を折り曲げ、ひとりは精いっぱい背伸びして、夢中で取っ組み合っているのでした。

子供ではないのだろうか。ハンスはふとそう気づきました。甲冑姿や両腕を振りまわす様子から子供だろうと思っていましたが、そうではない気がしたのです。そこで、兜のなかの顔を覗いて確かめようとしました。けれども、兜は顔まですっぽりおおっていて、なにも見えないのでした。

ハンスは神父さんが話していたことを思い出しました。神父さんは、「神様から見捨てられた天使たちは、天にもどれなくなって、地上をさ迷っているのです。ふだんその姿は人間の目に見えませんが、ほんとうは人間のすぐそばにいて、いつも人間の様子をうかがっているのです。その天使たちは、いまでは死の世界に仕えていて、ひとりでも多くの人間を死の世界に引き入れようとしているのです」と話したのでした。

それなら、とハンスは思いました。このふたりも死に仕える天使だろうか、死者の国である川向こうからぼくを迎えに来たのだろうか。もしそうなら橋の真ん中でどうして喧嘩をはじめたのだろう。挨拶の言葉をかける順番のことで争いになり、それがこんな大喧嘩になったのだろうか……。

背の低いほうの赤と銀色の甲冑の動きがとまって、バケツのような兜の正面がハンスに向けられました。喧嘩に夢中でハンスのことをすっかり忘れていた様子でした。ハンスは、このふたりが死の世界に仕える天使なら、ぼくがお化けになれるよう協力してくれるかもしれない、そう思いながら、そこだけ開けられた兜の目の部分を見つめました。

けれども兜の目は、なかが空っぽみたいで、闇が認められるばかりでした。それなのに、標本室で見つめ合った髑髏の黒い穴の目とおなじように、その闇が眼差しになっていて、そうして見つめ返しているだけで、息が詰まりそうでした。背の高い甲冑もすぐに仲間の様子に気づいて、尖った兜を静止させました。目の部分に開けられた穴の闇が、なにかを宣告したがっているみたいに、じっと見おろしているのでした。

ふたりとハンスのその睨み合いは、長くつづきませんでした。闇の眼差しが不意に消えたと思うと、ふたりはもつれ合ったまま、倒れかかるようにしてハンスに襲いかかって来たのでした。そしてハンスが押し返そうとせずに受けとめると、左右から挟み撃ちにして欄干に押しつけたのでした。

ところがそのあとが変でした。左右から欄干に押しつけたその状態で、ふたりは、ハンスを無視して、ふたたび取っ組み合いをはじめたのでした。ハンスは、殴り合うこぶしが頭に落ちてきても、車輪のついた靴にズックを踏まれても、どんな抵抗もしないでいました。それに、甲冑姿の外観とちがって、ふたりの力は弱く、その気になればいつでも押し返せそうでした。

ふたりは取っ組み合いをやめませんでした。ハンスはしだいに不安になりました。取っ組み合いをしているあいだも、ハンスを欄干に甲冑で押しつけていて、はじめは弱かった力が、すこしずつつよくなってきたのでした。お化けになるための協力をしてくれないのだろうか。挟み撃ちにして体からエネルギーを奪い取るだけだろうか。もしそうなら、ぼくはお化けになるまえに、なにもかもおしまいになってしまうのだ。

急に解放されて、ハンスは足もとに崩れ落ちました。おどろいて顔をあげると、ハンスを放り出したふたりは、川向こうへ向かって逃げ出していました。よほどあわてているらしく靴の車輪で滑走するのを忘れて——それとも車輪は飾りだろうか——、背の高い青い甲冑のほうは欄干につかまり、太った赤い甲冑のほうは床を這って、必死で逃げようとしているのでした。ところが甲冑が邪魔になって、というよりも、まるで甲冑がひとりでに動きだしたみたいで、這うことをおぼえた子供やよちよち歩きの子供くらいの速さでしか進めないのでした。

ハンスははっとして、橋の反対側へ目を向けました。やはり体育の先生でした。土手の上でぶつかりそうになった運動部員から聞いて、引き返して来たのにちがいなく、橋げたの階段を登って姿をあらわしたのでした。大きな体を左右に揺すりながら、猛烈な勢いで駆けて来るところでした。たちまち近づいた体育の先生は「こら、学園の子になにをする！」と叫んで、ハンスの前をすごいスピードで走りすぎました。すでに竹の鞭を高く振りかざし、前方のふたりを睨んでいて、ハンスには目もくれないのでした。

ふたりに追いついた体育の先生は、這っている赤い甲冑を追いこして、欄干につかまっている青い甲冑に襲いかかりました。体をふたつに折り曲げた青い甲冑に竹の鞭を十五、六回もたてつづけに浴びせて——音はやはり聞こえないのでした——、それから足を引っかけて転がしました。そしてくるりと向きなおると、そこまで這って来た赤い甲冑の前に立ちはだかり、正面からやはり十何回もバケツのような兜に鞭を振りおろしました。と思うと、もう身をひるがえして、這って進みはじめた青い甲冑のほうに駆けもどりました。

ハンスは欄干を背に坐りこんで、その様子を茫然と眺めていました。怯えきったふたりは、そこまでたどり着けば安全なはずの川向こうを目の前にしながらも、わずかな距離をとぎれとぎれにしか進むことができず、体育の先生のするままでした。鞭を浴びているあいだは、抵抗するどころか鎧のなかで亀のように身をすくませていて、体育の先生が仲間のほうへ向かうと、その隙に必死で這い進むのでした。

体育の先生はふたりを捕まえるつもりはないようでした。というよりも、甲冑のなかは空っぽなので、捕まえたくても捕まえられない、それでひと鞭でも多く打ちすえようと、ふたりのあいだをせわしく往復している、そんなふうにも思えました。

体育の先生が振りおろす鞭の雨に打たれながらも、ふたりはようやく橋を渡り終えて、ほとんど同時に川向こうにたどり着きました。そして先生が立ちどまって見送ると、鞭から解放された勢いのままに、甲冑をきらめかせて、土手の向こう側に消えて行ったのでした。どんな音もしませんでしたが、ハンスの頭のなかで、空っぽの甲冑がばらばらに分解しながら、急な傾斜を闇の底に転げ落ちて行ったのでした。

体育の先生は、左手を腰に当て、右手に持った竹の鞭を肩にかついだ恰好で、ふたりが消えた川向こうの闇を、しばらく睨んでいました。ハンスはその後ろ姿をぼんやり眺めていましたが、不意に自分の立場に気づきました。こんどはぼくの番だ。いまのうちに逃げ出さないと、気絶するほど打たれる。けれどそう思っても、体じゅうが痺れていて、欄干にすがって立ちあがるのが精いっぱいでした。こちらに向きなおった体育の先生は、まだ覚めない昂奮にハンスのことは忘れているらしく、川向こうの闇を振り返っては、こうしてやった、というように鞭で空を打ちすえていました。

体育の先生の「こら、なにをする！」という大きな声が後ろに聞こえました。ハンスはその声にわれに返って、自分のしていることに気づきました。橋の欄干に片方の足をかけて、体を押しあげようとしていたのです。もういちどお父さんに会うには、どうしてもお化けになる必要がある、だから、ここで体育の先生に捕まってはいけない、そう思うと、自分でも知らないうちに決意していたのでした。

ハンスは欄干の上から身を乗り出して、橋の下に目を向けました。赤ん坊たちが楽しそうに身をまかせていた、あの緑の水が滔々と流れているはずでした。けれども、橋の下は真っ暗で、その気配さえ感じとれず、ハンスは一瞬ためらいました。とつぎの瞬間、吠え声とともに、体育の先生が後ろから飛びつき、欄干の上からハンスをすくい取ったのでした。

V

ハンスは体育の先生に腕をつかまれて学園に引き返しました。雲がいくらか薄らいだのか、暗がりのなかでも土手の輪郭が見分けられました。途中まで来ると、学園の森が濃い影の塊りになって見えてきました。

ハンスは体育の先生より一歩先に立って、駆けるように歩いていました。学園に着いてからの罰を思うと、はじめは足が石みたいに重く、引き立てられるように歩いていたのですが、先生が元気をなくしているのに気づいてからは、自分から先に立って歩きだしたのでした。

懸命に足を前に出しながら、ハンスは罰のことを考えたくないので、体育の先生やお父さんのことを考えていました。昼のあいだは臆病な生徒を見つけようと学園じゅう駆けまわっている体育の先生も、夜になると心配なことで頭がいっぱいになり、それで元気をなくしてしまうのだ、そう思いました。お父さんがやはりそうでした。お母さんが入院したあとお父さんは、夜になるとぼんやりしていることがよくあって、そんなお父さんを見ていると、ハンスはひどく心配になったのでした。

森に包まれた学園に着くと、すこし元気を取りもどした体育の先生は、ハンスの腕をつかんで、校舎と校舎をつなぐ通路や暗い廊下を勢いよく進みました。中庭をよぎる渡り廊下に出ると、樹々の梢がハンスの悪口を言っているみたいに、頭の上でざわざわと鳴りました。

校舎や森を見ると、土手を往復するあいだ眠っていた怯えが、ハンスのなかで目を覚ましました。学園に来てからいちども体から離れない怯えで、生徒宿舎のベッドで眠っているときでも、勝手に頭をもたげてくるのでした。ハンスは、夜はどこで罰を受けるのだろうとまわりに目を向けていましたが、昼でもわからない学園の迷路は、どのあたりなのか見当もつかないのでした。

レンガ造りの古い建物の歩廊をくぐり抜けると、見おぼえのある石畳の庭に出ました。礼拝堂の横にある四角い中庭で、三方がいまくぐり抜けた建物、礼拝堂の窓のない高い壁、神父さんたちの宿舎に囲まれていて、空いている一方が礼拝堂の前庭、さらに正門へと通じているのでした。この中庭で、土曜日の午後になると、石畳に椅子がならべられて、音楽部の合奏が行なわれました。ハンスも何度か演奏を聴きましたが、どんなに楽しい曲でもしだいに悲しい気持になり、しまいには体が冷たくなったのでした。

体育の先生はハンスを連れて、外灯の明かりに濡れた黒い石畳を真っすぐ、神父さんたちの宿舎のほうに近づきました。礼拝堂の塔を隠した闇が上空をおおっているせいか、夜はじめて見る中庭は、四角い穴の底のように見えました。神父さんたちの宿舎の下まで行くと、体育の先生は明かりのともった二階の窓に向かって、担任の神父さんの名前を呼びました。夜は、体育の先生も勝手に罰を加えてはいけなくて、担任の神父さんに知らせるきまりがあるのかもしれない、ハンスはそう思いました。

二階の窓のひとつが静かに開いて、神父さんのひとりが明かりを背に顔を出しましたが、担任の神父さんは留守だという返事で、窓はすぐに閉まりました。体育の先生も困った様子で、ハンスを連れて歩廊のほうにもどりかけましたが、そのとき「先生、どうしました?」という声がして、礼拝堂の横にある入口から別の神父さんが出て来ました。もうひとり女の人もいっしょでした。体育の先生はハンスを連れてそのほうに歩きだし、神父さんもこちらに近づいて来ました。生徒たちがいちばん偉いと言っている、ひどく背の高い、怖い顔をした神父さんでした。

体育の先生は中庭の真ん中あたりで、ここでおとなしく待っていなさいというように両手でハンスの両方の肩をつよく押さえてから、立ちどまった神父さんと女の人に歩み寄りました。そして神父さんに挨拶をしてから、小声で話しはじめましたが、偉い神父さんなのでひどく緊張している様子でした。神父さんは黙って聴きながら、ときどき鳥のようにするどく光る目をハンスに向けました。横で聴いている女の人の「川向こうの……まあ怖いこと……」という言葉や「それは大変なお手柄ね」という言葉がハンスの耳にも聞きとれました。

学園でいちばん偉い神父さんに言い付けられていると思うと、ハンスは強まる怯えに坐りこみそうでした。そんな偉い神父さんがどんな罰を加えるのか、まるでわからなかったからです。けれども、体育の先生と神父さんはいつまでも話していて、「ぼくのことであんなにたくさん話があるはずがない」そう気づくと、怯えはしだいに弱まりました。それにいままでは、神父さんのほうが熱心に話していて、体育の先生は叱られているみたいに、真剣な顔で聴いているのでした。

長い話に飽きたのか、女の人はふたりのそばを離れて、神父さんたちの宿舎の角にある外灯のほうへ、石畳の上を斜めに歩きだしました。そして外灯の明かりの下で立ちどまると、洋服の両脇をつまんで伸ばし、自分の体を眺めました。ハンスはそのときはじめて女の人のお腹が大きいことに気づきました。

　女の人はさらに神父さんたちの宿舎の壁にそって、石畳の数をかぞえるみたいにゆっくりと歩きだしましたが、その様子を横から眺めると、お腹の膨らみがいっそうはっきり見えて、その大きさは怖いくらいでした。宿舎の壁の途中まで進んだ女の人は、こんどは向きを変えて、ハンスのほうに真っすぐ近づいて来ました。

　女の人はハンスの前まで来て立ちどまりました。そして石畳の上に両足をひろげた姿勢で立つと、大きなお腹を突き出した恰好のまま、いま目に入ったというようにハンスをじろじろと見つめました。ハンスはその目を見つめ返しながら、死ぬまえのお母さんの目を思い出していました。この女の人がお腹の赤ん坊のことしか考えられなくなった目で見つめているように、そのころのお母さんは、死ぬことしか考えられなくなった目でハンスを見つめたのでした。

　女の人は真剣な目で見つめ返すハンスに気づいて、すこしきまり悪そうに微笑みました。その笑顔に見おぼえがあって、ハンスは女の人が誰なのか思い出しました。転校して来たときのクラスの担任の先生で、特別に優しくしてくれたのに、三日目にはもういまの先生に替わったのでした。あのすらりとした先生が、二か月でこんなに変わるなんて信じられない、そう思いました。変わったのはお腹だけでなく、長かった髪も千切ったように短く、細く尖っていた顎も丸くなっているのでした。

　女の先生はハンスがクラスの生徒だったことを忘れていました。それどころか、ハンスがお腹の赤ん坊に嚙みつかないかと用心している、そんなふうにも見えました。ハンスは、あそこにカンガルーみたいに赤ん坊が入っているのだ、そう思いながら、先生の手が優しくなでるお腹を見つめていました。けれども、頭に浮かんでくるのは、赤ん坊の可愛らしい顔ではなく、標本室で見た胎児や暗い川を流れていた赤ん坊たちばかりでした。

神父さんの「とりあえずわたしがあずかりましょう」という言葉が後ろで聞こえました。おどろいて振り向くと、神父さんと体育の先生がハンスのすぐ後ろに立っていました。ハンスはおもわず体育の先生のほうに体を寄せました。昼のあいだはおとなしい神父さんたちも、夜になると別の人みたいに乱暴になることがあるという、おなじ生徒宿舎の六年生たちの話を思い出して、怖い顔をしたこの神父さんとふたりになるくらいなら、体育の先生といっしょのほうがまだ安心できる、そう思ったのでした。

体育の先生はハンスの肩をつよく押して、神父さんのほうに押しやろうとしました。ハンスは足もとの石畳を見つめたまま、足を動かさずにいました。女の先生が声を立てて笑い、神父さんがハンスの腕をつかんで、「わたしといっしょに来なさい。先生はお疲れなのだよ」と言いました。

ハンスが見あげると、ほんとに疲れているらしく、体育の先生の顔はしぼんだみたいに小さく見えました。ハンスは仕方なく体育の先生のそばを離れました。体育の先生は安心したように神父さんにていねいな挨拶をして、腕にすがった女の先生といっしょに、歩廊のほうに去って行きました。その後ろ姿は女の先生に連れ去られて行くみたいでした。

体育の先生たちの姿が見えなくなると、神父さんがハンスの肩に手を置きました。指の長い白い手で、ハンスは標本室でその人の手袋をした手が肩に置かれたときのことを思い出しました。あのときは電気みたいなショックがあって、体がかっと熱くなったのでした。それなのにハンスがお化けになる決心をしていたので、その人は裏口から追放したのでした。

神父さんはハンスを連れて、礼拝堂の横にある入口に引き返しました。ハンスは、学園でいちばん偉いこの神父さんは、礼拝堂の地下室にひとりで住んでいる、生徒たちがそう言っていたのを思い出して、そこに連れて行くのだろうと思いました。

けれども神父さんは、入口のすぐ脇にある階段を登るようにと、ハンスの肩を押したのでした。ハンスはおどろいて踏みとどまりました。神父さんは「どうしたのだね。わたしの部屋は二階にあるのだよ」と言って、さらにつよく押しました。うそだ！　あの部屋に連れて行くんだ！　ハンスは足を動かさないで、胸のなかで叫びました。そして頭に、夢のなかで何度も閉じこめられたことがある、塔の頂上の部屋を思い描いたのでした。

それは、押しこめられると、立った姿勢のまま、体の向きを変えることも、体を曲げることもできない、また、巣食っている蛇や鼠や気味の悪い虫に食いつかれても、どうすることもできない、ひとりでいっぱいになる、ひどくせまい部屋でした。怖くてたまらない気持を外に向けようと、目の前にある小さい窓から外を見ても、学園の裏の不気味な沼とその向こうにある髑髏の形をした岩山が見えるばかりなのでした。

それに、いつも吹いている風の泣き声や唸り声を聞かないようにしたくても、腕を脇に伸ばした姿勢のまま動けないので、耳をふさぐこともできないのでした。一日に一回、神父さんたちのひとりが様子を見に登って来ますが、ドアにある穴から覗くだけで、声もかけずおりてしまい、そんなときひどく淋しくなり、いっそのこと壁に頭を打ちつけて気を失ってしまいたいと思っても、首を傾けることができるだけなのでした……。

神父さんは長身を折るようにかがんで、自分のほうに向かせたハンスの目を覗きこみました。刺すような視線が入りこんで来て、ハンスは体の自由がなくなった気がしました。学園に来てからずっと感じつづけている怯えがいちばんつよくなり、立っておれないくらいでした。神父さんはハンスを前に向かせて背中を押し、「登りなさい」と言いました。すると、足がひとりでに動いて、ハンスはせまい階段を登りだしたのでした。

薄暗い塔のなかの階段を登りながら、あの恐ろしい部屋に入れられるために登っていると思うと、ハンスは自分が信じられない気持でした。夢のなかで体育の先生や神父さんたちに追いつめられて何度も登ったので、あのせまい部屋がいくつかあるほかは、塔の頂上が薄暗い空洞なのは知っていましたが、それでも階段にひびく神父さんの靴音がその空洞にこだまするると、それがそこに巣食っている化け物たちの吠え声のように聞こえて、気が遠くなりそうでした。

階段が支柱のまわりを一回転したところが小さな踊り場になっていて、そこに黄色い扉がありました。ハンスはそれを見て、あの扉のなかに飛びこみ、内側から鍵をかければ、あのせまい部屋に入らなくてもすむかもしれない、そう思いつきました。そこで、肩に置かれた神父さんの手を振り離して駆け登り、その扉を開けようとしました。扉はびくともしないのでした。あわてて振り向くと、神父さんはゆっくりと階段を登りながら、怖い顔に笑みを浮かべていました。ハンスは頭がかっと熱くなりました。こうなったら、神父さんを突き飛ばしても、階段を駆けおりるしかない、そう思いました。

神父さんが踊り場に片足を乗せた一瞬をねらい、ハンスは脇をすり抜けようとしました。けれども、神父さんがとめようとして体を寄せたので、腰にはげしくぶつかってしまいました。ハンスはとっさに手すりにつかまりましたが、神父さんはよろめいて倒れ、どこかに頭を打ちつけたらしく、動かなくなりました。手すりのあいだにはさまった恰好で、起きあがる様子がないのでした。

ハンスはしばらく見おろしていましたが、「神父さん」と小声で呼んで返事がないことを確かめると、そこまでおりて神父さんの顔を覗いてみました。目を閉じて眠っているように見える顔は、怖い表情が消えて、優しい顔になっていました。ハンスは安心して、手すりのあいだから肩を引き出そうとしましたが、子供の力ではびくともしないのでした。それでも、さらにつよく引っ張ると、体がすこし動いて、呻き声がもれました。

ハンスは急に怖くなり、忘れていたことを思い出しました。朝までにお化けになる決心をしたのだから、いまのうちに遠くに行かなくてはならないのでした。ハンスは手すりにつかまり、ジャンプして神父さんの体を飛び越えると、階段を一気に駆けおりたのでした。

Ⅵ

学園をかこむ森を出たところで、ハンスは走るのをやめて歩きはじめました。礼拝堂の階段を駆けおり、中庭と前庭を走りぬけて正門を飛び出してからも、誰もいない森のあいだの路を休まず走りつづけて来たのでした。

しばらく行くと、路の両側が雑木林になり、樹々の梢の上に暗い夜空がひろがりました。外灯の明かりに光る路は、雑木林のあいだを真っすぐ延びていました。アスファルトの上で伸び縮みする自分の影を見つめながら、ハンスは早足で歩きつづけました。

やがてなだらかな丘になり、路は左にゆるくカーブしながら登りはじめました。町はこの丘の向こうにあるはずで、ときどき車のライトが丘を越えてあらわれては、路面をなめるようにして後方に走り去りました。車の音が消えるたびにいっそう静まり返って、聞こえるのはハンスのズックの音ばかりでした。

まもなく急な坂路になりました。途中まで登ると、左側にひろがる傾斜地に病院らしい建物があらわれました。裏のほうにも病棟らしい建物がいくつかあって、屋根に赤いランプがともっていました。ハンスは息をきらして坂を登りながら、お母さんが死んだ病院のことを思い出していました。

それは駅みたいにいつも大勢の人でごった返している大きな病院で、外から入って行くといろんな匂いがして、しばらくは息もできないくらいでした。お母さんの病室は七階にありましたが、窓は隣りのもっと大きな建物の壁でふさがれていて、地下室の窓みたいになにも見えないのでした。

その病院にお父さんといっしょに行ったときのことでした。お母さんは、お父さんが廊下に出たとき、ハンスをベッドのそばに招き寄せると、「ほら、こんなになってしまった」と言って、枯れた木の葉のようなふたつの手を開いて見せたのでした。そしてさらにお母さんは、ひどく真剣な表情をして、その小さな手でハンスの顔にこわごわ触りながら、「この病院ではね、女はみんな死ぬことになっているの。だからお父さんはわたしをここに入れたのよ」と、ハンスの耳にささやいたのでした。

坂を登りきって丘の上に出ると、前方の暗い夜空の下に、町の明かりがオレンジ色にひろがりました。ハンスはその明かりに向かって坂をおりながら、二か月前にお父さんといっしょにこの町に着いた日、駅の二階のレストランで最後の食事をしたときのことを、ひとつの場面のように思い出していました。

そのレストランは、片側が一面、ガラス張りになっていました。その壁にそってならぶテーブルのひとつをはさんで向かい合うと、お父さんが「見てごらん。きれいじゃないか」と言いました。窓の外に目を向けると、すでに陽が沈んだあとで、黒い影になって立ちならぶ工場の建物や煙突の向こうの空に、みごとな夕焼けが視界のかぎりひろがっていました。濃淡さまざまに染まった雲が幾重にも棚引き、いまにも燃えつきようとしているのでした。

お父さんが「やはりここはいいところだ。来てほんとによかった。おまえもそう思うだろう」と念を押すように言いました。ハンスは仕方なくうなずきましたが、お父さんのこともお母さんのことも、きょうでみんなおしまいになると思うと、その美しい眺めも、ハンスの目には、なにもかもが終わりになる光景にしか映らないのでした。

お父さんは肉をほおばり、ビールを飲んで、「どうした？ もっと食べなさい」と言いました。ハンスは肉を口に押しこみ、ジュースを飲みました。けれども、噛んでいるうちに、吐き気が込みあげてきました。お母さんになら「ぼくはきっと病気になってしまう。だからこの町では生きていけない」と言えることが、お父さんにはどうしても言えず、それを我慢しているので胸が苦しく、肉が入って行かないのでした。

とうとうハンスは床に吐いてしまいました。お父さんは、おどろいた顔をすると、「そんな気の弱いことで、これからどうする」と苛立った声で言って、それからウエートレスを呼びました。ハンスは足もとの床を掃除するウエートレスを見守りながら、お父さんが遠い地方の学校にあずけると言いだしたとき、知らないそんな遠くの町に行くのはいやだと、どうしてはっきり言わなかったのだろうと思いました。けれどもどうしても言えなかったのでした。二年生になってもハンスがお母さんのそばを離れようとしないので、お父さんがそれをお母さんのせいだと非難して、それから喧嘩がはじまり、それが原因でお母さんは病気になり、とうとう死んでしまったのでした。

ハンスはお母さんが死んだとき、これからはお父さんの言うことに絶対に逆らわないようにしよう、そう自分に誓ったので、ひとりでそんな遠くに行くのはいやだとどうしても言えなかったのでした。それに、お父さんは気紛れをおこしただけで——お母さんが死んでからお父さんはひどく気紛れになっていました——、遠い地方の学校にあずけるなんて、そんな変なことを本気で考えているはずがない、そのうちに考えなおすだろう、そう思ったのでした。けれども、お父さんは本気で考えていて、こうしてこの町に来てしまったのでした。

ほかに客がいなくなって、レストランはがらんとしていました。お父さんは顔の前にひろげた新聞を読んでいました。夕陽の消えた窓の外はすっかり闇に変わり、大きな鏡になったガラスの壁に、レストランの内部がそっくり映っていました。ハンスはお父さんといっしょにいながらも、たえず込みあげる淋しさを懸命にこらえていました。それはこの町に着いたときすぐに体に入りこんだ淋しさで、どうしても出て行こうとしないのでした。その淋しさをこらえ切れなくなると、ハンスは、新聞で隠されているのでそれしか見えない、ガラスの壁に映ったお父さんの横顔を眺めました。そしてそのたびに、お父さんがハンスのその淋しさにすこしも気づいていないことが、よくわかるのでした。

ハンスはテーブルの上に置かれた黄色いものをじっと見つめていました。ウエートレスが片づけた後のテーブルに置かれたお父さんの右手、ひろげた新聞で隠されているのでそれしか見えないお父さんの右手であることは、もちろんわかっていました。けれども、ビールが半分残っているコップの近くに置かれたそれは、お父さんの手でありながら、お父さんの手でないのでした。親指のほかの四本の指を折り曲げて、そこに伏せたように置かれたそれが、照明のせいかひどく濃い黄色に見えて、そのせいもあって、どんなものにも似ていない、奇妙なある何かになって、ハンスの目に映っているのでした。

ハンスは顔を近づけて、それを見つめつづけていましたが、さらに、黄色いある何かであるそれに、自分の指を這うようにして一センチずつ、接近させてみました。すると、それがいっそうお父さんの手でなくなって、ある何かであることが、いよいよはっきりするのでした。そして、それがなんであるかわかれば、お父さんに代わって、それがハンスの体のなかから、この淋しさを追い出してくれるかもしれない、そう思えてならないのでした。

「なにをしているのだ!」お父さんが手にした新聞をテーブルに置いて、震えるような声で言いました。ハンスはその声にわれに返って、おもわず椅子から立ちあがりました。指を接近させてもどんな反応も示さないので、お父さんの手であることを忘れて、その黄色いある何かをとんとん叩いたり、それでも動かないので、指先でつまんで引っ張ったりしていたのでした。

お父さんが「いつまで立っている。いいから坐りなさい」と苛立ちをおさえた声で言いました。けれどもハンスは坐る気になれず、立っていました。お父さんはそんなハンスを見て、あわてた様子で――それがレストランに入ってから三度目でしたが――、新聞で顔をおおい隠したのでした。そしてそのときハンスははっきりわかったのでした。やっぱりぼくをこの町に捨てようとしているのだ。ぼくがお母さんのことが忘れられないでいると思っているのだ。だけどそうではない。それはお父さんの思い違いで、ぼくはお父さんのことだけを心配しているのだ。この心配がお父さんにどうしてもわからないのなら、ぼくはもうどうなってもいいのだ。この町で死んでもいいのだ。

急カーブの坂がゆるくなったと思うと、ハンスはもう町のなかにいました。人影はひとつもなく、そんなおそい時間でもないのに、しいんとしていました。その寂しい街路を歩いて行くと、駅の建物が見えてきました。ハンスは駅舎を見て、町に来る必要がなかったことに気づきました。この町に来てからずっと、列車に乗って都会にもどることばかり考えていましたが、お化けになれば、好きなようにどこにでも行けて、お父さんにもすぐ会えるのだから、この町にも駅にも来なくてもよかったのでした。

それでもハンスは駅へ向かいました。待合室のベンチで体をやすめて、お化けになるにはどうすればいいのか、よく考えてみよう、そう思ったのです。けれどもハンスは、待合室に入ろうとして、あわてて引き返しました。列車を待つ人たちでいっぱいのはずなのに、ふたりの人しかいなくて——話に夢中でハンスに気づかなかったようですが——、しかも学園の神父さんたちだったのです。礼拝堂のあの神父さんのことはもう知られていて、町に出ている神父さんたちにも連絡があって、それで待ち伏せていたにちがいないのでした。

ハンスは駅の裏に通じる地下道にもぐり込みました。暗く湿った長い地下道を抜け出ると、そこに賑やかな路地があって、酒場や小さな飲食店がたくさんならんでいました。そして大勢の人が歩いていて、どの店からも騒々しい声が聞こえていました。神父さんたちがこんなところに捜しに来るはずがない。ハンスはそう思って、ようやく安心しました。ここには都会を思い出させる懐かしい匂いがあって、そのせいでみんな、会ったことのある人のように思えるのでした。

ハンスは賑やかな路地を歩きつづけました。あんなに嫌いだった大きな声を出す酔っ払いも平気で、すこしも怖くなかったのでした。酒場から出て来た酔っ払いが、なにか言いながらいきなり抱きつこうとしたので、ハンスがすばやく飛びのくと、その人は空をつかんだように一瞬きょとんとして、それからしょんぼりした様子で向こうに行ってしまいました。

あちこちの酒場のドアから白い顔を出した女の人たちが、子供がひとりで歩いているのを見つけて面白がり、声をかけたり手招きしたりしました。ハンスはこれからお化けになるのだ、そう思うと、その女の人たちだけではなく、路地にいる人たちみんなに「さよなら」を言いたい気持でした。

似たような短い路地がいくつかあるだけなので、歩きまわっているうちに、地下道の入口にもどってしまいました。ハンスは、お化けになるいちばんいい方法を考えつくまで、こうして路地を歩きつづけていればいい、ここなら好きなだけ考えることができる、そう思って、おなじ路地をもういちどたどりはじめました。

ところが、酒場のならぶ路地の途中で、向こうから来るふたりの神父さんに出会ったのでした。ハンスがおどろいて立ちどまると、神父さんたちも立ちどまり、学園の制服を着た生徒がこんなところで見つかるとは思っていなかったのか、目にしたものを確かめ合うように顔を見合わせました。

ハンスはくるりと向きを変えて、力いっぱい走りだしました。大勢の人が行き交うせまい路地を上手に駆けぬけて、すぐに地下道の入口までもどりました。けれども、どちらへ行くか迷っているうちに神父さんたちが背後に迫って来ました。ハンスは駅に通ずる地下道とは反対の道を選ぶと、ふたたび走りだしました。

五、六分も走らないうちにひろい道路に出ました。ハンスは走って来た勢いのまま車道に飛び出しましたが、あわてて歩道にもどりました。向こう側が見えないほどひろい道路は、右からも左からも大型トラックが列をなして走り、途切れることがないのでした。遠くを見ると、向こう側の暗い上空に、高い二本の煙突がかすかに見えていました。海を埋め立てた工場地区で、お父さんと最後の食事をしたときに眺めたあのみごとな夕焼けは、その工場地区の上にひろがっていたのでした。

歩道橋か地下道がどこかにあるはずだ。ハンスはそう考えて、人影のない歩道を左のほうへ走りだしました。振り返ると、ふたりの神父さんがなにか叫びながら、五十メートルくらい後ろから追って来ています。ガウンのような服の長い裾を片手でからげて、大股で駆けているのです。それでもハンスは、ここは学園の迷路ではないのだから、捕まらない自信がありました。

ところが、どこまで行っても、工場地区にわたる歩道橋も地下道もあらわれないのでした。それでも走りつづけていると、後ろの神父さんたちの姿が見えなくなったので、ひと息つくため立ちどまろうとしました。するとそのとき、四十メートルくらい前方、外灯の明かりに照らされた歩道の上に立っているふたりの神父さんが目に入りました。両手を大きくひろげてハンスが飛びこんで来るのを待っているのです。振り返ると、やはり五十メートルほど後ろを、ふたりの神父さんが追って来ているのでした。

神父さんの挟み撃ちだ！　ハンスはおどろいて立ちどまり、まわりを眺めました。車道は行き交うトラックが唸りを立てています。左側は高いコンクリートの塀がつづいています。前方にふたりの神父さんが待ちかまえ、後方にふたりの神父さんが迫って来ています。もうどこにも逃げ場がないのでした。

ハンスは、そのことを認めると、車道に体を向けて歩道の縁に立ち、大きく呼吸して、車道をじっと見つめました。猛烈なスピードで走る大型トラックの列は途切れることがなく、向こう側にわたることは絶対に不可能でした。それでも、お化けになる決心をしたのだから、実行しなければならないのでした。こんなやり方ではお化けになれないかもしれないけれども、そうしないと神父さんたちに捕まり、学園に連れもどされてしまうのです。

ハンスは道路の向こう側の暗い上空を見つめて、その瞬間を待ちました。左右から駆けて来る靴音がしだいに高くなり、神父さんたちの叫び声が大きく耳にひびきました。つづいて四人の神父さんの腕が、いっせいにハンスのほうに伸ばされました。伸ばされたその腕を合図に、ハンスは勢いよく車道に飛び出したのでした。

Ⅶ

工場地区には、おなじような工場が目のとどくかぎりならんでいました。その長い列のあいだを、交通の途絶えた路が真っすぐに延びていました。外灯の青白い光に照らされた路の真ん中を、ハンスは歩いていました。あの途方もなくひろい道路で隔てられたここまでは、神父さんたちも追って来られないはずで、もう後ろを気にする必要はないのでした。

ハンスはときどき立ちどまって、工場の振動を感じとろうとしました。けれどもどんなかすかな振動も感じとれないのでした。ハンスは前方を見つめたまま、路の真ん中をなおも歩きつづけました。交叉路に出て左右を眺めても、物の動く気配はなく、おなじような工場がならぶばかりでした。

足もとがゆるい登り坂になり、頂上で足をとめると、運河にかかった橋の上に立っていました。向こう岸を眺めると、外灯の青白い光にかすむ半透明の薄明かりのなかに、やはり工場の三角屋根の長い連なりや太い煙突の列が黒い影になって、認められました。ここでは川の向こう側と川のこちら側の区別は、もうないのでした。

ハンスは低い手すり越しに川を覗いてみました。すぐ下に見えるのは、工場の廃水で黒く染まった流れでした。ハンスは赤ん坊たちを思い出して、きっと、この黒い水に浮いて、暗い海へ流れて行ったのだ、そう思いました。すると、工場地区に入ってから空っぽに感じられた体が、赤ん坊たちの悲しみでいっぱいになりました。

その悲しみに満たされおわると、ハンスは立っておれなくなりました。そこで、向こう岸へと橋を一気に駆けおりました。そして渡り終えたところで左に折れて、堤防と倉庫のあいだの路を、川下へ向かって力いっぱい走りだしました。するとまわりで外灯の明かりに浮き出た路面がはげしく波打ちました。左側につづく堤防と右側に連なる倉庫も、ぐらぐらと揺らいでいました。

それでも勢いよく走りつづけていると、堤防のコンクリートや倉庫のレンガにこだまする足音が、誰かが追って来る足音になって聞こえました。ハンスはその足音を聞いて、なんのために走りだしたのか、ようやくわかったのでした。足音に追って来させて、そうすることで、その人を惹き寄せるためでした。それでいて、その人というのは誰のことなのか、自分でもわからないのでした。

ハンスはいっそうつよく足音をひびかせて、揺れる路を走りつづけました。やがて前方に行き止りの標識が見えてきました。運河はそこで右に折れて、路は堤防と倉庫でふさがれているのでした。ハンスはさらに加速して、堤防にぶつかる勢いで走りつづけました。追って来る足音も加速させよう、そう考えたのです。

堤防が目の前に迫りました。急ブレーキをかけるようにして足をおそくすると、思ったとおり加速のついた足音が背後に近づいて来ました。そして、ハンスが堤防の手前で立ちどまると、背中に触れそうなほど接近した足音も、ぴたりと止まりました。

ハンスはくるりと向きなおりました。五、六歩前に、その人は、だぶだぶのレインコートを着て立っていました。追って来たというよりも、堤防の下で寝ていて、足音に目を覚まされ、いま立ちあがった、そんなふうにも見えるのでした。その人はひどく太っていました。頭を前に傾け、体をぐらぐら揺らせていて、いまにも崩れ落ちそうでした。その顔も黒い塊りにしか見えないのでした。

その人は、両手で宙を探るような仕草をしながら、ハンスに向かって歩きだしました。ハンスはおもわず片方の足をひいて身構えましたが、その必要はなかったのでした。両足を大きく開いたその人は、足を前に出しながらも、歩きはじめた赤ん坊のようにほとんどおなじ位置に下ろされるので、一歩で十センチも進まないのでした。

それでもその人は、ハンスの一メートル前まで近づきました。そしてそこで立ちどまり、なにか低い唸り声を出して、両腕を振りかざしました。そして、ハンスがさらに二、三歩後ずさりすると、その人はふたたび歩きはじめ、一メートルまで近づくと、おなじように両腕を振りかざしました。

その人の前進とハンスの後退が繰り返されて、ハンスの背中が堤防のコンクリートに触れました。ハンスはその硬い感じにおどろいて、視線をあたりに移してみました。右側につづく灰色の堤防、左側に立ちならぶ倉庫、そのあいだを真っすぐに延びる路、それはみんなそこにほんとうにあって、外灯の光に青白く浮き出ているのでした。

視線をその人にもどすと、頭上の外灯の明かりがその人を照らしていました。まだ体をぐらぐら揺らせていて、レインコートの下にズボンなのか裸なのか見分けのつかない、棒杭のような脚が見えていました。顔を見定めようとしても、頭に海藻のような髪が貼りついているのがわかるだけで、やはり黒い塊りにしか見えないのでした。

その人は堤防の隅にハンスを追いつめながらも、こんどは腕を振りかざしませんでした。ハンスはその人の手に目をとめました。破れた袖口から突き出された両手が、顔とはちがって、はっきりと見分けられるのでした。そして、ミイラのように乾燥した黄色いその両手が、前に突き出されるたびに、低い唸り声が聞きとれるのでした。そのミイラの手の動きがなにを指示しているのか、ハンスはようやく理解しました。堤防の上に登るようにと指示しているのです。

だけど、どうしてそんなところに登る必要があるのだろう。そんなところに登ってなにをさせるつもりのだろう。そう思いましたが、ハンスにそれを問う権利はないのでした。足音をひびかせてその人を惹き寄せたのは、ハンス自身なのですから。

ハンスはその人に背を向けると、力いっぱいジャンプして堤防に飛びつきました。やっと手がとどく高さで、何度か失敗を繰り返したあと、ようやく肘をかけることができました。そして、さらに腕の力で体の重みを支えながら片方の足を堤防にかけると、あるかぎりの力を振りしぼって、堤防の上に体を押しあげたのでした。

堤防の上は幅がせまく、よじ登った勢いで、あやうく運河に転落しそうでした。堤防の上でしゃがんで下を見ると、すぐ下に黒い水面があって、廃水の臭いが鼻をつきました。それでも水の匂いもあって、深く吸いこむと、冷気が体の隅々まで浸みとおりました。顔をあげて見わたすと、向こう岸の堤防が黒い帯になって見え、河口のすぐ近くらしく、黒い液体が運河いっぱいに満ちているのでした。

後ろで唸り声がしました。しゃがんだまま向きを変えると、すぐ下で、その人が見あげていました。ハンスは堤防の高さにおどろきました。自分の力で登ったとはとても思えない高さで、祭壇にでも載せられたみたいでした。

その人はやはり体を揺すりながら、黄色い手を突き出すようにしていました。そのミイラの手の動きがなにを意味しているのか、こんどはすぐわかりました。運河に飛びこむようにと指示しているのです。だけど、とハンスは、自分に向かって言いました。飛びこめば、まちがいなくお化けになれるのだろうか。もしお化けになれなければ、ぼくはもうお父さんに会えなくなるのだ……。

ミイラの黄色い手の動きが、いっそうはげしくなりました。その手の動きに追いつめられて、ハンスはどうすればいいのかわからなくなりました。そして気づくと、その人に向かって話しかけていました。

「……ええ、ぼくにだって、それくらいのことはわかっています。もうおしまいだということですね。そうです。ぼくはもうおしまいです。まだこんな子供ですが、それも仕方のないことです。これもみんな、ぼくがひどい弱虫なので、ふつうの人間になることもできないからです。こんなぼくなんか、ほんとうは生まれて来なければよかったのです。お父さんのことだってそうで、お母さんが死んでから、ぼくはお父さんの仕事の邪魔ばかりしていたので、そんなぼくを、お父さんがこの町に捨てたくなったのも、仕方がなかったのです。でも、お父さん！　ぼくは、お父さんのことだけが心配だったのです……」

ハンスは「お父さん」と呼びかけたことに気づいて、なんのためにその人を惹き寄せたのか、ようやく理解しました。その人に向かって、こんなふうに「お父さん」と呼びかけるためだったのです。

「お父さん！　やっぱりお父さんなのですね。はじめからそうではないかと思っていたのです。お父さんだとわかっていたので、指示どおりにここに登ったのです。だけど、びっくりしました、お父さんにこんなところで会えるなんて……。ふた月のあいだにお父さんはずいぶん変わりましたね。そんなに日焼けして、すっかり元気になったのですね。いいえ、お父さんとはっきりわからなかったのはレインコートのせいなのです。そのレインコートはどうしたのですか。お父さんがそんな黄色いレインコートを持っているなんてぼくはちっとも知らなかった。きっと二階の天井に隠してあったのでしょう」

ハンスは堤防の上から話しかけながらも、黒い塊りでしかないその人の顔を目に入れないようにしていました。さらにはげしく振り動かしつづける黄色いミイラの手だけを見つめていました。

「ぼくはほんとうに運がよかった、こうしてお父さんにまた会うことができて……。ええ、わかっています。いますぐ指示にしたがいます。ぼくがお父さんにもういちど会いたかったのも、最後の指示を受けるためでもあったのですから。だけど、ひとつだけどうしても聞いてほしいお願いがあるのです。それを聞き入れてもらったら、すぐに実行します。もう覚悟はできているのですから」

ハンスは両手を堤防について体を支えながら、しゃがんだまま後ずさりして、ズックの裏を堤防の内側の角にかけました。堤防についた手を離せば、その瞬間に後ろ向きに運河に落ちるのです。

「お父さん。ほら、用意ができました。お願いというのは、ひと言、〈わたしはおまえの父だ〉そう言ってほしいのです。そのひと言を聞くことができれば、ぼくはもうお化けにならなくてもいいのです。お父さんの指示をいますぐ実行できるのです。だけど、その言葉が聞けないと、どうしてもお化けになる必要があるので、いまはまだ指示にしたがうことができないのです。ですから、どうしても〈わたしはおまえの父だ〉そう言ってほしいのです。言ってくれますね……だめですか。どうしてです……わかった。ぼくが信用できないのですね。それではこうしましょう。ぼくが手を離すと同時に言ってください。それならいいでしょう。約束してくれますね。〈わたしはおまえの父だ〉こうですよ。

きっと、ですよ」

こう言い終わると、ハンスはしゃがんだ姿勢のまま、体の重みを後ろにかけて、遠くの夜空の奥、そこにある巨大な黒い穴に向かって、喉いっぱいに叫んだのでした。

「さあ、言ってください！　いま飛びこみます。さあ、言ってください！」


（了）

私の言葉

わたしは〈私の言葉〉を探しつづけることで、生涯の大半をついやした。そして、このように老いたきょうまで、〈私の言葉〉を見出せずにきた。見出せなかった理由は、その〈私の言葉〉がどんな意味を持っていなければならないかということを特定せず、偶然の出会いであるかのように見出し、そのうえでその〈私の言葉〉がどんな意味を持つ言葉なのかを知る、という順序にこだわったからである。

それにしても、どうしてそんな理に合わない順序にこだわったのか、自分でもよくわからない。あえていうならば、その言葉をわたしが所有するという形ではなく、むしろ反対に、その言葉に所有されるという形で見出したい、そう願ったからかもしれない。したがって、探す手がかりがまったくないままに、つぎに述べるような、あまりにも甲斐のない、無駄な試みを繰り返すほかなかったのである。

当然のことだが、〈私の言葉〉を探しはじめてとまどったのは、膨大な数の言葉のなかから、意味を定めない〈私の言葉〉をどうやって見出せばいいのか、まるで見当もつかないことだった。といって、漫然と出会いを待っているわけにはいかなかった。そこでわたしは、ごく単純に、文字になって目に見える言葉、つまり辞書をはじめ、さまざまな印刷物から探すのがもっとも近道だろうと考えて、実行に移したのである。

しかしそこには、言葉が数かぎりなくならんでいて、そのなかからどんな意味を持つのかわからない〈私の言葉〉を見出すのは、一握りの砂粒のなかからどんな特徴もない一粒の砂を探し出すのとおなじで、途方にくれるばかりだった。それでもわたしは、辞書や印刷物から見出すという考えを捨てきれず、執拗に活字に目を向けつづけた。もちろんすべてが完全な徒労に終わった。

わたしがつぎに試みたのは、〈私の言葉〉を自分の頭のなかに見出すという試みだった。それは、辞書や印刷物から拾った多くの言葉が頭のなかを通過したのだから、それがそれほど重要な言葉であるならば、かならず記憶の網に引っ掛かっているだろう、という考えが前提になっていた。仮に千という数の言葉が頭のなかを通過したとして、〈私の言葉〉はせいぜい何十という数のなかにあるだろう、したがって、その何十という選別された言葉をひとつひとつ吟味すれば、「これだ！」と断定できるだろう、という考えだった。

わたしはこの作業に多くのエネルギーをついやした。記憶の網に引っ掛かっているその何十という言葉をひとつひとつ書き出して、それが〈私の言葉〉かどうか、吟味したのである。その言葉が持つイメージを膨らませたり、原意や意味の変動を調べたり、いろいろに解釈したりして、自分が探している〈私の言葉〉なのかどうか、検証したのである。そしてその際、もっとも重視したのは、その言葉が、あたかも事物であるかのようにそこにあって、わたしと対峙しているという印象が際立っているかどうか、ということであった。

しかしこの試みでも、〈私の言葉〉がどんな意味を持つ言葉でなければならないかということを、度外視していることもあって、けっきょくどの言葉も、これが〈私の言葉〉である、そう断定するには至らなかった。確信を持って断定できなければ、いくらそれらしく思えても、〈私の言葉〉であるとは認め得ないのである。

わたしがつぎに実行に移したのは、書斎という言葉のつまった空間から身を離すことだった。つまり一大決心をして、人々の群れに身を投じたのである。

といっても、もちろん〈私の言葉〉探しを放棄したわけではなかった。そうではなく、人と人との関わりが優先していて、言葉がわき役でしかないそうした場所でこそ、〈私の言葉〉は見つかるのかもしれない、言葉というものが一歩身を退いたそうした場所にこそ、〈私の言葉〉はひそんでいるのかもしれない、そんなふうに考えたのである。

たしかに、人々のあいだで使われている言葉は、言葉の生《なま》の在り方をありありと見せてくれて、新鮮な感じをあたえた。そればかりか、言葉のそうした生きた在り方を耳にしたり口にしたりすることから生ずる悦びを、久しぶりで思い出させてくれた。言葉を知りはじめた幼児の歓喜とは、まさにこれだろうと思った。それに、人々が無意識のうちにも、いかに巧みに言葉を操っているか、それらの言葉によって人と人との関わりがどんなにスムーズに運ばれているか、つまり、われわれにとって言葉がどれほど大切な道具であるか、ということもあらためて知った気がした。

しかし残念ながら、その新鮮な感じは短いあいだしかつづかなかった。人々のなかにいるという緊張がなくなるとともに、言葉の生きた姿は薄らいでしまった。もちろんわたしは〈私の言葉〉を人と人とをつなぐ道具として探しているわけではなかった。それに、道具というものは、その便利さに慣れるにつれて、それ自体が身を隠してしまうらしく、わたしの目にそれらの言葉の姿がしだいに見えなくなった。けっきょくわたしは、このような経過をたどることで、最終的に、人々のなかにいては〈私の言葉〉は見出せない、そう結論するほかなかったのである。

わたしはふたたび書斎にこもったが、辞書や印刷物から〈私の言葉〉を見出そうとすることも、ひとつひとつの言葉を吟味することから〈私の言葉〉を見出そうとすることも、二度と試みなかった。そうした形で〈私の言葉〉が見つかるとは思えなくなっていた。それでもさらにいくつかの試みを繰り返し、いずれも失敗して、苦し紛れにたどり着いたのは、〈私の言葉〉を探そうとするのではなく、〈私の言葉〉を探していることを忘れることで〈私の言葉〉を見出そうということだった。

こうした中途半端な状態のままに、長い年月が経過した。わたしはそのあいだ、間断なく〈私の言葉〉を見つけようとしながらも、けっきょくは見つけられずに終わるだろう、そう自分に言い聞かせつづけてきた。そして実際に、すっかり老いたわたしに、もう時間がほとんど残されていないことが医師によって告げられた。〈私の言葉〉を探すことを生涯の目的として自分に課しながらも、それを成し遂げられず、したがって、この人生は無駄ごとのうちに終わる、そう認めるほかなかった。

わたしは書斎にすえたベッドに横たわり、最後の日々をどう過ごせばいいのか、あれこれと考えた。そしてたどり着いたのは、〈私の言葉〉を探している自分を思いきって捨て去る以外にない、それには、すくなくとも言葉の領域である書斎から自分を追い立てる必要がある、という結論であった。

わたしは、このような結論にしたがって、すっかり老いた体、それればかりか死病にとりつかれた体を鞭打って、書斎を出ることにした。〈私の言葉〉を見つけたいという未練を外気にさらし、蒸発させたうえで、どこかでひっそりと終わりを迎えよう、という決意であった。

ところが、その決意がなんの役にも立たないことがすぐにわかった。書斎を捨て、路上に出て一時間もしないうちに、〈私の言葉〉を探している自分に気づいたのである。目に入るものすべてのものが〈私の言葉〉を探すよう誘っていて、その誘いを拒絶することなど、とうてい不可能であると知ったのである。

わたしは路上に呆然と立ちつくした。しかし、だからといって、いったん決意した以上は、書斎にもどることは許されなかった。そこでわたしは、〈私の言葉〉を探すのではなく、終わりの場所を探すつもりで、決意をあらたにすると、そのまま先へと歩きだした。もちろん、どこに行けばいいのか、なんの当てもなく、とりあえず市の中心部に向かった。わたしは長年そこに行っていなかった。

どこもみな陽光で満ちあふれていた。そのあまりの明るさに、太陽は光を浪費しているのではないか、そんな心配をしたくなるくらいだった。人々もまた陽光を浴していることにあまりにも無頓着ではないのか、そう思えた。もちろんそれは、終わりという闇を目の前にした老人の僻目《ひがめ》かもしれなかった。

小さな公園に出た。わたしはひと休みするために公園に入った。街のなかのオアシスという趣もあって、木々に囲まれたベンチに何人もの人が憩っていた。わたしはその雰囲気に好感をおぼえながら、ベンチのひとつに坐っていた。あまり時間が残されていない人間だから、そのことが目について、人々にじろじろと見られるのではないかと思ったが、そんなことはなかった。年寄りなど目にしたくないので視線をそらしているのではないかとも思ったが、そんなこともないようだった。降りそそぐ陽光とおなじ平等さで、すべてのものが、それぞれの在り方でそこにあって、わたしもそうしたものとしてそこにいた。

人々はベンチにひとりずつ腰かけていて、その様子がわたしの目にいかにも不自然に映った。そうした距離や沈黙も必要だろうが、ときにはその距離をちぢめて、たがいに声をかけ合うほうが人間らしくないか、そんなふうに思えた。それならば自分のほうから働きかけなければならない。わたしはそう思って、隣りのベンチに移り、そこに腰かけた男に話しかけた。ところがわたしの口から出たのは自分でも意外な言葉だった。

「失礼ですが、あなたはご自分の〈私の言葉〉を見つけていらっしゃいますね。そうでしょう」

中年の男はわたしの顔をじっと見つめた。そのようなことを見知らぬ者に向かって、しかも公園のベンチで口にすることをいぶかる様子だった。当然だった。わたしはあわててつけ加えた。

「お恥ずかしい話ですが、じつは、わたしはこの歳になるのに、まだ〈私の言葉〉を見つけられずにいるのです」

すると男は首を横にふって、諭すような口調で言った。

「恥じることはすこしもありません。近ごろは、〈私の言葉〉を見つけられないことを、あえて自負している人がいるくらいですから」

「そんな人がいるのですか。本心ではないと思いますね。〈私の言葉〉を見つけられないことを自負するなんて、そんな……」

「そうでもありません。〈私の言葉〉を探すなど、もう時代おくれで、精神的な遺物にとらわれている、そんなふうにいう人がどんどん増えています」

「もしそれがほんとうなら、その人たちこそ間違った考えにとらわれています。そうお思いになりませんか」

「わたしはその人たちの考えに賛成はしませんが、だからといって、間違った考えにとらわれているとは思いません。人それぞれですから」

「人それぞれとおっしゃいますが、〈私の言葉〉を見出すのは、特別のことですよ」

「それはあなたの考えでしょう。それを人に無理に押しつけることはできません」

「でもあなたは〈私の言葉〉を見つけておられる。それがどれだけ大切なことかよく知っておられる。ということは、〈私の言葉〉を見つけることの大切さを人に教えてやろう、そうお思いになるはずです」

「それもあなたの考えです。たしかにわたしは〈私の言葉〉を見つけました。けれども、人に探すよう勧めたいとは思いません。おせっかいだと嫌われるだけです」

「ということは、〈私の言葉〉は、見つけようとして見つけられない者に大切に思われるだけで、見つけた者には、それほどの価値はないということですか」

「そこまで言うつもりはありませんが、最近は、〈私の言葉〉を見つけながらも、たいていの人は、わたしのように、そのことをことさら大事とは考えません」

「しかしそれでは、〈私の言葉〉を探す、〈私の言葉〉を持つ、という形で共有していた普遍的な価値観が消滅してしまい、その結果、人と人との繋がりがなくなる怖れがありませんか」

「〈私の言葉〉への想いで人と人とがつながっていた時代はとうに終わっています。いまでは、言葉に代わって膨大な量のイメージがわれわれをがんじがらめにしているので、そのことから生ずる種々の問題を解決することのほうが切実なのです」

「…………」

そう言われては、黙るほかなかった。すると男は、もともと人のいい親切な人なのだろう、気の毒そうな顔をして言った。

「最近、図書館に行ったことがありますか」

「いいえ。書斎にこもりきりでしたから」

「そうですか。行ってごらんなさい。わたしも行ったことはないのですが、最近はどこの図書館も本はすっかりなくなり、空っぽだそうです。ですから、言葉がむき出しになっているそうです。そういう状況であるなら、案外かんたんに〈私の言葉〉は見つかるかもしれません」

「言葉がむき出しに、ですか」

「そう。むき出しに。そう聞いています」

男はそう言って鞄を手に取り、ベンチから立ちあがった。わたしはその背に向かって礼を言った。明るい陽光のなかを、男は広場をよぎって遠ざかって行った。いかにも平凡そうに見える男だったが、けっきょくは、〈私の言葉〉を見つけた人らしい真摯な人柄なのだろう、最後には貴重な情報をもたらしてくれたのである。

わたしは公園を出て、男の勧めにしたがい、市立図書館があるはずの市の中心部へ向かった。そういえば、〈私の言葉〉を探しはじめたころ、手持ちの本はすべて探し終え、新たな本を求めて、市立図書館に足しげく通ったことがあった。そして、そうだ、すっかり忘れていたが、わたしは職員の女に恋をした。ひところは、〈私の言葉〉を探しに行くのか、その女に会いに行くのか、自分でもわからなくなったくらいだった。

それなのにわたしは、その女がようやく自分のほうに向いてくれたとき、すっかり怖じ気づいて、身を退いてしまった。というのも、その女が、わたしが〈私の言葉〉を探していることを知り、協力を申し出て、わたしがいくら辞退しても聞かなかったからだ。彼女のその熱心さは異常なほどで、本人のわたしにではなく、わたしの〈私の言葉〉を探すことに夢中になり、けっきょくわたしは、彼女から逃げ出すほかなかったのである。

わたしは、そのあと何人かの女性と関わりを持ったが、そのときのにがい経験もあって、どの女性にも〈私の言葉〉を探していることを打ち明けなかった。そのせいもあって、関係は長くつづかなかった。もちろんわたしは、女性に対してだけでなく、誰に対しても隠していた。〈私の言葉〉を探すとは特権的なことで、簡単に理解できることではない、そう思っていたからである。したがって、さっきの公園であの男に、あんなにも自然に「あなたは〈私の言葉〉を見つけていらっしゃいますね」と声をかけることなど、これまでのわたしにはあり得ないことだったのだ。

この変化をどう考えるべきだろう、とわたしは歩きながら思った。ひょっとすると、わたし自身すでに、〈私の言葉〉を探すことはもはや、それほど価値のあることではない、ひそかにそう考えていたのではないだろうか。長年の努力が無駄であったことを認めたくないので、その考えを自分にも隠していたのではないだろうか。もしそうであるなら、〈私の言葉〉を本気で探していなかったことになる。もちろんそんなことは絶対にあり得なかった。わたしはいつも真剣すぎるくらい真剣に〈私の言葉〉を探していたのである。

気がつくと、いつのまにか通りをそれて、住宅地に踏み入れていた。テラスのあるきれいな家がならんでいた。わたしが書斎にこもっているあいだに、どこもみな未知の街に変わってしまっていて、市立図書館があるはずの市の中心部がどの方角にあるのか、あたりの様子からは、見当もつかなかった。それに、老いの身で路上に立っているということばかりに気をとられて、どうすれば目的地に行きつけるのか、考えをめぐらすことさえできないのだった。

それにしても、とわたしは、公園の男の話をもういちど思い返して思った。にわかには信じがたいけれども、〈私の言葉〉に価値をおかない時代になったというのは、ほんとうだろうか。もしほんとうであるなら、〈私の言葉〉に代わって、新しい価値観が誕生していなければならないが、それはどういう価値観だろう、どうしてわたしはその変移に気づかなかったのだろう。

しばらく行くと、住宅地のなかの小さな公園に出た。コンクリートだけでできた公園で、中央に噴水があった。ほとんど水音のしない噴水で、わたしは噴水のまわりのベンチに腰かけて、ひと休みした。太陽はあいかわらずつよい日差しをコンクリートに降りそそいでいた。やはりすこし供給過剰ではないか、そう思えるほどたくさんの光にあふれていて、老いた目には、なにもかもが白く光って見えた。

噴水の向こう側に子供が五、六人いた。子供を見ることは久しくなかったので眺めていると、向こうもこちらを見ていた。年寄りなどにどんな関心もないはずなのに、しきりにかわるがわるこちらを見ていた。おい、年寄りがいるぞ、みんなでいじめてやろう、そんなことでも相談しているのだろうか、まさかそんな、そう思っていると、石が噴水越しに飛んできた。噴水のまわりを埋めている細かく砕いた石である。

子供たちは口を閉ざしているが、その白い石がコンクリートに当たって跳ねかえり、彼らに代わって「死んでしまえ！」「死んでしまえ！」と叫んでいた。それは正当な叫びに思えた。わたしも子供のころ老人に向かって「死んでしまえ！」と叫んだことがあるような気がした。老人は子供にとって不可解な存在で、目障りなのだろう。

こうした場合、どう対処すべきだろう。わたしはそう考えながら、小供たちのほうを眺めていた。小石は、噴水を越えて山なりに投げられているので、当たっても、そう痛くはなさそうだった。賢い子供たちで、まずい結果にならないよう投げているのだろう。目の前から排除したいだけで、いじめたいというほどのつよい衝動はないのかもしれない。

べつにどうしようという考えもなく、わたしは彼らに近づこうと噴水をまわりかけた。もちろん怒りなどまったくなく、挨拶がわりに石を投げているのではないのか、そんなふうに思ったりもした。しかし子供たちは、わたしが噴水を三分の一くらいまわったところで、手にした石をそこいらに撒き散らしたと思うと、まるで陽光に溶けたみたいに、あっというまに姿が見えなくなった。

子供たちのいたところに来ると、噴水をかこむコンクリートに「我らは死に神だ」といういたずら書きがあった。わたしは、もちろん本気で思ったわけではないが、そうか、いまの子供たちは死に神だったのか、それにしても、なんと弱腰の死に神だろう、あれではさっぱり役に立たない、そう思った。そしてつづいて、彼らが役に立たないのは彼らだけの責任だろうか、そうではなく、わたしがこの歳になっても〈私の言葉〉を見出せずにいることが、死に神としての彼らを役に立たせなくしているのではないか、そんなふうにも思った。

わたしはその公園をあとにして、住宅地から通りにもどった。そしてふたたび街の中心部、市立図書館のあったと思えるほうに、幅ひろい舗道をたどりはじめた。まったくの見知らぬ街になっているが、それでもこのあたりは、書斎を出て人々に交わったころ、その人たちといっしょに何度か来たことがあるような気がした。

そのころを思い起こして、わたしは思った。あのとき人々のなかにもうすこし長くとどまっているべきだったのではないか。そうすれば、〈私の言葉〉についての人々の考えを知ることができて、それを参考に〈私の言葉〉を探す手がかりが見つかったかもしれないのだ。それなのにわたしは、その人たちを早々に見かぎって書斎にこもり、それ以前どおりに、孤立してしまったのだ。

わたしはさらに思った。そしてそのあと、どのくらいの歳月がたったのだろう。二十年だろうか三十年だろうか。そのあいだも惰性のままに〈私の言葉〉を探しつづけていたが、結果的には、無為に明け暮れする日々を送ってしまったのだ。そしてそのあげく、歳月の経過に無頓着になり、気がつけば、死に神にさえ敬遠されるほど老い果て、いまこうして、すっかり様変わりした街を歩いているのである。

当然、変わったのは街だけではなく、人間自体も変わったにちがいなかった。その結果として、〈私の言葉〉を探すことなど価値がなくなり、もう誰もかえりみなくなった、ということなのかもしれなかった。ということは、わたしは人間というものが変わることを知らなかったことになり、そしてその無知ゆえに、こんなにも長い年月を無駄にして、〈私の言葉〉を探しつづけていた、ということになる。

市の中心地に来たらしく、六、七階の高さに統一された新しい街は、陽の光を存分に浴びて、その存在を誇示するかのように、どこもかも白く輝いていた。ひろい車道には車がひっきりなしに走っているが、歩行者のための路は店舗とともに地下につくられているのか、舗道を歩いている者はほとんど見かけなかった。

わたしは何度も足をとめて、まわりを眺めた。ここはどうみても、わたしにとって未来都市であった。そんな街のなかでひとり、老いた身をさらして、未練がましく、見つかるはずのない〈私の言葉〉を探していると思うと、むしろ行き倒れになる自分がしきりに脳裏に思い描かれた。しかし、まだそのときが来ないのか、わたしは行き倒れにならず、ビルの谷間をのろのろと歩いていた。

おそらくこのビル街のどこかに市庁舎があって、市立図書館もその近くにあるのだろうが、無人の街かと思えるほど人影はなく、路を訊ねる相手も見つからなかった。ビルのあいだに人影が見えたと思うと、すぐに消え失せた。みんながわたしを避けているのではないか、そんなふうにさえ思えた。もっとも、老いた体をかろうじて前に押し出し、あたりをよく見もせず歩いているのだから、おなじところをいたずらに歩きまわっているのかもしれなかった。

バスが近づいてきて、静かに停車したと思うと、ドアが開いた。わたしはおどろいて顔をあげた。バス停の標識の支柱につかまり、足を休めていたのである。と同時に、ドアの横にある市庁舎・市立図書館という表示が目に入った。わたしは前後の見さかいもなく、開いたドアのステップに足を乗せた。

風変わりなバスだった。運転席はボックスで仕切られていて、電車のような長い客車を引っ張っているのだ。わたしは空席を見つけて腰をおろしたが、なぜかひどく低い座席で、硬直した足を通路に伸ばさなければならなかった。そしてその結果として、寝そべる恰好になった。

バスはほとんど振動がなく、動いているとは思えないくらい静かだった。寝たような姿勢なので、向かいの席の上の大きな窓をとおして青い空が見えていて、飛行機に乗っているような気分だった。こんな快適な乗物がいつ出現したのだろう、これならすぐにも寝入れそうだ。そう思って目を閉じると、実際にまどろみはじめて、たちまち夢を見た。

夢のなかで顔をあげると、おなじバスに乗っていて、向かいにいる女と目が合った。女はとがめるような目をしていた。巨大なその女は、座席に坐りきれないので、座席を背もたれにして通路である床に腰をすえているのである。そのために、通路に伸ばしたわたしの足が、女の膝のあたりに達しているのだ。

なんとたくさんの衣裳をまとっているのだろう。わたしはそう思って、あらためて女を眺めた。衣裳というよりも、鮮やかな色彩の布が積みあげられていて、その上に顔が載っている、そんなふうに見えるのである。女はべつにとがめてはいないようだ。

占い師だろうか。わたしは女の鋭い目を見つめ返して、ふとそう思った。そこでよく見ると、女が背をもたせた座席に、占いの小道具らしい剝製の猫がたくさんならんでいた。その猫に視線を移すと、どの猫も大きく目を見ひらいて、ひどく真剣な表情でわたしを見つめている。猫たちのその眼差しを意識すると、わたしはたちまち金縛りになった。

女はやはり占い師で、いまようやく目に入ったが、膝にひと抱えもある大きなガラス玉を乗せていた。そしてそのガラス玉のなかにも猫の頭が収まっていた。わたしはその猫の顔を見て、その顔がそっくりそのまま〈私の言葉〉にちがいないと思った。そこで、その猫の顔を凝視して、〈私の言葉〉を読みとろうとした。しかしなぜか、猫の顔をはっきり見定めることができず、したがって〈私の言葉〉は読みとれなかった。

女は、助け舟を出すように、猫の頭を封じこめたガラスの大玉を回転させた。その動きによって猫の顔がいっそう〈私の言葉〉であるらしくなった。わたしは必死で猫の顔を見つめて、〈私の言葉〉であることを見定めようとした。しかしやはり見定めることができなかった。女がさらに早くガラス玉を回転させた。わたしも可能なかぎりの意識を集中した。それでも認められるのは、こちらを見つめ返す猫の顔でしかなかった。

このチャンスを見逃したくない、猫の顔にあらわれた〈私の言葉〉を読みとりたい、という願望がいっそう強まった。それにつれて、わたしのなかで、その願望が不安に変わった。そしてその不安がしだいに膨れあがり、いまにも体が破裂しそうだった。〈私の言葉〉を見出せないまま、こうして自滅するのが定めなのだろうか。わたしはそう思って、恐怖におののきながらも、女が回転させるガラス玉のなかの猫の顔から目を離せずにいた。膨張する不安はすでに体を満たし終えて、あとは破裂するばかりだ……。

アナウンスの声に夢から覚めたわたしは、「降ります」と大声で叫んで、開いたドアからかろうじて外に這い出た。バスはたちまち遠ざかった。わたしは舗道に立ってバスを見送りながら、あまりに短い眠りと夢の余韻にしばらく茫然としていたが、ようやく気がついて、あたりを眺めると、それが市庁舎らしく、右側に窓のない長い壁がつづいていた。

そして、その壁にそった舗道の真ん中に、守衛らしい男が立ち、棍棒を振りまわしながら、わたしが近づくのを待っていた。わたしはその守衛に恐怖をおぼえた。それでも脅えをこらえて、守衛に近づいた。車の誘導もかねているらしく、守衛は車道とわたしとの両方に顔を向けながら、わたしが近づくのを待っていた。それでいて車が地下駐車場に入る気配などまるでない。

わたしは守衛から距離をとって、舗道の上に立ちどまった。厳つい顔をした、いかにも頑丈そうな男で、大げさな制服制帽のせいもあって、武装した警官のようにも見えた。あいかわらず棍棒を振りまわしながら、あきらかにわたしを見ているのに、なぜか視線が感じとれなかった。わたしは眼差しのないその顔を見つめながら訊いてみた。

「図書館はどこにあるのです」

守衛は首を左右に振った。ロボットのような動きで、眼差しはやはり感じとれなかった。

わたしは繰り返し訊いた。

「市立図書館がこの近くにあるはずですが」

「図書館はもうない」

守衛はぶっきらぼうに言った。やはりロボットのような口調だった。

「でも、バスに市立図書館とあった」

「地階にあったが、なくなった」

「この庁舎の地階ですか」

「そうだ。だが、もうなくなった」

「これだけの文化都市で図書館がなくなるなんて、そんなことがあるはずがない」

守衛はふたたび首を左右に振って言った。

「誰が本なんか読むものか。図書館は無用ということで、ようやく廃館になった」

「廃館？　いつなくなったのです」

そういえば、公園で話した男は、本がなくなって空っぽだ、そう言っていた。守衛が黙っているので、わたしは繰り返した。

「まだ廃館になっていないのではないですか」

「正式には廃館になっていないが、本はすべて処分された」

「処分……ゴミとして？」

「そうだ。廃棄物として、だ」

「それでいまは？」

「どの部屋も空っぽだ」

「でも、正式に廃館になっていないのなら、まだ開いているということですね」

「開いているが、空っぽのところに入ってどうする？」

「〈私の言葉〉を探すのです」

「本がないのだから言葉もなくなった。探せない」

「空っぽだからかえって〈私の言葉〉が見つかるかもしれないのです」

「…………」

守衛は棍棒をいっそう早く振りまわした。十分に距離があっても、わたしは怖くなって、後ずさりした。守衛ロボットという言葉が頭に浮かんだ。もしそうなら、違反を見つけると、マニュアルどおりに、容赦なく棍棒を振りおろすかもしれない。

「ここから入っていいですか」

わたしは逃げ腰になりながら訊いた。進むにはそばを通らなければならないが、これ以上は近づきたくなかった。

「ここは駐車場の出入り口だ」

「でも、図書館にも行けるでしょう。玄関にまわるのは面倒だから、ここから入ってもいいですか」

「行けないことはないが、裏口から行くと魔女がいて、呪いをかける」

「魔女……なんのことです」

「…………」

守衛は答えない代わりに、棍棒をさらにはげしく振りまわした。魔女という言葉にみずから興奮しているようだった。わたしは後ずさりしながら「とにかく行ってみます」そう言って、逃げるように地階の駐車場につづく通路に入った。

地下の駐車場は、車が五、六台ならんでいるだけで、きょうは休日なのか、薄暗く、がらんとしていた。しかし守衛は休日とは言わなかった。壁にそって半周すると、案内の掲示に図書館もあって、そこから通路が出ていた。わたしは窓のない通路をたどりはじめたが、図書館は反対側にあるらしく、長い地下道がつづいた。やはり休日なのか、ひとりの職員にも出会わなかった。

ようやく図書館にたどり着いた。市立図書館とあるドアが、通路をふさぐ恰好で待っていた。ドアを押して入ると、半分の幅の通路になり、右側のガラス張りの壁をとおして閲覧室が見えた。テーブルや椅子はそっくり残っているが、まわりの書架はすべて空である。本がならべられるのを待っている、新しい図書館の光景のようにも見えなくもない。わたしは閲覧室をガラス越しに眺めながら、通路を奥に進んだ。

ガラス張りの壁が終わって、閲覧室のなかは見えなくなった。通路は右に曲がり、そのすぐ先が蔵書室だった。わたしはドアを開けてなかに入った。書架はもちろんすべて空であった。それでもわたしは空の書架のあいだを順にたどった。一冊も残さず持ち去られていて、みごとに空っぽだった。

通路をたどり終えて入口にもどり、試しに館長室のドアをノックしてみた。返事はなかったが、なにか物音がした。ドアを開けると、奥に向かって細長い部屋で、正面の壁に、窓の代わりに、大きな絵がかけてあった。本を持った少年の立像である。その絵の下にデスクと椅子があって、そのデスクと壁のあいだに、誰かがしゃがんでいた。隠れたつもりだろうが、半分は見えていた。

わたしは気づかぬふりをして、デスクに歩み寄った。一冊の本が開いて置かれていた。わたしは本を手に取ろうとした。それより先に、悲鳴が起こった。わたしは手を退いた。悲鳴の主がデスクの下から出てきた。かなりの年配の女で、毛布で体をつつんでいる。空になった図書館に住みついた浮浪者……一瞬そう思ったが、もちろんそうではなかった。

女はわたしを無視して、本の上に身をかがめた。開かれているページを覗きこんで、なにかを確めている。ノックの音におどろき、本をそのままにデスクの下にもぐり込んだのだろうが、どうしてわたしを無視しているのか、わからなかった。

わたしは指でデスクを叩いてみた。女はそれでも本から目を離さず、「うるさい。邪魔しないで!」と言った。その特徴のある低い声に聞きおぼえがあった。ちょっと信じられなかったが、むかし、しばらく通ったあの木造の市立図書館の職員、わたしが恋をした女だった。何十年という年月がたったいまも、市の図書館の職員なのだ。わたしは訊いてみた。

「あなたが館長ですね」

「黙っていて。うるさいと来ない」

女はヒステリックに叫んだ。わたしはデスクに手をついて、女が見つめているページを覗いてみた。白紙だった。女はその白いページを見つめているのである。

「すぐそこまで来ていたのに……」

女はようやくあきらめたように言って、開いたページから顔をあげた。

「どうして隠れたのです」

「守衛かと思った。わたしをここから連れ出そうとして、隙をねらっている。でも、まだ廃館日になっていない」

「守衛って、外で棍棒を振りまわしているあの守衛？」

「そう。わたしがここにいないと、あの守衛が勝手に封鎖して、いますぐにも廃館になってしまう」

「館長の務めとして、廃館日までここにとどまっている、というわけですか」

「そう。図書館というものは、なにがあろうと、決まりどおり開けなければならない」

女はこう言いながら、肩から落ちかけた毛布をかけなおした。わたしはあえて言ってみた。

「しかし、こんなふうに空っぽでは、図書館の役目は果たせないでしょう」

するとと女は、それを待っていたように、すばやく言い返した。

「図書館とはなにか、あなたは、まるでわかっていない。本を集めてそれを読むところというくらいにしか考えていない」

「そうかもしれない。でも、その本がこんなふうに棚から消えてしまっては、すべてが終わりでしょう」

「やはりわかっていない。冊数なんか問題ではない。図書館の本質が閲覧の形にあることが、まるでわかっていない」

「閲覧の形とはどういうことです」

女はわたしを見すえて言った。

「いいですか。図書館は知識を得るところでも、読書を楽しむところでもない。閲覧室という空間にそれぞれが身を置く、それがすべて」

「読まなくてもいいのですか」

「読むなんて、図書館では瑣末なことでしかない。読んでも害にならない、せいぜいその程度のことだ」

「それで、閲覧室の空間に身を置いて、どうするのです」

「どうもしない。本をテーブルに置いて、広げているだけでいい」

「それならば図書館の閲覧室でなくてもいいでしょう」

「だめ。ぜんぜんだめ」

「どうして？」

「図書館の閲覧室の読書は、ほかの読書とはまるでちがう。内容を読みとったり、鑑賞したりするところではない。閲覧室は特殊な空間であって、そこで本のページを開くということは、すべてのことから自分を切り離した状態、いいえ、自分からさえ自分を切り離した状態に身を置くことです」

「それで、その結果どうなるのです」

「そうしていると活字が消えて、ページが真っ白になる」

「真っ白に？」

「そう。それはどの本でもおなじだから、冊数とか内容にはまったく関係ない。一冊あればいい」

「ページが真っ白になったあと、どうするのです」

「その白紙を見つめつづけていれば、それでいい」

「すると、どうなるのです」

「そこにその人の〈私の言葉〉があらわれる。ああ！」

女はこう言って、天をあおぐ仕草を見せた。わたしがそばにいることを一瞬忘れた様子である。

「むかしわたしは、〈私の言葉〉を探している男に出会って恋に落ちた。わたしの愛は、その男に〈私の言葉〉を見つけさせるためならば命を捨ててもいい、そう思うくらい熱くはげしいものだった。あまりに熱くはげしいので、男は逃げてしまった。でもわたしの愛はやまなかった。それからずっと、わたしはその男の〈私の言葉〉を探すために、ここで本を集めつづけた。そうすることがわたしの愛を貫くことだった。そうしているうちに何十年もの歳月がたった」

女は言い終わっても、しばらく夢見るような表情を保っていた。わたしはデスクの上の本のほうに手を伸ばして言った。

「ところがすべての本が廃棄されて、空になってしまった。そしてこの一冊が残った、というわけですね」

女はわれに返って、わたしの手が触れるまえに本を手に取った。毛布が肩からすべり落ちて、制服姿が半分あらわになった。

「そう。この一冊が残った」

「そしていま、その本から活字が消えて、ページは白紙になっている、ということだろうか」

「そう。待機の状態になっている」

「待機の状態?」

「〈私の言葉〉があらわれるための待機の状態になっている」

女はこう言って、わたしの顔をじっと見つめた。わたしの〈私の言葉〉をひたすら探しつづけながらも、わたし本人のことは忘れてしまっているのだ。

「あなたは何者なの?」

女はわたしの顔をなおも見つめて訊いた。

「〈私の言葉〉を探している者だ」

「そんなことはわかっている。わたしが訊いているのは、どうしてここに〈私の言葉〉を探しに来たのか、ということよ」

「公園で会った人から勧められた」

「どんなふうに？」

「図書館は本がなくなり、空になっているらしい。だから、そこで案外かんたんに〈私の言葉〉は見つかるかもしれない、そう言われた」

「その人は馬鹿だ」

「どうして？」

「〈私の言葉〉は床に転がっているわけではない。書架に乗っているわけでもない。本のページを白紙にしなければ、〈私の言葉〉は絶対に見つからない」

「しかし最近は、本に関係なく〈私の言葉〉は見つかるようになったらしい」

「そんな馬鹿なことをいう者もいるが、ニセの〈私の言葉〉だからだ」

　女は顔に怒りをあらわして言った。

「ニセだから安易に見つかる。そんなもの〈私の言葉〉でもなんでもない。ほんとうの〈私の言葉〉が見つかるのは図書館だけだ。本を読むことの究極の目的はそれぞれが自分の〈私の言葉〉を見つけることだが、ほかの場所でいくら本を読んでも、〈私の言葉〉は見つからない。なぜなら自分の内側で読んでいるからだ。

　そうじゃない。〈私の言葉〉を見つけるのは、自分の外側で読まなければならない。自分の外側で読むには、図書館の閲覧室のテーブルに向かわねばならない。まわりに何人かの人がおなじように本に向き合い、それを係りの職員が見守っていて、静けさのなかにもかすかな音がしていて、誰かが不要な音をたてると、みんながちらっとそのほうを見て……というように、閲覧室という特殊な空間に自分を置いておかねばならない。

そうしたとき、本がおのずから白紙の状態に変貌する。もちろんそんな簡単に変貌はしないけれども、閲覧室に身を置いているということは、本が白紙の状態に変貌する可能性のなかに身を置いているということになる。それが図書館の読書というものだ」

「すると、閲覧室を利用する人たちはみんな、本を白紙の状態にできるのだろうか」

「誰にでもできるわけではない。できるという可能性のなかに身を置いているだけだ」

「それでは無駄なことをしていることになる」

「そうじゃない。本を白紙にすることは、個人的な成果や出来ごとではないから、誰かひとりが一冊を白紙の状態にできれば、全体としてみんなも、その状態により近づくことになる」

「なるほど、それでそれがその一冊というわけだ」

わたしはデスクの上の本を指さして言った。

「そう。これがその一冊だ」

女はみずからうなずいて断言し、本を手に取った。

「そのことがわかっているから、あの守衛はこれを取りあげようとしている。だがわたしは渡さない。絶対に守る」

「それで、そのためにそんな古いものを着ているのですか」

「そう。この制服だと、あの守衛、なぜか魔女が宿っている、そう思って、手を出さない」

「なぜだろう」

「わからない。この図書館のいちばん古い制服だからかもしれない」

女はこう言って、制服姿の自分を眺めた。何十年もまえのものを持ち出したのだろう、あちこちが汚れていて、袖のあたりが破れている。

「そのうち、隙をみて、反対に、あの制帽とあの制服を取りあげてやる。そうすれば、あんな守衛なんか、なんでもない。図書館ではそんなふうに、カバーはみんなはぎ取ることになっている」

女はこう言って、寒くなったのか、毛布を体に巻きつけた。

「それはいい考えだ。わたしも賛成だ」

わたしはこう言って、話をもどすために女が手にした本を指して訊いた。

「それで、その一冊が白紙の状態になって待機しているのに、どうして〈私の言葉〉はあらわれないのだろう」

女の背後の絵のなかで、本を持った少年が聞き耳を立てている。女とわたしの会話の着地点を待っているのである。

「そう。待機の状態のままだ。だからわたしは、まだここにとどまり、籠城していなければならない」

女はこう言いながら、手にした本をデスクに置いて、二、三枚ページを繰った。やはり白紙のままである。わたしはもういちど訊いた。

「待機の状態なのに、どうして〈私の言葉〉はあらわれないのだろう」

「わたしにもわからない」

女はページから顔をあげ、わたしの顔をじっと見つめた。なにかを探っている目つきである。そしてようやくうなずくと、みずからに言い聞かすように言った。

「わかった。わたしが自分のために〈私の言葉〉を探していないからだ」

「すると誰のために探しているのです。すべての閲覧者のために？」

「…………」

女はまだ黙ってわたしの顔を見つめていたが、やがて右手を水平に伸ばした。同時に毛布がずり落ちて、制服姿がすっかりあらわになった。その手は真っすぐわたしの心臓を差している。

「わたし？」

「そう、あなた。あなたはわたしの愛を裏切った」

「いや。裏切ったのはあなただ。あなたはわたしよりわたしの〈私の言葉〉探しを愛した」

「そうかもしれない。それでもわたしはあなたの〈私の言葉〉を探しつづけた。そしてとうとうこの一冊を待機の状態にすることができた。だが、わたしにはあなたの〈私の言葉〉は見えない」

女はこう言って、本をわたしのほうに押して寄こした。

「あなたには見える。さあ、見て！」

わたしはかがんで顔をページに近づけた。やはり白紙だった。

「なにも見えない」

「そんなはずはない。あなたとわたしが生涯をかけた。見えないはずがない。よく見て！」

「…………」

「どう。見えてきたでしょう」

たしかに白紙の上に言葉があらわれた。

「見えてきた！　言葉が横たわっている」

「どんな言葉？」

死という言葉だった。わたしは愕然として思った。死という言葉など、〈私の言葉〉を探しはじめたとき、誰の場合でも、最初に思いつくいくつかの言葉のなかに必ずあるはずだ。ということは、ただそれだけのことだったのだろうか。もしそうであるなら、なにもかも犠牲にして〈私の言葉〉を探しつづけたわたしの生涯は、完全に無駄であったことになる。わたしの努力はなんの甲斐もなかったことになる。

「どんな言葉なの？」

女は繰り返し訊いた。

「死」

「それだけ？」

「ただし死という言葉が死んでいる」

「死んでいる？」

「すっかり萎びてミイラになり、言葉とは言えないような代物《しろもの》になっている」

「言葉とは言えないような代物……ああ、そういうことだったのだ。でも〈私の言葉〉を見つけたことに変わりない。満足でしょう」

「満足だ」

「よかった。わたしも満足よ。それに、その〈私の言葉〉はすぐに生き返る」

「どうすれば?」

「入れ替わればいい」

「入れ替わる?」

「わたしとあなたが入れ替わればいい」

「あなたはここを出て行き、わたしがその一冊といっしょにここに残る、ということ?」

「わたしは、あなたのために長いあいだあなたの〈私の言葉〉を探しつづけてきた」

女はわたしの問いを無視して言った。

「そしていまようやくそれを見つけた。ところがあなたの〈私の言葉〉である死という言葉は死んでいた。ということは、すべてが虚しかったのだろうか。そんなことはない。死んでいるその言葉を生き返らせればいい。それを生き返らせるにはどうすればいいのか。こんな簡単なことはない。あなたがここで終わりになれば、それでいい。そうすれば、それと引き換えに、死という言葉が生き返る。そのことは、あなたがいちばんよく知っているはず。そうでしょう?」

女の言うとおりだった。わたしにとって〈私の言葉〉を見つけることは、こうして終わりを見つけることだったのだ。

「それであなたは、わたしが終わる場所として、この部屋を提供しようというのですね」

「空っぽになった図書館くらい、死んだ言葉が蘇生するにふさわしい場所はない」

「ひとつの言葉が蘇生するには、こうした空白が必要であるということですね。同時に、生贄が必要というわけですね」

「廃館と同時に、館長のわたしが生贄になるつもりだった。でも、あなたの〈私の言葉〉を探していたわたしに、その資格はなかった。死んだ〈私の言葉〉を生き返らせなければならないあなたこそ、生贄にふさわしい」

「それであなたは、これからどうするのです」

「あなたの終わりと引き換えにあなたの〈私の言葉〉が生き返るまで見守る。それが最後の館長の務めであるはずだから……ああ」

と言って、女は身ぶるいした。

「もう守衛がやって来た。あの守衛、こういうことにカンが働くの」

女はこう言って、体をおおっていた毛布をわたしに投げて寄こした。

「さあ、デスクの下に隠れて。誰も来させないようにする。死という言葉の蘇生と引き換えになるまで、あなたは、そこでじっとしていればいい」

わたしは言われるまま、女がそうしていたようにデスクの下にもぐり込んだ。そして毛布を頭からかぶると、その一冊を抱きしめた。通路に出た女の声が聞こえた。魔女めいた声でもって、図書館に近づかないよう、守衛を叱っているのだろう。


（了）

あとがき

鷗外は、『妄想』のなかで、つぎのように言っている。自分には、単に自己（自我）がなくなるというだけのことならば、死を苦痛とは思わない。それならば、平気かというと、そうでもない。自己というものがあるあいだに、その自己がどんなものであるのか、はっきりと見てみたい、それを見ないでなくしてしまうのは、口惜しい。残念である。鷗外らしい、自制の効いた、率直な言葉である。実際に、鷗外くらい、自己とはどういうものかを、余分な感情にとらわれることなく、さまざまな形で表現した文学者は他にいないだろう。

わたしはこれまで、鷗外のこの感慨をしばしば思い起してきたが、誤った読み方をしていたように思えてならない。つまり、自己がどんなものかをはっきり見てみたいとは、生あるうちに自己を極め尽くしたい、自己弁護（ヰタ・セクスアリス）の対象としての自己を、可能なかぎり表現し尽くしたい、ということだろう、そう思っていた。しかしいまは、そうは思っていない。自己そのものを見てみたいという、言葉どおりに受けとるべきだ、そう思っている。

それならば、自己そのものを見るということは、どういうことなのか。見ると言っている以上、外から自己を見るということになるが、外から自己を見るとは、どういうことなのか。たとえば、鷗外にかぎって言えば、諦念とか、寂寥とか、悲哀とか、そうした想念によって、否定されるべきものとして自己を見る、ということだろうか。

わたしはなにかを書こうとしてきた。そして、仮にも、自己を見るという姿勢を保ちつづけてきた。と言おうか、そうした姿勢を保っているつもりで、書いてきた。だが結局は、曖昧模糊とした粗雑なものしか書けなかった。人間としての未熟さは仕方がないとして、書くうえでもっとも必要な、外から自己を見るという理性的な能力があまりにも欠けていた、その結果として、文字どおり酔生夢死のうちに生涯をすごしてしまった、そう思えてならない。

それなのに、わたしの書いたものを、本にしてくださるという。昨年、作家の小沢美智恵さんは、十年をかけた吉野せいの評伝『メロスの群れ』を上梓された。そして送ってくださった。わたしは、その礼状に、「せっかく書いたものを、誰にも見せずに終わるのは、いかにも淋しいものです」と泣き言を書きそえた。

すると「わたしでよかったら」ということで、読んでくださることになった。そして、そのことを知った鳥居昭彦さんが、自社で出そうと申し出られた。鳥居昭彦さんは、わたしの中学、高校時代の恩師、故鳥居史郎先生のご子息でもあり、不肖のわたしに、二代にわたって、格別のご好意を寄せてくださったのである。

もちろんわたしは、望外な成り行きを喜んだ。狂喜したと言ってもいい。と同時に、パニックになった。真実を語る者にだけ出版が許される、という言葉があるが、中学生のときの作文以来、八十歳を過ぎた今日まで、真実を語り得たことが一度でもあっただろうか、あらためて、そう思ったからである。

著者

二〇二〇年　九月

中野睦夫（なかの・むつお）

1936 年　新潟県生まれ。
　　　　福井県立若狭高等学校卒業。
2006 年　小説「引っ越し」で、第 2 回銀華文学賞受賞。
2016 年　小説「贄のとき」で、第 25 回早稲田文学新人賞受賞。
2019 年　小説「待合室」で、第 29 回ゆきのまち幻想文学賞受賞。

構成：小沢美智恵
装画：今村由男
装丁：シングルカット社デザイン室

中野睦夫 作品集『贄のとき』

発行日　2020 年 10 月 10 日
著者　中野睦夫
発行者　鳥居昭彦
発行所　株式会社シングルカット
　東京都北区志茂 1-27-20　〒 115-0042
　Phone: 03-5249-4300　Facsimile: 03-5249-4301
　e-mail: info@singlecut.co.jp
印刷・製本　シナノ書籍印刷株式会社

　ISBN978-4-938737-68-9

初出掲載誌：

「贄のとき」　「早稲田文学」2015年秋号（第十次十二号）2015年8月

装画：今村由男

表紙	「響壁 - 青の Position」エッチング／木版 2019
本扉	「Geography - あえかなものたち」エッチング／木版　2003
贄のとき	「History Books - それでも時は過ぎて」フレスコセッコ 2020
	「Horizont - シャルトルの追憶」フレスコセッコ 2019
他者の顔	「セピア色の Lyricism」エッチング／木版　2010
	「沈黙のレリーフ」木版／鉛 空押し／箔　2013
ある施設にて	「時の Latitude - 3」- エッチング／木版／鉛／鉛筆フロッタージュ 1997
	「Geography - 歳月」エッチング／木版 2004
通り過ぎる者	「海蝕」エッチング／鉛筆フロッタージュ 1996
	「時の詩 - 残照」フレスコセッコ 2018
館	「俎上の悦楽」エッチング／木版 2010
	「カシオペア」エッチング　1993
我が領土	「風化する風景」エッチング／木版 2010
	「夕陽」エッチング 1993
少年記	「Chartres」エッチング／木版 1998
	「時の詩 - 命謳歌」メゾチント 2014
私の言葉	「Geography - 光風」エッチング／木版　2011
	「愛しき大地」エッチング／木版　2018

使用作品一覧（部分使用含・下段は背景使用作品）